W0023587

aufbau taschenbuch
AUFBAU VERLAGSGRUPPE

Selim Özdogan wurde 1971 geboren und lebt in Köln.
Er veröffentlichte die Romane *Es ist so einsam im Sattel, seit das Pferd tot ist* (AtV 2058-9), *Nirgendwo&Hormone* (AtV 1969-6), *Mehr* (AtV 1721-9), *Ein Spiel, das die Götter sich leisten* (AtV 2179-8) und *Die Tochter des Schmieds* sowie *Ein gutes Leben ist die beste Rache* (Stories, AtV 1479-1) und *Trinkgeld vom Schicksal* (Geschichten, AtV 1917-3). Im DAV liegt außerdem das Hörbuch *Traumland. Mehr von und mit Selim Özdogan* vor.
Noch mehr über Selim Özdogan unter
www.selimoezdogan.de.

»Glanz meiner Augen« nennt der Schmied seine Lieblingstochter Gül. Weil ihre Mutter, die schön war wie ein Stück vom Mond, früh stirbt, glaubt das Mädchen, besonders auf seine jüngeren Schwestern achtgeben zu müssen. Gül ist klein, aber stark, vor allem jedoch kann sie lieben und weiß, daß man sich von nichts schrecken lassen darf.
Schlicht und poetisch erzählt Selim Özdogan vom Leben in einem anatolischen Städtchen, vom Geschmack der Sorglosigkeit im Sommer, von Sprüchen der Ahnen und ungeduldigen Wünschen der Jungen. Die Geschichte von Gül ist voll Zärtlichkeit, Leid und Sehnsucht wie der anatolische Blues.

Selim Özdogan

Die Tochter des Schmieds

Roman

Aufbau Taschenbuch Verlag

ISBN-10: 3-7466-2289-1
ISBN-13: 978-3-7466-2289-7

Aufbau Taschenbuch ist eine Marke der Aufbau Verlagsgruppe GmbH.

1. Auflage 2007
© Aufbau Verlagsgruppe GmbH, Berlin
© Aufbau-Verlag GmbH, Berlin 2005
Umschlaggestaltung Mediabureau Di Stefano, Berlin
unter Verwendung eines Fotos von Mediabureau Di Stefano
Druck und Binden GGP Media GmbH, Pößneck
Printed in Germany

www.aufbau-taschenbuch.de

Es ist natürlich zweifelhaft, ob es wirklich so war, aber was wir nicht wissen, das wissen wir nicht.
Michail Bulgakow

Unser Leben ist endlich, das Wissen ist unendlich. Mit dem Endlichen etwas Unendlichem nachzugehen ist gefährlich.
Dschuang Dsi

I

– Mach meinen Mann nicht zum Mörder, habe ich ihm gesagt, halt an, mach meinen Mann nicht zum Mörder. Halt an, und laß mich raus, und dann verpiß dich, so schnell du kannst.

Timur atmet hörbar aus und wendet kurz seinen Kopf ab, damit Fatma nicht sieht, wie seine Augen feucht werden. Sein Atem geht noch schwer. Er ist dankbar, er ist so dankbar dafür, daß das Schicksal diese Frau für ihn bestimmt hat. Sie muß am Tag seiner Geburt schon in sein Buch des Lebens geschrieben worden sein. Er weiß nicht, wie ihm geschehen ist, wo die Zeit geblieben ist.

Gestern noch war er ein kleiner Junge, der barfuß in zerschlissenen Hosen mit seinen Freunden Birnen aus dem Garten des Nachbarn klaute. Der Nachbar hatte die Diebe entdeckt, alle hatten es gemerkt und waren geschwind über die Mauer gesprungen, die Hosentaschen und das Hemd voller Birnen. Alle bis auf Timur, der mal wieder etwas zu langsam gewesen war. Er konnte genauso schnell laufen wie die anderen, doch er verpaßte stets den Zeitpunkt, sich aus dem Staub zu machen. Nun stand er da, starr vor Schreck, und der Nachbar lief an Timur vorbei bis zur Mauer und brüllte den Flüchtenden hinterher:

– Kommt zurück. Kommt zurück, und gebt Timur wenigstens eine Birne ab. Tolle Freunde seid ihr.

Dann drehte er sich zu Timur um und sagte nur: Lauf. Und Timur traute sich nicht an dem Nachbarn vorbei und lief einmal quer durch den Garten und sprang auf der anderen Seite über die Mauer.

Gestern noch war er ein kleiner Junge gewesen, nicht besonders gut in der Schule, nicht besonders geschickt, nicht besonders angesehen unter seinen Freunden. Bis er anfing, seinem Vater in der Schmiede zu helfen, den schweren Blasebalg zu bedienen und große Eimer voller Wasser zu holen, in das Necmi die glühenden Eisen tauchte. Dort hatte Timur Muskeln bekommen, in der Werkstatt hatte er sich als tüchtig und unermüdlich erwiesen. Er hatte schnell gelernt, und es hatte ihm gefallen, den ganzen Tag bei seinem Vater zu sein. Es hatte ihm auch gefallen, seine neuen Kräfte auszuprobieren. Er, der früher Rangeleien aus dem Weg gegangen war, ließ nun keine Gelegenheit mehr aus, um seine Überlegenheit zu beweisen.

Timur hatte eine Schwester, Hülya, und er konnte sich noch gut der Nacht entsinnen, in der sie geboren wurde, obwohl er damals gerade mal fünf Jahre alt war. Er erinnerte sich an die Aufregung im Haus und vor allem an das entschlossene Gesicht seines Vaters und dessen Schwur, er würde die Füße dieses Mädchens öffnen lassen, koste es, was es wolle. Öffnen, das war das Wort, das er gebrauchte. Hülyas Füße zeigten nach innen, die großen Zehen berührten sich, und niemand, der es sah, glaubte, daß sich das auswachsen würde.

– Gott will uns prüfen, hatte Timurs Mutter Zeliha mit tränenerstickter Stimme gesagt, und Necmi hatte geantwortet:
– Wenn es eine Möglichkeit gibt, werde ich sie finden.

Doch der Arzt hatte gesagt, daß er hier nichts für das Kind tun könne, Necmi müsse Hülya nach Ankara bringen, wenn er wolle, daß ihr geholfen werde. Dort gab es Spezialisten. Er mußte sie nach Ankara bringen, und das würde nicht billig werden.

Necmi hatte Geld, und obwohl Zeliha sich sträubte, setzten sie sich schließlich in den Zug und fuhren in die große Stadt.

– Das ist Gottes Wille, daß ihre Füße geschlossen sind, hatte Zeliha zu ihrem Mann gesagt, doch er hatte sie einfach ignoriert.

In Ankara erklärte ihnen der Arzt, das Mädchen sei noch zu klein, sie sollten in zwei, drei Jahren wiederkommen, dann würde er sie operieren, aber versprechen könnte er nichts. Und es würde kosten.

Unauffällig stieß Zeliha Necmi an. Sie saßen nebeneinander im Behandlungsraum, die Kleine auf Zelihas Schoß. Necmi trat seiner Frau auf den Fuß, erhob sich und verabschiedete sich mit seiner Mütze in der Hand. Draußen auf dem staubigen Gang sagte er:

– Frau, ich kann nicht mit einem Arzt feilschen, ich bin kein Teppichhändler, ich bin Schmied. Und auch er ist kein Teppichhändler. Mir ist jeder Preis recht, wenn dieses Mädchen gesund wird. Ich habe einen Schwur getan.

– Wir werden noch Hunger leiden, nur weil du dir etwas in den Kopf gesetzt hast. Hätte der Herr dir zu deiner Sturheit doch auch noch etwas Verstand gegeben, fügte sie leise hinzu.

Sie schliefen in einem billigen Hotel und fuhren am nächsten Tag mit einem Lastwagenfahrer, der aus ihrer kleinen Stadt kam, zurück. Zeliha hatte das eingefädelt. Es dauerte noch länger als mit dem Zug und war auch unbequem, doch es war billiger.

Ihr Mann war nahezu wohlhabend zu nennen, aber nur weil sie es immer wieder schaffte, seine Verschwendungssucht einzudämmen, und hier und da mit ein paar kleinen Geschäften etwas dazuverdiente. Am Abend vor der Heimfahrt hatte Necmi sie in ein Lokal ausgeführt und hatte eine kleine Flasche Rakı getrunken, und sie hatten Kebab gegessen. Als würden Brot und Käse und Tomaten und Zwiebeln und ein Glas Wasser nicht reichen. Nein, dieser Mann konnte nicht mit Geld umgehen, nur sie wußte, wie man es zusammenhielt und vermehrte.

So quetschten sie sich ins Führerhaus, Zeliha hatte die Kleine auf dem Schoß und saß ganz außen, atmete den Rauch der selbstgedrehten Zigaretten der beiden Männer ein, schluckte mit ihnen den Staub der Straße, beinahe zehn Stunden lang. In den kurzen Pausen kochte sie Tee auf einem Gaskocher und bereitete eine Brotzeit, während Necmi und der Lastwagenfahrer Backgammon spielten.

Fast drei Jahre später fuhr Necmi wieder mit dem Zug in die Hauptstadt, doch jetzt war Hülya alt genug, daß ihre Mutter nicht mehr mitkommen mußte. Als der Schmied nach vier Tagen zurückkam, trug er seine Tochter auf dem Rücken, ihre Beine waren bis zu den Knien eingegipst.

Sechs Wochen waren vergangen, in denen Hülya fast jeden Tag geweint hatte, weil es so juckte unter dem Gips. Necmi stand vor dem einzigen Spiegel im Haus und rasierte sich. Timur stellte sich neben ihn, doch traute er sich kaum zu fragen, was er auf dem Herzen hatte, aus Angst, sein Vater würde schimpfen.

– Darf ich mitkommen? bat er.

– Gut, sagte Necmi überraschend und ohne lange zu überlegen und strich seinem Jungen über die blonden Haare. Lauf und sag deiner Mutter, sie soll etwas mehr zu essen einpacken.

Timur wartete schon mit dem Brot und dem Käse ungeduldig vor der Tür, als er die Stimmen aus der Küche hörte.

– Es ist völlig unnötig, daß er mitfährt. Er ist noch klein, was hat er in Ankara verloren?

– Ein Abenteuer, sagte Necmi. Es wird ein Abenteuer für ihn sein.

– Es ist ...

– Schluß. Er fährt mit.

Timur wäre am liebsten losgelaufen, um seinen Freunden davon zu erzählen, aber er wollte den Zug nicht verpassen. Der Zug, er war noch nie mit dem Zug gefahren.

Als ein Sesamkringelverkäufer, der ein großes Blech auf seinem Kopf trug, vorbeikam, sprach Timur ihn übermütig an.

– Bruder, sagte er, Bruder, ich fahre heute nach Ankara.

– Nach Ankara.

Der Junge, der zwei, drei Jahre älter sein mochte als Timur, lächelte.

– Halt die Augen auf, dort gibt es Sesamkringel groß wie Kutschräder. Die Menschen dort sind reich, die können sich so etwas leisten.

Und Timur freute sich darauf, die große Stadt zu sehen,

diese unglaublichen Sesamkringel, und er freute sich, daß seine Schwester gesund werden würde.

Fast die ganze Fahrt über sah er aus dem Fenster, und manchmal summte er mit dem Rattern des Zuges mit. Er wollte nicht einschlafen, er wartete auf den Moment, in dem die Stadt vor ihnen auftauchen würde. Doch das Rattern machte ihn müde, das und das endlose trockene Braun der Ebene und der Hügel am Horizont und das Schnarchen seines Vaters. Kurz vor Ankara schlief er ein.

Timur wurde erst wieder wach, als der Zug mit laut quietschenden Bremsen in den Bahnhof einfuhr.

– Hab keine Angst, und paß auf die Autos auf, sagte der Schmied zu seinem Sohn, als sie ausstiegen.

Timur hatte keine Angst, er war fasziniert von den vielen Menschen, von den Geräuschen, von den großen Häusern und von den Autos, die er noch nie gesehen hatte. Als er bemerkte, daß seine Schwester ganz verängstigt war, ging er noch dichter neben seinem Vater, der Hülya auf dem Rücken trug. Timur wollte sie streicheln, doch seine Hand reichte nur bis zum Gips.

– Was siehst du denn immer den Sesamkringelverkäufern hinterher? fragte Necmi. Und dann lachte er und sagte: Hat dir etwa jemand erzählt, in Ankara gäbe es Sesamkringel groß wie Kutschräder?

– Ja, sagt Timur.

– Die Unwissenden erfinden immer so einen Unsinn, sagte sein Vater, und Timur war stolz, daß er jetzt zu den Wissenden gehörte.

Später, beim Arzt, konnte er Hülyas Hand halten. Seine Schwester weinte nicht, doch Timur konnte sehen, daß sie vor Angst ganz steif war.

– Mach die Augen zu, sagte Timur, und der Arzt fügte mit warmer Stimme hinzu:

– Fürchte dich nicht, es wird nicht weh tun.

Hülya schien beides nicht zu hören, sie konnte kaum atmen, und als der Gips aufgesägt wurde, schrie Timur heraus:

– Papa, Papa, ihre Augen verrutschen.

Doch da war es schon geschehen. Seit jenem Tag schielte seine Schwester.

Wenn die kleinen Mädchen vor der Schmiede auf der Straße spielten, ging Necmi manchmal hinaus und rief sie zu sich. Dann nahm er sie mit zum Krämer, wo die Mädchen ihre Röcke schürzten und jedes eine Handvoll Süßigkeiten hineinbekam. Und Timurs Vater hatte riesige Hände.

Als er anfing, in der Schmiede zu arbeiten, hatte Timur diese Gewohnheit seines Vaters übernommen. Damals hatte er Fatma oft Süßigkeiten in den Rock gelegt. Er mochte vierzehn, fünfzehn gewesen sein und sie zehn Jahre jünger. Immer noch konnte er sich an das Lächeln dieses Mädchens erinnern.

Niemand wußte etwas Genaues über Fatmas Eltern, die einen sagten, es seien Griechen gewesen, die nächsten Aramäer, und wieder andere behaupteten, daß sie die Tochter von Tscherkessen sei. Man war sich nur darüber einig, daß das Paar nach den Wirren des ersten Weltkriegs in die Stadt gekommen war. Fatmas Vater war schon vor ihrer Geburt gestorben. An einem Tag hatte er noch über Rückenschmerzen geklagt, und zwei Wochen später hatte der Krebs bereits seinen ganzen Körper erfaßt. Fatmas Mutter hatte angefangen, als Kinderfrau für eine reiche Familie zu arbeiten, um sich und ihre Tochter ernähren zu können. Als Fatma ein halbes Jahr alt war, wurde die Mutter auf dem Marktplatz von Pferden totgetrampelt. Auch davon konnte jeder eine andere Geschichte erzählen, sicher war nur, daß die Pferde durchgingen und sie gestürzt war. Die Familie, bei der Fatmas Mutter Kinderfrau gewesen war, hatte Fatma aufgenommen.

Obwohl sie schon viel älter war, spielte Timurs Schwester Hülya oft mit Fatma, weil Fatma sie nicht hänselte. Die anderen Kinder machten sich über sie lustig, weil sie schielte und weil ihre Füße immer noch leicht nach innen zeigten, was ihr einen watscheligen Gang verlieh. Doch Fatma mochte Hülya, Fatma mochte fast jeden, sie war ein fröhliches Mädchen, das sehr schnell Freundschaften schloß. Und eben noch hatte Timur als Jüngling diesem Mädchen Süßigkeiten in die Röcke gelegt, und nun sollte es schon erwachsen geworden sein.

– Sollen wir dich mit Fatma verheiraten? fragte seine Mutter zum zweiten Mal. Du bist jetzt fünfundzwanzig, es wird Zeit, daß du heiratest.

Als Hülya schon sechs Jahre lang schielte, war ihr Vater krank geworden. Er hatte eine Woche im Bett gelegen und war am achten Morgen nicht mehr aufgewacht. Das erste Jahr danach war schwer gewesen für sie alle, doch Zeliha hatte die Schmiede vermietet und es geschafft, immer genug Geld für Essen zu haben und wahrscheinlich sogar noch mehr. Timur hatte weiter in der Werkstatt geholfen, und als er sechzehn wurde, hatte er die Schmiede übernommen und den Unterhalt der Familie verdient, den seine Mutter verwaltete.

Und jetzt war er fünfundzwanzig, und sein Leben gefiel ihm. Er arbeitete gern in der Schmiede, er saß in den Teehäusern und rauchte Tabak aus der Wasserpfeife, und ab und zu betrank er sich. Dann schien alles von ihm abzufallen, er genoß sich und die Welt, er ließ alles nur noch Freude sein, es war, als würden ihm die Sterne der Nacht ins Haar regnen, als wären sie Süßigkeiten, die man kleinen Mädchen in die Röcke legen könnte. Wenn er trank, wurde alles eins, die Schönen und die Häßlichen, der Himmel und die Hölle, Sackleinen oder Seide, Kopfkissen oder Lehmgrund. So lange es diese Freude und die Arbeit gab, konnte ihm nichts passieren. Und wenn er eine Abwechslung brauchte, fuhr er einfach in die große Stadt und genoß dieses Gefühl von Abenteuer, das er kannte, seit er zum ersten Mal dort gewesen war. Er hatte kein Bedürfnis danach, sich zu verheiraten, und nun stand er in einer Winternacht betrunken vor seiner Mutter, es lagen noch Schneeflocken auf den Schultern seines Mantels, und er sagte:

– Ja. Dann geh hin und frag, ob sie sie uns geben.

Und Zeliha sagte:

– Gesegnet sei der Herr. Ich gehe gleich morgen hin und mache das fest.

Ja, hatte er gesagt, nachts, betrunken, ja, als hätte ein Schicksal ihm dieses Wort in den Mund gelegt. Es war nicht das erste Mal, daß seine Mutter jemanden vorgeschlagen hatte, aber dieses Mal hatte er ja gesagt. Doch war Fatma überhaupt alt genug? Gleich am nächsten Morgen zog er seine Schwester beiseite.
– Du kennst doch Fatma, die kleine Waise?
– Ja.
– Mutter will, daß ich sie heirate.
Hülya wollte ihren Bruder schon umarmen, aber er hielt sie zurück.
– Tu mir einen Gefallen, ja? Finde einen Vorwand, und übernachte bei ihnen. Ihr seid doch befreundet, nicht wahr, ihr kennt euch doch gut?
Hülya sah in verständnislos an.
– Sieh mal nach, ob sie überhaupt schon Brüste hat. Die ist noch viel zu klein zum Heiraten, oder nicht? Was soll ich mit einer Frau ohne Brüste?
Da Hülya zögerte, fügte Timur hinzu: Bitte. Ein Bitte, das eher klang wie: Geh.
– Gut, sagte Hülya, ich werde es versuchen. Doch mit oder ohne Brüste, Fatma würde dir eine gute Frau sein, glaub mir.
Davon war Timur noch nicht überzeugt, aber da er seinen Mund nicht halten konnte, erzählte er, als er mittags Pause machte, seinen Freunden davon.
– Meine Mutter geht heute, um eine Vereinbarung zu treffen. Fatma und ich werden heiraten.
– Fatma, die kleine Waise? Geh, sagte der Sohn des Friseurs, die sieht doch aus, als hätte sie Sumpffieber.
– Sumpffieber?
– Ja, was weiß denn ich, sie ist immer so gelb und kränklich. Hast du sie mal gesehen in letzter Zeit?
Timur schüttelte den Kopf. Doch nach der Pause sagte er

zu seinem Gehilfen, er müßte noch etwas erledigen und käme wahrscheinlich im Laufe des Nachmittags wieder.

Und dann drückte er sich trotz des starken Schneefalls bis zum Einbruch der Dunkelheit vor dem großen Haus herum, in dem Fatma wohnte.

– Im Frühling, sagte Zeliha abends, im Frühling werdet ihr heiraten. Ich habe es heute vereinbart. Sie ist ein fleißiges Mädchen und umgänglich, sie wird mir bei der Arbeit helfen können, und du wirst dich etwas weniger herumtreiben.

Sumpffieber und keine Brüste, Timur hatte sich das etwas anders vorgestellt. Er mußte sich überwinden, doch er bekam es heraus:

– Das ging jetzt alles ein bißchen schnell. Ich hatte kaum Zeit nachzudenken.

– Du hattest fünfundzwanzig Jahre Zeit, sagte seine Mutter.

Timur war stark wie ein Löwe, niemand konnte es mit ihm aufnehmen, er war stark wie ein Löwe und stolz, was sollte er mit so einem kranken Mädchen anfangen? Gestern, als die Sterne sich in seinen Haaren verfingen, hatte er ja gesagt, aber heute berührten seine Füße den Boden.

– Und? fragte er seine Schwester, als sie am nächsten Morgen nach Hause kam. Er hatte schlecht geschlafen und keinen Appetit.

– Und was? antwortete diese.
– Na, hat sie ...?
– Es war zu dunkel im Zimmer.
– Du hättest doch mal unauffällig fühlen können.
– Das ging nicht.
– Konnte man denn etwas unter dem Nachthemd erkennen?
– Nein, aber sie ist ja noch sehr jung, die können noch nicht so groß sein, daß man sie direkt sieht.
– Falls sie welche hat ...

An diesem Tag überließ Timur die Schmiede wieder seinem Gehilfen, der sich wunderte, weil Timur sonst nie so lange wegblieb.

Erneut ging der Schmied zu dem Haus, in dem Fatma wohnte, und als er seine Füße vor Kälte bereits nicht mehr spürte, kam sie gerade mit einem Tonkrug aus der Tür. Er hatte sich hinter einen Mauervorsprung gestellt, und Fatma sah ihn erst, als sie fast schon vor ihm stand. Sie wußte, daß das der Mann war, dem sie gestern versprochen worden war, und sie machte kehrt und lief ein Stück zurück, bevor sie unvermittelt stehenblieb. Offenbar war ihr eingefallen, daß sie nicht ohne Erklärung zurück ins Haus kommen konnte. Sie drehte sich wieder um, sie mußte zum Nachbarn, Essig holen. Unentschlossen ging sie zwei Schritte vorwärts, langsam, zögernd, den Blick auf den Boden gerichtet. Dann machte sie wieder einen Schritt rückwärts, ihre Wangen glühten, der Schnee knirschte unglaublich laut unter ihren Füßen, und sie blieb stehen. Sie hörte ein weiteres Knirschen, dann noch eins und noch eins, und als sie langsam den Kopf hob, sah sie den breiten Rücken des Schmieds.

Timur zündete sich eine Zigarette an und lächelte. Vielleicht hatte sie keine Brüste, aber sie war schön. Sie war schön wie ein Stück vom Mond. Sie war schön, als wären da immer noch Sterne in seinen Haaren.

Timur kehrte nicht sofort zurück in die Werkstatt, er ging zum Kaufmann, um sich das einzige Bett zeigen zu lassen, das zum Verkauf stand. Er folgte dem Kaufmann ins Lager, glitt langsam in die Hocke und sah das Gestell lange und aufmerksam an.

– Möchten Sie es kaufen? fragte der Kaufmann, der ein Geschäft witterte. Seit einem halben Jahr stand dieses Bett nun schon herum. Nahezu alle Bewohner dieser kleinen Stadt schliefen auf dem Boden auf Matratzen oder Sitzkissen oder auf dem Diwan, und selbst von den Reichen schien zur Zeit niemand ein Bett kaufen zu wollen, es gab keinen Anlaß.

Als Timur nichts erwiderte, fuhr der Kaufmann fort:
– Werden Sie heiraten? Darf man gratulieren?
Timur brummte etwas Unverständliches, ohne seinen Blick von dem Bettgestell abzuwenden.
– Wir können Ihnen natürlich mit dem Preis ein wenig entgegenkommen.
Der Schmied gab keinen Laut von sich und kniff die Augen leicht zusammen, nickte kurz, dann erhob er sich und umrundete langsam das Gestell. Schließlich sagte er zum Kaufmann:
– Ja, ich werde heiraten. Im Frühling. Im Frühling, wenn alles grün wird und duftet. Nein, ich werde das Bett nicht kaufen, aber vielen Dank und einen erträglichen Tag noch.
Timur ging gut gelaunt in die Werkstatt, es gab viel zu tun, er würde länger bleiben müssen, wenn er heute noch mit dem Bettgestell anfangen wollte. Die Bettpfosten sollten genauso werden wie bei dem Modell, das beim Kaufmann stand, kniehoch und rund und glänzend. Und darauf würde er die Latten setzen, genauso wie er es sich abgeguckt hatte. Doch das Kopfteil sollte keine so geraden Stäbe wie Gefängnisgitter haben, sondern geschwungene, wie rankende Rosen.
Er arbeitete fast bis Mitternacht in der Schmiede, und als er schließlich auf seiner Matratze lag, schloß er zufrieden die Augen. Ein Stück vom Mond.

Fatma und Timur schliefen in ihrer Hochzeitsnacht zum ersten Mal in einem richtigen Bett. Beide hatten, nachdem sie das Zimmer betreten hatten, kein einziges Wort mehr gesagt. Doch als Timur später kurz vor dem Einschlafen war, murmelte Fatma:
– So schlafen also die Könige.
Und Timur war nicht nur stolz, sondern auch verwundert, wie genau die Worte das trafen, was er gerade selber empfand. Er fühlte sich reicher, mächtiger, beschützter, er fühlte sich groß genug, um die Welt zu beherrschen.

Es war Frühling, sie waren frisch verheiratet, Timur hatte genug Arbeit in der Schmiede, sie hatten Geld, Fatma brachte ihm jeden Mittag etwas zu essen, und dann saßen sie ein wenig zusammen und redeten, redeten, bis es für Fatma Zeit wurde, zu gehen, und für Timur, weiterzuarbeiten. Das Essen stand meistens noch unangerührt da, aber Fatma wußte, Timur würde es bis zum Abend gegessen haben, und er würde wieder Hunger haben, wenn er nach Hause kam, er war ein großer Mann, der hart arbeitete. Es war Frühling, sie hatten ein eigenes Zimmer im Haus, das Timurs Mutter von ihrem Mann geblieben war.

Und so fingen die Probleme an. Zeliha sah, wie sich ihr Sohn um diese junge Frau kümmerte, um dieses Mädchen, wie er ihr fast jeden Abend eine Kleinigkeit mitbrachte, ein Stück Stoff, damit sie sich etwas nähen konnte, einen Sesamkringel, ein neues Kopftuch, manchmal auch Süßigkeiten oder ein Stück Schokolade. Zeliha sah, wie ihr Sohn die Nähe ihrer Schwiegertochter suchte, wie verliebt er war und wie er sie umsorgte.

Eines Abends, es war schon Sommer, zog sie ihn beiseite:
– Deine Frau, sie ist faul, sie erfindet Ausreden, um nicht im Haus helfen zu müssen. Heute ist ihr Knöchel verstaucht, und morgen hat sie Magenschmerzen. Und wenn sie etwas tut, dann gibt sie sich keine Mühe. Am letzten Waschtag hat sie sich an den Waschtrog gesetzt und zwei Stunden lang nicht einmal das Wasser gewechselt. Sie hat unsere Wäsche mit dem schmutzigen Wasser gewaschen.
– Warum hast du nichts gesagt?
– Das habe ich. Sie hat aufgestöhnt und behauptet, sie hätte das Wasser gewechselt. Sie hat sogar aufgestöhnt. Du solltest ihr etwas mehr Respekt beibringen.
– Mutter, du hattest doch gesagt, sie sei fleißig und zuverlässig.
– Da habe ich mich wohl vertan, sie ist faul und respektlos.

Abends im Bett erzählte Timur seiner Frau, daß seine Mutter sich beschwert hatte. Und Fatma sagte mit leiser Stimme:

– Ich mache wirklich alles, was ich kann. Ich strenge mich an, aber deine Mutter ... ist manchmal ungerecht, glaube ich.

Die Beschwerden häuften sich: Fatma schnitt den Käse falsch, sie schnitt die Spüllappen entzwei, wenn sie Messer abwusch. Wenn sie rausging, lief sie absichtlich wie eine Ente, damit sie noch vor dem Winter neue Schuhe bekäme, sie schmierte sich die Butter zu dick auf das Brot, und Timur begriff langsam das Problem.

– Hör mal, sagte er eines Abends zu Fatma, hör mal, ich glaube, ich weiß, was wir tun können. Das nächste Mal, wenn meine Mutter sich beschwert, dann ziehe ich dich hier ins Zimmer, und ich schlage auf die Sitzkissen und brülle ein wenig herum, und du schreist auf wie vor Schmerz, dann gehe ich raus, und du bleibst noch ein wenig drinnen.

Jedesmal, wenn Zeliha sich bei ihrem Sohn über ihre Schwiegertochter beschwerte, gingen die beiden nun in ihr Zimmer, und kurz darauf hörte man Schläge und Schreie. Die Beschwerden wurden immer seltener.

Timur erzählte seinen Freuden begeistert von diesem Trick, und sie lachten gemeinsam, stießen an und tranken. Und als der Herbst zu Ende ging, wußte es die ganze Stadt.

– Wir müssen uns etwas Neues ausdenken, sagte Timur, als sie eines Abends nebeneinander auf der Matratze lagen. Das Bettgestell hatten sie verliehen, eine entfernte Verwandte Timurs hatte geheiratet, und auch sie wollte ihre Hochzeitsnacht in einem richtigen Bett verbringen. Um dieses Bett, dessen Füße er mit Messing verziert hatte, beneideten den Schmied selbst die Reichen.

– Wir könnten doch fortgehen, sagte Fatma, du könntest eine Werkstatt aufmachen, ein wenig Handel treiben, ich könnte Teppiche weben. Du hast zwei Pferde, wir könnten woanders leben.

Ja, er hatte zwei Pferde und einen Esel, ja, er hatte etwas Geld, aber wo sollten sie hin? Fort aus der Stadt, weg von allen Verwandten und Freunden, in eine andere kleine Stadt, wo sie niemanden kennen würden?

– In die Fremde? fragte er.
– Wir könnten aufs Dorf ziehen, sagte Fatma.
– Du weißt doch gar nicht, wie das ist, das Leben dort ist ganz anders. Die haben nicht mal Klos, die hocken sich in die Sträucher.
– Wir könnten ein Klohäuschen bauen. Du könntest die Schmiede behalten und hin- und herreiten, nebenbei das Obst und Gemüse der Bauern auf dem Markt verkaufen. Timur, wir könnten unser eigenes Leben leben.
– Ich überlege es mir.

Und damit er besser nachdenken konnte, nahm er sich frei und fuhr mit dem Zug nach Ankara. Er wollte ein paar Tage lang das Leben in der großen Stadt genießen, Autos sehen, die Häuser der Reichen, die Geräusche und Gerüche, die Menschenmassen. Tagsüber saß er in Teehäusern und fing Gespräche mit den Großstädtern an. Die einen sagten, der Krieg würde bald vorbei sein, die anderen sagten voraus, er würde noch lange andauern und die Deutschen würden in einem halben Jahr vor Istanbul stehen wie die Osmanen einst vor Wien. Für Timur war dieser Krieg trotzdem weit weg, er hörte zu, aber als sich eine Gelegenheit ergab, wechselte er schnell das Thema und versuchte herauszubekommen, wer wie er Anhänger von Beşiktaş war. Fußball interessierte ihn mehr als Politik.

Und am meisten interessierten ihn die Abende in der Großstadt. Ein paar Stunden in einem Lokal den leicht bekleideten Sängerinnen zuhören und dabei ein, zwei Gläser trinken, ein Stück Honigmelone essen, etwas Schafskäse, und schon nach dem dritten Glas verschmolz er mit dem Klang. Und noch später lag er allein und entspannt in einem billigen Hotelzimmer, die Sorgen hatten aufgehört, sein Geschäft war weit weg, seine Mutter auch, hier kannte ihn niemand, er hatte sich verloren in der großen Stadt, er hatte sich verloren, als würde er Habgier verlieren, Streben, Bedenken, Ketten. Er hatte sich verloren, um sich lächelnd auf einem Hotelbett wiederzufinden, sein Atem gleichmäßig und ruhig.

Als er zurückkam, sagte er:
– Der Winter ist keine gute Zeit zum Umziehen.
Im Frühjahr hatte Timur ein Haus gefunden und ihren Hausrat auf dem Rücken der Pferde und des Esels dorthin gebracht. Er hatte einen Pferdewagen gemietet, um das Bett, das mittlerweile zurückgekommen war, zu transportieren, und schließlich hatte er seine Frau geholt. Zwei Stunden hatte sie auf dem Rücken des Esels gesessen, bis sie ankamen. Der Ritt auf einem der Pferde dauerte nur etwa halb so lang.

Es war Fatmas Idee gewesen, aufs Dorf zu ziehen, doch sie kannte Dörfer nur aus Erzählungen, und Dorfbewohner waren ihr bisher nur als Händler auf dem Markt begegnet.

Als sie an ihrem ersten Tag im neuen Haus abends im Bett lagen, fragte Fatma:
– Sind die Frauen hier alle miteinander verwandt?
– Nein, wieso?
– Die tragen alle die gleichen Kleider.
Timur lachte.
– Das ist hier so. Wir sind jetzt auf dem Dorf.
Er lachte, aber er machte sich Sorgen. Er fragte sich, ob Fatma sich hier einleben könnte, während er fast jeden Tag zur Schmiede in die Stadt reiten würde, um dort zu arbeiten. Doch als er nach einer Woche kurz vor der Dämmerung im Dorf ankam, sah er Fatma auf dem Dorfplatz sitzen, die jungen Frauen und Mädchen hatten sich um sie versammelt und hörten ihr zu.

Als Fatma ihn erblickte, sprang sie auf, doch er bedeutete ihr, sitzen zu bleiben, stieg ab, führte sein Pferd am Zügel in den Stall und rauchte auf den Stufen vor dem Haus eine Zigarette, während er zusah, wie die Sonne unterging.

– Märchen, war das erste Wort, das Fatma sagte, als sie hinüberkam. Ich habe ihnen Märchen erzählt. Sie kennen keine Märchen. Das ist doch erstaunlich, oder? Ich dachte immer, die Märchen kämen aus den Dörfern in die Stadt ... Du bist früh dran, ich habe gedacht, du kommst so spät wie in den letzten Tagen. Das Essen ist fertig.

Drinnen blickte der Schmied auf den Teppich im Webstuhl, sah, daß sie gearbeitet hatte, und lächelte leise in sich hinein.

Timur kaufte den Dorfbewohnern Bohnen ab, Weizengrütze, im Sommer und Herbst auch Tomaten, Brechbohnen, Melonen, Weintrauben, Äpfel und Aprikosen. Er belud seinen Esel, um die Sachen auf dem Markt zu verkaufen, und er machte einen guten Schnitt dabei. Er kaufte sich zwei Kühe, einige Hühner, auf Fatmas Drängen auch noch einen kleinen Weinberg, seine Werkstatt lief gut, er verdiente mehr als zuvor.

Gegen Ende des Herbstes verkaufte er die Teppiche, die Fatma gewebt hatte, und als er nach diesem erfolgreichen Sommer so viel Bargeld in den Händen hielt, fuhr er wieder in die große Stadt. Dieses Mal aber nicht nach Ankara, er fuhr bis Istanbul, denn dort spielte Beşiktaş im Stadion, und dort waren die Frauen noch schöner und sangen noch lieblicher, und der Wein rann die Kehle hinab wie flüssiges Sonnenlicht.

Eine Woche später war er wieder da, die Hälfte des Geldes hatte er in Istanbul gelassen.

Fatma verstand sich gut mit den Dorfbewohnern, alle achteten und schätzten sie, und das nicht, weil sie die Frau des Schmieds war, die Frau des Mannes, dessen Kraft alle rühmten und der zudem noch einen guten Kopf größer war als die meisten, die Frau eines Mannes mit stechend blauen Augen, der stolz mit geradem Rücken auf seinem Pferd saß. Nein, die Frauen des Dorfes mochten Fatma, weil sie noch so jung war, weil sie Geschichten erzählen konnte, weil sie immer freundlich zu allen war und sich nicht als etwas Besseres fühlte, nur weil sie aus der Stadt kam oder weil sie Geld hatte. Sie mochten sie, weil sie gutmütig war und immer versuchte zu schlichten, wenn es Streit gab, sie mochten ihr sanftes, aber bestimmtes Wesen.

Als Fatma im Winter schwanger wurde, ohne auch nur ein einziges Mal ihre Regel gehabt zu haben, freuten sich alle Frauen des Dorfes mit ihr.

Der Schmied hatte den Handel ausgedehnt, es hatte sich in den umliegenden Dörfern herumgesprochen, daß es da einen Mann gab, der den Bauern anständige Preise für ihre Waren zahlte. Im Frühling, als sich Fatmas Bauch schon rundete, nahm Timur sie eines Tages mit in ein Dorf, das fast eine Tagesreise entfernt war, weil er ihr eine Abwechslung bieten wollte. Immer noch brachte er ihr Geschenke mit, immer noch sorgte er sich um sie. Nicht mehr so wie in der ersten Zeit, aber das lag am Alltag und nicht daran, daß sein Gefühl an Kraft verloren hatte.

In dem Dorf schliefen sie bei einem dicken Mann auf einer Matratze, wie sie es seit einiger Zeit auch zu Hause wieder taten. Ein Freund Timurs hatte geheiratet und sich deswegen das Bettgestell ausgeliehen.

Am nächsten Morgen verhandelte Timur sehr lange mit einem Bauern, der hartnäckig feilschend ein paar Kuruş mehr herausschlagen wollte. Als man das Geschäft endlich besiegelt hatte, war es bereits Zeit zum Mittagessen, und ihr Gastgeber wollte sie nicht hungry aufbrechen lassen. So war es schließlich nach Mittag, als sie zu zweit auf dem Pferd saßen.

Sie waren noch weit von ihrem Dorf entfernt, als der Tag sich neigte, aber es war gefährlich, in der Dunkelheit zu reiten, nicht nur weil man kaum etwas sehen konnte, sondern auch weil man auf der Hut sein mußte, vor Wegelagerern, die nachts die Reisenden überfielen.

– Wir werden hier schlafen und morgen früh weiterreiten, sagte Timur.

– Aber wo sollen wir uns denn hinlegen. Hier sind wir doch nirgends sicher, ich könnte kein Auge zutun.

– Ich weiß einen Platz, sagte der Schmied. Es ist nicht mehr weit.

Mit der Dämmerung erreichten sie einen Friedhof.

– Hier traut sich nachts niemand hin, sagte Timur und fügte hinzu: Du brauchst keine Angst zu haben, vertrau mir, das ist der sicherste Platz, um im Freien zu übernachten.

In dieser Nacht war Fatmas Schlaf ruhig, wenn auch sehr

leicht, und von da an sollte sie der Schmied häufiger mitnehmen, wenn er Geschäfte in entfernten Dörfern hatte, und seine Frau würde sich an diese Nächte gewöhnen. Es gefiel ihr, in der Stille und Dunkelheit so neben ihrem Mann zu liegen, über ihnen die Sterne, und der Boden unter ihnen kam ihr vor wie Daunen, wenn sie nur den Kopf auf seine Schulter legte und er ihr über die Haare strich und sagte: Mein Mädchen, mein Stück vom Mond.

Sie fand, daß sie Glück gehabt hatte mit diesem Mann. Es machte ihr nichts aus, daß er die Hälfte des Geldes, das er für die Teppiche erhalten hatte, verjubelte, auch wenn sie einen ganzen Sommer dafür am Webstuhl gesessen hatte. Natürlich gab es manches, das sie störte. Einmal hatte er seinem Gehilfen sein Pferd geliehen. Gott allein wußte, warum er das gemacht hatte, sein Gehilfe war ein guter Arbeiter, aber ein kopfloser junger Mann mit aufbrausendem Temperament. In seinem Übermut hatte der Gehilfe das Pferd im Galopp über die Hauptstraße gejagt, die Leute waren erschrocken beiseite gesprungen und hatten ihn verflucht, und schließlich hatte die Polizei ihn angehalten und ihm das Pferd abgenommen. Die Polizisten wußten, was Timur dieses Pferd wert war, um es wiederzubekommen, hatte er eine ordentliche Summe hinlegen müssen, er hatte es praktisch noch mal gekauft.

Ein anderes Mal hatte Timur gebürgt, als einer seiner Freunde ein Feld kaufen wollte und nicht genug Geld hatte. Warum kaufte dieser Mann ein Feld, wenn er kein Geld besaß? Timur hatte es am Ende bezahlt, das Feld, aber es gehörte seinem Freund.

Fatma machte sich keine Sorgen, er verdiente gut, es war immer Geld da, aber sie hatte begriffen, daß er mit diesem Geld nicht umgehen konnte, und sie ahnte, daß auch andere Tage kommen würden. Doch solange er an ihrer Seite war, konnte sie auch diesen Tagen lächelnd entgegensehen.

In ihrer ersten Nacht auf dem Friedhof lagen sie mit offenen Augen nebeneinander und schwiegen. Timur dachte immer wieder, nur noch zwei Minuten, nur noch zwei Minuten die Sterne ansehen und meine Frau im Arm spüren, dann drehe ich mich um und schlafe ein.

– Gül, sagte Fatma leise in die Stille hinein.
– Hm? machte Timur.
– Es wird ein Mädchen, ich kann es fühlen. Ich möchte sie Gül nennen, Rose, ich möchte ein kleines Mädchen haben, das Rose heißt.

Der Schmied legte seine Hand auf ihren Bauch.
– Gül, sagte er. Und wenn es ein Junge wird, nennen wir ihn Emin.
– Es wird kein Junge.

Gül wurde an einem warmen Septembertag geboren. Als der Schmied in der Dämmerung heimkam, lag dieses kleine Wesen neben seiner Frau im Bett.

– Sind die Hände und Füße normal? fragte er als erstes, und Fatma nickte.

Vorsichtig berührte er Gül, sie wirkte, als könnte allein das Gewicht seiner großen Hand sie verletzen. Mit feuchten Augen küßte Timur seine Frau und hauchte auch seiner Tochter einen Kuß auf den Kopf. Schließlich ging er hinaus und setzte sich auf die Stufen vor dem Haus. Unter seiner Haut prickelte etwas, nicht wie Luftblasen, sondern eher wie eine warme Abendbrise. Leicht fühlte er sich, als würde sein Körper sanft angehoben werden von dieser Brise, als hätte er etwas von seinem Gewicht an die Erde abgegeben. Er saß auf den Stufen und vergaß zu rauchen.

In jenem Herbst schien es ihm, als würde alles von selbst laufen. Er kaufte die reiche Ernte der Bauern und verkaufte sie auf dem Markt in der Stadt, sein Weinberg trug reichlich Trauben, für die Arbeit in der Schmiede stellte er einen zweiten Gehilfen ein, und als es wieder Frühling wurde, kaufte er ein Sommerhaus mit einem großen Apfelgarten und einem Stall am Rande der Stadt, um wenigstens im Sommer einen kürzeren Weg zur Arbeit zu haben.

Viele Städter hatten Sommerhäuser am Rande der Stadt, wo

sie der Hitze entflohen, in den großen Gärten ein paar Beete mit Tomaten bepflanzten, mit Gurken, Paprika, Zucchini und Mais, so daß sie zu essen hatten. Außerdem erhofften sie sich einen kleinen Nebenverdienst, wenn ihre Apfelbäume im Herbst Früchte trugen. Ihre Stadthäuser vermieteten sie in den Sommermonaten meistens an reiche Leute aus Adana, die der Hitze ihrer eigenen Stadt entfliehen wollten, die sehr viel sengender war als die Hitze der Kleinstadt, aus der Timur stammte.

Wenn die Hitze sich selbst im Sommerhaus staute, konnte man sich draußen in den Schatten eines Walnußbaumes legen. Man konnte dem Rascheln der Blätter zuhören, aber es war kaum mehr als eine halbe Stunde Fußweg, bis die Stadthäuser mit ihren kleinen Hinterhöfen, in denen oft nicht mal ein Baum wuchs, wieder dicht an dicht standen.

Anfang Mai zogen sie um. Timur hatte jemanden gefunden, der ihr Bett und den Hausrat mit einem kleinen Lastwagen ins Sommerhaus fahren konnte. Nachdem sie den Lastwagen vollgeladen hatten, war nicht mal mehr im Führerhaus Platz. Der Fahrer schlug vor, die Sachen zum Sommerhaus zu fahren, zwei Burschen zu suchen, die ihm beim Ausladen halfen, und dann zurückzukommen, um Timur und Fatma zu holen, Gül war schon bei ihrer Großmutter.

– Gut, sagte Timur und steckte ihm Geld in die Tasche seines Hemdes, damit er die Burschen bezahlen konnte. Wir machen uns dann schon mal langsam zu Fuß auf den Weg.

Als Mann und Frau friedlich auf der staubigen Straße entlanggingen, näherte sich ihnen von hinten ein Auto, und der Fahrer ging vom Gas. Er hatte pechschwarze Haare, die vor Brillantine glänzten, und buschige Augenbrauen. Nachdem er das Fenster runtergekurbelt hatte, fragte er:

– Wohin des Wegs?
– In die Stadt, sagte Timur.
– Ich kann euch mitnehmen, steigt ein, sagte der Mann.

Fatma hatte noch nie in ihrem Leben in einem Auto gesessen. Niemand in ihrer Stadt besaß in jenen Tagen ein Auto.

Sie war schon mal in einem Lastwagen mitgefahren, im Führerhaus oder hinten auf der offenen Ladefläche, aber noch nie in einem Auto. Einen kurzen Moment fühlte sie sich eingesperrt, nachdem sie sich auf die Rückbank gesetzt und Timur die Beifahrertür zugezogen hatte.

Die Hände des Fahrers sahen nicht aus, als müßte er mit ihnen arbeiten, doch er hatte eine kräftige Statur, zu der sein dünner, gestutzter Schnurrbart nicht so recht passen wollte.

Als sie einen kleinen Hügel hochfuhren, wurde der Wagen langsamer, und plötzlich machte er einen Satz nach vorne und blieb stehen.

– Verdammt, sagte der Fahrer und wandte sich an Timur: Bruder, du bist ein kräftiger Mann, wie ich sehen kann. Wenn du vielleicht aussteigen möchtest und das Auto das letzte Stück der Steigung hochschieben. Sobald es wieder bergab geht, springt es sicherlich an.

Der Schmied nickte, lächelte, in seinen blauen Augen waren Tatendrang und Stolz, er stieg aus und stemmte sich gegen den Wagen. Es war einfacher, als er gedacht hatte, und als es wieder bergab ging, war er noch nicht mal ins Schwitzen gekommen. Das Auto rollte, sprang an, und der Mann gab Gas.

Er will, daß der Motor warm wird, dachte Timur im ersten Moment, ehe er begriff, daß der Mann einfach wegfuhr. Ihm wurde heiß, und er fing an zu laufen, dem Wagen hinterher. Er würde den Mann töten, er würde ihn töten, selbst wenn er ihn heute nicht zu fassen bekam, er würde ihn umbringen, wenn er seinen Mutwillen mit Fatma trieb.

Timur bekommt nicht mit, daß der Wagen hält und Fatma aussteigt, er ist einfach nur gelaufen, ohne etwas wahrzunehmen, und nun sieht er sie am Straßenrand stehen. Doch er läuft nicht langsamer, er rennt, bis er vor ihr steht. Das Auto ist schon nicht mehr zu sehen.

– Was, fragt Timur, was ist passiert?

– Mach meinen Mann nicht zum Mörder, habe ich ihm gesagt, halt an, mach meinen Mann nicht zum Mörder. Halt an, und laß mich raus, und dann verpiß dich, so schnell du kannst. Er wird dich finden und töten, habe ich gesagt, er ist ein Mann von Ehre. Ich habe ihm von hinten meinen Arm um die Kehle gelegt und gesagt: Mach meinen Mann nicht zum Mörder.

Timur ist dankbar, er ist dankbar, und er glaubt, daß das Leben immer größer und schöner werden wird, solange Fatma an seiner Seite ist. Gestern noch war er ein kleiner Junge, und heute ist er mit ihr verheiratet und glaubt, daß sie alle Gefahren gemeinsam meistern werden.

Timur kaufte eine weitere Kuh, er bestellte die Beete, hämmerte in der Schmiede, abends nahm er seine Tochter auf den Arm und koste sie. Fatma freundete sich mit den Nachbarn an, sie molk die Kühe im Morgengrauen und dann noch mal am Abend, wenn sie von der Weide zurückkamen. Wenn sie mit Gül allein war, redete sie viel mit ihrer Tochter, erzählte ihr, was sie gerade tat und an wen sie dachte, erzählte, daß sie selber keine Mutter gehabt hatte, daß ihre Adoptivmutter sich gut um sie gekümmert hatte, aber vielleicht nur, weil sie das Mädchen war, das sie sich gewünscht und nie bekommen hatte. Mit ihren drei Brüdern hatte Fatma sich nicht gut verstanden, die hatten sie geärgert und gequält, einmal hatten sie sie gezwungen, einen verfaulten Apfel zu essen, ein anderes Mal hatten sie ihre Kleider versteckt, als sie im Fluß badete, doch das alles war lange her, jetzt hatte sie Timur, und sie hatte Gül, und wenn Gott es wollte, würde sie noch mehr Kinder bekommen.

So verbrachten sie den Sommer, und als der Herbst fast schon vorbei war, zogen sie wieder auf das Dorf, weil es zu kalt wurde in den kleinen Sommerhäusern ohne Ofen, weil es nicht mehr viel zu tun gab, nachdem die Äpfel geerntet waren, weil auch die Nachbarn fortzogen, zurück in die Stadt, in ihre Häuser, aus denen die Leute aus Adana auszogen, um in ihrer Stadt einen milden Winter zu verbringen, in dem sie wahrscheinlich wieder keinen Schnee sehen würden. Timur, Fatma und Gül zogen zurück aufs Dorf, weil hier niemand mehr war zum Reden, um Mehl auszuborgen oder eine Schubkarre voll Dünger. Sie zogen zurück aufs Dorf, aber ohne ihr Bett, das sie wieder jemandem geliehen hatten, der gerade heiratete, ohne Bett, aber mit den Kühen und Hühnern.

– In ein paar Jahren wird jeder in der Stadt wissen, wie die Könige schlafen, sagte Timur und tat so, als würde er sich darüber ärgern. Doch in Wirklichkeit war er stolz auf dieses Bett, und wenn es gerade ausgeborgt war, dachte er voller Vorfreude daran, schon bald wieder morgens aufwachen zu können, ohne als erstes den festgestampften Lehmboden zu sehen und zu riechen.

Gül hatte sehr schnell angefangen zu sprechen. Dafür brauchte sie länger als andere Kinder, bis sie laufen lernte, sie war fast schon zwei, und ihre Mutter fing an, sich Sorgen zu machen, während der Schmied nur lachte. Gül krabbelte, aber nicht so wie andere Kinder, sie krabbelte rückwärts und drehte immer den Kopf über die Schulter, um zu sehen, was hinter ihr war.

– Eine verrückte Rose, sagte Timur.

Als Fatma zum zweiten Mal schwanger wurde, konnte Gül schon laufen. Eines Nachts lag Fatma wieder in Timurs Armen auf einem Friedhof und spürte es erneut ganz deutlich. Es war Neumond, und Fatma hatte das Gefühl, daß die Geister der Toten ihr wohlgesonnen waren, wohlgesonnen und erstaunlich nahe.

– Timur, sagte sie, hättest du eigentlich lieber einen Sohn oder noch eine Tochter?

– Die Hände und Füße sollen an den richtigen Stellen sein, antwortete der Schmied, das Kind soll gesund sein und mit einer Mutter und einem Vater aufwachsen. Das ist das wichtigste.

– Du wirst noch eine Tochter bekommen. Weißt du schon, wie du sie nennen möchtest?

– Melike.

Melike schrie die Nächte durch, sie brüllte, bis sie im Gesicht ganz lila wurde, mal saugte sie gierig an der Brust, mal mochte sie gar nichts, und manchmal schien es, als würde sie nur schlafen, wenn alle ohnehin bei Kräften waren. War Fatma übermüdet und ausgelaugt und schwach, konnte sie sicher sein, daß Melike die ganze Nacht lang weinen würde. Doch kein einziges Mal hörte man Fatma stöhnen.

– Was ist das nur für ein Kind? fragte Timur seine Frau.

– Es ist ein anderes Kind, antwortete sie. Sie ist unruhig und eigenwillig. Du hast sie Melike genannt, Königin, und jetzt benimmt sie sich auch so.

Timur lachte, nahm die Kleine auf den Arm, biß sie leicht in die Wange und sagte:

– Das werden wir dir noch austreiben.

Fatma lächelte. Wenn Timur das Dach ausgebessert hatte und am nächsten Tag ein Tropfen Regen von der Zimmerdecke in seinen Tee fiel, schleuderte er sein Glas gegen die Wand. Daran konnte sie nichts ändern. Wenn Beşiktaş verloren hatte, konnte er tagelang aufbrausend sein. Wenn in der Schmiede etwas nicht gelang, hämmerte Timur wie wild und hatte hinterher schwarze Blutergüsse unter den Nägeln.

Dieser Mann würde Melike gar nichts austreiben, er liebte seine Töchter, ja, er nahm sich Zeit für sie, er war ganz vernarrt in die Mädchen, aber ebensowenig, wie Fatma ihn ändern konnte, würde er seine Kinder ändern können.

Jahr um Jahr verbrachten sie die Sommer am Rande der Stadt in dem Sommerhaus und die Winter auf dem Dorf, sie verdienten gut, und wenn es auch kein ungetrübtes Glück war, wenn es auch viel Arbeit gab, die Winter hart waren, wenn der Schmied manchmal zu Hause tagelang kein einziges Wort sprach und Fatma nicht wußte, was ihn beschäftigte, wenn sie sich abends im Bett auch schon mal fragten, woher sie die Kraft für einen neuen Tag nehmen sollten, es waren gute Jahre. Gül lernte laufen, sie spielte im Dorf mit den anderen Kindern auf der Straße, Melike lernte laufen, bevor sie sprechen konnte, sie tat fast nie, was ihr gesagt wurde, sie schlug Lärm, wenn ihr das Essen nicht schmeckte, sie brüllte, wenn man ihr die Schere abnahm. Seit sie mal eine dicke Beule am Hinterkopf bekommen hatte, als sie sich auf den Boden schmiß, setzte sie sich auf den Hintern, wenn sie ihren Willen nicht bekam, ließ sich vorsichtig nach hinten fallen, und erst dann schrie sie, tobte, strampelte mit allen vieren, weil sie mit ihren drei Jahren die Kuh noch nicht melken durfte.

– Meine Liebsten sind schreckhafte Tiere, sagte Timur, sie könnten ausschlagen.

Und Melike brüllte und schrie, preßte die Luft aus ihren Lungen, strampelte und stampfte auf den Boden, und Timur war ohnehin schlecht gelaunt an diesem Abend, zwei Kunden, die hatten anschreiben lassen, waren spurlos verschwunden, und Beşiktaş hatte verloren, drei zu null, gegen Galatasaray, die gar nicht in Form gewesen waren, gegen eine Gurkentruppe. Er hatte zum dritten Mal die gleiche Stelle am Dach des Stalles ausgebessert, die Leiter lehnte noch an der Wand. Er schnappte sich Melike und stieg mit seiner Tochter im Arm auf das Flachdach. Fatma und Gül standen unten und sahen ungläubig zu.

Am ausgestreckten Arm hielt der Schmied das immer noch schreiende Kind über den Rand des Daches und schrie seinerseits:

– Ich bin dein Gebrülle leid, ich bin es leid, hörst du? Soll dich der Teufel holen, in den Tiefen der Hölle sollst du schreien. Still, gib Ruhe, oder ich lasse dich fallen, hörst du?

Melike verstummte kurz, doch nachdem die Worte verklungen waren, fing sie wieder an, und mitten in diesem Geschrei hörte Gül eine schneidende, fremde Stimme:

– Timur, hör auf.

Gül sah zu ihrer Mutter hoch und erkannte, daß sie mit dieser völlig fremden Stimme gesprochen haben mußte. Auch Fatmas Gesicht sah ganz ungewohnt aus. Melike hatte aufgehört zu schreien. So standen sie alle vier einige Sekunden reglos da.

– Bedank dich bei deiner Mutter, sagte Timur und stieg mit Melike die Leiter wieder hinunter.

– Eines Tages werde ich mich vergessen, fügte er hinzu.

Sobald er Melike losgelassen hatte, schickte sie sich an, sich vorsichtig auf den Rücken zu legen. Fatma packte sie am Arm und zog sie ins Haus. Gül blieb neben ihrem Vater stehen, der den Kopf schüttelte, die Leiter umtrat und schließlich in den Stall ging.

Timur war ein von vielen geachteter Mann im Dorf, er stammte aus der Stadt, war wohlhabend, immer freundlich und großzügig, und die Männer hatten allein schon vor seinen breiten Schultern Respekt. Doch einige im Dorf mochten ihn nicht, diesen Mann, der Gewinne erzielte, indem er ihre Erträge auf dem Markt verkaufte, diesen Mann, der die heißen Monate in seinem Sommerhaus verbrachte, als wäre er etwas Besseres, und der im Herbst mehr als genug Geld einstrich, wenn er seine Apfelernte verkaufte.

Eines Tages steckte einer der Dorfbewohner dem Schmied, daß einer seiner Neider ihn bei der Gendarmerie angeschwärzt hatte, sie würden bald kommen, sein Haus zu durchsuchen.

Der Schmied hatte nichts zu verbergen, er war nicht reich geworden, indem er stahl und hehlte, er hatte nichts in seinem Haus, das er nicht im Schweiße seines Angesichts verdient hätte. Er hatte nichts zu befürchten.

Wenn er die Gewehre versteckte. Er war ein Mann, ein Familienoberhaupt, natürlich mußte er ein Gewehr haben. Er schoß Vögel damit, Kaninchen, Füchse, deren Fell Geld brachte, und manchmal schoß er im Sommer Maulwürfe. Entdeckte er einen Hügel in seinem Garten, schnappte er sich den Spaten und schaufelte die Erde weg, bis der unterirdische Gang sichtbar wurde. Dann legte er sich in einiger Entfernung mit dem Gewehr im Anschlag auf den Bauch und wartete. Früher oder später kam der Maulwurf, um das Loch in seinem Gang auszubessern.

Er war ein Mann, und er hatte zwei Gewehre, die immer geladen an der Wand hingen. Aber er hatte keinen Waffenschein. Timur kam heim und hängte die Gewehre ab.

– Gül, sagte er zu seiner Tochter, Gül, geh raus, spiel ein bißchen.

Gül ging raus, doch als die Vorhänge zugezogen wurden, wurde sie neugierig. Wenn sie sich auf die Zehenspitzen stellte und den Kopf schief hielt, konnte sie genau sehen, was drinnen passierte.

Letzten Winter hatte es von einem der Fenster gezogen, und Timur hatte bei der Reparatur gemerkt, daß unter der Fensterbank ein Hohlraum war. Er war ein Mann, richtig, er würde seine Gewehre nicht irgend jemandem anvertrauen. Er riß das Brett der Fensterbank hoch, versteckte die Gewehre im Hohlraum und nagelte das Holz wieder an.

Fatma schüttelte den Kopf, als er zufrieden lächelte, und deutete auf die Haken an der Wand. Timur zog sie mit der Zange heraus, und sie hängten einen Wandteppich über die Stelle, um die Löcher zu verbergen.

Es vergingen drei Tage, bis die Gendarmen kamen. Sie hörten das Hufgetrappel, als sie sich gerade zum Abendessen setzen wollten. Timur öffnete ihnen.

– Guten Abend, die Herren. Möge es etwas Gutes bedeuten, daß Sie unser Haus aufsuchen.

– Guten Abend, sagten die Gendarmen wie aus einem Mund, und einer fuhr fort: Können wir eintreten?

– Aber bitte, kommen Sie rein.

Gül war verängstigt, als sie die fremden Männer sah, alle in Uniform und zwei davon mit Gewehren. Der Unbewaffnete beugte sich zu Gül hinunter.

– Hallo, kleines Mädchen. Wie heißt du denn, Liebes? ... Hast du keinen Namen?

– Gül.

– Und dein Schwesterchen, das dort schläft, hat das auch einen Namen?

– Ja. Melike.

– Gül und Melike also.

Er lächelte kurz, dann richtete er sich auf und wandte sich an Timur.

– Du bist Timur, der Schmied.

– Zu Diensten.

– Wir haben gehört, daß du Gewehre besitzt, obwohl du keine Erlaubnis dafür hast.

– Nein, sagte der Schmied. Ich habe keine Gewehre. Da haben Sie etwas Falsches gehört.

Der Mann bedeutete den anderen beiden mit einer Kopfbewegung, mit der Durchsuchung zu beginnen. Ohne Hast fingen sie an, die Schränke zu öffnen, unter dem Diwan nachzusehen, zwischen den Matratzen und Kissen und unter den Teppichen neben dem Webstuhl.

– Kann ich den Herren etwas anbieten, fragte Fatma, möchten Sie vielleicht einen Kaffee?

Der Mann ohne Gewehr nickte, und einer der Gendarmen folgte Fatma in die Küche, während der andere weitersuchte.

Der unbewaffnete Mann setzte sich neben Gül, Timur nahm ihnen gegenüber Platz. Er wirkte völlig gelassen.

– Komm mal her, Kleines, komm mal her, Gül, sagte der Mann, nachdem er seine Kappe abgenommen hatte. Er zog Gül auf seinen Schoß.

– Verstehst du dich gut mit deiner Schwester?

Gül nickte.

– Du bist sicherlich eine gute große Schwester, du paßt auf sie auf, nicht wahr?

Wieder nickte Gül.

– Schön, sag mal, wie alt bist du denn? … Weißt du das nicht? Du wirst doch nicht schon fünf sein? Oder sechs? Gehst du etwa schon zur Schule? Oder noch nicht?

Gül schwieg. Sie nickte nicht, sie schüttelte nicht den Kopf, sie hielt einfach den Mund.

– Komm mal her, sagte der Mann zu dem Gendarmen, der unschlüssig im Zimmer herumstand und nicht wußte, wo er als nächstes suchen sollte.

– Schau mal, sagte er dann zu Gül und zeigte auf das Gewehr, schau mal, hast du so etwas schon mal gesehen?

Er lachte und streichelte ihr über die Wange.

– Du brauchst keine Angst zu haben, Gül.

Gül hatte keine Angst, sie fühlte sich nicht mal sonderlich unwohl auf dem Schoß dieses fremden Mannes. Sie schwieg einfach nur.

– Du hast doch schon mal ein Gewehr gesehen, nicht wahr? Fast jeder Mann hat ja ein Gewehr. Das ist ganz normal, nicht wahr? Dein Vater hat doch bestimmt auch eins, oder?

Fatma kam mit einem Tablett herein, sie bot erst dem Kommandanten eine Tasse Kaffee an, dann seinen beiden Gehilfen, die den Kaffee zwar annahmen, ihn aber abstellten, ohne einen Schluck getrunken zu haben. Zunächst wollten sie noch den letzten Raum, das Schlafzimmer, durchsuchen, in dem seit einigen Wochen das schmiedeeiserne Bett wieder stand.

Als letzter nahm Timur seine Tasse entgegen. Seine Hände zitterten nicht. Selbst wenn Gül sagte, daß ihr Vater ein Gewehr hatte – was würde es schon ändern, wenn sie keines fanden?

– Einer sieht im Stall nach, rief der Kommandant ins Schlafzimmer hinüber und wandte sich dann wieder an Gül.

– Dein Vater hat ein Gewehr, stimmts? Und du weißt doch sicher auch, wo er es versteckt hat. Willst du ein liebes Mädchen sein, Gül, willst du mir verraten, wo dein Vater das Gewehr versteckt hat? Er hat doch sogar zwei, oder? Du bist schon so ein großes Mädchen, du weißt bestimmt, wo die Gewehre sind.

Zum Glück haben wir sie rausgeschickt, dachte der Schmied. Gül schwieg und zog die Schultern hoch.

Es war bereits stockdunkel, als die Gendarmen aufgaben, sich für den Kaffee bedankten und aufbrachen.

– Geh mal ins andere Zimmer und bleib dort, bis ich dich rufe, sagte Timur zu Gül.

– Hat das nicht bis morgen Zeit? fragte Fatma, doch Timur schüttelte nur den Kopf.

– Geh schon, Gül.
– Aber ich weiß doch, wo die sind.
– Wo denn? fragte ihr Vater. Kindergerede.
Gül lief zur Fensterbank und legte ihre kleine Hand ungefähr dorthin, wo der Hohlraum war.
Fatma lächelte, hob Gül auf den Arm, küßte sie auf die Wange und sagte:
– Das hast du sehr gut gemacht. Es ist sehr gut, die Dinge, die im Haus passieren, nicht fremden Leuten zu erzählen. Bravo. Ich bin stolz auf dich, mein Schatz. Sehr gut hast du das gemacht.
Timur merkte, wie seine Hände jetzt anfingen zu zittern.

Gül erzählte auch umgekehrt das, was draußen geschah, nicht zu Hause. In diesem Sommer hatte sie wenig Lust, rauszugehen und mit den anderen Kindern zu spielen. Selbst wenn Fatma ihr auftrug, auf Melike aufzupassen, die immerzu raus wollte, fand Gül oft einen Vorwand, um im Sommerhaus zu bleiben oder allein im Garten zu spielen, im Schatten der Apfelbäume Häuser aus Lehm zu bauen oder Blumen zu pflücken, die sie ihrer Mutter schenkte.
– Warum spielst du denn nicht mit den anderen Kindern? fragte Fatma. Magst du die nicht? Im Dorf spielst du doch auch immer gerne mit den Kindern.
Gül zog die Schultern hoch und schwieg.
– Melike spielt auch gerne mit ihnen. Es sind doch nette Kinder, oder?
Fatma hatte Gül auf ihren Schoß gehoben. Gül zog wieder die Schultern hoch, aber sie legte den Kopf auf den Busen ihrer Mutter.
– Ärgern die anderen dich? Lachen sie dich aus?
Gül schüttelte den Kopf.
– Und warum lachen sie? Weil du beim Nachlaufen immer verlierst?
Gül schüttelte den Kopf und sagte:
– Nahlaufen.

– Du bist doch beim Nachlaufen genauso schnell wie die anderen, es ist doch eigentlich alles in Ordnung.
– In Ornung, sagte Gül ganz leise.
Jetzt verstand Fatma sie.
– Sie lachen dich aus, weil du sprichst wie die Leute vom Dorf.
Gül senkte den Kopf.
– Aber das ist doch nicht schlimm. Wenn du ein paar Tage mit ihnen spielst, dann redest du bald genau wie sie, das lernst du schnell. Und bis dahin lachen sie dich ein-, zweimal aus, aber dann wird ihnen das zu langweilig. Du brauchst dich doch nicht zu schämen.
Und Fatma griff Gül unter die Achseln und lachte und fing an, sie auszukitzeln, erst langsam, doch schon bald balgte sie sich mit ihrer Tochter auf dem Boden. Gül lachte und kreischte, sie setzte sich auf die Beine ihrer Mutter, um ihre Füße zu kitzeln. Fatma strampelte ein wenig und schrie, und schließlich ließ sie ihren Körper erschlaffen und sagte:
– Jetzt hast du mich totgekitzelt.
Dann blieb sie bewegungslos auf dem Bauch liegen. Gül kitzelte weiter die nackten Fußsohlen ihrer Mutter, doch Fatma biß die Zähne aufeinander und ließ sich nichts anmerken. Als einige Zeit lang keine Reaktion kam, hörte Gül auf, setzte sich neben Fatma und rüttelte sie.
– Mama?
Fatma reagierte nicht.
– Mama. Nicht tot sein. Mama. Mama?
Erst als Fatma merkte, daß Gül langsam Angst bekam, öffnete sie mit einem Lachen die Augen, umarmte ihre Tochter und sagte:
– Ich bin doch hier. Wenn du heute ein bißchen rausgehst, können wir morgen wieder zusammen spielen, in Ornung?
Von nun an spielten sie jeden Tag zusammen, und manchmal stellte Fatma sich tot. Und Gül mogelte. Sie ging vorne raus, zu den Kindern auf der Straße, doch sehr bald ging sie in den Stall, der ein Tor zur Straße und ein Tor zum Garten hatte. Die

Mäuse im Stall machten ihr Angst, aber sie schloß einfach die Augen bis auf einen kleinen Spalt, hielt die Luft an und lief ganz schnell von einem Tor zum anderen. So verbrachte sie fast den ganzen Sommer, bevor sie eingeschult wurde, allein im Garten.

Es gefiel ihr in der Dorfschule, in der alle sechzig Schüler vom ersten bis zum fünften Schuljahr in einem Klassenraum saßen, es gefiel ihr, obwohl der einzige Lehrer einem mit dem Lineal auf die Handflächen schlug, wenn man nicht artig war. Die Jungen bekamen auch Schläge auf den Hinterkopf oder Ohrfeigen, doch als Mädchen brauchte man davor keine Angst zu haben. Zweimal nur bekam Gül in ihrem ersten Schuljahr Schläge mit dem Lineal.

Recep, der einzige blonde Junge im Dorf, war schon im vierten Schuljahr und berüchtigt für seine Streiche und für den Ärger, den er anzetteln konnte. Eines Tages flitschte er Papierkügelchen durchs Klassenzimmer. Als der Lehrer ihn erwischte, bekam er Backpfeifen, daß seine Wangen am nächsten Morgen noch rot waren. Doch schon am übernächsten Tag flitschte er wieder und traf den Lehrer in den Nacken. Der sagte, ohne sich umzudrehen:
– Recep.
– Ich wars, sagte Gül, sie wußte gar nicht, warum ihr das rausgerutscht war. Recep war nicht mal ihr Freund. Er war der Sohn einer guten Freundin ihrer Mutter, und es hieß, er könne sich nicht benehmen, weil ihm der Vater fehlte, der eines Tages angeblich nach Istanbul gegangen und nie wiedergekommen war.

Der Lehrer drehte sich um und sah Gül einige Sekunden lang an. Er wußte, daß sie es nicht gewesen war, aber er rief sie nach vorne und ließ sie die linke Hand ausstrecken, mit der Handfläche nach oben. Er mußte seine Autorität wahren. Alle hielten die Luft an, und das klatschende Geräusch war für Gül fast schlimmer als der Schmerz. Als Gül sich wieder setzte, wußte sie, daß ihre Mutter davon erfahren würde. Sie würde bestimmt böse mit ihr sein, weil sie unartig gewesen war. Gül stiegen die Tränen in die Augen.

– Es tut nicht mehr weh, oder? fragte Recep nach der Schule.
– Nein, murmelte Gül und sah kurz vom Boden hoch in seine graublauen Augen.
– Hier.
Recep holte aus seiner Tasche Aprikosenkerne hervor und drückte sie Gül in die Hand.
– Bis morgen, sagte er noch, drehte sich um und ging.
Zu Hause schlug Gül die Aprikosenkerne mit einem Stein auf und aß das nussige Innere, ohne Melike zu fragen, ob sie auch etwas wolle.
Nach dem zweiten Schlag mit dem Lineal weinte Gül nicht. Man durfte nicht zu spät kommen, auch als Mädchen nicht. Und wenn man Montag morgens, wenn die Nationalhymne gesungen wurde, zu spät kam, dann gab es einen Schlag mit dem Lineal. An anderen Tagen konnte man hoffen, davonzukommen.
Wenn Melike nachts schlecht träumte oder aufwachte und nicht wieder einschlafen konnte, kam sie zu Gül ins Bett, kuschelte sich an und schlief bald wieder ein. Nachts im Halbschlaf mochte Gül es, den Körper ihrer Schwester neben sich zu spüren.
Manchmal wachte Melike auch auf, weil sie ins Bett gemacht hatte. Sie wurde bald vier, aber sie machte immer noch regelmäßig ins Bett. Die Decke war klamm, die Matratze war feucht und kalt und stank, und Melike stand auf und legte sich einfach zu Gül ins Warme.
Auch in jener Nacht, bevor Gül den zweiten Schlag bekam, wachte Melike auf, weil sie schlecht geträumt hatte, und sie legte sich zu Gül. Morgens lag sie wieder in ihrem eigenen Bett. Und als Gül von den Geräuschen in der Küche aufwachte, dachte sie, daß sie selbst ins Bett gemacht hätte. Der Schritt ihrer Schlafanzughose war naß, die Beine waren feucht, der kühle Fleck auf der Matratze war direkt unter ihr.
Gül zog sich aus und überlegte, wo sie ihren Schlafanzug verstecken konnte. Sie wollte ihn heimlich trocknen, denn

sie war ein großes Mädchen, sie ging ja schon zur Schule, sie machte nicht mehr ins Bett. Zuerst verbarg sie ihre Schlafanzughose unter Melikes Bettzeug, und als sie zur Schule mußte, nahm sie die Hose mit, um sie im Stall zu verstecken.

Doch als sie nun die Stalltür aufmachte und das Quietschen der Mäuse hörte und die Bewegungen im Heu mehr erahnte als sah, traute sie sich nicht hinein, in den dunklen Stall, in dem auch noch die Kühe und Pferde und der Esel waren. Der Stall im Sommerhaus war ihr weniger beängstigend vorgekommen.

Und so stand Gül in ihrer Schuluniform am Tor. Die Schlafanzughose hatte sie schon aus dem Haus geschmuggelt, und sie konnte sie nicht zur Schule mitnehmen. Und woanders verstecken konnte sie sie auch nicht, weil sie dann möglicherweise jemand geklaut hätte. Es dauerte lange, es dauerte sehr lange, bis Gül genug Mut gesammelt hatte, um in den Stall zu gehen und die Hose im Heu zu verstecken. Es dauerte ungefähr so lange wie die Nationalhymne.

Einige Wochen später, genauer gesagt nach jenem Tag, als ihre Mutter Gül und Melike gesagt hatte, daß sie bald ein neues Geschwisterchen bekommen würden, kam Recep zu spät zur Schule. In der Zeit, die er sich verspätete, hätte man fünfzigmal die Nationalhymne singen können. Die Schule war fast schon aus. Es wäre schlauer von ihm gewesen, gar nicht aufzutauchen. Wenn man nicht kam, dann bekam man auch keine Schläge. Man konnte am nächsten Tag immer noch erzählen, daß man den Eltern helfen mußte.

Doch Recep klopfte, öffnete die Tür, stellte sich direkt vor den Lehrer und streckte einfach beide Hände aus. Und der Lehrer ließ sich nicht lange bitten.

Danach quetschte Recep sich in die Bank, in der Gül saß, und flüsterte ihr zu:

– Dein Vater hat Streit mit Tufan, es wird einen Kampf auf dem Dorfplatz geben. Dein Vater ist stark, aber Tufan hat mehr Leute.

Gül wurde ganz aufgeregt, ihr war heiß, und sie hatte das Gefühl, nicht mehr auf ihrem Platz sitzen bleiben zu können, doch sie rührte sich nicht. Ihr Vater würde sich schlagen.
– Warum haben sie Streit? fragte sie Recep flüsternd.
– Weiß ich nicht. Kommst du gleich mit?
– Ja, sagte Gül, sie hatte noch nie einen Kampf zwischen Erwachsenen gesehen.
Bis zum Schulschluß hätte man die Nationalhymne für wenigstens ein Jahr auf Vorrat singen können, so lang kam Gül die Zeit vor. Es wurde geflüstert und getratscht, die Nachricht verbreitete sich, und als der Lehrer die Schule für beendet erklärte, strömten die Schüler noch schneller als sonst aus dem Klassenraum und rannten atemlos Richtung Dorfplatz. Jeder wollte einen guten Platz ergattern.
– Komm mit, vom Platz werden sie uns fortjagen, sagte Recep.
Sie kletterten über eine Leiter auf das Dach eines Hauses, von dem man den Dorfplatz gut überblicken konnte. Dort unten standen sich zwei Gruppen von Männern im Abstand eines Steinwurfs gegenüber. Gül erkannte ihren Vater sofort in der kleineren Gruppe. Die Männer schrien und beschimpften sich gegenseitig, der Schmied hatte zwar nicht die lauteste Stimme, aber er überragte alle und stand mit erhobenem Kopf da, die Schultern leicht zurückgenommen, die Brust vorgewölbt, er schien keine Angst zu haben.
Die Männer lasen Steine vom Boden auf und schmissen sie in die Gruppe der Gegner, mal warf jemand aus Tufans Gruppe, und die andere wich etwas zurück, mal warfen Timurs Leute, und Tufans Freunde hoben die Arme schützend vors Gesicht und gingen einige Schritte rückwärts. Einer von Timurs Kumpanen war an der Augenbraue getroffen worden, und die linke Seite seines Gesichts und sein Hals waren voller Blut, doch er schrie am lautesten von allen. Auf der anderen Seite erhob sogar der nasenlose Abdul seine quäkende Stimme, um ein paar Flüche auszustoßen. Die Kinder hatten fast alle Angst vor diesem Mann, dem sein Bruder die Nase

weggeschossen hatte, als beide noch junge Burschen waren. Sie hatten mit dem Gewehr ihres Vaters gespielt, das sie ungeladen geglaubt hatten. Abdul verließ nur sehr selten das Dorf, um sich nicht den Blicken fremder Menschen ausgeliefert zu fühlen. Doch innerhalb des Dorfes hatten sich wenigstens die Erwachsenen schon längst an sein vernarbtes Gesicht gewöhnt, in dem das Nasenbein kurz unter den Augenbrauen abrupt endete.

– Ehrloses Tier, schrie Abdul, und Tufan brüllte hinterher: Betrüger, Drecksschwein.

Timur löste sich aus seiner Gruppe und ging auf die anderen zu. Er hatte Glück, ein paar Steine verfehlten ihn, einer traf ihn nur an der Schulter. Als er gut zehn Schritte vor seinen Leuten stand, hörten die anderen auf, Steine zu werfen.

– Was ist, Tufan, du Sohn eines Ochsen, wenn du ein Mann bist, dann tritt hervor und kämpfe wie einer. Und wirf nicht mit Steinen wie eine Frau.

– Falls du es noch nicht weißt: Hier vertreibt man die Hunde, indem man mit Steinen nach ihnen schmeißt, schrie Tufan zurück. Und was bist du schon, außer ein lästiger Hund? Was hast du zu suchen in unserem Dorf?

– Ein guter Hund beißt nicht in seinem eigenen Dorf, sagte Timur. Und jetzt komm und schlag dich wie ein Mann.

Am liebsten hätte Gül laut gerufen, am liebsten hätte sie irgend etwas getan, damit sie sich alle wieder vertrugen, aber sie saß auf dem Dach und hielt die Luft an wie alle anderen Kinder, die sich mittlerweile auf dem Dach eingefunden hatten, weil man sie vom Dorfplatz verjagt hatte. Das eine oder andere Kind erkannte seinen Vater in der einen oder anderen Gruppe. Recep wünschte sich, er hätte auch einen Vater, der dort unten stehen könnte, oder zumindest einen Bruder, der alt genug wäre, aber er hatte nur vier ältere Schwestern und eine Mutter. Tufan ging einige Schritte vor, nicht so energisch wie Timur vorhin, er drehte auch noch mal seinen Kopf, um nach seinen Männern zu sehen. Jetzt waren Timur und Tufan etwa fünfzehn Schritte voneinander entfernt. Der eine aufrecht und stolz, der andere etwas kleiner mit eingefallenen Schultern.

– Du hast mich beschissen, sagte Tufan, du hast mich über den Tisch gezogen. Ich sags dir noch mal: Ich will meinen Anteil.

– Anteil? Wir haben einen Preis für die Bohnen vereinbart, den hast du bekommen. Wir haben uns die Hand gegeben, und jetzt willst du dein Wort brechen.

– Du hast mich betrogen, das war viel zu wenig.

– Ich habe dir einen guten Preis gemacht. Und du warst einverstanden.

– Mir steht das Doppelte zu.

– Fick dich. Komm und kämpf.

Timur ging noch zwei Schritte auf Tufan zu, der sich offensichtlich zwingen mußte, stehenzubleiben. Und plötzlich traf ein Stein Timur mitten auf die Stirn. Niemand hatte mitbekommen, wer ihn geworfen hatte, weil alle wie gebannt auf die beiden Kontrahenten sahen. Timur zögerte nur kurz, wischte sich mit der Hand über die Stirn und rannte dann los, auf Tufan zu. Doch der drehte sich um und lief zu seinen Leuten, die jetzt alle Steine nach Timur schmissen, um ihn fernzuhalten. Nachdem er einige Male getroffen worden war, blieb der Schmied stehen und ging langsam zurück. Als er weit genug weg war, wandte er sich wieder um:

– Ihr Feiglinge. Könnt nicht kämpfen wie Männer. Wenn ich einen von euch kriege, werde ich ihn in das Loch stopfen, aus dem er gekrochen ist.

Er schrie sich die Luft aus seinen Lungen, und ein einsamer Faden Blut lief ihm zwischen die Augenbrauen und dann an der linken Seite des Nasenbeins herunter und verschwand in seinem dichten blonden Schnurrbart.

– Wir gehen, sagte er.

Tufan war weggerannt, die Sache hatte sich erledigt.

Aufgeregt lief Gül heim und erzählte ihrer Mutter, was sie gesehen hatte. Fatma nickte nur, sie schien sich keine Sorgen zu machen.

– Gül, sprich ihn nicht darauf an, wenn er nach Hause kommt, frag ihn nicht, warum das passiert ist. Frag ihn nicht. Wirst du das tun, meine Kleine?

Es war schon dunkel, als der Schmied heimkam. Melike hatte nicht schlafen gehen wollen und tollte noch im Zimmer herum, schlug Purzelbäume und versuchte, auf die Fensterbank zu klettern. Nachdem ihr Vater gegessen hatte, ließ sie sich einfach in seinen Schoß plumpsen. Gül saß auf dem Boden und tat so, als würde sie Hausaufgaben machen.

– Was hast du da? fragte Melike und bohrte den Finger in die kleine Wunde auf seiner Stirn.

– Da hat mir ein kleines Mädchen einen Finger reingebohrt, sagte Timur. Ich war bei der Arbeit, und da kam so ein kleines Mädchen, so alt wie du, und sie hat mir einen Finger in die Stirn gebohrt und mich gefragt, ob sie meine Tochter sein kann. Und ich habe ihr gesagt, daß ich schon zwei Mädchen habe. Und bald vielleicht auch drei. Und daß meine Mädchen ganz lieb sind. Aber wenn du nächstesmal unartig bist, dann werde ich dieses Mädchen als Tochter nehmen und dich dafür weggeben.

Er lachte und küßte Melike, und Gül saß nahe genug, um sein Lachen riechen zu können. Es roch scharf und säuerlich, es roch nach etwas Verbotenem.

Nachts hörte Gül ihre Eltern flüstern, aber sie konnte kein einziges Wort verstehen. Am liebsten wäre sie aufgestanden und hätte sich zu Melike gelegt, aber die würde sie wieder von oben bis unten vollpinkeln.

Das war nämlich letztes Mal passiert. Nachdem ihre Mutter die Schlafanzughose im Stall gefunden hatte, hatte sie Gül zur Rede gestellt.

– Warum hast du deine Schlafanzughose versteckt?

Gül hatte die Schultern hochgezogen.

– Hast du etwa geglaubt, du hättest ins Bett gemacht? Das warst du nicht, das war wieder Melike. Und selbst wenn du ins Bett machst, das ist nicht schlimm. Das kann jedem passieren. Genauso wie die Sache mit dem Lehrer, als er dich geschlagen hat. Das kann vorkommen. Aber es sollte nicht zu oft passieren, verstehst du, ich möchte, daß du ein großes Mädchen bist, das gut auf seine kleine Schwester achtgeben kann. Wollen wir jetzt deinen Schlafanzug gemeinsam waschen, mein Schatz?

Fatma hatte Wasser heiß gemacht und in das große tragbare Kupferbecken geschüttet, und während sie auf einem niedrigen Holzschemel sitzend die Schlafanzüge und Laken wusch, hatte sie Gül erlaubt, auch ein wenig zu rubbeln.

Lange nachdem das Flüstern ihrer Eltern verklungen war, lag Gül noch wach. Ihr Herz schien immer noch genauso heftig zu klopfen wie heute nachmittag auf dem Dach. Es drückte gegen ihre Brust und ließ sie nicht einschlafen.

Als Fatma eines Tages etwas in der Stadt zu erledigen hatte, ließ sie Gül und Melike bei ihrer Schwiegermutter. Während Melike schlief, sprang Gül immer wieder vom Diwan. Sie kletterte an einer Seite hinauf, lief die ganze Länge des Diwans entlang und sprang auf der anderen Seite runter.

– Wenn etwas kaputtgeht, kannst du etwas erleben, rief Zeliha mehr als einmal aus der Küche, wo sie gerade mit Hülya Weinblätter wickelte.

Und bei ihrem sicherlich fünfzigsten Sprung vom Diwan nahm Gül übermütig zuviel Anlauf und landete in einer Schüssel voller Hackfleisch, die sie vorher gar nicht bemerkt hatte. Sie hatte Angst vor ihrer Großmutter, sie wollte nichts erleben und rappelte sich hoch, zog schnell ihre Schuhe an und lief hinaus. Im Dorf gab es ungefähr so viele Häuser wie hier in einer einzigen Straße. Zumindest kam es ihr so vor. Es dauerte keine fünf Minuten, bis sie sich verlaufen hatte. Es war Winter, sie fror, und nach einer Viertelstunde blieb sie an einer Straßenecke stehen, vor lauter Angst und Kälte unfähig zu weinen. Ein großer Mann mit grünen Augen und schwarzen Haaren sprach sie an:

– Hast du dich verlaufen, Kleines? Ich habe dich noch nie in dieser Gegend gesehen.

Gül nickte.

– Soll ich dich heimbringen? Komm, wir ziehen dir erst mal diesen Pullover an. So ... Wo wohnst du denn?

Gül zuckte mit den Schultern.

– Wessen Tochter bist du denn?

– Die Tochter des Schmieds.

– Gut, dann bring ich dich zum Schmied.

Und der junge Mann nahm Gül auf seine Schultern, und Gül genoß die Perspektive dort oben, und sie genoß das Gefühl, so lange getragen zu werden und zuzuhören, wie er zwei Passanten nach dem Weg fragte. Schließlich klopfte der Mann an eine Tür, hob Gül hinunter und wartete. Eine Frau öffnete, und im Hintergrund konnte man einen Mann und einige Kinder beim Abendessen sehen.

– Einen gesegneten Abend und guten Appetit, sagte der Mann und fuhr dann fort: Schmied, ich habe dir deine Tochter gebracht.

– Meine Tochter, sagte der Mann, der aufgestanden und zur Tür gekommen war. Geh, das ist nicht meine Tochter, ich habe schon vier Mädchen, was ich möchte, ist ein Sohn. Nicht einen Sohn hat mir der Barmherzige geschenkt. Bleib mir weg mit noch einem Mädchen.

– Oh, sagte der grünäugige Mann.

Nachdem sich die Tür hinter ihnen geschlossen hatte, fragte der Mann:

– Wie heißt denn dein Vater?

– Timur.

– Timur, nicht Tolga, du bist die Tochter des Schmieds Timur?

Gül nickte und sagte:

– Wir wohnen auf dem Dorf.

– Ich weiß, sagte der Mann. Keine Angst, ich werde dich zu deinem Vater bringen, wir müssen uns nur ein Pferd leihen.

Und so brachte der Mann, der Siebmacher war, wie sich später herausstellte, Gül heim ins Dorf zu ihren Eltern und übernachtete dort notgedrungen, weil es dunkel geworden war und er nicht mehr zurückreiten konnte. Gül hatte gedacht, ihre Mutter würde schimpfen, ihr Vater würde schreien, doch sie sagten beide nichts.

Nachdem der Siebmacher sich am nächsten Morgen zusammen mit dem Schmied auf den Weg in die Stadt gemacht hatte, nahm Fatma Gül beiseite und gab ihr eine Ohrfeige.

– Nie, hörst du, nie wieder darfst du weglaufen, egal, was passiert. Und nie, niemals wieder darfst du mit fremden Männern mitgehen. Sie können schlimme Dinge mit dir anstellen, sehr schlimme Dinge. Versprich mir, daß du nie wieder fortläufst. Versprich mir das.

Und schon bekam Gül die zweite Ohrfeige, und sie sah die Tränen in den Augen ihrer Mutter. Da war etwas in Fatmas Gesicht, das ihr Angst machte, größere Angst als die Stimme ihrer Großmutter. Fatma nahm Gül in den Arm, strich ihr über das Haar und sagte:

– Mein Täubchen, nie wieder, versprochen?
– Versprochen.

Es war ein harter Winter, doch sie hatten immer genug Holz, sie hatten ausreichend Mehl, Weizengrütze und Bohnen, sie hatten dicken Traubensirup, der Fäden zog, wenn man sein Brot hineintunkte. Es war ein ungewöhnlich harter Winter, und es gab Tage, an denen der Schmied nicht zur Arbeit ritt, sondern zu Hause bei seiner schwangeren Frau blieb. Es war der erste Winter, in dem Fatma und Timur ihr Bett vom ersten bis zum letzten Schnee hatten. Es gab Hochzeiten von Verwandten und Bekannten, doch auf den tiefverschneiten Straßen konnte man kein Bett transportieren.

In der Schule ging das Holz aus, so kalt war es. Jeden Tag mußten zwei Kinder Scheite von zu Hause mit in die Schule bringen, und dennoch wurde das Klassenzimmer nicht richtig warm. Fatma redete mit Timur, und der brachte eines Morgens so viel Holz, wie sein Esel tragen konnte, zur Schule. Viele Kinder waren mittlerweile krank, und die Kinder aus den umliegenden Dörfern blieben irgendwann daheim, weil die Wege zugeschneit waren, und als sehr bald auch das Holz des Schmieds verbraucht war, schloß der Lehrer die Schule, bis der Schneekönigin schließlich die Zacken aus der Krone brachen, bis es taute.

An einem sehr frühen Morgen, in den ersten Tagen des Tauwetters, wurde Sibel geboren. Gül war abends zu Bett gegangen, und als sie aufwachte, hatte sie ein Schwesterchen, ein winziges rosiges Schwesterchen, so klein, daß sie glaubte, sie könne auch ein Baby bekommen. So groß war der Bauch ihrer Mutter gewesen, und so klein war ihre Schwester. Sibel.

Melike warf nur einen kurzen Blick auf den Neuankömmling, es schien sie nicht weiter zu interessieren. Viel mehr interessierte sie, wann es endlich Frühstück gab und was für Durcheinander im Haus herrschte. Menschen kamen und gingen, es gab Glückwünsche und kleine Geschenke, und Timur sagte immer wieder: Die Hände und Füße sind an den richtigen Stellen, dem Herrn seis gedankt. Die Freunde und Nachbarn ließen gute Wünsche regnen: Möge es gesund aufwachsen, möge es mit Vater und Mutter groß werden, möge ihm ein langes, zufriedenes Leben beschieden sein.

Als Sibel vierzig Tage alt war, war der Schnee geschmolzen, die Bäche und Flüsse waren über die Ufer getreten, die Sonne wärmte bereits, und manchmal saß Timur vor seinem Haus und schloß die Augen, rieb seinen Nacken kurz an dem Kragen seiner Jacke, hielt den Kopf dann still und genoß die Wärme auf seinem Gesicht. Und bald sangen die Vögel, die Knospen sprossen, er hatte noch eine Tochter, die den Namen einer Fruchtbarkeitsgöttin trug, das Leben wurde immer größer und hatte keine Ufer, über die es treten konnte wie die Flüsse. Es wuchs einfach, es wuchs wie seine Kinder, und an einem dieser Tage würde mit dem Leben auch sein Herz so groß werden, daß alle Platz haben würden darin, seine Freunde wie seine Feinde, ja sogar Tufan, der ihn bei den Gendarmen verpfiffen hatte, würde einen Platz haben.

Nur in den letzten Tagen fühlte er sich ein wenig kraftlos, als sei eine Grippe im Anzug. Den ganzen Winter über hatte er nicht mal den kleinsten Schnupfen gehabt, er konnte sich nicht erklären, wieso er sich jetzt schwach und abgespannt fühlte, und es wurde mit jedem Morgen schlimmer statt besser. Eines Tages schmerzten seine Glieder so sehr, daß an Arbeit nicht zu denken war. Selbst die Kleidung verursachte ihm Schmerzen auf der Haut, also verließ er die Schmiede, kurz nachdem er gekommen war, trank einen Tee im Teehaus und ging danach ins Dampfbad, um die Krankheit auszuschwitzen.

Am nächsten Morgen konnte er kaum mehr aufstehen, er schleppte sich zwar zur Schmiede, aber dann saß er den ganzen Tag nur benommen im Teehaus.

– Du siehst gar nicht gut aus die letzten Tage, sagte Fatma abends.

– Ich glaube, ich werde krank, sagte der Schmied.

Fatma fühlte seine Stirn.

– Ich werde dir eine Brühe machen, du hast etwas Fieber, und heute nacht packen wir dich dick ein, und du schwitzt es einfach aus.

Timur verschwieg, daß er im Dampfbad gewesen war, aber nachts schwitzte er tatsächlich wieder. Fatma gab ihm einen frischen Schlafanzug, und als er sich umzog, sah sie im Schein der Petroleumlampe die rötlichen Flecken auf seiner Brust und seinem Rücken.

– Timur, sagte sie, damit solltest du zum Arzt, das sieht nicht aus wie eine Erkältung.

Timur blickte an sich herunter, und auch er sah die Flecken, wenn auch lange nicht so deutlich wie Fatma. Er war völlig benommen, es schien ihm, als könne er alles nur noch durch einen Nebel sehen, der einfach nicht verschwinden wollte, so sehr er auch den Kopf schüttelte oder sich die Augen rieb. Doch er sagte:

– Ach was, was soll ich beim Arzt, du wirst sehen, in zwei Tagen bin ich wieder gesund.

Zwei Tage später war sein Fieber noch weiter gestiegen, er hatte nicht mehr die Kraft aufzustehen, und in den seltenen klaren Augenblicken horchte er auf sein Herz. Das schien nur noch ganz langsam zu schlagen. Mit jedem Tag wurde sein Fieber ein bißchen stärker, und allein das Rasseln seiner Lunge reichte, um Fatma zu ängstigen. Durch einen Bauern, der in der Stadt zu tun hatte, ließ sie ihrer Schwiegermutter ausrichten, wie es um ihren Sohn bestellt war. Und sie verschwieg auch nicht, daß sie sich selber mittlerweile krank fühlte und befürchtete, bald nicht mehr nach Timur und den Kindern sehen zu können.

Zeliha ließ schon am nächsten Tag die ganze Familie mit einem Lastwagen aus dem Dorf in die Stadt bringen. Timur war so schwach, daß der Fahrer ihm ins Führerhaus hochhelfen mußte.

Seit über einer Woche hatte er nun ununterbrochen Fieber, und jetzt kam auch noch Durchfall hinzu, seine Haut war gelblich verfärbt und schien auf den Wangenknochen zu spannen, seine Schultern fielen müde nach vorne, er konnte nicht mehr aufrecht stehen, und in seinen Augen war ein Glitzern, ein irres, wenn auch müdes Glitzern.

Melike und Gül hatten ihn nur im Bett liegend gesehen, und jetzt wurden sie beide still, als sie den Mann anblickten, von dem sie wußten, daß er sie mühelos beide gleichzeitig tragen konnte.

Den ganzen Weg in die Stadt wurde kein Wort gesprochen. Die einzigen Geräusche waren das Brummen des Lastwagens, das Anreißen der Streichhölzer und die tiefen Lungenzüge des Fahrers. Fatma war schwindelig und schlecht, und einige Male war sie versucht, nach einem kurzen Halt zu fragen, doch dann schien sich ihr Magen wieder zu beruhigen, und die Übelkeit wurde erträglich.

– Typhus, sagte der Arzt, ich gehe davon aus, daß es Typhus ist. Sie fühlen sich auch krank? fragte er Fatma, die als Antwort nur langsam nickte.

– Es ist eine ansteckende Krankheit. Sie kommen vom Dorf?

– Ja.
– Haben Sie ein Klo? Oder machen Sie in die Sträucher? Typhus wird durch Darmbakterien übertragen.
– Wir haben ein Klo, ja. Das einzige im Dorf ... Ist es gefährlich?
– Es ist nicht ungefährlich, sagte der Arzt. Bringen Sie Ihre Kinder weg, sieht ja nicht so aus, als hätten die sich angesteckt. Es ist fast schon das Endstadium der Krankheit, in ein paar Tagen wird Ihr Mann wohl über den Berg sein, er hat eine robuste Natur, machen Sie sich keine Sorgen.

Zeliha saß am Kopfende des Bettes und betupfte die fiebrig glänzende Stirn ihres Sohnes. Als der Arzt seine Tasche gepackt hatte und gegangen war, sagte sie zu Fatma:
– Bring die Kinder zu Hülya, dort werden sie gut aufgehoben sein.

Hülya hatte im letzten Frühling einen Gefängniswärter geheiratet, war aber immer noch nicht schwanger. Als Fatma mit ihren Töchtern in der Kutsche saß, mußte sie den Kutscher bitten, anzuhalten. Sie stieg aus und erbrach sich am Straßenrand. Der Kutscher gab ihr einen Schluck Wasser, nachdem sie sich mit ihrem Taschentuch abgewischt hatte. Melike und Gül saßen in der Kutsche und sahen schweigend zu. Ihre kleine Schwester lag zwischen ihnen und schlief.
– Bist du auch krank? Tut es weh?

Gül wollte, daß Fatma ihr sagte, daß sie keine Angst zu haben brauchte, daß alles gut werden würde. Sie verstand nicht, was gerade geschah, und sie wollte, daß ihre Mutter die Welt mit ihren Worten kleiner machte, in Stücke riß, die ihr nicht so bedrohlich vorkamen, Stücke, die sie begreifen konnte.
– Nein, mein Schatz, es tut nicht weh. Ich glaube, ich werde krank, aber es ist nichts Schlimmes.
– Fahren wir zu Tante Hülya?
– Ja, ich bringe euch zu Tante Hülya und Onkel Yücel. Ihr bleibt einfach ein paar Tage dort. Und seid brav, ja? Paß auf deine Schwestern auf, Gül. Wir werden euch bald abholen, und dann werden wir wieder alle zusammen ins Dorf fahren.

Dein Vater ist krank, aber hier in der Stadt gibt es Ärzte. Wir werden gesund, und dann fahren wir zurück ins Dorf.

Hülya empfing sie sehr herzlich, sie küßte ihre Schwägerin und die Mädchen, sie kochte Tee, bot Gebäck an, doch Fatma wollte nicht bleiben.

– Ich muß zurück, sagte sie, ich muß bei Timur sein. Paß bitte gut auf die Kinder auf. Hab zwei Augen auf sie, damit ich mich nicht umblicken muß.

– Mach dir keine Sorgen.

Fatma küßte Gül und Melike, und gerade als sie Sibel küssen wollte, fing die an zu schreien, und Fatma sagte:

– Ich will ihr ein letztes Mal die Brust geben.

Hülya sah ihrer Schwägerin in die Augen, und sie hätte gern beschwichtigt, sie hätte gern gesagt: Du wirst ihr noch oft die Brust geben. Und sie hätte gern gelacht dabei. Fatma war immer noch schön wie ein Stück vom Mond, auch wenn ihre Wangen eingefallen waren, doch ihre Augen schienen gerade nach innen zu schauen, in eine Dunkelheit länger als die Schatten der Abendsonne. Dann kehrte sich ihr Blick wieder nach außen, sie lächelte, holte ihre kleine Brust hervor und ließ Sibel saugen. Gül hatte immer noch Angst, ihre Mutter hatte die Welt kleiner gemacht, aber es hatte nicht geholfen.

Am nächsten Tag konnte auch Fatma nicht aufstehen, das Fieber hatte sie gepackt und der Nebel sie eingehüllt, aber sie bekam mit, daß ihre Schwiegermutter sich sehr viel mehr um ihren Sohn kümmerte als um sie. Was konnte sie schon dagegen tun, daß sie in ihren durchgeschwitzten Sachen liegenblieb, daß sie nicht alle paar Stunden frische Laken bekam, daß ihr nicht mehr als eine halbe Tasse Brühe in den Mund gelöffelt wurde, weil sie so langsam schluckte. Was sollte sie dagegen tun, daß sich auch in den nächsten Tagen kaum etwas daran änderte. Sie lag neben ihrem Mann, dem es von Tag zu Tag besser ging. Er konnte schon aufstehen und ein paar Schritte laufen, während sie in Fieberträumen dalag und zu fast nichts mehr in der Lage war. In einem klaren Moment sagte sie:

– Timur, laß mich ins Krankenhaus bringen. Deine Mutter pflegt mich nicht wie dich, und ich habe sonst niemanden. Laß mich bitte ins Krankenhaus bringen, es geht mir sehr schlecht. Du kannst dann schneller gesund werden, deine Mutter kann sich noch besser um dich kümmern, und dann kommst du und holst mich aus dem Krankenhaus und pflegst mich gesund. Timur, ich flehe dich an, wenn du deinen Gott liebst, laß mich ins Krankenhaus bringen. Es geht mir schlecht … Ich habe Angst.

Timur küßte sie auf die Stirn und nickte.

Sibel weinte in der ersten Nacht in dem fremden Haus durch. Yücel, der am nächsten Morgen wieder arbeiten mußte, trug sie auf dem Arm im ganzen Haus hin und her, wiegte sie, legte seine Hand auf ihren Rücken und summte ihr Lieder vor, um sie zu beruhigen. Melike machte in dieser Nacht dreimal ins Bett, und Hülya, die ebenfalls nicht schlafen konnte, wechselte dreimal die Bettwäsche, während Gül dalag und wenigstens so tat, als würde sie schlafen. Sie mochte ihre Tante und ihren Onkel, der ein stiller Mann war und meistens sehr ernst wirkte.

Frühmorgens brachte Hülya Sibel zu ihrer Mutter, damit Fatma ihr wenigstens einmal am Tag die Brust geben konnte, und Hülya sagte jedes Mal: Siehst du, es wird noch viele Male geben. Doch es kam kaum noch Milch aus Fatmas Brüsten.

Die Schwestern waren schon einige Tage bei ihrer Tante, als Yücel zum Freitagsgebet in die Moschee ging.

– Komm her, sagte Hülya zu Gül, du weißt, wie man sich vor dem Gebet wäscht, oder?

Gül nickte, ihre Mutter hatte es ihr beigebracht, also nahmen sie gemeinsam die rituelle Waschung vor und beteten anschließend. Noch während sie beteten, kam Melike ins Zimmer, und obwohl sie wußte, daß man nicht stören durfte, sagte sie:

– Guckt mal, ich kann den Purzelbaum jetzt auch rückwärts.

Gül versuchte unbeirrt weiterzumachen wie Tante Hülya, doch Melikes Gehampel lenkte sie ab, und sie zischte: Verschwinde. Aber das reizte Melike nur noch mehr, Kunststücke vorzuführen. Auch nach dem Gebet ermahnte Tante Hülya Melike nicht, sie tat so, als hätte sie nichts bemerkt. Sie zog sich ein anderes Kleid an, nahm Sibel auf den Arm und trug Gül auf, Melikes Hand nicht loszulassen.

– Wir fahren zur Oma.

Fatma sollte an diesem Tag ins Krankenhaus gebracht werden, Onkel Yücel war schon bei Zeliha, ebenso wie einige Nachbarn und Freunde der Familie. Es waren so viele Menschen dort, daß Gül ganz verwirrt war und vergaß, auf Melike aufzupassen, die herumlief und versuchte, jemand zum Spielen zu finden. Gül wußte, in welchem Zimmer ihre Mutter lag, doch sie traute sich nicht hinein.

Schließlich brachte Zeliha Fatma aus dem Zimmer, die Kutsche wartete schon draußen, und Gül sagte nur: Mama, als sie ihre Mutter erblickte. Fatma lächelte und sagte:

– Gül, meine Rose.

Dann küßte sie ihre Kinder alle noch mal und bat die versammelten Menschen mit brüchiger Stimme:

– Freunde, vergebt mir, wenn ich mich an euch versündigt habe.

Gül verstand nicht, was das hieß, aber sie begriff, daß es nichts Gutes bedeuten konnte. Sie verstand so vieles nicht. Erst machte ihre Mutter die Welt kleiner mit ihren Worten, aber es half nicht, und jetzt sagte sie ein paar Worte, die die Welt wieder größer machten, so groß, daß sie nicht wußte, wohin sie sollte. Die Welt wurde so riesig, daß Gül einfach stehenblieb.

Sie blieb auch einfach stehen, als sie sieben Tage später ihre Mutter im Krankenhaus besuchten. Sieben Tage lang war Hülya jeden Morgen mit Sibel ins Krankenhaus gefahren, sieben Tage lang hatte Melike jede Nacht ins Bett gemacht, sieben Tage lang hatte Sibel halbe Nächte auf dem Arm ihrer Tante geschrien, ohne daß diese die Geduld verloren hatte, sieben Tage lang hatte Onkel Yücel Sibel stundenlang auf seinen Füßen geschaukelt, wie es Brauch war. Er hatte sich mit ausgestreckten Beinen hingesetzt, ein Kissen auf seine Füße gelegt und Sibel auf das Kissen und hatte die Kleine mit sanften Bewegungen hin und her gewiegt, um sie zu beruhigen. Sieben Tage, in denen es dem Schmied jeden Morgen etwas besser ging. Er konnte schon wieder alleine essen, er konnte einige Schritte gehen, langsam fand er seine Kräfte wieder. Dreimal hatte er seine Frau schon besuchen können, und bald würde das alles hier überstanden sein. Bald würden sie ins Dorf zurückkehren und wieder eine Familie mit einem Haus sein, bald würde er wieder in der Schmiede stehen und die schweren Hämmer in der Hand halten, bald würde er wieder auf seinen Pferden reiten können, bald, sehr bald.

Sieben Tage, es war wieder Freitag, Tante Hülya nahm gemeinsam mit Gül die rituellen Waschungen vor, und auch Melike machte dieses Mal mit, ahmte hinterher die Bewegungen beim Gebet nach und kicherte dabei, ohne Aufmerksamkeit erregen zu können.

Onkel Yücel, Tante Hülya, Sibel, Melike und Gül fuhren dann gemeinsam ins Krankenhaus, wo Zeliha und Timur schon warteten. Gül erschrak, als sie ihre Mutter sah. Fatma hatte violette Ringe um die Augen, es war eine fast grelle Farbe, wie der Spiritus, den sie zu Hause in Schnapsflaschen aufbewahrten. Als hätte man Flieder ein dunkles Grün beigemischt und es dann zum Leuchten gebracht.

– Geht nicht zu nah heran, zischte Zeliha Melike und Gül zu, es ist eine ansteckende Krankheit.

Doch Melike hörte nicht darauf, sie kletterte auf die Bettkante und blieb dann einfach dort sitzen.

Die Augen ihrer Mutter verschwanden fast in diesen Ringen, und sie sahen traurig aus, fand Gül, traurig und gleichzeitig so, als versuchten sie etwas festzuhalten. Sie wartete, daß jemand Melike von der Bettkante verjagen würde, doch niemand sagte etwas. Gül wollte ein braves Mädchen sein, also blieb sie stehen, sie stand die ganze Zeit, die sie im Krankenzimmer waren, auf dem gleichen Fleck, ohne sich zu bewegen, und niemandem schien es aufzufallen.

Da Timur fast wieder gesund war, gingen Gül und Melike mit zu ihrer Großmutter. Sibel sollte noch einige Tage bei ihrer Tante bleiben. Abends konnte Gül nicht einschlafen, und sie wollte zu Melike ins Bett, doch die wachte auf, als ihre Schwester unter die Decke kroch, und sagte nur: Geh weg.

Gül ging zu ihrem Vater.

– Was ist denn, mein Mädchen? fragte er.

– Ich kann nicht schlafen.

– Geh doch zu Oma, ich wälze mich sowieso nur herum.

Und Gül ging in das Zimmer ihrer Großmutter, und die stöhnte kurz auf, aber nahm sie dann mit in ihr Bett. Gül hatte ständig das Bild vor Augen, wie sie im Krankenzimmer in der Ecke gestanden hatte und wie elend ihre Mutter ausgesehen hatte. Es dauerte sehr lange, bis sie endlich einschlief, und mitten in der Nacht wachte sie auf, weil ihre Großmutter schnarchte. Sie rückte ab von Zelihas Körper und schloß die Augen und wartete, bis die Bilder endlich verschwanden, bis die Dunkelheit kam und sie mitnahm.

Eigentlich gab es nur im Winter Suppe zum Frühstück, eine wärmende Suppe, die einem Kraft gab für den Tag, eine dicke Linsen-, Yoghurt- oder Pansensuppe. Da Timur dabei war, wieder zu Kräften zu gelangen, gab es am nächsten Morgen eine Rinderbrühe. Melike, Zeliha, Timur und Gül saßen schon auf dem Boden, wo das Essenstuch ausgebreitet lag, auf dem der dampfende Topf stand, das Brot, die Teller, der Käse und die Oliven. Zeliha füllte die Suppe auf, und schließlich hatten alle einen Teller, aber Timur hatte keinen Löffel.

– Geh, lauf, hol deinem Vater noch einen Löffel, sagte Zeliha zu Gül, und Gül lief los.

Auf dem Weg in die Küche mußte sie an der Eingangstür vorbei und erkannte die Stimme ihrer Tante dahinter. Hülya schien sich mit einer Nachbarin zu unterhalten. Gleich würde das Gespräch beendet sein, und sie würde den schweren Türklopfer hören. Gül blieb stehen, um zu lauschen.

– Ich weiß nicht, ob es besser ist, sie zuerst heimbringen zu lassen, oder ob sie direkt vom Krankenhaus ...

– Der Herr gebe euch Kraft, sagte die Nachbarin, der Herr gebe euch Kraft. Was soll nur aus den armen Kindern werden, jetzt, wo ihre Mutter tot ist?

Gül lief ganz schnell in die Küche, nahm einen Löffel und lief dann zurück ins Zimmer, im Vorbeilaufen hörte sie, wie ihre Tante weinte. Sie gab ihrem Vater den Löffel, und im gleichen Moment hörte sie den Türklopfer. Gül sagte:

– Mama ist tot.

Einen winzigen Moment verharrte Timur regungslos, dann schleuderte er den Löffel, den er in der Hand hielt, mit voller Wucht gegen die Wand. Es bröckelte ein wenig Putz ab.

II

Gül sieht, wie ihr Vater den Löffel wirft, sie hört den Aufprall, sie sieht nicht, wie der Putz von der Wand bröckelt. Erst in diesem Moment wird ihr klar, daß etwas passiert ist. Erst als sie sieht, wie ihr Vater reagiert, bekommt sie eine Ahnung, was die Worte bedeuten, die sie gerade gesagt hat. Der Satz der Nachbarin konnte ihre Welt nicht verändern, aber der Schmied und der Löffel können es. Gül läuft in das Zimmer, in dem Melike geschlafen hat, und schließt die Tür hinter sich ab.

Die Tränen sind ihr wohl schon vorher übers Gesicht gelaufen, doch erst jetzt weint sie laut. Möglicherweise kennt sie es aus Erzählungen und ahmt es nach, vielleicht kommt es auch einfach aus ihr heraus, daß sie klagt und die Sätze hinausweint.

Mama, du bist gar nicht tot, oder? Du spielst doch nur? Mama, du wirst doch wiederkommen? Mama, laß mich nicht allein. Mama, wir werden doch wieder zusammen Brot backen, ich habe so gerne mit dir Brot gebacken. Mama, du spielst nur, oder? Mama, bitte geh nicht weg. Mama.

Mama, bitte bleib.

Mama.

Die Klinke wird heruntergedrückt, und Zeliha sagt:

– Gül, Liebes, mach die Tür auf, ja?

Doch Gül denkt nicht daran, sie hat sich auf das ungemachte Bett gelegt, die Beine angezogen und hält das Kopfkissen umarmt. Den Geruch und die Feuchtigkeit nimmt sie gar nicht wahr. Und sie bekommt auch nur am Rande ihrer Tränen mit, daß nun reihum alle an die Tür klopfen und versuchen, beruhigend auf sie einzureden. Gül liegt da und weint. Sie wird nicht aufmachen, sie wird in diesem Zimmer bleiben, bis ihre Mutter wiederkommt.

Sie weiß nicht, wie lange sie schon im Zimmer ist, als sich schließlich jemand am Fensterrahmen zu schaffen macht. Kurz darauf schlängelt sich ein Junge durch das kleine Fenster. Im allerersten Moment glaubt sie, daß es Recep ist, und hört auf zu weinen.

Doch es ist einer der Nachbarjungen aus dem Sommerhaus, einer der sie ausgelacht hatte, weil sie einen Dorfdialekt hat. Gül dreht ihm den Rücken zu und weint weiter, während er die Tür aufschließt. Sie weint immer noch, als ihre Großmutter sie schließlich auf den Arm nimmt und aus dem Zimmer trägt.

Erst als sie ihren Vater sieht, hört sie auf.

Er weint.

Gül hat ihren Vater noch nie weinen sehen.

Der Schmied sitzt immer noch dort, wo er vorhin den Löffel entgegengenommen hat, starrt auf den Boden und weint ganz leise, man kann ihn kaum hören. Er sitzt im Schneidersitz, starrt auf den Boden, und die Geräusche der Tränen, die von seinem Kinn auf das Tuch tropfen, sind lauter als er selbst.

Menschen laufen hin und her, Gül weiß nicht, wo Melike und Sibel sind, sie sieht Tante Hülya und Onkel Yücel, sie sieht Nachbarn und auch Menschen, die sie noch nie vorher gesehen hat. Sie hat aufgehört zu weinen und denkt: Ich muß ein großes Mädchen sein, ich muß auf Melike und Sibel achtgeben.

– Wo sind meine Geschwister? fragt sie Tante Hülya.

– Die sind bei den Nachbarn. Gleich fahren wir wieder zu uns, in Ordnung?

– Kommt Papa auch mit?

– Nein, der bleibt noch hier.

Tante Hülya spricht ruhig, doch ihre Augen sind rot und geschwollen.

– Ich will, daß Papa mitkommt.

– Er wird später nachkommen, sagt Hülya, wir fahren jetzt mit der Kutsche zu uns, dort mache ich Melike und dir Brote mit Butter und Zucker, ja?

Viele Menschen kommen ins Haus, bleiben kurz und gehen dann wieder, unbekannte Gesichter, aber alle sehen Gül mit einem traurigen, mitleidigen Blick an, und Gül hört immer wieder die gleichen Wortfetzen aus ihren Mündern: arme Kinder, der Herr gebe den Hinterbliebenen Kraft, Halbwaisen. Und sie hört auch die geflüsterten Worte: Istanbul, Onkel, Sibel, Gül.

Tante Hülya bringt die Kinder zu sich nach Hause, es gibt Brote mit Butter und Zucker. Gül ißt ihres, während Melike das Brot schief hält und versucht, den Zucker auf den Boden rieseln zu lassen. Sehr bald kommen Ameisen, die Melike mit ihrem Fuß zertritt. Schließlich klebt sie ihr Brot, als niemand hinsieht, an die Wand.

Bei Anbruch der Dunkelheit ist ihr Vater noch nicht da, und sooft Gül nach ihm fragt, bekommt sie zu hören, daß Timur kommen wird, sobald Gül eine Nacht geschlafen hat.

Gül kann nicht einschlafen. Kurz bevor sie in den Schlaf hinübergleitet, hört sie jedesmal das Geräusch des Löffels an der Wand, sie sieht das Gesicht ihres Vaters vor sich, und sie versteht etwas und versteht es nicht.

Ihre Mutter wird nicht mehr wiederkommen.

Es sei denn, sie wünscht es sich ganz, ganz fest. So fest, wie sie nur kann. Das wird ihre Mutter spüren, sie wird fühlen, wie stark Gül sich nach ihr sehnt, wie unbezwingbar ihr Wille ist, und dann wird Fatma zurückkommen. Wenn Gül jetzt einschläft und morgen aufwacht, wird ihre Mutter wieder da sein. Das wird sie ihr nicht antun, sie wird nicht einfach verschwinden. Wenn sie jetzt die Bettdecke über den Kopf zieht und fehlerfrei bis hundert zählt, wird ihre Mutter morgen wieder da sein.

Als sie zu Ende gezählt hat, hört Gül zuerst, wie die Haustür aufgeht, und kurz darauf Onkel Yücels Stimme, ein Ge-

flüster. Vielleicht ist ihr Vater doch noch gekommen. Leise macht sie die Tür auf und nähert sich dem Zimmer, aus dem das Licht der Petroleumlampe dringt. Die Tür steht einen Spaltbreit auf, und Gül sieht, daß Tante Hülya weint, während Onkel Yücel seine Wasserpfeife vorbereitet und sagt:
– Er ist stur, aber ich glaube, es wäre das beste für die Kinder gewesen. Er hat es sich in den Kopf gesetzt, sie bei sich zu behalten, da können wir jetzt reden, bis wir keine Spucke mehr im Mund haben, er wird seine Entscheidung nicht rückgängig machen. Wir hätten noch warten sollen mit dem Vorschlag, wir hätten ein, zwei Tage warten sollen.

Seufzend zündet Yücel die Wasserpfeife an, es blubbert, er nimmt einige kurze Züge, dann inhaliert er tief, damit seine Lungen nach diesem schweren Tag ein Fest feiern können. Als er den Rauch ausstößt und sich zurücklehnt, erblickt er Gül.
– Was machst du denn da? Kannst du nicht schlafen, Kleines? fragt er, ohne sich zu bewegen, und Hülya, die mit dem Rücken zu Gül gesessen hat, springt auf und sieht Gül an. Zumindest glaubt Gül, daß Hülya sie ansieht, aber so stark, wie ihre Tante schielt, kann man sich nie ganz sicher sein.
– Komm, ich bring dich wieder ins Bett. Hast du schlecht geträumt? Komm, ich sing dir noch ein Schlaflied.

Gül läßt sich auf den Arm nehmen und ins Bett tragen. Die sanfte Stimme ihrer Tante begleitet sie in den Schlaf.

Zwei Tage später erst wird sie ihren Vater sehen. Zwei Tage später wird Fatma beerdigt. Sie haben die Leiche nicht mehr zu Hause aufgebahrt, die Frau des Schmieds ist direkt aus dem Krankenhaus auf den Friedhof gekommen. Wie ein Mensch, der kein Zuhause gehabt hat.

Doch zur Trauerfeier kommen viele Menschen, sie war beliebt, und keiner, der sie gekannt und von ihrem Tod gehört hat, ist ferngeblieben. Es ist einer der längsten Leichenzüge, die die kleine Stadt je gesehen hat. Die Männer sind auf dem Friedhof, während die Frauen sich bei Zeliha versammelt haben. Hülya hat Gül und Melike mitgebracht, Sibel hat sie bei ihrem Mann gelassen, denn sie hat Fieber und schreit. Alle glauben, sie hätte sich auch angesteckt und müßte bald sterben.

Während sie mit Melike auf dem Boden spielt, hört Gül gleichzeitig zu, was Tante Hülya und ihre Großmutter miteinander besprechen.

– Er wird die Kinder nicht weggeben, sagt Zeliha. Ich weiß nicht mehr, was ich noch tun soll, ich habe mit Engelszungen auf ihn eingeredet, stundenlang. Er hört nicht auf mich. Nur über meine Leiche wirst du diese Kinder behalten, habe ich gesagt, aber er ist so ein Sturkopf, schlimmer als sein Vater. Ich habe mir etwas anderes überlegt. Kennst du Arzu, die Tochter des Kutschers Faruk?

– Diese junge Frau, die drei Brüder hat. Die da vorne bei der gelben Moschee wohnen?

– Ja, genau die. Ihr Vater wird sie uns bestimmt geben.

– Wieso? Wieso sollte er das tun? Warum sollte er seine Tochter mit einem Witwer verheiraten? Nur weil Timur etwas Geld hat? Warum sollte Faruk seine Tochter jemandem geben, der drei kleine Kinder hat, die man großziehen muß?

Zeliha schüttelt langsam den Kopf.

– Du kennst die Geschichte nicht?

Hülya zieht fragend die Augenbrauen zusammen.

– Sie war schon mal verheiratet, das mußt du doch wissen.

– Nein, sagt Hülya.

– Sie haben sie verheiratet, als sie vierzehn war, und dann –

Zeliha wirft einen kurzen Blick auf die Kinder, doch die scheinen nicht zuzuhören.

– dann hat sich herausgestellt, daß er ihr nicht steht. Faruk hat sie zurückgeholt und den Leuten gesagt: Wenn ihr euren Sohn irgendwie heilen könnt, könnt ihr sie gerne wiederhaben, aber bis dahin bleibt sie bei mir.

– Sie ist noch …?

Zeliha nickt.

– Ich werde gleich morgen abend zum Kutscher gehen.

– Es wäre gut für die Kinder, dann hätten sie wenigstens ein Mütterchen.

Einige Zeit später kommen die Männer von der Beerdigung. Timur nimmt seine Töchter auf den Arm, und Gül findet, daß er ganz anders riecht als sonst. Oft schon hat sie den Schweiß ihres Vaters gerochen, wenn er den ganzen Tag in der Glut des Schmiedeofens gearbeitet hatte. Sie weiß, wie er riecht, wenn er im Stall gewesen ist oder wenn er den Garten gedüngt hat mit der Scheiße aus dem Plumpsklo, und nie hat Gül den Geruch als unangenehm empfunden, doch jetzt riecht ihr Vater sauer. Nach sauer gewordenen Tränen.

Gül hat vorhin nicht alles verstanden, aber genug, um ihrem Vater jetzt zu sagen:
– Papa, sie haben ein Mütterchen für uns gefunden.

Für einen kurzen Moment kommt Glut in die Augen des Schmieds. Doch auch die Glut verwandelt sich in Tränen, die leise seine Wangen herunterlaufen. Er läßt Gül auf den Boden herab, und ohne etwas zu sagen wendet er sich ab und geht Richtung Hof. Gül folgt ihm ohne ein Wort. Sie sieht, wie ihr Vater die Tür zum Klo aufmacht, und als er drinnen ist, hockt sie sich vor die Tür und sagt den Satz noch mal:
– Papa, Oma und Tante Hülya haben ein Mütterchen für uns gefunden.
– Was machst du eigentlich hier draußen, fragt Timur, als hätte er nicht gemerkt, daß sie ihm gefolgt ist. Wieso bist du nicht drinnen?

Gül sagt nichts, sie hockt da, wie sie es in den nächsten Tagen noch oft tun wird. Sie wird fast immer im selben Raum sein wie ihr Vater. Wenn er auf das Klo geht, wird sie ihm folgen und vor der Tür warten, bis er fertig ist.

Wenn er sich wäscht, wird sie vor der Tür des kleinen Badezimmers sitzen, in das man das Wasser noch hereintragen muß, um es dort im Ofen zu erhitzen. Sie wird erschrocken darüber sein, daß es ihm gelingt, den Geruch der Tränen fortzuwaschen.

Gül wird ihrem Vater auf Schritt und Tritt folgen, sie wird sehen, wie er morgens beim Frühstück unvermittelt aufhört zu kauen und wie ihm dann die Tränen die unrasierten Wangen streicheln, wie er aus dem Klo kommt mit noch feucht glänzenden Spuren im Gesicht, sie wird hören, wie die Tränen während des Gebets auf den Gebetsteppich tropfen. Es wird ihr später vorkommen, als hätte sie ihn in dieser Zeit nie trockenen Auges gesehen und als hätte er kaum ein Wort gesprochen.

Sibel ist sehr krank, und als Zeliha beim Kutscher Faruk sitzt und für ihren Sohn um die Hand seiner Tochter anhält, ist sie versucht, ihre jüngste Enkelin ganz zu verschweigen. Das wäre dann ein fremdes Kind weniger, auf das Arzu aufpassen müßte, das wäre ein Grund mehr für Faruk, seine Tochter zum zweiten Mal zu verheiraten. Doch sie sagt:

– Drei Mädchen, sechs Jahre, vier Jahre und zwei Monate. Die Jüngste ist sehr krank, wir glauben nicht, daß sie durchkommt. Zwei Kinder, gehen wir doch einfach von zwei Kindern aus.

– Ich werde es mir überlegen, sagt Faruk.

Falls er und seine Tochter zustimmen sollten, erbittet er sich Stillschweigen aus Gründen der Pietät, die Zeliha im Moment nicht zu interessieren scheinen. Sie muß sich um ihren Sohn sorgen, und wer soll die Kinder großziehen. Etwa sie selber? In ihrem Alter? Sie hat genug davon.

Vier Tage, vier lange Tage kämpft Sibel um Leben und Tod, sie ist ein kleines, blasses Kind, der Babyspeck ist fast verschwunden. Hülya ist Tag und Nacht bei ihr. Sie glaubt nicht, daß es Typhus ist, auch der Arzt hat gesagt, daß es nur ein normales Fieber sein könnte. Vier Tage lang hat Sibel immer wieder Fieberkrämpfe, während Hülya Wasser und Blut schwitzt. Timur hingegen scheint erloschen zu sein. Er geht nicht arbeiten, sitzt den ganzen Tag im Schneidersitz auf einem Kissen, trinkt Tee mit viel, viel Zucker und raucht, raucht, bis man ihn fast nicht mehr sehen kann. Gül ist stets an seiner Seite.

Melike hat noch nicht verstanden, was passiert ist, sie spielt mit den Kindern auf der Straße und prahlt damit, daß die Seele ihrer Mutter nun in Frieden ruht. Sie verlangt nicht nach Fatma, macht aber weiter jede Nacht ins Bett.

Nach vier Tagen sinkt Sibels Fieber. Als Timur erfährt, daß

sie es anscheinend überstanden hat, steht er morgens auf und will zur Arbeit gehen. Gül weint und klammert sich wie ein Kleinkind an sein Bein.

– Keine Angst, sagt Timur, keine Angst, ich komme heute abend wieder. Versprochen.

– Versprochen?

– Versprochen.

Und nun sitzt er vor der Schmiede, alle naselang kommt jemand anders, der ihm sein Beileid aussprechen und ihn hinterher ein wenig ablenken will. Er bestellt allen Tee und ist froh, daß er heute noch nicht arbeiten muß. Er fühlt sich kaum in der Lage, einen Hammer zu heben.

Abends ruft er Gül und Melike zu sich und sagt:

– In ein paar Tagen gehen wir zurück ins Dorf. Wir sind alle wieder gesund, Gül muß in die Schule, Tante Hülya wird mitkommen und auf euch aufpassen. Und bald ... bald ... werdet ihr eine Mutter haben.

Er sagt nicht Mütterchen oder eine neue Mutter oder Stiefmutter, er sagt: Bald werdet ihr eine Mutter haben.

Es ist so ähnlich wie mit dem Löffel, den Timur gegen die Wand geschleudert hat. Erst in dem Moment, in dem sie es von ihrem Vater hört, glaubt Gül es wirklich. Sie werden eine Mutter bekommen, sie ist ganz aufgeregt und neugierig. Sie sieht Melike an, die nicht so recht zu wissen scheint, was sie mit dieser Information anfangen soll. Timur lächelt, steht auf. Gül folgt ihm bis vor das Klo.

Als sie den ersten Tag wieder in der Schule ist, merkt Gül, wie die anderen Kinder sie verstohlen ansehen, doch in der Pause kommt niemand, um neugierige Fragen zu stellen. Nur Recep nähert sich ihr.

– Der Allmächtige gebe den Hinterbliebenen Kraft, sagt er, so wie er es von den Erwachsenen gelernt hat.

– Amen, sagt Gül.

– Dein Vater war zu lange weg, sagt Recep, Tufan hat das ganze Dorf gegen ihn aufgebracht.

Gül macht sich keine Sorgen, sie spürt, daß alle erst mal nett sein werden zu ihrem Vater. Sie selber ist froh, wieder auf dem Dorf zu sein, mit Recep zu reden und nicht mehr so oft ihre Großmutter sehen zu müssen, die so bestimmt ist und kalt. Im Dorf lacht sie niemand wegen ihres Dialekts aus, und Tante Hülya spielt jeden Abend mit ihr und Melike. Ihre Tante kocht, wäscht, putzt, spült, doch Gül möchte Sibel selber die Flasche geben, sie möchte Melike ausziehen und waschen und ihr die Brote schmieren. Und Hülya läßt sie, ein trauriges Lächeln auf den Lippen, aber aufmunternde Worte im Mund:

– Du bist ein fleißiges Mädchen, bravo, meine Süße, du bist ein Schatz.

Keinen Tag vergißt Hülya, den Mädchen zu erzählen, daß sie bald eine neue Mutter bekommen werden und daß sie sich darauf freuen können. Sie näht den Schwestern für diesen festlichen Tag Kleider aus einem blauen Stoff mit weißen Blumen.

Zweiundfünfzig Tage sind seit Fatmas Tod vergangen, als Timur in die Stadt reitet, heiratet, aber allein zurückkehrt. Arzu soll am nächsten Tag mit ihrer Aussteuer auf dem Lastwagen nachfolgen.

Der nächste Tag ist ein Sonntag, und Tante Hülya hat den Kindern ihre neuen Kleider angezogen. Sie sitzen zu Hause und warten ungeduldig, als Recep angerannt kommt.

– Sie sind unten an der Straße, man kann sie schon sehen.

Wenn man den Laster auf der Serpentine sieht, die zum Dorf führt, kann es nicht mehr lange dauern. Gül nimmt Sibel auf den Arm und läuft Melike hinterher, zur Leiter, die am Stall lehnt. Melike ist schon oben, weil Gül mit Sibel auf dem Arm nicht so schnell laufen kann. Gül läßt Sibel am Fuß der Leiter zu Boden und klettert hoch, bis sie neben Melike auf der obersten Sprosse der Leiter steht. Von dort hat man den besten Blick, und sie will ihre Mutter unbedingt als erste sehen. Oder zumindest nicht nach Melike.

– Du mußt runter und Sibel holen, sagt sie.

– Nein, du gehst.
– Ich bin älter, du mußt tun, was ich sage.
– Ich geh nicht, soll sie unten bleiben.
– Sie ist unsere Schwester.
– Ist mir egal. Ich geh nicht. Du gehst.

Sie zanken sich noch eine Weile, ohne sich gegenseitig anzusehen. Ihr Blick ist stur auf die Straße gerichtet.
– Du holst sie.
– Nein, du. Wenn du sie hochträgst, trag ich sie auch wieder runter.

Dann könnte Melike die Mutter zuerst sehen.
– Wir gehen beide.

Gül hält Melike am Arm fest und will sie mit runterziehen, doch die wehrt sich. Sibel sitzt ganz still auf dem Boden und sieht zu ihren Schwestern hoch. Gül umarmt Melike jetzt und versucht so, wenigstens eine Sprosse auf der Leiter runterzuklettern. Aber Melike zappelt derart, daß sie das Gleichgewicht verlieren. Gül läßt los, doch es ist schon zu spät, beide fallen auf den Boden, direkt vor Sibel. Melike packt Gül an den Haaren und zieht daran, Gül faßt Melike am Handgelenk, um das Ziehen zu mildern, und versucht gleichzeitig, mit der anderen Hand Sibel aus dem Weg zu schieben. Melike will in die Hand beißen, die Sibel fortschieben will, Sibel fängt an zu weinen, Gül hält kurz inne, wird noch heftiger an den Haaren gezogen, schreit laut auf, Melike kreischt, um sie zu übertönen. Da hören sie eine vorsichtige Stimme:
– Kinder, seid lieb, Kinder, streitet euch nicht.

Eine junge Frau mit fülligen Wangen, die sie freundlich aussehen lassen, steht direkt vor ihnen. Gül und Melike blicken auf. Gül hat eine Schramme von Melikes Fingernagel auf der Stirn, Melike hat sich das Knie aufgeschlagen, und erst später werden sie merken, daß beide aufgeschrammte Ellenbogen haben.

So lernt Arzu die Kinder kennen. Sie sieht drei Mädchen auf dem Boden, von denen sich zwei gerade gebalgt haben, und dem dritten läuft der Rotz aus der Nase.

– Herr, gib mir Kraft, murmelt sie.
Die Frau sieht ihrer Mutter gar nicht ähnlich, aber Gül fragt trotzdem vorsichtig:
– Mutter?
– Ja.
Gül steht auf, bewegt sich aber nicht auf die Frau zu und sagt auch kein Wort. Melike erhebt sich ebenfalls, geht zu der Frau und schmiegt sich an ihr Bein. Das hat Gül nun davon.

Timur ist wieder bei Kräften, doch in letzter Zeit verspürt er ständig einen Druck auf den Augen. Er möchte nicht zum Arzt damit, er vertraut Ärzten nicht. Sie haben seine Frau sterben lassen, und wahrscheinlich kommt der Schmerz seiner Augen sowieso nur vom vielen Weinen. Soviel wie in den letzten Wochen hat er noch nie geweint in seinem Leben.
Er stellt fest, daß die Dorfbewohner sich zieren, ihm ihre Waren zu verkaufen, einige handeln lieber mit Tufan, obwohl der einen niedrigeren Preis zahlt. Timur ist überzeugt, daß das nicht lange so sein wird, auf Dauer folgen die Menschen dem Ruf des Geldes. Er hat einfach nur zu lange den Handel schleifen lassen, weil er andere Sorgen hatte.
Sie wollten die Kinder zu Verwandten nach Istanbul schicken, zumindest Gül und Sibel. Nur Melike wollte der Großonkel nicht, weil er wußte, daß sie schwierig ist. Nein, hat Timur gesagt, das sind meine Töchter, solange ich in der Lage bin, werde ich für sie dasein. Und nun hat er diese Frau geheiratet. Sie ist nicht so schön wie ein Stück vom Mond, aber alle sagen, sie sei fleißig und habe ein reines Herz. Das letzte Mal, als seine Mutter ihm eine Frau ausgesucht hat, hat sie eine gute Wahl getroffen. Wer sollte schon besser für ihn entscheiden können als seine Mutter, die ihn gesäugt und großgezogen hat. Und was wäre ihm auch übriggeblieben, wie hätte er ohne Frau seine Töchter behalten sollen.
Arzu ist nicht schön wie ein Stück vom Mond, aber sie ist auch nicht häßlich. Sie ist tatsächlich fleißig, sie kümmert sich um die Kinder, sie kann kochen, was macht es da, daß sie

nicht weben kann oder will, daß sie keine Teppiche haben werden, um sie zu verkaufen. Timur bekommt einen guten Preis für den Webstuhl.

Ihre neue Mutter ist gerade mal vierzehn Tage da, als Gül krank wird. Sie liegt schwitzend mit Fieber im Bett, und wenn sie die Augen öffnet, hat sie das Gefühl, daß die Deckenbalken sich auf sie herabsenken, um sie zu erdrücken. Wenn sie die Augen schließt, wird das Gefühl nur stärker.
Manchmal verschwindet das Gefühl aber auch, dann hört Gül ihren Schwestern zu oder ihrer Mutter beim Kochen. Sie weiß immer genau, wo im Raum sich Melike und Sibel befinden, sie sieht die einzelnen Handgriffe ihrer Mutter und sogar die Mimik vor sich, doch sobald Gül die Augen öffnet, sind alle verschwunden, sie hat sich die Geräusche nur eingebildet.
Ganz schnell macht sie die Augen wieder zu, sie will wenigstens die Geräusche hören, doch sie hat erneut das Gefühl, als würden die Deckenbalken sich auf sie herabsenken, sie erdrücken und zerquetschen. Sie schreit. Sie will nicht allein sein, sie will nicht verschwinden unter den Balken. Immer wieder hört man unvermittelt ihren angsterfüllten Schrei.
Arzu setzt sich ans Bett und streicht über Güls Stirn. Und weint. Sie weint nicht um das kranke Kind. Sie weint um sich selbst. Womit hat sie dieses Schicksal verdient? Was kann sie dafür, daß ihr erster Gemahl kein Mann war? Und ist es ihre Schuld, daß sie danach keiner mehr haben wollte? Was tut sie hier? Sie ist gerade neunzehn Jahre alt und muß sich auf einmal um diese drei Kinder kümmern. Drei Mädchen, die ihr völlig fremd sind, und ein Mann, der den Schmerz über den Tod seiner Frau noch lange nicht verwunden hat. Arzus Tränen tropfen auf Güls Stirn, und Timur lächelt, weil er den Grund der Tränen nicht kennt, und sagt beruhigend:
– Das ist kein Typhus. Was man als Arzt an einer Universität lernt, weiß ich nicht, aber das ist kein Typhus, das Kind hat Fieber.

Und sie reiben Güls Körper mit Alkohol ein, um das Fieber zu senken. Sie lassen einen Hodscha kommen, der betet, ihr Fieber bespricht und außerdem Blutegel empfiehlt. Drei Stück sollen sie über dem Kreuzbein ansetzen, die würden das böse Blut aussaugen.

Vier Tage nachdem die Blutegel angesetzt worden sind, die ihre Mutter in einer Glasflasche mit heimgebracht hatte, ist Gül wieder gesund. Doch sie hat noch drei Tage lang Fieberträume gehabt. Daran, daß die Balken sich auf sie senkten, war sie ja fast schon gewöhnt. Schlimmer war, daß sie sich verloren fühlte und von riesigen Blutegeln träumte, die sich mit ihrem ganzen Gewicht auf ihren Rücken legten, sie in den Nacken bissen, um sie danach mit Haut und Haaren zu verschlingen. Drei Tage hat sie immer wieder *Mutter, Mutter* gewimmert und dabei oft Arzus Gesicht gesehen.

Als Gül wieder gesund ist, führt die Familie ein Dorfleben, das ganz normal aussieht. Gül geht zur Schule, Melike spielt auf der Straße, zankt sich, Sibel ist im Haus bei ihrer Mutter, die Hausarbeiten erledigt oder sich mit Nachbarinnen auf einen Plausch trifft. Der Schmied reitet in die Stadt und versucht seine Geschäfte wieder anzukurbeln, aber es scheint nicht richtig zu klappen. Tufan hat die wildesten Gerüchte gestreut, die Leute sind mißtrauisch, sie glauben, Timur würde sie betrügen, einige glauben sogar, er hätte ein Auto in der Stadt.

Ja, er ist reich, aber nicht so reich. Gerade mal ein Auto gibt es inzwischen in der Stadt. Und was für einen Sinn hätte es, jeden Tag in der Schmiede zu schwitzen, wenn er so viel Geld hätte, daß er sich ein Auto leisten könnte?

Er würde diese Sache gern klären, von Mann zu Mann, aber Tufan ist eine Schlange, die sich im hohen Gras versteckt. Soll er zu mir kommen, wenn er ein Problem hat, sagt Timur den Leuten, soll er es mir von Angesicht zu Angesicht sagen, wenn er glaubt, ich würde euch bescheißen. Gott ist mein Zeuge, daß ich nur ehrlichen Handel betreibe. Soll der Hurensohn doch kommen, wenn er etwas zu sagen hat.

Noch nicht mal nachdem Timur ihn öffentlich beleidigt hat, fordert Tufan Genugtuung, so feige ist dieser Mann.

Doch das alles hält den Schmied nicht davon ab, in den ersten Frühsommertagen mit dem Geld, das er für den Webstuhl bekommen hat, fast eine Woche nach Istanbul zu fahren. Wie immer ist er froh, als er im Zug sitzt. An nichts denken, trinken, rauchen, den Tänzerinnen zuschauen und die Fußballer anfeuern, in kleinen Restaurants an Straßenecken an niedrigen Tischen auf Hockern sitzen und Spieße essen, zwei, drei Portionen, in aller Ruhe. Er genießt es, hier und da ein Schwätzchen mit den Städtern zu halten und nicht an Krankheit, Tod, Geburt und Hochzeit zu denken.

Nur der Druck auf seinen Augen läßt nicht nach und erinnert ihn daran, daß es gerade schwere Zeiten sind. Ganz besonders schlimm ist es morgens beim Aufwachen und manchmal auch abends, doch in Istanbul ist er abends meistens betrunken genug, um den Schmerz seiner Augen nicht zu spüren. Betrunken genug, um zu vergessen.

Während Timur in Istanbul ist, wirft im Dorf jemand in der Dunkelheit einen Stein gegen ein Fenster seines Hauses. Arzu glaubt, Tufan fortlaufen gesehen zu haben. Sie kennt sich aus mit den Gebräuchen und Gewohnheiten der Dorfbewohner, sie ist kein Stadtkind wie Fatma. Sie ist überhaupt nicht wie Fatma, und sie ist längst gereizt von den jungen Mädchen, die auf sie zukommen und fragen, ob sie auch Märchen erzählen kann. Sie kennt sich aus mit den Bräuchen. Es geht nicht um die Scheibe, die zu Bruch gegangen ist. Die Botschaft lautet: Ich habe ein Auge auf deine Frau geworfen. Du solltest sie nicht allein lassen, sonst wirst du bald als gehörnter Ehemann dastehen.

Erst will sie keiner und jetzt einer zuviel. Arzu hat nichts getan, sie hat ihm nicht in die Augen gesehen oder ihn auf eine andere Weise ermutigt. Wenn die Kinder abends endlich schlafen und ihr Mann weit weg in der großen Stadt ist, sitzt Arzu manchmal da, dreht die Flamme der Petroleumlampe ganz klein und weint still vor sich hin und bittet den Herrn, ihr Kraft für einen weiteren Tag zu geben.

Sie hat auf dem Dorf niemanden, mit dem sie darüber reden könnte, also versucht sie, es Gül zu erklären. Die versteht nicht alles, aber mal wieder genug, um Angst zu haben, genug, um zu wissen, daß es sich nicht um eine Sache zwischen Tufan und ihrem Vater handelt, sondern zwischen der Familie und den Dorfbewohnern. Sie hat Angst, daß jemand, der sich an ihren Vater nicht rantraut, ihr irgendwo auflauern könnte. Beim Spielen entfernt sie sich kaum mehr vom Haus, und nach der Schule geht sie ziemlich schnell heim, anstatt mit Recep rumzutrödeln.

Bald werden sie alle zusammen ins Sommerhaus ziehen. Auch Arzu sehnt diese Zeit herbei, damit sie ihre Eltern wieder regelmäßig sehen kann. Doch als Timur dann zurück ist und sie tatsächlich umziehen, verfliegt zumindest Güls Freude sehr schnell. Sie hatte verdrängt, daß die Stadtkinder sich über ihre Aussprache lustig machen. Und sie hat nicht daran gedacht, daß sie nun zu Hause niemanden mehr hat, mit dem sie spielen kann.

Es gibt kein Kitzeln und keine Raufereien, und es gibt keine Koseworte mehr, weder hier noch auf dem Dorf. Das ist es, was Gül am meisten vermißt, die zärtlichen Worte ihrer Mutter, mein kleines Mädchen, mein Schatz, mein Lamm, mein Täubchen, Liebes, Glanz meiner Augen, Freude meiner Seele.

Wenn Arzu zu ihren Eltern oder zu den Nachbarinnen geht, überläßt sie die älteren Kinder oft stundenlang sich selbst. Auch als der Schmied eines Tages viel früher als erwartet heimkommt, ist Arzu mit Sibel bei einer Nachbarin, und Melike spielt draußen, während Gül sich zu Hause allein langweilt. Timurs Schnurrbart sieht dunkel und verklebt aus, und er flucht lange und laut vor sich hin, bevor er seiner Ältesten erzählt, was passiert ist.

– Ich mußte ins Dorf, sagt er, ich hatte einiges zu erledigen, habe ein paar Bauern Gemüse abgekauft und habe ihnen erzählt, daß ich noch zur Mühle muß. Ich bin zur Mühle geritten, schön langsam, weil ich den Esel so bepackt hatte. Tufan hatte sich hinter der Tür der Mühle versteckt, mit einer Schaufel in der Hand. Er wollte mir mit der Schaufel ins Gesicht schlagen, doch der Herr hat mich beschützt, die Schaufel selbst ist weggeflogen, er hat mich nur mit dem Stiel erwischt. Genau auf der Nase. Mir sind die Tränen aus den Augen gestürzt. Hätte er die Schaufel bei einem anständigen Schmied machen lassen, wäre ihm das nicht passiert. Ich war zu überrascht, um ihm eine Abreibung zu verpassen. Verstehst du, du machst die Tür auf, und als nächstes hast du einen dicken Holzstock auf der Nase. Er hat den Stiel fallen gelassen und ist fortgelaufen, er ist um sein Leben gerannt, der kleine, dreckige Feigling. Und mir hat die Nase geblutet, aus beiden Löchern.

In den folgenden Jahren wird Timur diese Geschichte noch oft erzählen, aber er wird sie schon zwei Wochen später damit beenden, daß er sagt: Ich müßte diesen Mann noch mal aufsuchen und ihm meinen Dank aussprechen. Seitdem mir die Nase so geblutet hat, haben meine Augen nicht mehr geschmerzt. Der Druck ist verschwunden, ich bin diesem Mann dankbar, ehrlich.

An diesem Tag jedoch ist er zornig und sinnt auf Rache.

– Ich werde ihm die Knochen aus dem Leib prügeln, sagt er abends zu seiner Frau, doch die wartet, bis er sich ein wenig beruhigt hat, und sagt dann vorsichtig, sehr vorsichtig:

– Wir müssen doch nicht ins Dorf zurück, oder? Wir kommen doch beide aus der Stadt ...

– Bist du verrückt geworden, Weib? Das würde ja aussehen, als hätte ich Angst vor ihm. Nein, das ist ausgeschlossen.

Als er später mit der angenehmen Trägheit, die ihn überkommt, wenn er bei seiner Frau gewesen ist, im Bett liegt, überlegt er, daß das vielleicht keine so schlechte Idee ist. Eigentlich war er ja nur aufs Dorf gezogen, weil seine Mutter so eifersüchtig auf Fatma war. Auf diese Frau wird sie nicht eifersüchtig sein.

73

Er könnte das Haus im Dorf und seinen Weinberg verkaufen und ein neues Haus in der Stadt suchen, in der Nähe seiner Mutter. Schlimmstenfalls müßten sie die goldenen Armreife verpfänden, die Arzu mit in die Ehe gebracht hat. Der Weg zur Schmiede würde kürzer werden, und er könnte immer noch nebenbei Handel treiben. Stolz ins Dorf reiten und Tufan zeigen, daß er keine Angst hat.

Arzu spricht ihn in den nächsten Tagen noch zweimal darauf an, daß sie in die Stadt ziehen könnten, weg von diesen einfältigen Dorfbewohnern, die noch in die Sträucher machen, Läuse und Flöhe und Wanzen haben und nicht richtig sprechen können. Und obwohl Timur beide Male nein sagt, hofft sie doch, daß er eigentlich ja meint. Wenn sie schon drei Kinder aufziehen muß, die nicht die ihren sind, dann möchte sie wenigstens in der Stadt leben und nicht auf einem dieser Dörfer, wo alle die gleiche Kleidung tragen und sich nur einmal im Monat waschen. Und da sie bereits erfahren hat, wie stur Timur sein kann, spricht sie ihn nicht noch öfter darauf an, sondern geht zu ihrer Schwiegermutter.

– Mutter, sagt sie, wäre es für dich nicht eigentlich besser, wenn Timur wieder in die Stadt zöge? Der Herr behüte, aber wenn dir eines Tages etwas zustoßen sollte, dann sind wir weit weg. Ich weiß, du hast Hülya hier, und du bist mit guten Nachbarn gesegnet. Aber Timur reitet jeden Tag hin und her, seine Geschäfte auf dem Dorf laufen nicht so gut, wie du weißt, und niemand kann Herr über zwei Königreiche sein. Glaubst du nicht, die Schmiede würde noch besser laufen, wenn er immer hier wäre? Wenn er nicht im Winter im Dorf bleiben müßte, weil die Straßen zugeschneit sind? Ach, ich weiß ja auch nicht, sagt sie, ich rede nur so vor mich hin.

Gül bleibt wieder viel zu Hause in diesem Sommer. Sie springt nicht Seil und spielt nicht Himmel und Hölle oder Vater, Mutter, Kind. Dabei mag sie es, ihre Freundinnen in ihr imaginäres Haus einzuladen, ihnen Tee zu kochen, Gebäck anzubieten, ihre kleinen Kinder zu herzen und dem Mann, wenn er von der Arbeit kommt, dicke Bohnen in einem Blechnapf zu bringen, zusammen mit frisch gebackenem Brot und einem Holzlöffel.

Doch hier im Sommerhaus bleibt sie drinnen oder geht nach hinten in den Garten, spielt allein oder redet mit Sibel, wie Fatma es mit ihr getan hatte, als sie auch so alt war. Sie kann stundenlang mit ihrer kleinen Schwester zusammensein und ihr immer wieder Küsse auf die Wangen drücken und die Windeln wechseln, wenn es nötig ist.

Arzu verbringt viel Zeit mit den Nachbarinnen, hält Schwätzchen oder lädt die Frauen zu sich ein, um ihnen Kaffee zu machen. Die wenigsten können sich Kaffee leisten, aber Arzus Mann verdient genug, und sie ist stolz darauf. Wenn Arzu zu Hause ist, soll Gül in Rufweite bleiben, denn ihrer Mutter fällt dann oft ein, daß Wasser aus dem Brunnen gepumpt werden muß, die Zimmer zu fegen, die Decken und Kissen auszuklopfen sind. Gül macht es nichts aus, diese Aufträge zu erfüllen, es stört sie nur, daß Arzu sie nicht lobt, wie ihre Mutter es so oft getan hat.

Manchmal bekommt auch Melike eine Aufgabe. Sie aber drückt sich, geht nach dem Frühstück auf das Klo und klettert dann über die niedrige Mauer, um fast bis zum Abend verschwunden zu bleiben. Oder sie täuscht Magenschmerzen vor. Sie weiß, wie es sich anfühlt, wenn man zuviel unreifes Obst gegessen hat, und kann das gut nachspielen.

So vergeht der Sommer, die Äpfel werden reif, Melike täuscht immer noch Magenschmerzen vor, Sibel spricht schon ihre ersten Worte, Arzu wird schwanger und weiß nicht, wie sie es Timur sagen soll.

Timur hat das Haus in dem Dorf und den Weinberg verkauft, ohne ein Wort darüber zu verlieren. Seine Mutter hat wahrscheinlich recht, die Schmiede wird besser laufen, wenn er in der Stadt ist. Er kauft ein Haus in dem Viertel, in dem seine Mutter lebt, eine halbe Stunde Fußweg von seinem Sommerhaus entfernt. All sein Geld gibt er aus für ein Stadthaus, das nicht frei steht wie das Haus auf dem Dorf, sondern eingequetscht ist zwischen zwei anderen. Es hat genau wie das Dorfhaus zwei Zimmer und eine Küche, doch die Zimmer sind größer, und der Boden ist aus Stein und nicht aus festgestampftem Lehm. Außerdem gibt es einen kleinen Vorratsraum im Haus, zu dem man einige Stufen hinuntersteigen muß, und es gibt einen Hof und einen Schuppen, der an den Stall grenzt.

Gül wird Recep und ihre Freundinnen lange nicht wiedersehen. Sie wird mit Kindern in eine Klasse gehen, die lachen, sobald sie nur den Mund aufmacht. Das Haus, in dessen hohler Wand ihr Vater die Gewehre versteckt hatte, wird weit weg sein.

Sie braucht keine Angst mehr zu haben, daß Tufan ihr irgendwo auflauert. Oder daß ihr Vater verletzt heimkommt. Oder gar nicht mehr. Noch immer sitzt sie manchmal vor dem Klo, wenn er sein Geschäft verrichtet.

Am zweiten Tag, nachdem sie ins Stadthaus gezogen sind, bringt ihr Vater sie und Melike, die ihren ersten Schultag hat, zur Schule. Er geht mit seinen Töchtern zu einer Lehrerin, tätschelt Gül die Wange, sagt: Hier ist meine Tochter. Und verschwindet mit Melike. Zu ihrem Lehrer wird er sagen, was die Eltern in jenen Zeiten oft sagen: Das Fleisch ist dein, die Knochen mein. Was heißen soll: Prügel sie ruhig, wenn sie es verdient.

Gül steht mit dieser streng aussehenden älteren Frau auf dem Gang und kriegt kaum den Mund auf, als sie nach ihrem Namen gefragt wird. Bisher hatte sie einen Lehrer, und jetzt steht sie einer Frau gegenüber, die sie an der Hand nimmt und durch den Korridor führt. Die Schule kommt Gül riesig vor, sie wird sich hier verlaufen. In der alten Schule haben sie in den Pausen einfach draußen gespielt. Hier gibt es einen Hof, auf dem alle Kinder schon versammelt sind, um die Nationalhymne zu singen. Es sind so viele Kinder, daß Gül sich fragt, wie die alle ins Klassenzimmer passen sollen.

– Stell dich hierhin, sagt die Lehrerin und schiebt sie zu einer Gruppe von Kindern.

Gül singt die Hymne mit. Wenigstens die ist die gleiche. Danach führt die Lehrerin die Gruppe, bei der sie gestanden hat, in ein Klassenzimmer. Jetzt beginnt Gül zu begreifen, warum die Schule so groß und unübersichtlich ist. Die Schüler werden auf verschiedene Klassenzimmer verteilt. Sie braucht noch einen weiteren Tag, um zu verstehen, daß das hier eine dritte Klasse ist, daß nicht die Schüler aller Klassenstufen zusammen in einem Raum sitzen.

Güls Banknachbarin heißt Özlem. Ungefragt erzählt sie in der Pause, daß sie die Tochter eines Generals ist. Gül sagt leise ihren Namen und den Beruf ihres Vaters. Sie glaubt, wenn sie leise spricht, würde man nicht hören, daß sie vom Dorf kommt. Doch sie merkt sehr bald, daß sie hier wegen ihres Dialektes kaum ausgelacht wird. Sie hat ein Problem, das viel größer ist. Bisher konnte sie immer so tun, als könnte sie gut lesen, weil der Lehrer streng nach Buch gearbeitet hat. Wenn sie einen Text vorlesen sollte, hat sie in das Buch geschaut und ihn auswendig aufgesagt. Sie hatte alle Texte schon so oft gehört, daß es ihr leichtfiel. Doch die neue Lehrerin hält sich nicht an das Buch, und während alle anderen flüssig lesen und schreiben können, hat Gül erhebliche Schwierigkeiten, dem Unterricht zu folgen. Sie ist eine halbe Analphabetin. Die Lehrerin versucht Gül zu helfen, doch da sind noch vierzig andere Kinder in der Klasse, und Gül verliert schnell die Lust, weil sie nicht mitkommt. Ihre Lehrerin ist nicht so streng, wie sie aussieht, aber wenn sie jemanden schlägt, was nicht so häufig vorkommt, macht sie keine Unterschiede, ob Junge oder Mädchen, das Lineal saust auf die Handfläche hinunter oder die Hand auf die Wange.

Gül ist in den ersten Wochen sehr froh, wenn sie in der Mittagspause, die in der Stadt anderthalb Stunden lang ist, nach Hause kann. Es stört sie nicht, daß es dort immer etwas zu tun gibt. Mal muß sie auf Sibel aufpassen, mal die Steinchen aus dem Reis oder den Linsen lesen oder vor der Tür fegen. Höchstens spätabends, wenn es draußen dunkel geworden ist und Ruhe einkehrt, wenn man nur noch das Zischen der

Druckluftlampe hört und die Insekten, die dagegenfliegen, kommt sie dazu, Hausaufgaben zu machen.

Nach einer Weile geht Melike in den Mittagspausen kaum noch nach Hause, sie geht zu ihren Freundinnen oder spielt auf der Straße. Wenn sie Hunger hat, läuft sie heim, schmiert sich ein Brot in der Küche und verschwindet sofort wieder, bevor ihre Mutter ihr etwas auftragen kann. Sie hat schnell Anschluß gefunden und auch rasch den Stadtdialekt angenommen, obwohl sich niemand über ihre Aussprache lustig gemacht hat. Sie gehört nicht zu den Mädchen, über die man lacht, sie kann am besten Seil springen, gewinnt beim Fangen, macht keine Fehler bei Himmel und Hölle, und wenn ihr etwas nicht paßt, fängt sie gleich Streit an.

Als es kälter wird, hat Gül sich langsam an die Schule gewöhnt, die Mittagspause kommt ihr nicht mehr wie eine Erlösung vor, aber sie hat immer noch Schwierigkeiten, dem Unterricht zu folgen. Doch auch sie hat Freunde gefunden, und mit Özlem versteht sie sich besonders gut. Einige Male begegnen sich die beiden zufällig bei Güls Großmutter, die stolz darauf ist, mit der Frau des Generals befreundet zu sein.

– Özlem ist ein gutes Mädchen, sagt Zeliha zu Gül, und ihre Mutter ist auch sehr nett.

Gül kann Özlems Mutter nicht besonders leiden, weil sie ihr immer über den Kopf streichelt, ohne auch nur hinzusehen, und weil sie so laut lacht, wenn sie etwas erzählt. Und sie mag Mutter und Tochter nicht bei ihrer Großmutter treffen, weil sie dann eifersüchtig wird. Özlem bekommt jedesmal Süßigkeiten und liebe Worte, während Gül nur einmal im Jahr zum Zuckerfest ein Stück Schokolade kriegt.

Als Erntezeit ist, reitet Timur stolz ins Dorf, die sollen nicht glauben, daß er Angst hat. Er bietet den Bauern gute Preise für ihr Getreide und Obst, und einige verkaufen an ihn.

– Warnt diesen Hurensohn Tufan, daß ich ihn zerquetschen werde wie eine Ameise, daß ich ihn unter meiner Schuhsohle zerquetschen werde. Ich werde seine Tränen keines Blickes würdigen, sagt er bei jeder sich bietenden Gelegenheit.

Am Rande des Dorfes wohnt eine kinderlose Witwe, Filiz, die sehr gut mit Fatma befreundet war und von der Timur häufig Tarhana kauft, einen gewürzten, getrockneten Teig, aus dem man Suppe macht.

– Der Mann mag feige sein, sagt sie zu Timur, aber er kann reden, er kann die Männer schwindelig reden, daß sie kaum noch wissen, wie sie heißen. Wenn der denen morgen erzählt, du seist auf einmal Galatasaray-Anhänger geworden, dann werden die das glauben.

– Das soll er sich mal trauen. Ich bin Beşiktaş-Fan von der Wiege bis ins Grab, das weiß doch jeder. Wenn er das wagt, breche ich ihm wirklich alle Knochen.

– Wenn du etwas gegen ihn unternehmen willst, mußt du dich auch mit den Leuten unterhalten. Es reicht nicht, Drohungen auszustoßen und dann davonzustolzieren.

– Was soll ich denn tun? Soll ich mich mit Weibergeschwätz aufhalten?

– Wenn du Geschäfte machen willst, mußt du mit den Bauern reden.

– Ich biete gute Preise, wer das nicht sieht, dem kann ich nicht helfen.

Filiz seufzt.

– Ja, ich weiß, sagt sie.

Nach der Weinernte wird ein Teil des Traubensaftes wie jedes Jahr mit Stärke eingekocht, getrocknet und in Streifen geschnitten, so daß man am Ende kleine, feste Fladen hat, die man den Winter über essen kann, bevorzugt mit Walnüssen als Beilage, eine Energiequelle für kalte Tage.

Weizen, Reis und das Winterbrot, das die Nachbarn gemeinschaftlich im Herbst backen, werden im Haus des Schmieds im kleinen Keller aufbewahrt, aber die Walnüsse und der getrocknete Traubensaft liegen ganz oben auf dem Regal in der Küche.

Eines Abends verzweifelt Gül im Schein der Lampe fast an ihren Hausaufgaben. Ihre Mutter sitzt nah am Ofen und häkelt, ihre Großmutter, die vorbeigekommen ist, wie sie es häufig tut, sitzt noch näher am Ofen und trinkt Tee, während Timur Rakı trinkt und raucht. Es ist ein Abend, der ahnen läßt, daß auch dieses Jahr wieder ein harter Winter bevorsteht.

Zeliha geht in die Küche, und als sie zurückkommt, sagt sie zu Timur:

– Es stimmt. Der getrocknete Traubensaft ist sehr viel weniger geworden. Gül nimmt immer welchen mit in die Schule und verteilt ihn dort an die anderen Kinder.

Gül hat gehört, was ihre Großmutter gesagt hat, aber sie kann es nicht glauben.

– Stimmt das, Gül?

Gül schüttelt den Kopf.

– Özlem hat gesehen, wie du ihn in der Schule verteilt hast, sagt Zeliha.

Gül hat keinen Traubensaft verteilt, aber sie weiß jetzt nicht, was sie sagen soll. Ihr wird heiß, und sie weiß, daß die Menschen glauben, sie würden einen Lügner daran erkennen, daß er rot wird. Aber ihr ist doch nur heiß.

– Ich habe nichts genommen.

Arzu schaut auf und sieht ihre Tochter fest an.

– Özlem hat es bezeugt, sagt Zeliha, und warum wirst du rot, wenn du doch die Wahrheit sagst?

Timur drückt seine Zigarette aus und sagt mit schneidender Stimme:

– Gül, ich möchte so etwas nie wieder hören.

Jetzt ist Gül ganz still und nickt. Was soll sie sonst tun. Ihre Großmutter murmelt kopfschüttelnd noch einige Worte, die niemand versteht. Kurz darauf geht Timur auf das Klo, Gül folgt ihm und hockt sich in der Dunkelheit im Hof vor die Klotür. Das hat sie schon lange nicht mehr getan. Ich war es nicht, ich war es nicht, gleich werde ich es ihm sagen, denkt sie, aber sie bekommt kein Wort heraus.

Als ihre Mutter sie später ins Bett bringt, sagt sie:

– Gül, du darfst nicht lügen und darfst nicht klauen. So

etwas tun nur schlechte Menschen. Wir machen so etwas nicht ... Hast du mich verstanden, Gül?

Gül nickt. Was soll sie sonst tun? Sie kann nicht schlafen und fiebert dem Morgen entgegen. In der Schule geht sie sofort zu Özlem.

– Hast du erzählt, ich hätte getrockneten Traubensaft mit in die Schule gebracht?

– Ja, sagt Özlem.

– Aber ... aber warum? Das habe ich doch gar nicht getan.

– Natürlich hast du das, ich habs doch gesehen.

An diesem Tag geht Gül zum ersten Mal in der Mittagspause nicht heim, sondern setzt sich an eine einsame Stelle am Bach. Sie fühlt sich, als hätte jemand eine Tür geöffnet, und von draußen wehte ein eisiger Wind herein, der ihr bis ins Mark drang. Und sie weiß, daß sie über die Schwelle treten muß. Sie hat keine Wahl.

Alle haben gelogen. Sie weiß die Wahrheit, aber sie kann sie nicht teilen. Sie ist allein. Zum ersten Mal in ihrem Leben ist sie ganz allein. Es gibt niemanden, zu dem sie gehen könnte, niemanden, der ihr glauben wird. Allein.

Wenn es einmal soweit gekommen ist, hört es nie wieder ganz auf, aber das weiß sie noch nicht. Sie sitzt auch in den nächsten Tagen mittags am Bach, sie kann an nichts anderes mehr denken als an diesen getrockneten Traubensaft. Wie ist das möglich, daß Özlem sagt, sie habe gesehen, wie Gül getrockneten Traubensaft in der Schule verteilt, wenn sie es doch nicht getan hat? Was kann sie tun, damit ihr jemand glaubt?

Am dritten Abend, nachdem ihre Großmutter gelogen hat, nimmt sie ihren Vater an der Hand und führt ihn in die Küche. Wenigstens er muß ihr glauben. Gül zeigt hoch zu dem Regal, auf dem der getrocknete Traubensaft liegt.

– Wie soll ich da hochkommen? fragt sie Timur.

Sie haben keinen Tisch, sie haben nur einen alten, schweren Holzstuhl, der in dem anderen Zimmer steht und den Gül kaum bewegen kann.

Timur schaut hoch auf das Regal, runter auf seine Tochter,

noch mal hoch, legt die Stirn in Falten, entspannt sie nach einigen Sekunden wieder und nickt.

– Ich habe verstanden, sagt er.

Es folgt ein leichtes Kopfschütteln, dann nimmt er Gül auf den Arm und trägt sie ins warme Zimmer und kitzelt sie mit seinem Schnurrbart und flüstert ihr ins Ohr:

– Ich weiß, daß du es nicht getan hast, ich weiß es. Die anderen werden uns nicht glauben. Aber wir beide, wir wissen jetzt, daß mein Mädchen nicht klaut. Nicht wahr? Und das ist doch das Wichtigste, daß wir beide das wissen.

Er kann nicht nur nicht beweisen, daß Gül es nicht war, sondern er kann auch seine Mutter nicht beschuldigen, gelogen zu haben.

Am nächsten Tag ist Gül wieder am Bach, doch dieses Mal steht sie mit beiden Füßen im kalten Wasser und tastet mit den Händen das steinige Bachbett ab. Timur ist mit schlechter Laune heimgekommen, seine Hosen sind naß gewesen, und er hat nach Alkohol gerochen.

– Gottverflucht, hat er gesagt, ich habe meine Uhr verloren. Ich hatte sie nicht an der Kette festgemacht, und als ich über den Bach wollte, ist sie mir aus der Westentasche gefallen. Gottverflucht, meine Uhr ist weg, das Wasser hat sie mitgenommen, das Wasser hat mir meine Uhr gestohlen.

Es gibt in jenen Zeiten nicht viele Menschen, die eine Uhr haben, und alle anderen Eltern in der Straße orientieren sich immer an Timurs Töchtern, wenn sie ihre Kinder pünktlich zur Schule schicken wollen. Sind Gül und Melike unterwegs, ist es Zeit. Nicht nur Timur ist stolz auf diese silberne Uhr.

– Wo hast du sie verloren, hat Gül gefragt, zeig mir die Stelle.

– Sie ist weg, hat ihr Vater geantwortet, ich habe schon gesucht.

– Zeig mir die Stelle, hat Gül wiederholt, und sie sind zusammen zum Bach gegangen.

Nun steht Gül im Wasser, die Kälte kriecht ihr die Beine

hoch, und langsam schwindet auch das Gefühl aus ihren Fingern. Timur ist in die Hocke gegangen, starrt auf den Boden und murmelt vor sich hin.

– Sogar ihre Enkelin ... wahrscheinlich hat sie ihn verkauft ... kaufen, verkaufen, kaufen, verkaufen ... das bißchen Traubensaft ...

– Bist du dir sicher, daß es hier war?

– Ja. Oder noch ein kleines Stückchen weiter unten, aber nicht viel, kommen die Worte leiernd aus seinem Mund hervor.

Gül ertastet die Uhr, sie ist unter einen Stein gerutscht. Bevor sie sie heraushölt, dreht sie sich um zu ihrem Vater und sagt:

– Guck mal.

Timur blickt auf, und Gül hebt die Hand aus dem Wasser, hält die Uhr nach oben. Das Lächeln auf dem Gesicht des Schmieds ist das Lächeln eines Kindes. Er freut sich, als hätte er ein verlorenes Spielzeug wiedergefunden.

– Bravo, meine Kleine, bravo, mein Schatz.

Timur erhebt sich, geht einen Schritt Richtung Bach, hält kurz inne und fällt dann der Länge nach ins Wasser. Sehr schnell hat er sich wieder aufgerappelt, während Gül weiter mit der Uhr in der Hand im Bach steht und ungläubig zusieht.

– Ich bin nicht gefallen, sagt Timur, immer noch lächelnd, ich habe mich fallen lassen, und er nimmt Gül auf seinen Arm. Sie spürt augenblicklich, wie die Nässe seines Anzugs durch ihre Kleider dringt, aber es fühlt sich gut an. Es fühlt sich gut an, die Uhr gefunden zu haben und von ihrem Vater, der ein wenig schwankt, nach Hause getragen zu werden.

Als es noch kälter wird, geht Gül in den Mittagspausen oftmals nicht mehr heim. Die Schmiede ihres Vaters ist näher, dort ist es warm, und es gibt auch zu essen. Manchmal kocht Timurs Gehilfe etwas, doch viel öfter geht er in dem nahegelegenen Restaurant etwas holen, und dann sitzen sie zu dritt auf einer dicken Decke auf dem Boden, packen die

Hackfleischspieße aus dem Zeitungspapier, die Zitronen und Tomaten, einen dicken Bund Petersilie, und manchmal kommt genau in diesem Moment Melike reingestürmt, als hätte sie von einem Versteck aus zugesehen und gewartet, bis es Essen gibt.

Sobald sie satt ist, verschwindet Melike wieder, und Gül betätigt den Blasebalg, wofür ihr Vater ihr manchmal ein paar Kuruş gibt. Nachdem der erste Schnee gefallen ist, verbringt auch Melike ihre Mittagspausen in der Schmiede, müht sich sogar mit dem Blasebalg, um ebenfalls einige Kuruş zu bekommen, mit denen sie sofort beim Krämer Süßigkeiten oder Knabberzeug kauft. Weil Gül ihr Geld in einem Versteck aufbewahrt, anstatt es auszugeben, wird sie oft von Melike angebettelt:

– Kauf mir doch noch ein paar geröstete Kichererbsen, bitte.

– Nein, sagt Gül dann.

Sie sagt immer zuerst nein. Aber Melike weiß, daß sie ja sagen wird, wenn sie nur lange genug keine Ruhe gibt.

Die Mittagspausen sind oft die einzige Zeit des Tages, in der Gül richtig warm wird. In der Schule ist es kühl, es wird nur sparsam geheizt, weil keiner weiß, wie hart und lang der Winter werden wird.

Timur gilt immer noch als wohlhabend, doch nachdem er sich das Haus in der Stadt gekauft hat und die Apfelernte dieses Jahr nicht gut ausgefallen ist, er einen Teil seines Geldes in Istanbul verjubelt hat und der Handel mit den Bauern auch nicht mehr so läuft wie früher, muß auch er ein wenig sparen. Tufan hat die Leute aus seinem Dorf jetzt fast alle auf seiner Seite, sie glauben, der Schmied hätte sich einige Felder und noch zwei Weinberge gekauft mit dem Geld, um das er sie betrogen hat, sie glauben den Worten seines Konkurrenten und nicht Timurs guten Preisen.

Weil sie sparen müssen, wird nur das große Wohnzimmer geheizt, in dem nachts Arzu, Timur und Sibel schlafen. Die Tür zu dem kleinen Zimmer wird erst kurz vor dem Schlafengehen geöffnet, damit die warme Luft dort hineinströmen kann, und bald darauf kriechen Melike und Gül unter die dicken Decken.

Bevor es so kalt wurde, konnte Gül spätestens beim Aufwachen am Geruch erkennen, ob Melike ins Bett gemacht hatte. Das kann sie jetzt nicht mehr. Und sie kann auch oft genug nicht einfach ein Glas Wasser trinken, wenn sie nachts aufwacht. Sie haben eine kleine Schüssel im Zimmer, aus der sie sich nachts Wasser eingießen können, aber in vielen Nächten wird es so kalt, daß Gül erst mal die Eisschicht auf dem Wasser mit ihrem Daumen eindrücken muß, bevor sie trinken kann.

– Es ist kalt, hat sie zu ihrem Vater gesagt, uns ist nachts so kalt.

– Ihr könntet im Stall schlafen, hat Timur geantwortet, dort ist es wärmer.

– Nein, hat Gül gesagt.

Sie friert lieber, als zusammen mit den Mäusen in einem Stall zu schlafen.

So vergeht der erste Winter in der Stadt, Arzus Bauch beginnt sich zu wölben, und sie sagt Timur nichts, bis er es selber sieht. Nur sein Blick auf ihren Bauch verrät ihr, daß er es gemerkt hat. Sie verschweigt ihre Schwangerschaft, so wie sie ihre Freude darüber verschweigt, daß sie bald ein eigenes Kind haben wird, eins von ihrem Fleisch und Blut.

Auch wenn sie nicht viel Geld haben, gibt es jeden Morgen eine heiße Suppe, sie essen oft getrockneten Traubensaft mit Walnüssen, sitzen abends beim Schein der Druckluftlampe zusammen, während Gül manchmal über ihren Hausaufgaben einschläft. An vielen Abenden kommt Zeliha vorbei, viel seltener gehen sie alle zusammen zu ihr. Gül paßt immer auf, nicht zu nahe bei ihrer Großmutter zu sitzen. Und sie geht nur noch zu ihr, wenn sie geschickt wird. Sie möchte Özlem, von der sie sich weggesetzt hat, nicht dort begegnen.

Selbst als es wieder wärmer wird, geht Gül mittags noch oft in die Schmiede, aber nicht zu häufig, weil ihre Mutter sonst schimpft. Arzu braucht jemanden, der ihr im Haushalt hilft. Herr, gib mir Kraft, murmelt sie häufig vor sich hin, wenn sie mit ihrem dicken Bauch die Hausarbeit erledigt, gib mir Kraft und Geduld.

Wenn in der Schmiede nicht viel zu tun ist, läßt sich Timur manchmal von Gül den Rücken kratzen und gibt ihr hin und wieder ein paar Kuruş dafür.

Gül hat an diesem Tag wieder ihrem Vater den Rücken gekratzt, er hat schon eine Münze in der Hand, als sie sagt:

– Ich werde sitzenbleiben.

Das ist ihr seit einigen Wochen klar, aber sie hat sich nicht getraut, es zu sagen. Und jetzt, nachdem ihr Vater gerade so behaglich geseufzt hat, ist es ihr herausgerutscht.

Der Schmied läßt die Hand mit dem Geld sinken und sieht kurz die Münze an. Dann lächelt er, holt eine weitere Münze hervor, gibt ihr beide und sagt:

– Das ist nicht so schlimm. Aber nächstes Jahr gibst du dir mehr Mühe. Das mußt du mir versprechen.

– Versprochen, sagt Gül, und es kommt ihr falsch vor, das Geld zu nehmen, aber sie tut es trotzdem. Sie wird es nicht sparen, sie wird ihren Schwestern von der Schokolade in dem bunten Stanniolpapier kaufen, die Melike so gern ißt. Die Kinder mögen diese Schokolade am liebsten, weil die Farben auf dem Stanniolpapier so leuchten und weil der Geruch lange in dem Papier bleibt. Noch Wochen später hält Melike sich die zerknitterte Folie unter die Nase, atmet ein und sagt:

– Schokolade.

Daß sie sitzengeblieben ist, vergißt Gül in diesem Sommer sehr schnell. Ihr Dialekt ist im Laufe des Jahres verschwunden, sie hat keine Hemmungen mehr, mit den anderen Kindern zu spielen, Himmel und Hölle, Nachlaufen, Verstecken und Vater, Mutter, Kind.

Es ist warm, sie kann nachts Wasser trinken, ohne vorher

mit den Fingern ein Loch ins Eis zu bohren, sie muß nicht früh aufstehen, um in die Schule zu gehen. Der einzige Nachteil ist, daß Melikes Uringeruch sich in der Wärme besser entfalten kann und Gül manchmal zusammen mit den ersten Sonnenstrahlen in die Nase dringt.

Im Sommerhaus schlafen die Eltern zusammen in einem Zimmer, Sibel schläft bei ihren Schwestern im anderen und Zeliha im Wohnzimmer. Güls Großmutter verbringt den Sommer bei ihnen, doch sie ist nicht allzu häufig im Haus. Schon nach dem Frühstück sitzt sie draußen mit den anderen Großmüttern zusammen, trinkt Tee mit ihnen, raucht und kommt meistens erst am späten Abend wieder.

Arzu melkt jeden Morgen die Kühe, mistet den Dung aus, pflückt Tomaten und Gurken für das Frühstück. Nach dem Frühstück muß Gül abwaschen, den Flur fegen, in dem sich der Sommerstaub der unbefestigten Straße sammelt, sie muß die Betten machen, ihr eigenes und die ihrer Schwestern. Als Matratzen haben sie große flache Sitzkissen, die abends zusammengelegt werden, jeweils zwei für Melike und Gül und eins für Sibel. Falls Melike eins der Kissen naßgemacht hat, wird es morgens zum Trocknen auf die Wiese gelegt. Die anderen stapelt Gül in einer Ecke des Zimmers aufeinander und legt dann die gefalteten Sommerdecken darauf, darüber kommen die Laken, die Kissen, und ganz obenauf legt sie ein Tuch, um die Sachen vor Staub zu schützen, und damit es schöner aussieht. Währenddessen kümmert ihre Mutter sich um die Gemüsebeete, räumt auf und fängt schon damit an, das Mittagessen vorzubereiten.

Donnerstags ist Markttag, und alle stehen früher auf, Arzu geht direkt nach dem Frühstück in die Stadt, und Gül läuft hinaus, sobald ihre Mutter außer Sichtweite ist. Auch die anderen Kinder genießen es, so früh auf die Straßen laufen und spielen zu können. Gül mag besonders das Versteckspielen, dabei kann sie alles vergessen. Es ist so schön, einen einsamen Platz zu suchen und dann ganz still dort zu sitzen, es erfüllt sie mit Freude, und oft genug wird sie nicht gefunden.

Für ein paar Stunden vergißt sie donnerstags alles, doch wenn sie merkt, daß es schon nach Mittag ist, läuft sie heim. Sie muß sich beeilen, sie muß heute alle Betten machen, abwaschen, aufräumen, und sie muß auch alle Zimmer fegen. Sie muß, kurz bevor ihre Mutter kommt, die Straße vor dem Haus mit Wasser besprenkeln, damit es nicht staubt, wenn die Kutsche hält und die Einkäufe ins Haus getragen werden. Es stört sie nicht, daß sie so viel zu tun hat und daß sie sich jedes Mal beeilen muß, um pünktlich fertig zu werden. Es stört sie, daß ihre Mutter heimkommt, sieht, daß alles erledigt ist, und wieder kein Wort des Lobes übrig hat.

Ein Nachbar, Onkel Abdurahman, wie alle ihn nennen, ein alleinstehender, pensionierter Dorfschullehrer mit einem grauen Vollbart, hat mitbekommen, daß Gül sitzengeblieben ist, und vorgeschlagen, mit ihr zu lernen. Der Mann mag Kinder, und Gül mag diesen Mann mit der tiefen, dunklen Stimme, und so geht sie in diesem Sommer dienstags zu Onkel Abdurahman, und er lernt ein, zwei Stunden mit ihr, gibt ihr Hausaufgaben auf und läßt sie sich das nächste Mal zeigen.
– Schön hast du das gemacht, sagt er zum Beispiel, aber schau mal hier, sieh noch mal genau hin. Ich weiß, daß du das kannst, du mußt dich nur ein wenig konzentrieren. Ja, so, siehst du, du hattest dich nur um zwei verrechnet, das kann passieren, aber jetzt ist es richtig, und du hast es ganz allein gemacht. Fein, murmelt er immer zuletzt in seinen Bart und grinst sie an.
Manchmal kann Gül es gar nicht erwarten, bis wieder Dienstag ist, und sie geht schon am Montag zu Onkel Abdurahman, und er lernt mit ihr. Manchmal geht Gül sogar dreimal in der Woche hin, und sie weiß, daß sie nicht noch einmal sitzenbleiben wird.

Timurs Bett ist mittlerweile berühmt in der ganzen Stadt, noch immer steht es selten länger als einen Monat in seinem eigenen Schlafzimmer. Von dem Ruf des Bettes angestachelt, bestellen zwei reiche Männer bei Timur ebensolche Betten. Der eine ist ein Kaufmann, dem das einzige Auto in der Stadt gehört, und der andere General, Özlems Vater. Beide glauben einen guten Preis auszuhandeln, doch Timur ist stolz darauf, daß er so schöne Betten schmieden kann. Und der Preis, auf den er sich runterhandeln läßt, ist auch sehr stolz. Er wird schwitzen für sein Geld, er wird in der Gluthitze des Sommers schwitzen für das Geld, mit dem er sich ein Radio kaufen will.

Es ist das einzige Radio in der Straße, und die Nachbarn versammeln sich beim Schmied, um den Stimmen aus diesem Gerät zu lauschen. Als ihr Vater es Gül erklärt, versteht sie, daß keine kleinen Menschen da drin sitzen und eine Art Theater spielen. Sie versteht es, aber sie kann nicht begreifen, warum die Sendungen weitergehen, wenn man das Gerät ausschaltet. Warum man am nächsten Tag nicht an der Stelle weiterhören kann, wo man gestern aufgehört hat. Wohin verschwinden die Stimmen, wenn sie nicht aus diesem Kasten herauskönnen?

Nachdem er vierzehn Tage lang von der ganzen Nachbarschaft besucht wurde, hat der Schmied genug. Er kauft einen Lautsprecher, den man an das Radio anschließen kann, und stellt ihn auf das Dach seines Sommerhauses. Abends schaltet er sein Radio ein, und die Nachbarn sitzen auf den Stufen vor ihrer Haustür oder auf Bänken, manche auf Kissen, andere auf dem nackten Stein, manche trinken Tee, manche knabbern Sonnenblumenkerne, und sie alle lauschen an den Sommerabenden den Hörspielen und Nachrichtensendungen und den alten Sängern, die sich selbst mit der Saz begleiten und mit brüchiger Stimme von ihrer Sehnsucht singen. Davon, daß die Schönheit keine zwei Münzen wert ist, die Welt kaum länger als fünf Tage währt und nichts wichtiger ist, als Gefährten zu haben, die einen nach dem Tod noch fortleben lassen. Davon, daß sie nicht wissen, warum sie hierhergekommen sind, daß sie ihre Sorgen nicht in Worte fassen können, nicht mal in Lieder. Sie lauschen den Sängerinnen, die nicht vergessen wollen, daß man in die Zukunft lächeln kann, daß es Hoffnung gibt, immer. Auch wenn man das Schicksal annehmen muß, weil einem nichts anderes übrigbleibt, auch wenn es scheint, als würde die Trauer einen nie mehr verlassen. Wenn man nach vorn sieht, ist da Licht, dort muß es Licht geben, das kann nicht nur das eigene Herz sein, das sich irgendwo spiegelt.

Timur mag diese Musik, und Gül gefällt sie auch. Ohne die Texte zu verstehen, begreift sie, daß diese Melancholie, der anatolische Blues, etwas mit dem Tod zu tun hat. Mit dem Leid, der Vergeblichkeit und damit, daß man sich trotzdem mühen muß, daß man lieben kann, beschützen und wachsen.

Und Timur genießt die Fußballübertragungen, endlich kann er die Spiele verfolgen und ist nicht mehr auf die Erzählungen von Menschen angewiesen, die lateinische Buchstaben lesen und schreiben können, während er zur Schule gegangen ist, als noch die arabische Schrift gelehrt wurde. Er muß sich nicht mehr im Teehaus von Leuten, die es auch nur von jemand anderem gehört haben, erzählen lassen, wer denn nun das entscheidende Kopfballtor gemacht hat.

Arzus Bauch wird immer dicker, und eines Tages sagt sie zu Gül, daß jetzt sie die Wäsche waschen muß. Wie in allen Haushalten, gibt es beim Schmied alte viereckige Blechdosen, in denen vorher Schafskäse war oder Olivenöl, Dosen zu fünf oder zehn oder fünfzehn Liter, in die man einen Holzgriff zum Tragen hineingenagelt hat, nachdem der Deckel abgeschnitten wurde. Gül pumpt aus dem Brunnen Wasser in mehrere kleine Blechkanister und schüttet sie in das große Kupferbecken. Dann bringt sie noch einen Kanister Wasser zum Kochen, gießt es hinzu, hockt sich auf den niedrigen Holzschemel, während ihre Mutter neben ihr die Wäsche auftürmt. Als Gül diesen Berg sieht, hat sie das Gefühl, sie könnte das alles nie schaffen, die Tränen treten ihr in die Augen, doch sie sagt keinen Ton und weint auch nicht.

Am nächsten Waschtag weiß sie schon, daß man sich nicht schrecken lassen darf. Sie singt ganz leise und falsch die Lieder, die sie aus dem Radio kennt, vor sich hin. Es wird vorübergehen, wie alles im Leben, und am Ende wird die Wäsche sauber sein, und Gül wird wieder nicht genug Kraft haben, das Wasser aus dem Kupferbecken zu kippen, so daß ihr Vater es abends leeren muß.

Auch nachdem Ende Mai ihre Schwester Nalan geboren wird, läßt Arzu Gül noch oft die Wäsche waschen. Sie hilft ihrer Tochter, das Becken auszukippen, und hängt die Wäsche auf, wie sie es auch getan hat, als sie hochschwanger war. Gül kommt nicht an die Leine, und den alten Holzstuhl kann sie noch immer nicht tragen.

Als die Schule wieder anfängt, wohnen sie noch im Sommerhaus. Frühmorgens versammeln sich die Kinder aus der Nachbarschaft und gehen gemeinsam zu Fuß in die Stadt. Das dauert über eine halbe Stunde, weil sie unterwegs trödeln, Äpfel klauen, spielen, Unsinn machen. Doch Gül gehört nicht zu denen, die zu spät kommen. Sie geht jetzt gern in die Schule, sie mag ihre neuen Klassenkameraden, sie mag die neue Lehrerin, eine alleinstehende füllige Frau, die alle schätzen und die fast nie jemanden schlägt, sondern es mit beeindruckender Geduld mit Worten versucht.

Gül geht gern in die Schule, doch morgens verläßt sie immer schweren Herzens das Haus. Sibel, die noch keine fünf Jahre alt ist, weint jeden Morgen den Kindern hinterher, die einen Sommer lang ihre Spielgefährten waren und sie nun allein lassen, wenn sie zur Schule gehen. Sibel weiß nicht, was eine Schule ist und was die anderen dort machen, aber sie will nicht ausgeschlossen werden. Sie ist ein blasses, dünnes Kind, das oft krank wird. Aber wenn sie morgens anfängt zu weinen, wenn sie trampelt und schreit und vor Wut rot anläuft, scheinen ganz neue Kräfte in ihr wach zu werden.

Es ist Abdurahman, der eines Sonntags zu Timur geht und sagt:

– Möchtest du Sibel nicht doch dieses Jahr in die Schule schicken?

– Sie ist noch so klein, sie hat noch zwei Jahre.

– Seit sechs Wochen weint sie jeden Morgen, seit sechs Wochen. Wie kannst du dir das so lange mit ansehen? Bricht es dir nicht das Herz?

– Natürlich bricht es mir das Herz, aber was soll ich tun? Sie ist zu klein, und sie wird sich nicht behaupten können. Was soll ich machen?

– Schick sie zur Schule, schlimmstenfalls bleibt sie sitzen. Das wäre kein Verlust.

– Abdurahman, Onkel Abdurahman, sie ist zu jung, sie werden sie nicht nehmen.

Abdurahman nickt und lächelt.

– Sonst würdest du sie gehen lassen?

– Ja, sagt Timur.

– Ich kenne jemanden beim Amt. Wir werden einfach ihr Alter umschreiben lassen. Laß das mal meine Sorgen sein. Ich rede auch mit der Lehrerin, schick Sibel morgen früh einfach zu mir.

So fährt Abdurahman am Montag mit Sibel zusammen in der Kutsche zur Schule und übergibt sie der Lehrerin. Am Dienstag gehen die Schwestern gemeinsam den weiten Weg, Sibel hält sich an Gül, weil Melike trödelt und immer zurückbleibt. Sibel gehört jetzt dazu, und sie fühlt sich den ganzen Weg lang wohl, aber sie ist unsicher, sobald sie in der Klasse sitzt. Es ist ihr alles noch so fremd, sie bekommt den Mund kaum auf, aber sie ist trotz ihrer Nervosität sehr aufmerksam. Am Ende des Schuljahres wird sie nicht nur versetzt werden, sie wird, obwohl ihr die ersten sechs Wochen fehlen, eine der Besten in der Klasse sein.

Timur hat mit Hilfe eines Nachbarn die Walnüsse von seinen beiden Bäumen geschüttelt. Zeliha und Gül sollen sie auflesen und in drei Haufen teilen, zwei etwa gleich große und einen etwas kleineren.

– Einen Teil für uns, einen Teil für deine Oma und einen kleinen Teil für unseren Nachbarn, weil er uns geholfen hat, erklärt Timur seiner Tochter, bevor die beiden mit der Arbeit beginnen.

Als sie fertig sind, geben sie die beiden größeren Haufen in jeweils ein Tuch, dessen Enden sie verknoten. Es sind viele Nüsse, und Gül hat Probleme, so ein Tuch hinter sich herzuziehen.

– Und jetzt, sagt ihre Großmutter, vergraben wir diesen kleinen Haufen in der Erde. Das wird dann eine Überraschung für den Nachbarn. Der wird sich bestimmt freuen. Aber du darfst niemandem etwas davon verraten, sonst ist es ja keine Überraschung mehr, nicht wahr? Versprochen? Kein Sterbenswörtchen.

Gül deutet ein Nicken an. Dann hebt die alte Frau mit einem Spaten ein Loch aus, legt die Walnüsse hinein und schaufelt Erde darüber, klopft sie fest und legt etwas Laub auf die Stelle, damit man nichts erkennen kann.

Gül kann sich zusammenreimen, daß der Nachbar die Nüsse nicht sehen wird, und so fällt es ihr nicht schwer, ihr Wort zu brechen. Abends erzählt sie ihrer Mutter, was passiert ist. Arzu sagt:

– Das kann sein. Das kann sein, daß die anderen schon mal lügen, auch die Erwachsenen. Aber wir machen so etwas nicht, verstehst du? Sie ist eine alte Frau, die gerne Handel treibt, hier und da etwas verkauft. Aber wir machen so etwas nicht. Auch dein Vater hat es nie getan.

– Wir machen so etwas nicht, murmelt Gül.

– So, und jetzt pump mal einen Kanister Wasser aus dem Brunnen, damit ich spülen kann.

Melike hat ein paar Walnüsse stibitzt, weil sie unbedingt etwas ausprobieren möchte, das sie von einem Jungen in ihrer Klasse gehört hat. Sie sammelt das Harz von Nadelbäumen und füllt es in vier Walnußschalenhälften. Dann ruft sie Gül, ohne ihr zu verraten, was sie vorhat.

– Ich habe ein Stück Brot, laß uns doch die Katze des Nachbarn suchen und sie damit füttern.

Gül wundert sich über Melikes Einfall, aber sie mag Katzen gern, immerhin fressen die Mäuse. Sie finden die schwarze Katze, Gül hält ihr das Brot hin und fragt sich, was Melike da aus ihrer Tasche hervorkramt. Mit einer schnellen Bewegung packt Melike das Tier, und nach einem kurzen Kampf hat sie ihm drei Pfoten in die Walnußschalen gedrückt. Als Melike nur noch eine Schale übrig hat und ihre Unterarme schon aufgeschrammt sind, kann die Katze entkommen. An drei Pfoten kleben Walnußschalen, eine vorne, zwei hinten, der Gang der Katze ist unsymmetrisch, aber das schlimmste scheinen für sie die ungewohnten Geräusche zu sein und der fehlende Halt, als sie versucht davonzulaufen. Sie schlittert, entfernt sich aber schnell. Melike lacht.

– Sie hört sich an wie unser Pferd.

Die Katze versucht, auf einen Mauervorsprung zu springen, rutscht ab, rennt im Kreis und verschwindet schließlich hinter einer Ecke, während Melike immer noch lacht.

– Du bist gemein, sagt Gül, und sie hofft, daß ihre Schwester nicht bemerkt, daß es sie Mühe kostet, ihr eigenes Lachen zu unterdrücken. Es hat tatsächlich komisch ausgesehen, Gül hat fasziniert hingesehen, aber gleichzeitig hat es sie abgestoßen.

– Wieso gemein? fragt Melike. Selber schuld, wenn sie sich fangen läßt.

Gül entwickelt sich immer mehr zum Liebling ihres Vaters. Er hat sie gern um sich, *meine Tochter, die meine Uhr gefunden hat*, nennt er sie oder auch *die Tochter des Schmieds Timur*, er nennt sie *Schatz* und *meine Rose* und *Glanz meiner Augen*, wie ihre Mutter es häufig getan hat. Oft nimmt er sie mit, wenn er etwas zu tun hat, er freut sich, wenn sie in die Schmiede kommt. Egal, worum er sie bittet, sie sagt nie, sie habe keine Lust, wie Melike es häufig tut. Und so geht sie auch diesen Herbst drei- oder viermal mit ihm Laub fegen in dem großen Apfelgarten, der ein Stück abseits von den Sommerhäusern liegt. Nach dem ersten Mal hat Gül Angst, bevor sie sich überhaupt auf den Weg machen. Dabei ist es nicht die Arbeit, die sie schreckt.

Als sie beim ersten Mal im Garten angekommen sind, sagt ihr Vater:

– Versuch mal, das Laub hier in der Ecke zusammenzurechen. Ich muß nur mal kurz zum Bauern Aras.

Und er zeigt auf eine winzige Stelle, und Gül recht das Laub zusammen, mehr als sie soll, aber schließlich hört sie auf. Es ist still. Jedes Knistern und Knacken läßt sie hochfahren. Ihr Vater ist lange weg, sehr lange. Wenn sie nicht alles täuscht, wird es gleich anfangen, zu dämmern, und dann wird es dunkel sein, und sie wird sich nicht trauen, allein heimzugehen. Sie weiß, daß ihr Vater kommen wird, aber jetzt ist sie trotzdem so allein, wie sie es noch nie war. Selbst wenn sie allein im Garten spielt oder beim Verstecken eine abgeschiedene Ecke gefunden hat, weiß sie, daß da jemand in der Nähe ist. Bisher ist sie sich noch nie verlassen vorgekommen.

Was soll sie tun, wenn jetzt ein böser Mann kommt. Wohin kann sie fliehen in diesem Garten?

Die Gärten sind nur durch niedrige Mauern aus Stein und Lehm voneinander getrennt, und Gül kauert sich an die Mauer und versucht, sich ganz klein zu machen. Es dämmert tatsächlich schon, und Güls Angst wächst mit der einsetzenden Dunkelheit.

Als sie ihren Vater endlich sieht, in einem Licht, das ihr wie Halbdunkel vorkommt, aber in Wirklichkeit noch rot ist von den gebrochenen Sonnenstrahlen, läuft sie ihm entgegen und umschlingt seine Hüften.

Timur hebt seine Tochter hoch, als würde sie nichts wiegen.

– Ich hatte Angst, sagt Gül.

– Aber wovor denn, sagt Timur, du brauchst doch keine Angst zu haben. Du wußtest doch, daß ich komme, oder?

Gül nickt, ja, das wußte sie, aber das nützt nichts.

– Ich hatte Angst, wiederholt sie leise.

– Hier gibt es nichts, wovor du Angst haben müßtest. Und schön, wie du das Laub gefegt hast, Glanz meiner Augen.

Er versucht, das Thema zu wechseln, aber Gül ist den Tränen nahe, das kann er genau sehen, sie wird gleich anfangen zu weinen.

– Wovor hattest du denn Angst? fragt Timur noch mal.

Es ist eine namenlose Angst, sie hat keine Worte dafür, aber sie muß etwas sagen.

– Daß ich nichts zu essen habe, sagt Gül, ich hatte Angst, daß du noch später kommst und ich verhungere.

– Ich habe mich verquatscht, sagt Timur, ich wollte nicht so spät kommen.

Als er sie am nächsten Nachmittag fragt, ob sie mitkommt, sagt Gül trotz allem ja. Timur packt Brot und Käse ein, damit seine Tochter sich nicht ängstigen muß. Es könnte sein, daß er wieder kurz weggeht. Was an diesem Tag nicht geschieht, aber dafür einige Tage später. Mit Brot und Käse und Oliven läßt er seine Tochter im Garten zurück, weil er schnell zur Mühle reiten will.

Dieses Mal wird Gül ihre Angst verbergen müssen, wenn ihr Vater zurückkehrt. Sie kann ihm nicht erklären, woher diese Angst kommt. Sie kauert sich wieder an die Mauer, und schon nach kurzer Zeit glaubt sie, Schritte zu hören und auch Stimmen. Sind das wirklich Stimmen? Sind das etwa böse Menschen? Gül wagt kaum zu atmen. Die Schritte und Stimmen werden lauter, es sind Frauenstimmen, doch das beruhigt Gül nicht.

– Laß uns erst mal in Ruhe eine rauchen, bevor wir anfangen, sagt die eine.

Sie sind offensichtlich im Nachbargarten, nicht weit von der Stelle, an der Gül sich versteckt, denn jedes Wort ist deutlich zu hören, und auch die Geräusche, als sie sich setzen, sogar das Anreißen des Streichholzes. Gül atmet ganz leise.

– Hast du von Nurays Sohn gehört?
– Welche Nuray, aus welcher Familie?
– Nuray von den İsmails.
– Der humpelnde İsmail?
– Ja, Nuray ist seine Nichte.

– Und wer ist der Vater?

– Ich weiß nicht, ich kenn sie selber nicht. Sie ist die Nichte des humpelnden İsmail.

– Und was ist mit ihr?

– Ihr Sohn, er war gerade mal sechs Monate alt, er ist gestorben. An einer Sicherheitsnadel, so was hat man doch noch nie gehört, oder? Die Nadel muß an dem Laken gewesen sein, in dem Bett, in das sie ihn gelegt hatten. Irgendwie ist sie aufgegangen und hat sich in seinen Rücken gebohrt, eine große Sicherheitsnadel. Und sie wußten nicht, warum das Kind so schreit und weint, und sie haben den Jungen auf den Arm genommen, sie haben Hoppe Reiter gespielt, um ihn zu beruhigen, sie haben ihn in die Luft geworfen und gekitzelt, und er hat gebrüllt wie von Sinnen. Erst Stunden später hat er aufgehört und ist eingeschlafen. Das haben sie jedenfalls gedacht, aber er war bewußtlos, und am nächsten Morgen war er tot. Als sie versucht haben, ihn zu beruhigen, hat sich die Nadel in seine Wirbelsäule gebohrt.

– Oh, mein Gott, ist das wahr?

– Ja, Aylin hat es erzählt, sie kennt Nurays Schwester.

– Der Allmächtige beschütze uns vor solchen Übeln.

– Amen.

Nun hat Gül noch mehr Angst. Die Frauen haben aufgeraucht und fangen an, das Laub zusammenzurechen. Gül sieht ihren Vater auf sich zukommen, aber sie fühlt sich nicht erleichtert, sondern beklommen. Wenn die Frauen hören, wie er sie anspricht, dann werden sie wissen, daß Gül die ganze Zeit dort war, dann werden sie wissen, daß sie Angst hatte. Vorsichtig steht sie also auf und geht ihrem Vater ein paar Schritte entgegen, zunächst langsam, leise, doch schließlich rennt sie und versucht, fröhlich dabei auszusehen. Timur geht in die Hocke, breitet die Arme aus und wartet auf sie.

– Du hast ja gar nichts gegessen, sagt er etwas später.

– Ich hatte ... Ich wollte auf dich warten.

An dem Tag, an dem der erste Schnee fällt, bemerkt Gül, daß sich der Bauch ihrer Mutter schon wieder vorgewölbt hat. Sie weiß gerade genug, um zu verstehen, daß sie wohl noch ein Geschwisterchen bekommen wird. Ihre Mutter sitzt manchmal abends mit gekreuzten Beinen auf dem Boden, ein Kissen im Rücken, und streichelt sich still lächelnd über den Bauch. Es ähnelt dem Lächeln, das ihre Lippen ab und zu umspielt, wenn sie Nalan auf dem Arm hält. Ein Lächeln, das Gül sonst fast nie an ihr sieht.

Dieses Jahr kommt Gül in der Schule ganz gut mit. Zwar ist sie weit davon entfernt, zu den besseren Schülern zu gehören, aber durch die Stunden bei Onkel Abdurahman fällt Gül zumindest das Lesen und Schreiben nicht mehr schwer. Sie hat manchmal Schwierigkeiten, weil sie nicht gut auswendig lernen kann, aber vielleicht findet sie einfach nicht genug Zeit dazu.

Eines Tages liest die Lehrerin eine Geschichte vor, in der ein Mann allein in den Wald geht, um Holz zu sammeln. Er hat einen Esel dabei, den er bepackt, bis dieser kaum mehr laufen kann. Als es auf dem Rückweg anfängt zu regnen, stellte er sich in einer kleinen Höhle unter, und sehr bald bricht die Dunkelheit herein. An dieser Stelle der Geschichte taucht wie aus dem Nichts ein Löwe vor der Höhle auf, ein Löwe, der seit Tagen nichts gegessen hat und dessen Gebrüll dem Mann das Mark in den Knochen gefrieren läßt.

– So, und jetzt holt eure Hefte raus, und schreibt ein Ende für diese Geschichte, sagt die Lehrerin. Danach werde ich die Hefte einsammeln.

Gül überlegt hin und her, es dauerte einige Zeit, bis sie schließlich anfängt zu schreiben.

Der Mann hat Angst vor dem Löwen. Er geht rückwärts, und dann steht er mit dem Rücken zur Wand. Es ist dunkel. Der Löwe kann den Mann nicht sehen. Er kann ihn nur riechen. Aber der Löwe will nicht in die Höhle. Der Löwe hat Angst vor Mäusen. Das einzige, wovor er Angst hat, sind Mäuse. Er kann nichts dafür. Der Löwe hat Angst, daß es in der Höhle Mäuse gibt. Er riecht auch den Esel und überlegt sich, wen er zuerst fressen soll. Wenn sie herauskommen. Der Mann steht mit dem Rücken an der Wand und ist ganz still. Wenn er still ist, vergißt der Löwe den Mann vielleicht. Er kann sehen, wie die Augen des Löwen vor Hunger funkeln. In der Nacht wird der Löwe aber müde, und die Augen fallen ihm zu. Der Mann wartet, bis der Löwe fest schläft. Dann rennt er leise an dem Löwen vorbei und rettet sich in sein Dorf. Sein Esel bleibt zurück und wird gefressen. Seine Frau und seine Kinder freuen sich, als er heimkommt, und feiern ein großes Fest.

In der Pause erzählen sich alle, was sie geschrieben haben. Gül scheint die einzige zu sein, die den Mann hat überleben lassen. Bei den meisten wird er gefressen, oder er verliert zumindest ein Bein. Und stirbt dann, weil er auf einem Bein nicht heimgehen kann. Einer hat den Mann mit dem gesammelten Holz sogar Feuer machen lassen, weil Löwen ja Angst vor Feuer haben. Der Löwe fraß den Mann, als das Holz niedergebrannt war.

Am nächsten Tag gibt die Lehrerin ihren Schülern die Hefte zurück und sagt zu Gül:

– Kannst du nach der Stunde bitte noch dableiben?

Sie sagt es freundlich und warm, aber trotzdem fühlt Gül sich unbehaglich. War es falsch, den Mann überleben zu lassen?

– Gül, sagt die Lehrerin, als sie allein sind, Gül, alle deine Mitschüler haben den Mann sterben lassen, weißt du das?

Gül nickt und sieht auf den Boden.

– Und warum wolltest du ihn nicht sterben lassen?

– Er hat mir leid getan.

– Warum hat er dir leid getan?

Gül überlegt.

– Die Frau und die Kinder haben mir leid getan. Die Kinder hätten dann keinen Vater mehr gehabt.

– Aber du hast einen Vater, oder?

– Ja, sagt Gül.

– Und eine Mutter?

Gül sieht hoch, ihrer Lehrerin ins Gesicht.
– Ja ... Eine Stiefmutter.
Gül sieht ihrer Lehrerin immer noch ins Gesicht.
– Sie kümmert sich bestimmt gut um dich, nicht wahr?
– Ja, sagt Gül und senkt ihren Kopf wieder ein Stück.
– Bist du die Älteste?
– Ja.
– Das Mädchen, dessen Mutter stirbt, hält sich für eine Mutter, sagt man. Weißt du das?
– Ja.
Meistens glauben die Leute, daß Gül nicht zuhört, wenn die Worte der Ahnen in ihrer Gegenwart zitiert werden. *Wer keine Mutter hat, hat auch keinen Vater. Stiefmütter geben verwässerten Ayran und die verbrannte Ecke des Brotes.* Sie kennt diese Sprichwörter, die für sie alle das gleiche bedeuten: Sie muß auf ihre Schwestern achtgeben.
– Du kannst immer zu mir kommen, sagt die Lehrerin, sei nicht schüchtern. Ich helfe dir gerne.
– Danke, sagt Gül artig.
Sie weiß, daß sie nie zu ihrer Lehrerin gehen wird. Hat die nicht gerade selber gesagt, daß Gül fast eine Mutter ist.

Sibel wacht nachts manchmal auf, weil sie aufs Klo muß. Dann weckt sie Gül, weil sie sich im Dunkeln allein nicht raustraut. Gül hat auch Angst im Dunkeln, und wenn sie selbst nachts mit Druck auf der Blase aufwacht, dreht sie sich um und versucht wieder einzuschlafen. Sie haben zwar eine Taschenlampe, aber das bißchen Licht hilft Gül nicht, ihre Angst zu vertreiben. Doch wenn Sibel sie weckt, nimmt sie ihre Schwester an die linke Hand, leuchtet mit der rechten und wartet dann in der geöffneten Tür. Sie ziehen immer Strickjacken an, aber als es noch kälter wird, gehen sie oft nicht die zwanzig Schritte bis zum Klo, sondern Sibel macht einfach in den Hof, direkt neben die Wand des Stalls.
   Einmal weckt Gül Sibel mitten in der Nacht und fragt, ob

sie nicht muß. Gemeinsam gehen sie raus und nacheinander auf das Klo. Und jedesmal, wenn Sibel nachts wach wird, rüttelt Gül auch Melike sanft.
– Melike, mußt du?
– Nein, sagt Melike immer, dreht sich um und schläft weiter. Oft genug muß Gül trotzdem morgens das Laken wechseln. Mittlerweile liegt unter Melikes Laken eine Plane.

In diesem Winter kommt Tante Hülya einige Abende hintereinander zu Besuch. Ohne Onkel Yücel. Fast jedesmal zieht sie Timur in die Küche, und Gül hört die gedämpften Stimmen, kann aber nicht verstehen, was gesprochen wird. Sie kann auch den Blick nicht deuten, mit dem Tante Hülya sie manches Mal ansieht. Aber sie versteht, was es heißt, als Tante Hülya zu Arzu sagt: Timur war mir Vater und Bruder.

Sie versteht, daß es möglich war, diesen Raum zu füllen, daß ihr Vater groß genug sein konnte, um diesen Platz einzunehmen. Und sie selbst fühlt sich klein. Klein, aber stark. Sie hat keine Angst vor Anstrengungen. Sie hat Angst vor dem Schmerz, vor jenem Schmerz, den sie empfunden hat, als Özlem behauptet hat: Natürlich hast du den Traubensaft verteilt, ich habs doch gesehen. Und vor einem Schmerz, wie dem, den sie in diesem Winter in der Küche erfährt.

Arzu sitzt auf dem Boden und rollt Teig aus, Gül kommt in die Küche, sie steht seitlich hinter ihrer Mutter, die sie ganz kurz ansieht und dann mit dem Holzstab, mit dem sie Teig ausrollt, gegen Güls Beine schlägt. Sie erwischt sie knapp unterhalb der Kniescheiben, und Gül bleibt die Luft weg. Sie hört, wie ihre Mutter sagt:
– Wo ist der Joghurt? Ich habe dir doch verboten, vom Joghurt zu essen. Der war für den Besuch heute abend, geh sofort neuen holen.

Gül hört ihre Stimme wie von weit weg. Sie hat den Joghurt nicht gegessen, sie hat nicht mal genascht, und nun ist da nicht nur der Schmerz in ihren Knien, der sich im ganzen Körper ausgebreitet hat, jetzt ist da auch noch der Schmerz, für etwas bestraft worden zu sein, das sie gar nicht getan hat. Und der ist viel größer als der andere.

Vor solchen Schmerzen, denen sie keine Namen geben kann, hat sie Angst.

Ihr Vater wollte sie nur einmal schlagen. Es war gegen Ende des vergangenen Sommers, eins der Mädchen aus der Nachbarschaft hatte ihrer Mutter Henna stibitzt und es unter ihren Freundinnen verteilt. Um sich in Ruhe die Hände und Nägel färben zu können, hatte Gül sich damit in ein Gebiet voller Felsgeröll oberhalb der Gärten verzogen. Wie lange sie schon dagesessen und versucht hatte, genug Spucke zusammenzukriegen, damit aus dem Pulver eine Paste wurde, begriff sie erst, als sie ihren Vater sah. Sie sprang auf und freute sich, obwohl ihr schnell klarwurde, daß sie schon viel zu lange hier saß. Sie hatte nicht nur Spucke in ihrem Mund gesammelt, sie hatte sich vorgestellt, wie es sein würde, wenn sie sich in der Nacht vor ihrer Hochzeit die Hände mit Henna färbte, wie es Brauch war. Sie hatte sich ein großes Fest und einen gesichtslosen Ehemann vorgestellt, ihre Schwestern in schillernden Kleidern, sich selbst in einem strahlenden Weiß, sie hatte sich weggeträumt und das Mittagessen verpaßt. Zu Hause hatten sie sich Sorgen gemacht, und nun suchte ihr Vater sie.

Melike konnte, sooft sie wollte, nicht zum Mittagessen kommen, ihre Eltern hatten sich längst daran gewöhnt, und manchmal war Gül neidisch deswegen. Und sie fand es ungerecht, daß zwischen den Augenbrauen ihres Vaters nun eine Zornesfalte war, und als er sich bückte, um einen Stock aufzuheben, verstand Gül, was ihr blühte, und fing an zu rennen. Sie hörte, wie ihr Vater hinter ihr auch loslief, und sie zwängte sich zwischen zwei eng nebeneinander stehende Felsen, durch die ihr Vater nicht paßte. So bekam sie einen Vorsprung, der kaum aufzuholen war.

Melike wird manchmal von ihrem Vater geschlagen, sie kriegt Ohrfeigen oder auch einen Stockschlag auf die Rückseiten der Oberschenkel. Doch wenn er sie nicht in seinem Zorn erwischt, vergißt er es meistens auch wieder. Darauf hoffte Gül, als sie heimging, daß sein Zorn verrauchen würde, auf dem Pferd, in der Schmiede oder sonstwo. Und als sie sich abends sahen, der Schmied und seine Tochter, war es tatsächlich so, als wäre an diesem Nachmittag nichts geschehen.

– Dann muß es eben sein, hört Gül ihren Vater eines Abends zu Hülya sagen, dann muß es eben sein.
Mehr hört Gül nicht, und mehr erzählt ihr auch niemand. Drei Tage später zieht Hülya zur Großmutter, wie Gül zufällig auf der Straße aufschnappt. Die Nachbarinnen tuscheln, unentwegt scheinen sich die Gespräche um dieses Thema zu drehen, und Gül fragt ihre Mutter, weil sie nicht versteht, was geschehen ist. Wenn Gül an Onkel Yücel denkt, sieht sie ihn vor sich, wie er Sibel auf seinen Füßen schaukelt, mit einem zufriedenen Gesicht, dem die Pausbacken eine gemütliche Freundlichkeit geben. Onkel Yücel und Tante Hülya haben sich getrennt, das begreift Gül, doch sie hat nicht gewußt, daß man so etwas tun kann. Es scheint etwas Unerhörtes zu sein.
– Mutter, sagt Gül also, Mutter, was ist mit Tante Hülya und Onkel Yücel?
– Steck deine Nase nicht in die Sachen von Erwachsenen. Davon verstehst du nichts, dafür bist du noch zu klein, sagt Arzu und schickt sie fort.
Gül geht raus, aber nicht spielen, wie ihre Mutter ihr nahegelegt hat, dazu ist es ohnehin viel zu kalt. Gül geht zu ihrer Großmutter, die ihr mit ihrer tiefen, dröhnenden Stimme immer noch unheimlich ist. Tante Hülya öffnet die Tür, schielt Gül an. Oder auch ein Kind, das sie auf der Straße sieht. Sie streicht ihrer Nichte über den Kopf.
– Komm rein.
Gül bleibt einen Moment stehen und betrachtet den steifbeinigen und unbeholfenen Gang ihrer Tante. Sie wird sich nicht trauen zu fragen.
Zeliha sitzt auf einem Kissen, den Rücken an die Wand gelehnt, und trinkt Tee.

– Wer ist gekommen? fragt sie, als Gül schon im Türrahmen steht.
– Ich bins, Großmutter, sagt Gül, und Hülya fügt hinzu:
– Es ist Gül.

Gül weiß nicht, was sie tun soll, sie war seit dem Vorfall mit dem getrockneten Traubensaft nicht mehr allein hier. Doch ehe sie sich etwas überlegen muß, sagt Tante Hülya:
– Ich fülle gerade Paprika in der Küche, willst du mir ein wenig helfen, mein Schatz?

In der Küche flüstert Hülya Gül zu:
– Sie sieht sehr schlecht in letzter Zeit. Gott bewahre, aber ich fürchte, sie wird blind werden, wenn es so weitergeht. Vorgestern hat sie Timur nicht erkannt. Dabei ist er der einzige, der den Türrahmen ausfüllt.

Gül hilft ihrer Tante, Paprika zu füllen, und hört dabei zu, wie Hülya von dieser oder jener Nachbarin erzählt, daß der Winter dieses Jahr wohl mild bleiben wird, daß sie sich schon freut, sie im Frühling im Sommerhaus zu besuchen. Sie erwähnt Yücel mit keinem Wort. Das einzige, was Gül nach einer halben Stunde fragt, ist:
– Kann ich wieder raus?
– Ja, aber wasch dir vorher die Hände.

Gül geht zu dem einzigen Wasserhahn im Haus, dreht ihn auf, nimmt die Olivenseife in die Hand. In Timurs Haus gibt es keinen Hahn, selbst in der Stadt hat nicht jeder fließendes Wasser. Aber es gibt in jedem Viertel mindestens einen öffentlichen Wasserhahn. Gül wird manchmal mit dem Kanister Wasserholen geschickt, was sie immer gern tut, weil sie dort andere Kinder trifft. Es ist nicht wie im Sommerhaus, wo jeder einen Brunnen hat und man den schweren Schwengel der Pumpe bewegen muß. Während einer der Kanister unter dem dünnen Wasserstrahl steht, spielen die Kinder Fangen, Himmel und Hölle, Seilspringen oder sogar Verstecken, und Gül vergißt darüber oft die Zeit.

Einmal hatte Gül ihre beiden Kanister in die Schlange gestellt, und als sie das nächste Mal hinsah, waren die Kanister

verschwunden. Sie suchte überall, doch die Kanister waren nicht aufzufinden. Schließlich ging sie heim. Wie sollte sie es bloß ihrem Vater erklären. Timur empfing sie mit den Worten:
– Stundenlang warten wir hier auf Wasser, ist dir das klar? Und Madame spielt schön Fangen mit den anderen Kindern. Habe ich dich spielen geschickt, sag selbst, habe ich dich spielen geschickt? Jetzt habe ich das Wasser selber geholt.
Er schüttelte den Kopf.
– Du bist nicht mehr klein. Noch mal will ich so etwas nicht erleben, ist das klar? ... Ob das klar ist?
Gül nickte.

Während Timur nach dem Abendessen eine Zigarette raucht, sagt Arzu zu den Kindern:
– Erzählt niemandem etwas über Tante Hülya. Wenn ihr gefragt werdet, sagt einfach, ihr wüßtet nichts.
Aber ich weiß wirklich nichts, will Gül sagen, doch sie hält den Mund.
– Wir wollen nicht zum Gespött der Leute werden, sagt ihre Mutter.
Diesen Satz hat Gül schon sehr oft gehört. Melike hört ihn noch öfter. Sie hat sich in der Schule mit Sezen, der Tochter eines Arztes, angefreundet und ist dort oft zu Besuch. Ärzte sind reich und angesehen in der kleinen Stadt, während es sich langsam rumspricht, daß es dem Schmied nicht mehr so gut geht, seit die Dorfbewohner ihre Geschäfte lieber mit Tufan machen, von dem man sich erzählt, daß er seinen Gewinn mittlerweile in Goldmünzen anlegt.
Timurs Geld ist dahingeschmolzen, bald wird er noch ein Kind mehr ernähren müssen, doch, dem Herrn seis gedankt, sie darben nicht, noch immer gibt es jeden Morgen Suppe, es fehlt nicht an Eiern, Wurst und Dörrfleisch. Er kann das Geld nur nicht mehr mit vollen Händen ausgeben, wie er es früher getan hat. Arzu scheint nicht so gut mit Geld umgehen zu können wie seine geliebte Fatma, und Timur hat es noch nie gekonnt. Genausowenig wie er die Dorfbewohner davon

überzeugen konnte, an ihn zu verkaufen, obwohl er die besseren Preise zahlte. Tufan hatte Gerüchte gestreut, er würde das Geld nur versprechen, aber am Ende sowieso nicht zahlen können, denn er würde mit ihrem Geld nach Istanbul fahren und sich die Spiele von Beşiktaş ansehen. Da half es auch nicht, daß Timur anbot, die Bauern in bar zu bezahlen. Die leeren Worte waren mehr wert als seine Scheine, weil er es nicht verstand, gegen das Gerede anzugehen.

Wenn Melike zu Sezen geht, sagt ihre Mutter also immer:
– Und iß dort nicht. Dann glauben die, du würdest zu Hause nichts bekommen. Wir wollen nicht zum Gespött der Leute werden.

Gül weiß, daß Melike dort ißt, sie weiß es, weil Melike das bunt bedruckte Stanniolpapier der Schokolade aufbewahrt, die sie im Haus des Arztes bekommt.

Arzu hat ihre Gründe, nicht zum Stadtgespräch werden zu wollen. Sie ist froh, daß langsam vergessen wird, was mit ihrem ersten Ehemann war. Froh, daß vielleicht irgendwann ganz vergessen sein wird, daß sie schon einmal verheiratet war. Wenn sich der Klatsch erst verbreitet hat, gibt es kaum noch ein Entkommen. Arzu möchte nicht auffallen, es sei denn dadurch, daß ihr Mann groß und stark ist und Geld hat. Es sei denn durch ein Kopftuch aus reiner Seide aus Bursa. Es soll schon über sie geredet werden, aber bewundernd und mit leisem Neid.

Doch keineswegs darüber, daß ihre Kinder Gefängnisstrümpfe tragen. Jahrelang glaubt Gül, Gefängnisstrümpfe seien eine bestimmte Art von Socken, nämlich graue dünne Baumwollsocken, die schnell Löcher bekommen, meistens an den Zehen. Ihre Mutter hat ihr beigebracht, wie man von den Socken, die ohnehin keine Ferse haben, vorne ein Stück abschneidet und sie dann wieder zunäht. Das ist Güls Aufgabe, alle zwei, drei Wochen werden die Zehen der Socken, die zu dünn zum Stopfen sind, einfach gekürzt. Schon bald reichen die Socken nicht mehr über den Knöchel, und Timur kauft einen neuen Schwung Gefängnisstrümpfe.

Von klein auf hat Gül diese beiden Worte zusammen gehört, und sie glaubt, es sei so ähnlich wie mit den Löffeln. Wie Eßlöffel, Kochlöffel, Teelöffel gibt es Kniestrümpfe für den Winter, von denen jede der Schwestern nur ein Paar hat, das sie zur Schule anziehen, es gibt Strumpfhosen und eben Gefängnisstrümpfe. Jahre später wird Gül erst verstehen, daß es Strümpfe sind, die die Insassen der örtlichen Justizvollzugsanstalt herstellen, um eine Beschäftigung zu haben und Geld zu verdienen. Weniger als sie, wenn sie den Blasebalg betätigt.

Doch bevor sie es versteht, sitzt sie, wie viele andere in der Stadt, abends beim Schein der Lampe im Zimmer und erneuert die Spitze der fadenscheinigen Socken und versucht die Naht möglichst fein zu machen, damit die Strümpfe bequemer zu tragen sind.

Im Frühling braucht man so etwas nicht, im Frühling tragen die Schwestern das einzige Paar Schuhe, das sie besitzen, nur noch zur Schule. Sobald es warm genug ist, laufen sie, wie fast alle anderen auch, barfuß herum. Oder in billigen Plastiksandalen, in denen man keinen Halt mehr hat, sobald es noch wärmer wird und die Füße anfangen zu schwitzen.

Es wäre trotz allem genug Geld da, den Mädchen ein zweites Paar Schuhe zu kaufen, doch zwei Paar Schuhe sind ein Luxus, der nicht nötig ist. Darüber ist man sich in dieser Stadt einig, ob reich, ob arm, spielt da kaum eine Rolle.

Das Radio hingegen ist ein akzeptierter Luxus, davon haben viele Menschen etwas, ab und zu kommt Besuch, nur um Radio zu hören, aber im Winter üben die Stimmen aus dem Kasten einfach nicht die gleiche Verlockung aus wie im Sommer. Immer öfter bleibt das Radio abends aus, es sei denn, es wird ein Spiel von Beşiktaş übertragen. Das Radio hat nicht nur den Reiz des Neuen verloren. Timur hat in der Stadt keinen Lautsprecher auf das Dach gestellt, und es ist, als würde das Vergnügen kleiner werden, wenn man es nicht teilt.

Als in diesem Jahr der erste Schnee fällt, ist Gül in der Schule. Es kommen dicke Flocken herunter, zuerst noch vereinzelt, aber sehr bald nimmt das Schneetreiben zu, und als Gül in der Mittagspause zu ihrem Vater geht, knirscht der Schnee unter ihren Sohlen, und Melike und Sezen bauen einen Schneemann.

In der Schmiede ist es schön warm, wie immer. Timur sitzt auf einem Schemel und hat einen leidenden Gesichtsausdruck. Seine Miene hellt sich etwas auf, als er Gül sieht.

– Komm doch rein, meine Kleine. Möchtest du dir ein paar Kuruş verdienen?

So begrüßt er sie sonst nie. Gül legt ihre Tasche ab und geht direkt zum Blasebalg, aber ihr Vater sagt:

– Nein, nein. Komm her.

Er zieht seine Hosenbeine hoch bis zu den Knien, seine spärlich behaarten Waden kommen zum Vorschein. Aus dem Kragen seines Hemdes kringeln sich Haare, und da er sich nicht täglich rasiert, bekommt Gül auch seine harten Stoppeln oft zu spüren. Bisher hat sie nicht die Gelegenheit gehabt, die Waden ihres Vaters zu betrachten. Wenn überhaupt, hat sie sich vorgestellt, seine Beine wären behaart wie seine Arme.

Aber da wachsen nicht nur wenige Haare, sondern die Haut ist schuppig und gerötet. Jeder Rotton ist vorhanden, von einem tiefen Rosé bis zu dunklem Flieder, und Timur sagt zu seiner Tochter:

– Es juckt so fürchterlich, könntest du bitte meine Beine kratzen?

Zuerst ekelt Gül sich vor dieser Farbenpracht und weiß nicht genau, wie sie kratzen soll. Timur gibt durch Seufzer schnell zu verstehen, was ihm Linderung und Vergnügen bereitet. Gül spürt die trockene, rissige Haut, sie sieht die Schuppen auf den Boden rieseln und ist erstaunt, daß die Beine ihres Vaters fast noch rauher sind als seine Hände. Doch es bereitet ihr eine Befriedigung, ihren Vater unter ihren Händen so behaglich schnurren zu hören, und schon bald hat sie sich auch an die Farben gewöhnt.

Der Tag, an dem der erste Schnee fällt, ist der erste Tag, an dem Timur sich seine Waden von seiner Tochter kratzen läßt, und es wird schon sehr bald zu einem Ritual werden. Denn der Schmied weigert sich, ein zweites Mal zum Arzt zu gehen.

Er hat kein Vertrauen in die Ärzte. Nicht nur, daß seine Schwester trotz der Behandlung nicht richtig gehen kann und so stark schielt, daß er manchmal glaubt, sie würde fremden Männern auf die Hosen gucken, seine erste Frau ist unter der Aufsicht von Ärzten gestorben.

Als er das erste Mal einem Arzt seine Ekzeme gezeigt hat, nachdem seine Frau und seine Schwester ihm lange genug zugeredet hatten, hat er eine übelriechende Salbe bekommen. Die sollte er morgens und abends auf seine Waden schmieren, und sie hat gebrannt, als würden sich alle Funken des Tages auf seinen Beinen sammeln. Zwei Wochen lang hat er das gemacht, und als keine Linderung eingetreten ist, hat er die Salbe weggeschmissen und geschimpft, mit so etwas würde er nicht mal seine Kühe behandeln.

Also läßt er sich die Waden von seinen Töchtern kratzen, zuerst von Gül, später auch von Melike und Sibel. Wenn sie ein wenig Geld haben möchte, fragt Melike ihren Vater in den unpassendsten Momenten, ob sie ihm nicht mit ihren Fingernägeln Erleichterung verschaffen soll. Häufig schickt Timur sie weg, weil Melike oft schon nach fünf Minuten keine Lust mehr hat oder sehr bald anfängt, ihn blutig zu kratzen. Er schickt sie weg und wartet auf Gül oder auf Sibel, von der er sich am liebsten kratzen läßt. Sibel läßt ihre Finger mit der gleichen Versunkenheit über die Waden ihres Vaters gleiten, mit der sie Hausaufgaben macht. Sie kann sich voll und ganz konzentrieren, und manchmal bewegen sich ihre Lippen, und sie murmelt lautlos etwas vor sich hin. Timur muß immer lächeln, wenn er den entrückten Blick seiner Tochter und die sich leise bewegenden Lippen sieht.

Timur mag Kühe und Esel lieber als Pferde, die er fast ein wenig verachtet, weil sie sich so knechten lassen von den

Menschen. Ein Pferd gehorcht fast jedem, der reiten kann. Bei seinem störrischen Esel ist das schon anders, und er hat eine Kuh, die noch eigensinniger ist als sein Esel. Die will morgens nicht aus dem Stall und abends nicht von der Weide, sie galoppiert auf dem Heimweg und biegt falsch ab. Obwohl sie den Weg genau kennt, wenn man Timur glauben will. Eines Tages wird es dem Schmied zuviel, und als er diese Kuh von der Weide heimtreibt und sie wieder bei jeder Abzweigung in die falsche Richtung rennt, brüllt er los:

– Jetzt reicht es mir aber, ich habe die Schnauze voll, morgen werde ich dich verkaufen. Eine bessere Kuh als dich finde ich überall.

Und den Rest des Weges läuft die Kuh brav neben dem Schmied her und weint. So jedenfalls erzählt Timur Gül die Geschichte. Es stimmt zumindest, daß die Kuh danach nicht mehr so bockig ist.

Seit diesem Tag haben die Kuh und Timur ein Spiel. Timur hält seiner Lieblingskuh den Kopf hin, und die Kuh stupst ihm mit der Nase die Mütze herunter. Timur fängt sie auf und lacht und tätschelt sein Mädchen, wie er die Kuh nennt.

Bei diesem Spiel verletzt die Kuh ihn eines Tages. Ihr kurzes Horn hinterläßt eine tiefe Schramme auf Timurs Wange, doch Timur lacht auch darüber. Abends, als seine Frau erfährt, wie es passiert ist, sagt sie:

– Was spielst du auch mit den Kühen? Du bist einfach zu gut zu ihnen, du verwöhnst sie, und so danken sie es dir. Wie kann man nur in eine Kuh vernarrt sein.

– Davon verstehst du nichts, sagte Timur in einem Ton, der klarmacht, daß das Thema beendet ist.

Arzu sagt tatsächlich nichts weiter. Dieser Mann kann viel sturer sein als diese Kuh. Und verletzender.

Arzu sieht es nicht gern, daß er regelmäßig das Grab seiner verstorbenen Frau besucht. Sie begleitet ihn selten auf den Friedhof, weil es ihr immer zu lange dauert. Timur geht in die Hocke, schließt die Augen und verharrt dann minutenlang bewegungslos in dieser Stellung.

– Was machst du denn so lange da? fragt sie ihn eines Tages.
– Ich rede mit Fatma.
– Und was sagst du ihr?
– Ich sage, Fatma, sage ich, du liegst jetzt schon so lange da. Könntest du nicht kommen und wenigstens für ein paar Wochen mit Arzu tauschen?

An dem Tag, an dem Gül ihrem Vater zum ersten Mal die juckenden Waden kratzt, sieht sie auf dem Rückweg zur Schule den Mann, zu dem sie der Siebmacher damals gebracht hatte. Er erkennt sie natürlich nicht wieder, aber Gül hat sofort diesen Tag vor Augen, an dem sie verlorengegangen ist, und sie hat die Stimme dieses Mannes im Ohr: Geh, das ist nicht meine Tochter, ich habe schon vier Mädchen, was ich möchte, ist ein Sohn. Nicht einen Sohn hat mir der Barmherzige geschenkt. Bleib mir weg mit noch einem Mädchen.

Gül weiß, daß ihr Vater auch gern einen Sohn hätte, selbst wenn er nie darüber redet. Und in diesem Moment, in dem ihr die Worte des anderen Schmieds einfallen, weiß sie genau, daß der Wunsch ihres Vaters bald in Erfüllung gehen wird. Es ist ein Bild. Das Bild von einem kleinen Bruder, von einem kleinen, schreienden Bruder mit blaugrünen Augen und hellen Haaren. Es ist ein Bild, so stark wie jenes, das sie hatte, als sie im Fieber lag und die Balken der Decke sich auf sie herabsenkten und sie vor Angst schrie. Das Bild des Bruders hat die gleiche Kraft, aber Gül ist dieses Mal gesund. Sie ist sich sicher. Emin. Er wird Emin heißen.

Und abends weiß Gül mit der gleichen Sicherheit, daß ihr Vater aufhören wird zu rauchen. Er sitzt da, bei einem Glas Rakı, raucht, das Radio ist aus, Timur scheint genervt zu sein, die behaglichen Seufzer von heute mittag, als Gül ihn gekratzt hat, sind lange her. Vielleicht hat er sich über etwas geärgert, sein Gehilfe hat sich blöd angestellt, vielleicht hat er nach der Arbeit im Teehaus noch Backgammon gespielt und hoch verloren, vielleicht hat ihn gestört, wie Arzu die Gabel beim Essen hält und daß sie nicht aufhört zu reden. Irgend

etwas, das er jetzt nicht zugeben würde. Wenn Beşiktaş verliert, dann schimpft er immer laut auf seine Mannschaft. Nun murmelt er vor sich hin:
– Vier Töchter, dem Herrn sei es gedankt.
Er streicht Gül abwesend über den Kopf, läßt seine Hand in ihrem Nacken ruhen.
– Doch wenn der Allmächtige mir auch einen Sohn schenken könnte ...
Er sieht auf Arzus Bauch, es ist das erste Mal, daß er diesen Wunsch laut vor seiner Ältesten äußert.
– Wenn der Barmherzige mir einen Sohn schenkt, gelobe ich, daß ich aufhören werde zu rauchen.
Gül ist es egal, ob ihr Vater raucht oder nicht, aber sie weiß vor ihm, daß er aufhören wird. Ihre Mutter scheint es nicht zu wissen. Später, wenn Gül selber verheiratet ist und angefangen hat zu rauchen, wird sie noch öfter an diesen Tag zurückdenken, an dem sie wußte, daß ihr Vater die Kraft haben würde, dieses Laster aufzugeben.

Es sind Schulferien, sie wohnen wieder im Sommerhaus, als Arzu eines frühen Abends in den Wehen liegt. Die Schwestern werden ins andere Zimmer geschickt, wo Melike und Sibel sehr bald anfangen sich zu streiten.
– Du hast dich gestern beim Versteckenspielen im Haus versteckt, sagt Sibel.
– Habe ich gar nicht, lügt Melike, die schlecht verlieren kann.
Wenn es um Fangen geht, um Seilspringen, um Ballspiele, gewinnt sie beinahe immer. Sie ist flink und geschickt. In der Mittelschule wird sie in der Volleyballmannschaft spielen. Doch beim Verstecken findet sie zwar Schlupfwinkel, an denen man sie nie entdecken könnte, aber sie ist zu ungeduldig, um lange genug dort zu bleiben.
– Doch, du hast dich im Haus versteckt. Nalan hat dich gesehen.
– Glaubst du etwa so einem kleinen Kind?

– Sie hat dich gesehen.
– Hat sie nicht.
Melike stampft mit dem Fuß auf.
– Hört doch auf, sagt Gül.
– Misch dich nicht ein, sagt Melike.
– Im Haus, sagt Sibel.
– Gar nicht, entgegnet Melike und schlägt ihre Schwester auf die Schulter. Sibel zieht den Kopf ein und weicht zwar zurück, beharrt aber:
– Im Haus.
– Laß sie in Ruhe, sagt Gül zu Melike, die einen Schritt auf Sibel zugegangen ist. Als Melike nun den Kopf dreht, um Gül anzusehen, nutzt Sibel die Gelegenheit, tritt Melike gegen das Schienbein und flüchtet sofort auf den Diwan. Melike springt hinterher, kriegt Sibel zu fassen. Gül versucht zu schlichten. Da sind Arme, Beine, Tritte, Knüffe, Schläge, gezogene Haare, Kratzspuren, Speichel, ein Knäuel aus drei Schwestern, aus dem Gül sich sehr unfreiwillig löst.

Ist das Melikes Schulter, auf der ihr Bauch liegt? Wo sind ihre eigenen Arme? Warum sind sie nicht ausgestreckt, als sie kopfüber an Melikes Rücken entlang in Richtung Boden fällt? Vom Diwan auf den Boden, ihre Füße zeigen nach oben. Und unten, dort, wo sie mit dem Nasenbein aufkommt, liegt verkehrt herum die Kupferschüssel, aus der sie nachts Wasser ins Glas schütten. Die Schüssel ist umgedreht, denkt Gül noch, bevor der Schmerz mit einem Mal da ist.

Sie schreit nicht mal. Sie ist ganz still. Und auch ihre Schwestern verstummen, als würden sie ahnen, daß etwas Schlimmes passiert ist.

Komm her, hinter dieser Tür ist der Schmerz, hat jemand wohl gesagt, eine Tür geöffnet und Gül in einen Raum gestoßen, einen großen Raum, dunkel, ohne Wände, ohne Boden, ohne Decke, nur alles verschlingender Schmerz.

In den nächsten Minuten bekommt sie nichts mit, die Welt hat aufgehört. Eben noch war da ein Knäuel aus Armen, Händen, Beinen, Füßen, und jetzt spürt sie ihre Gliedmaßen nicht mehr. Da ist nur dieser Schmerz, der ihr Hirn pochen läßt und ihr den Atem nimmt.

Als sie fünf Minuten später die Hände von ihrer Nase nimmt und in den Spiegel sieht, schimmert die Haut unter ihren Augen schon rötlich, um ihre Nase herum sieht das Gesicht ganz merkwürdig und geschwollen aus. Und sie muß geweint haben, ohne daß sie es selbst gehört hat.

Sie weiß, daß ihre Mutter jetzt andere Sorgen hat, sie weiß, daß gerade Emin geboren wird, sie kann nicht zu ihrer Mutter. Gül fühlt sich schuldig, weil sie es nicht geschafft hat, zu schlichten, weil sie mitgekebbelt hat. Sie hat Angst davor, aus diesem Zimmer zu gehen und zu erzählen, was passiert ist. Und ihr eigenes Gesicht macht ihr auch Angst. Sie legt sich einfach auf den Boden und überläßt sich dem Schmerz.

Innerhalb einer Viertelstunde bekommt sie Ringe unter den Augen, so ähnlich wie Fatma, kurz bevor sie starb. Ihr Gesicht schwillt so stark an, daß sich das Nasenbein kaum noch abhebt.

Sie weiß nicht, wieviel Zeit vergangen ist, als ihr Vater ins Zimmer kommt, sie weiß nicht, ob ihr Bruder schon geboren wurde oder nicht, sie weiß nicht, ob Sibel ihren Vater vielleicht gerufen hat, sie weiß nur, daß sie Schmerzen hat, Schmerzen und Angst, Angst, so auszusehen wie der nasenlose Abdul.

– Zeig mal her, sagt ihr Vater und beugt sich über Güls Gesicht. Gül sieht den Schrecken in seinen Augen.

– Wie ist das passiert?

– Beim Spielen, sagt Gül.

Ihre Stimme hört sich fremd an.

– Wer beim Spielen hinfällt, darf nicht weinen, sagt ihr Vater.

Ein Satz, den er oft sagt, aber dieses Mal scheint er es nicht so zu meinen.

– Tut es weh?

Gül laufen als Antwort die Tränen aus den Augenwinkeln,

erst ganz langsam, eine links, dann eine rechts, doch danach kann man sie nicht mehr zählen, lautlos rinnen sie ihre Schläfen hinab. Timur legt vorsichtig einen Finger auf ihr Nasenbein.

Die Hebamme ist schon weg, er hat einen Sohn, den er Emin nennen will, er wird aufhören zu rauchen, doch zuerst muß er sich nun um seine Tochter kümmern.

– Frau, Gül ist hingefallen und hat sich weh getan. Bestimmt steckt wieder Melike dahinter. Ich geh den Arzt holen, sagt er, als er in das Zimmer kommt, wo Arzu das Neugeborene im Arm hält und wo seine Mütze liegt. Er geht nicht ohne Mütze aus dem Haus, im Sommer nicht ohne seine Sommermütze, die ihn vor der Sonne schützt, und im Winter nicht ohne seine Wintermütze, die ihn warm hält.

– Was hat sie? fragt Arzu
– Ihr Gesicht ist geschwollen, es sieht zum Fürchten aus.
– Was?
– Vielleicht ist etwas gebrochen.
– Hol nicht den Arzt.
– Wieso?
– Das wird niemand glauben, daß das beim Spielen passiert ist. Die Leute werden sagen, du hättest sie geschlagen. Die Nachbarn werden schlecht über dich reden. Sie werden sagen, daß du nicht in der Lage warst, mit deinen Töchtern fertig zu werden, während ich in den Wehen lag. Wir werden zum Gespött der Leute werden.

Unschlüssig steht der Schmied da. Was sie sagt, ist nicht unwahrscheinlich.

– Aber was sollen wir machen?
– Das heilt doch bestimmt. Sie geht ein paar Tage nicht auf die Straße, dann bekommt auch niemand etwas mit. Es ist ein Kind, da heilt das schnell.

Timur dreht die Mütze in seiner Hand. Sein Sohn gibt keinen Mucks von sich. Der Schmied ist überfordert. Nachdem sein Vater gestorben ist, war er schon sehr früh der Mann im Haus, doch er hat sich immer viel sagen lassen von seiner

Mutter und später von Fatma. Es ist ihm zur Gewohnheit geworden, zu glauben, die Frauen wüßten in einigen Dingen besser Bescheid. Hat ihn nicht seine Mutter mit Fatma verheiratet? Ging es ihm nicht sehr gut, als Fatma noch Teppiche geknüpft und sich um sein Geld gekümmert hat? Kann es nicht sein, daß alle schlecht von ihm reden, wenn er jetzt einen Arzt holt?

– An seiner Tochter hat der skrupellose Mann seine Kräfte erprobt, werden sie sagen. Du wirst Schande über dieses Haus bringen, wenn du den Arzt holst. Haben nicht alle schon mal gesehen, wie du Melike geschlagen hast? Alle werden glauben, du hast Gül so verprügelt, daß der Arzt kommen mußte. Wenn du deinen Gott liebst, tust du uns das nicht an.

Timur legt die Mütze weg. Er würde jetzt gern eine rauchen. Doch der Herr hat ihm einen Sohn geschenkt, und er wird nicht mehr rauchen, nie mehr. Er geht hinaus in den Garten, zieht die Schachtel aus der Tasche. Schon seit einiger Zeit dreht er nicht mehr selber. Die Packung ist noch halb voll, eine Zigarette nach der anderen zerbröselt er zwischen seinen Fingern. Ein Sohn. Heute sollte ein Tag der Freude sein. Und die Ärzte sind doch sowieso alle Quacksalber, die ein wenig studiert und nichts gelernt haben. Er hat von diesem Tierarzt aus Istanbul gehört, der noch nie eine lebende Kuh gesehen hatte, sondern nur Bilder in Büchern. So sind sie doch alle, die Ärzte, sie haben keine Ahnung.

Gül liegt rücklings auf dem Diwan, Sibel hat ihr etwas zu trinken gebracht. Selbst Güls Lippen fühlen sich mittlerweile geschwollen an, geschwollen und taub, wie der Rest ihres Gesichtes. Wenn sie ihre Wangen mit den Fingern berührt, scheint dort kein Gefühl zu sein, aber der Schmerz ist trotzdem da, unter der Haut, er pocht und pulsiert, er ist lebendig. Gül hat die Augen geschlossen und sieht immer wieder den nasenlosen Abdul und ein Bild, das sich beim letzten Opferfest eingebrannt hat.

Ihr Vater hatte ein Lamm geschlachtet, das Tier hatte ihr leid getan, doch sie empfand weder Angst noch Ekel und wußte genau, daß sie dieses Fleisch später essen würden. Timur ließ das Tier ausbluten, zerlegte es, und als ein Stück des Beines in der großen Schüssel lag, fing der Muskel an zu zittern, spannte und entspannte sich in schneller Folge. Das war der Moment, in dem Gül Angst bekam. Weil da Leben war, wo keins sein sollte. Sie hatte auf dieses Bein gestarrt und sich nicht getraut, es anzufassen, obwohl sie am liebsten genau das getan hätte. Das Leben existierte unabhängig vom Lamm. Und genauso ist es jetzt mit dem Schmerz, er ist da, die ganze Zeit, er existiert unabhängig von ihr, er ist größer als Gül, er hüllt sie ein.

Wahrscheinlich ist sie dann doch eingeschlafen, denn sie merkt nicht, wie ihr Vater ins Zimmer kommt, sie hat nicht gehört, daß die Vögel schon zwitschern, die Sonne wird bald aufgehen.

– Gül, flüstert ihr Vater, Gül, wach auf, ich habe den Arzt geholt. Zieh dich an und komm mit raus.

Zum ersten Mal, seit sie hingefallen ist, verläßt Gül das Zimmer. Sie braucht sich nicht anzuziehen, sie hat sich gestern gar nicht mehr ausgezogen. Als sie steht, fühlt sich der Schmerz anders an, doch sie kann ihn ertragen, ohne aufzustöhnen.

Im kurzen Flur, in dem der Arzt mit einer Tasche in der Hand wartet, blickt sie kurz in den Spiegel. Die dunkelgrünvioletten Ringe unter ihren Augen reichen bis zu den Wangenknochen, dort erst werden sie etwas heller, gelblicher. Ihr Nasenbein ist nun wirklich nicht mehr zu erkennen.

Sie wird bald genauso aussehen wie der nasenlose Abdul. Deshalb ist der Arzt da, er wird ihre Nase mitnehmen. Sie wird die nasenlose Gül werden, und die Kinder werden ihr Spiel unterbrechen und fortlaufen, wenn sie die Straße entlanggeht, sie wird sich nicht mehr aus dem Haus trauen. Sie spürt die Tränen, doch sie wollen nicht heraus, sie sammeln sich irgendwo.

– Setz dich, Kleines, sagt der Arzt, hab keine Angst.

Er legt vorsichtig zwei Finger zwischen ihre Augenbrauen, die Haut spannt und ist heiß.

– Tut das weh?

– Nein, sagt Gül. Sie würde lieber den Kopf schütteln, doch sie ahnt, daß das weh tun würde.

Der Arzt tastet mit seinen Fingern vorsichtig das Nasenbein ab, an einer Stelle hält er inne, verstärkt den Druck, und dieser Druck treibt Gül die Tränen in die Augen, doch sie sagt kein Wort.

– Es ist gebrochen, sagt der Arzt und nickt dann Timur zu, der die ganze Zeit danebengestanden hat, die Mütze in der Hand, in der er sonst die Zigarette gehalten hätte.

Timur stellt sich hinter Gül, hält ihren Kopf fest, der Arzt tastet noch mal mit seinen Fingern, und Gül glaubt sich sicher, weil sie die Hände ihres Vater fühlt, der beruhigend auf sie einmurmelt.

Mit einer schnellen Bewegung rückt der Arzt ihr Nasenbein wieder gerade. Jetzt schießen alle gesammelten Tränen auf einmal durch Güls Augen, und gleichzeitig schreit sie auf, mit dieser Stimme, die ihr fremd ist.

– Es ist vorbei, mein Mädchen, es ist vorbei, tröstet sie der Arzt.

Timur gibt er Tabletten und sagt:

– Die sind gegen die Schmerzen, sie soll nur eine halbe am Tag nehmen. Sie ist ein Kind, es wird schnell heilen. In drei Tagen wird man nichts mehr sehen.

Gül weiß, daß der Arzt das sagt, um sie zu beruhigen. Sie weiß, daß niemand ihr sagen würde: Du wirst wie der nasenlose Abdul aussehen. Selbst, wenn es die Wahrheit wäre.

– Du bleibst einfach ein paar Tage zu Hause, sagt Timur und zwinkert dabei dem Arzt zu, es ist bestimmt besser, wenn du nicht hinausgehst.

– Ja, sagt der Arzt, ein paar Tage solltest du drinnen bleiben.

Gül sieht alles nur durch einen Schleier von Tränen, und sie scheint auch so zu hören, als wäre da etwas zwischen der Welt und ihren Ohren. Doch es ist ihr recht, daß sie nicht aus dem Haus muß.

Melike wird im Herbst in die vierte Klasse gehen, doch hin und wieder passiert es ihr immer noch, daß sie nachts nicht wach wird und ins Bett macht. An diesem Tag verschwindet sie nicht wie sonst, sie zieht das Laken selbst ab. Gül ist, nachdem der Arzt weg war, wieder ins Bett gegangen und liegt da, nun eingelullt von der Schmerztablette und erschöpft von der fast durchwachten Nacht. Dankbar nimmt sie das Glas frische Milch, das Melike ihr bringt, und dämmert ein.

Zeliha und Hülya kommen, um nach dem Neugeborenen zu sehen, und Timur erzählt ihnen, daß Gül sich die Nase gebrochen hat. Hülya geht hinüber, und als sie die Tür hinter sich schließt, wacht Gül auf. Sie sieht Tante Hülyas Augen in dem Moment, in dem Hülya sie erblickt. Kurz darauf lächelt ihre Tante schon. Sie nimmt ihr Kopftuch ab, das verrutscht ist. Nachdem sie sich auf die Matratze gesetzt hat, sagt sie:

– Mein Herzblatt.

Die Ringe unter Güls Augen haben genau die gleiche Farbe wie die ihrer Schwägerin, bevor sie starb.

– Das geht vorbei, mein Herzblatt, sagt sie, das geht vorbei.

Gül hat ihre Tante bisher nur im Dampfbad ohne Kopftuch gesehen. Hülya kommt ihr schön und gleichzeitig unbekannt vor.

– Tut es sehr weh, meine Ärmste?

Hülya küßt Gül vorsichtig auf die Stirn, die sich immer noch taub anfühlt.

Gül hat vorhin den Blick ihrer Tante gesehen, sie hat den Moment erlebt, als ihre Tante nackter war als ohne Kopftuch, nackter als im Dampfbad. Sie hat das Entsetzen in ihrem schielenden Blick gesehen. Einen Lidschlag lang waren alle Masken abgefallen, alle Worte, jedes Gelächter und jede Träne, einen Lidschlag lang hat sie die Wahrheit gesehen. Einen Lidschlag lang war die Welt der Klang eines Löffels, der gegen eine Wand geschleudert wird.

Diesen Blick hat ihre Großmutter nicht, sie schaut Gül an und sagt dann unbekümmert:

– Aber das ist ja fast schon wieder verheilt. Das ist doch nicht weiter schlimm.

Sie steckt sich eine Zigarette in den Mund und braucht sehr lange, bis sie ein Streichholz aus der Packung gefingert hat.

Als Gül das nächste Mal aufwacht, liegt neben ihrem Kissen Schokolade. In Silberpapier gewickelt wie die Schokolade, die Melike manchmal mitbringt, wenn sie bei Sezen war, und die sie nie teilt.

Gül packt die Schokolade aus, vorsichtig, damit das Papier nicht reißt, und ißt sie in aller Ruhe. Von draußen hört sie Stimmen, Menschen, die kommen, um ihren neugeborenen Bruder zu sehen, den sie auch noch nicht zu Gesicht bekommen hat. Sie kann die Stimme Onkel Fuats erkennen, des Bruders ihrer Mutter. Er ist nur ein paar Jahre älter als Gül, und Gül weiß, daß er bei einem Friseur in die Lehre geht und mit seinen Fersen immer auf den Schaft seiner Schuhe tritt, so daß die Schuhe schon bald wie Pantoffeln aussehen. Es gibt nicht wenige Männer, die das machen, aber die meisten sind sehr viel älter als Fuat.

Kurz bevor Gül erneut einschläft, glaubt sie, Onkel Yücels Stimme zu hören. Sie hat ihn nicht mehr gesehen, seit Hülya wieder bei ihrer Großmutter wohnt. Abermals fällt ihr ein, wie er Sibel auf den Füßen geschaukelt hat. Am liebsten würde sie aufstehen und zu ihm hinlaufen. Doch sie schafft es gerade mal, sich umzudrehen, und schlummert ein.

Als sie aufwacht, weil sie Schmerzen hat, ist es Nacht, alles scheint zu schlafen. Gül fühlt sich schwach und krank, und unter ihrer Stirn pocht es dumpf. Sie braucht die Tabletten. Sie braucht die Tabletten, um gesund zu werden. Wahrscheinlich sind sie in der Küche im Schrank. Um zur Küche zu kommen, muß sie durch das Zimmer, in dem ihre Eltern schlafen. Sie nimmt die Taschenlampe nicht mit, es ist Vollmond, das Licht wird reichen.

Ihre Mutter wird wach, als sie leise die Tür öffnet. Gül sieht ihren kleinen Bruder neben ihr und hört, wie sie flüstert:

– Was ist?

– Medikamente, antwortet Gül in der gleichen Lautstärke.

Arzu deutet mit dem Kinn zur Küche, und Gül geht hinüber und nimmt sich die Tabletten aus dem Schrank. Ihre Mutter ist sehr ordentlich, sie muß nie irgend etwas suchen. Und so weiß Gül, daß die Tabletten in dem grünen Holzschrank mit dem Drahtgitter sein müssen, wahrscheinlich unten links. Da gehört so etwas hin.

Es ist wichtig, daß man alles wieder an seinen Platz legt, sagt Arzu immerzu. Und Gül findet, daß sie recht hat. Die Tabletten kommen ihr größer vor, als wären sie gewachsen, seit sie sie das letzte Mal geschluckt hat. Sie gießt sich ein Glas Wasser aus der Karaffe ein und schluckt mit Überwindung die Tablette hinunter. Dann geht sie zurück ins Bett. Bald darauf wacht sie noch mal auf, es tut immer noch weh, und Gül schleicht in die Küche und schluckt noch eine von diesen großen Tabletten.

Sehr schwerfällig macht sie irgendwann die Augen auf, weil ihr jemand ins Gesicht schlägt. Ihre Lider scheinen aufeinanderzukleben. Ihre Wangen werden naß, und jemand betupft ihre Stirn. Gül möchte am liebsten in Ruhe gelassen werden, sie will schlafen, alles fühlt sich so schwer an, sie will sich umdrehen und schlafen.

Gül schließt die Augen und kann Stimmen hören, die ihr bekannt vorkommen, vielleicht stellen sie Fragen, doch sie kann jetzt unmöglich ihre Zunge bewegen, um eine Antwort zu geben. Selbst wenn sie die Frage verstanden hätte. Sie brummt nur als Antwort, sie hört nicht, wie ihre Mutter sagt:
– Siehst du, hättest du nicht den Arzt geholt, wäre das nicht passiert. Was für eine Idee, vor dem Morgengrauen einen Arzt zu holen, damit die Nachbarn ihn nicht sehen. Wenn sie jetzt an diesen Tabletten krepiert, was wirst du dann machen?

Als Gül das nächste Mal wach wird, ist es hell, es scheint Vormittag zu sein, und sie hört Onkel Abdurahmans Stimme:
– Ich wollte mal sehen, wo meine Kleine geblieben ist.

Dienstag, heute muß Dienstag sein, der Tag, an dem sie mit Onkel Abdurahman lernt. Die Nase hat sie sich am Sonntag gebrochen, oder nicht? Wo ist die Zeit geblieben? Gül hat Hunger, großen Hunger, und sie hat keine Lust zu lernen. Im Moment nicht und sonst eigentlich auch nicht. Nach dem Sommer wird sie in die fünfte Klasse gehen, und danach bekommt sie ihr Grundschuldiplom. Sie kann lesen, rechnen, schreiben, sie findet es nicht schlimm, daß sie mit den osmanischen Sultanen immer durcheinanderkommt. Außerdem mag sie das Mädchen nicht, das Onkel Abdurahman dieses Jahr bei sich hat.

Wie viele andere alleinstehende Männer oder junge Paare mit ganz kleinen Kindern geht Onkel Abdurahman jedes Jahr vor dem Sommer auf ein Dorf, um eine arme Familie zu finden, deren kleine Tochter er den Sommer über ernährt und die ihm dafür den Haushalt im Sommerhaus führt.

– Gül ist krank, sagt Arzu, aber Gül ruft:
– Hier.

Ihre Stimme ist nur ein heiseres Krächzen.

Onkel Abdurahman kommt herein, und als er Gül sieht, verraten seine Augen nichts.

– Oh, du bist krank, mein Mädchen, sagt er. Da wird mich die junge Frau wohl erst nächste Woche wieder besuchen?
– Ja, sagt Gül.

Ihre Haut spannt noch ein wenig.

– Bis dahin bring ich dir ein Buch mit, damit dir nicht langweilig wird, wenn du so im Bett liegst.

Als Onkel Abdurahman weg ist, sagt Arzu zu Gül:
– Ich will nicht, daß man dich so sieht. Wir werden zum Gespött der Leute. Du darfst dieses Zimmer nicht verlassen, bis ich es dir sage. Und du darfst auch niemanden hereinrufen, ist das klar?
– Ja, sagt Gül.
– Wenn du noch mal eine Tablette haben willst, mußt du mich fragen, in Ordnung? Du hast zuviel davon genommen. Das war gefährlich.

Und gerade als Gül nach etwas zu essen fragen will, sagt Arzu:

– Du hast fast zwei Tage geschlafen, und nun hast du bestimmt Hunger, oder? Soll ich dir etwas warm machen? Wir haben Auberginen, Reis, Bohnen, Joghurt, Brot. Möchtest du von allem ein bißchen haben?

Gül nickt stumm, damit ihre Stimme nicht wieder im Hals kratzt, und lächelt.

Es ist ein dickes Buch für Erwachsene, das Onkel Abdurahman ihr vorbeibringt. Aber Gül hat nicht viel zu tun, ihre Mutter gibt ihr Gefängnissocken, denen sie neue Spitzen nähen soll, sonst wird ihr nichts aufgetragen. Also fängt sie an, das Buch zu lesen. Sie stellt sich die großen Häuser vor, die beschrieben werden, die schick gekleideten Menschen, das fremde Land. Sie gerät mit den ausländischen Namen schnell durcheinander, dennoch werden die Figuren von Seite zu Seite lebendiger, kommen ihr näher, obwohl sie in dem Buch kaum etwas aus ihrer eigenen Welt wiederfindet. Schließlich fiebert sie mit der jungen Frau mit, die angeblich befleckt sein soll. Niemand glaubt ihr die Wahrheit, nämlich, daß sie rein ist. Gül begreift, daß es um etwas geht, was sie nicht ganz versteht, etwas Großes, Geheimnisvolles, sie begreift aber auch, daß sie niemanden danach fragen kann. Aber sie weiß, wie es ist, wenn niemand einem die Wahrheit glaubt. Diese Frau fühlt dasselbe wie sie.

In den nächsten vier Tagen bringt Melike Gül Schokolade mit.

Nach zehn Tagen ist nicht mehr viel zu sehen, und Gül darf wieder auf die Straße, wo sie erzählen soll, sie hätte eine Sommergrippe gehabt. Sie kann spielen, sie kann Onkel Abdurahman das Buch vorbeibringen, das sie ausgelesen hat. Es wird einige Jahre dauern, bis sie wieder ein Buch liest.

In diesem Sommer spielen die Mädchen ein Spiel, das normalerweise den Jungen vorbehalten ist, sie spielen Murmeln. Gül hat eine Glasmurmel, die sie zwar mitnimmt, aber nie einsetzt. In der Murmel ist ein orangeroter Feuerstrahl mit blauen Sternen.

Meltem, die zwei Jahre älter ist als Gül, redet so lange auf sie ein, bis Gül die Murmel doch einsetzt. Und an Meltem verliert.

– Noch mal, sagt Gül und fügt hinzu: Du mußt auch wieder diese Murmel nehmen.

– Nein, sagt Meltem, ich nehme eine andere.

– Aber ich habe sie auch genommen.

– Es hat dich ja niemand gezwungen.

– Ich habe es dir zuliebe getan. Und jetzt kannst du sie mir zuliebe nehmen.

– Nein, sagt Meltem, und Gül weiß, daß es keinen Zweck hat, weiterzureden. Sie hat verloren, und sie merkt, wie ihr die Tränen kommen.

Melike sieht zu Gül, dann steht sie auf, schnappt Meltem die Murmel mit dem Feuerstrahl weg und rennt los. Meltem kann sie nicht einholen.

Abends gibt Melike ihrer älteren Schwester die Murmel.

– Du hättest sie nicht einsetzen sollen, sagt Melike, immer tust du, was die anderen wollen, und dann bist du traurig. Eigentlich gehört sie jetzt Meltem, du bist selber schuld.

– Ich werde sie nicht wieder mit nach draußen nehmen, sagt Gül.

Jeden Samstag wird das ganze Haus geputzt, es wird Staub gewischt, die Steinböden werden geschrubbt, der Lehmboden im Keller wird gefegt, die Fenster werden geputzt. Timur mistet an diesem Tag den Stall aus.

– Pumpt mal Wasser, Kinder, sagt Arzu zu Gül und Melike.

Man muß den langen Hebel am Pumpbrunnen hinter dem Haus hoch und runter bewegen, damit das Wasser angesaugt wird. Nachdem sie das Becken vor der Pumpe gefüllt haben, müssen Gül und Melike mit Fünfliterkanistern Wasser schöpfen und ihrer Mutter bringen. Gül fängt an zu pumpen, und als das Becken zu einem Drittel gefüllt ist, sagt sie zu Melike, die etwas abseits auf einem Stein sitzt:

– Ich bin müde, mein Arm wird lahm, machst du ein bißchen weiter?

– Gleich, sagt Melike und wirft einen Grashalm in die Luft.
Nach zwei Minuten fragt Gül noch mal.
– Gleich, sagt Melike.
– Gleich ist das Becken voll.
Gül pumpt noch ein bißchen, bis sie nicht mehr kann.
– Komm, sagt sie dann, nur solange ich mich ausruhe.
– Gleich.
– Nur fünfmal pumpen, komm schon.
– Ja. Gleich.
Obwohl sie sich noch ausruhen möchte, fängt Gül wütend an, wieder zu pumpen. Sie braucht die Kraft beider Hände, doch nachdem sie zweimal gepumpt hat, nimmt sie ihre linke von dem Schwengel, greift sich einen kleinen Stein vom Boden und wirft ihn Richtung Melike, die damit beschäftigt ist, ihre Schwester nicht anzusehen. Ihr Wurf kommt Gül, die Rechtshänderin ist, sehr ungelenk vor, und sie erschrickt, als Melike aufschreit. Sie ist nicht davon ausgegangen, daß sie treffen könnte.

Melike hält sich eine Hand vor das Auge, gibt aber keinen Laut von sich. Einen Moment lang kann Gül sich nicht bewegen, dann läuft sie zu Melike und legt ihr den Arm um die Schulter.

– Schwesterherz, habe ich dich getroffen? Hast du dir weh getan?

– Geh weg, sagt Melike und versucht den Arm abzuschütteln, während Gül gleichzeitig versucht, die Hand vor dem Auge wegzuziehen. Als Melike nachgibt, ist das erste, was Gül sieht, daß ihre Handfläche ganz rot ist.

– Es ist nichts passiert, sagt sie, aber sie hat schon wieder diese fremde Stimme.

Jetzt sieht Melike auch auf ihre Hand, und in dem Moment, in dem sie das Blut erblickt, fängt sie an zu weinen.

– Nicht weinen, es ist nichts passiert, es ist nicht so schlimm, sagt Gül.

Dieser linkshändig geworfene Stein, dieser Stein, der nicht viel größer als ihre Lieblingsmurmel ist, scheint Melike an der rechten Augenbraue getroffen zu haben.

Gül hat so etwas schon mal gesehen. Sie ging noch nicht zur Schule, als sie mit ihrem Vater auf dem Markt war, wo sie eine große Menschenmenge erblickten und Geschrei hörten. Ihre Mutter hätte sie schnell weggezogen, doch ihr Vater nahm sie auf den Arm und bahnte sich einen Weg durch die Leute, bis sie in der ersten Reihe standen.

An einem Marktstand standen sich zwei Männer gegenüber, vor denen eine aufgeplatzte Wassermelone auf dem Boden lag. Einer der Männer hatte kein Hemd an, und sein nackter Oberkörper sah aus, als hätte eine Spinne dort ein Netz aus Blut gewoben, das auch eine Hälfte seines Gesichts und seinen Hals überzog. Der Mann schrie, und mit jedem Ton schien noch mehr Blut aus der Wunde an seiner Augenbraue zu rinnen. Der andere Mann ging ganz langsam rückwärts. Er schien nicht verletzt zu sein. Gül verstand die Worte nicht, sie war überwältigt von dem Bild. Ihr Vater schüttelte lächelnd den Kopf, und sie gingen weiter.

– Was ist da passiert? wollte Gül wissen.

– Sie streiten sich wegen Wassermelonen, sagte ihr Vater, der Verkäufer hat garantiert, daß sie reif sind, und der Mann hat sich beschwert.

Er schüttelte wieder den Kopf.

– Wegen Wassermelonen.

– Muß der Mann jetzt sterben?

Timur blieb stehen.

– Nein, nein, meine Rose. Das ist nicht gefährlich, seine Augenbraue ist aufgeplatzt. Das sieht schlimm aus, aber davon stirbt man nicht.

Doch Melike blutet und weint, und Gül merkt, wie auch ihr die Tränen kommen. Wenn sie Völkerball spielen, trifft sie nie jemanden. Und jetzt hat sie mit links ihre Schwester getroffen.

– Komm her, sagt sie, komm, hör auf zu weinen, das geht gleich vorbei.

Sie wäscht Melike das Gesicht und geht mit ihr ins Zimmer, drückt ein Stück Stoff auf die Wunde und hofft, daß es aufhören wird zu bluten. Melike läßt alles mit sich geschehen, hat aber ihre Schmollmiene aufgesetzt und sagt keinen Ton. Wenigstens hat sie aufgehört zu weinen. Bald darauf blutet es auch nicht mehr.

– Bleib hier. Und erzähl Mutter nichts davon, hörst du?
– Ich werde dich verpetzen.
– Bitte. Mach das nicht. Laß mich dein Opferlamm sein, aber mach das nicht, sagt Gül, wie sie es von den Erwachsenen gelernt hat.
– Doch. Und dann schlägt Papa dich heute abend.
– Das tut er nicht.
– Ja, dich schlägt er nie. Aber dafür mußt du auch immer tun, was Mama sagt, und den ganzen Tag zu Hause bleiben. Sie ist nicht meine Mutter, ich lasse mir das nicht gefallen.
– Wenn du mich lieb hast, dann verpetzt du mich nicht.
– Wenn du mich lieb hast, dann zwingst du mich nicht, Wasser zu pumpen.
– Aber ...
– Geh, du mußt Wasser holen.

Gül füllt das Becken und trägt das Wasser zu ihrer Mutter. Den ganzen Tag hat sie Angst, weil sie glaubt, daß Melike ihrem Vater erzählen wird, was passiert ist, doch erst am Abend sieht Timur die Kruste an Melikes Augenbraue.

– Mit wem hast du dich heute wieder gezankt?
– Ich bin ... Ich bin hinten auf einen Pferdewagen aufgesprungen, sagt Melike, ich wollte ein Stück mitfahren.

Die Bauern fahren häufig mit Pferdewagen, auf denen sie Obst und Gemüse transportieren, durch ihre Straße.

– Und der böse Mann hat einen Stein nach mir geworfen, weil ich auf seinen Wagen gesprungen bin, fährt Melike fort.
– Geschieht dir recht, sagt ihre Mutter.

Melike wird eine kleine Narbe über ihrer rechten Augenbraue behalten. Jahre später wird sie einen Sohn namens Oktay haben, der nach einer Schlägerei an genau der gleichen Stelle eine Narbe bekommen wird. Melikes Narbe wird Gül eine Zeitlang daran erinnern, daß sie ihrer Schwester weh getan hat, aber es wird auch eine Zeit kommen, in der sie jedes

Mal, wenn sie die Narbe sieht, daran denken wird, daß es schwer war mit Melike. Sie wird den Geruch der Pisse in der Nase haben und die feuchten Laken unter ihren Händen spüren. Die Narbe wird Gül an die Jahre erinnern, in denen sie fast alles getan hat, damit es Melike gutgeht. Alles, was sie als Kind konnte. Und was sie nicht hätte tun müssen, weil Melike lieber kämpfte, als zu dulden.

Sibel ist immer noch blaß, dünn und kränklich, doch sie hat sehr gute Noten, obwohl sie im Winter dreimal eine Woche im Bett lag und nicht zur Schule konnte. Im Kunstunterricht ist sie die beste in ihrer Klasse, und selbst wenn sie krank ist, sieht man sie selten ohne Stift und Papier, sie zeichnet Kühe, Schafe, Hühner, Bäume, sie zeichnet ihre Hand oder den Wandschrank im Zimmer. Die Bleistiftstummel benutzt sie, bis sie klein wie Zigarettenkippen sind.

– Schon wieder einen neuen Stift? fragt ihre Mutter einmal. Du hast doch erst vor vier Wochen einen bekommen.

Timur bekommt das mit und bringt ihr am nächsten Tag drei Bleistifte. Sibels Augen leuchten, und sie rechnet sich aus, daß sie fast drei Monate zeichnen kann, wenn sie sparsam damit umgeht. Drei Bleistifte sind ein Luxus, den sie sich vorher nicht mal vorgestellt hat, nicht mal Sezen besitzt drei Bleistifte. Jetzt kann sie stundenlang selbstvergessen irgendwo sitzen und zeichnen, wenn sie genug Papier findet.

In diesem Sommer zeichnet Sibel Walnüsse und getrockneten Traubensaft, als sie wieder krank ist. Sie weiß auch nicht, wieso sie gerade das zeichnet und wieso sie Lust darauf bekommt, aber sie ruft Gül und sagt:

– Abla, große Schwester, ich hätte gerne getrockneten Traubensaft.

– Das gibt es nur im Winter, sagt Gül.

– Aber ich habe Appetit darauf.

– Wir werden sehen, sagt Gül und wimmelt sie damit ab, aber am nächsten Tag kommt Sibel wieder an:

– Abla, ich möchte so gerne getrockneten Traubensaft essen.

– Wir werden sehen, erwidert Gül erneut.

Doch als sie die Hausarbeit erledigt hat, geht sie nicht zum Spielen nach draußen. Obwohl ihre Mutter es ihnen verboten hat, macht sie sich allein auf den Weg in die Stadt, zur Schmiede ihres Vaters.

– Hallo, mein Mädchen, begrüßt Timur sie, was möchtest du, meine Beine kratzen? Melike war gerade schon da.

Gül sagt nichts, steht einfach in der Tür, und sehr bald ist ihr Vater wieder in die Arbeit vertieft und scheint sie vergessen zu haben. Die Luft ist schwer vom Geruch der Kohlen und seinem Schweiß, der ihm in dicken Tropfen vom Kinn fällt und auf dem Boden nasse Flecken hinterläßt. Als er eine Pause macht, sagt Gül:

– Kann man auch im Sommer getrockneten Traubensaft essen?

– Ja, wenn man welchen findet, kann man ihn auch im Sommer essen.

Warum getrockneten Traubensaft, fragt sich Gül, warum ausgerechnet getrockneten Traubensaft?

– Können wir welchen finden? fragt Gül. Sibel möchte so gerne welchen haben.

– Meine kleine, dünne Sibel, die nur Haut und Knochen ist, schmunzelt der Schmied.

Dann macht er sich wieder an die Arbeit. Etwas später geht Gül, ohne sich zu verabschieden.

Abends hat ihr Vater keinen getrockneten Traubensaft mitgebracht. Während die Nachbarn und ihre Mutter vor den Hauseingängen sitzen und Radio hören, ist Timur im Stall und kümmert sich um die Kühe. Gül steht einige Schritte vor der Stalltür und ruft hinein:

– Hast du getrockneten Traubensaft gefunden?

– Ja, sagt er, einer der Dorfbewohner hat wohl noch etwas. Damit unsere Sibel etwas Fleisch auf die Knochen bekommt ... Komm mal her, komm her, hab keine Angst.

Vorsichtig tritt Gül näher, dann, als sie über die Schwelle ist, läuft sie die letzten Schritte bis zu ihrem Vater und legt ihren Kopf an seinen Bauch. Er streicht ihr übers Haar.
– Es reicht, wenn du es wünschst, verstehst du? Es ist ausreichend, daß du mir sagst, was du willst. Dann mache ich alles, was mir meine Hände und mein Mund ermöglichen, meine Rose.

Sie würde sich wünschen, weniger im Haushalt helfen zu müssen, doch dann müßten ihre Schwestern mehr tun. Sie würde sich wünschen, daß Melike etwas braver ist, sie würde sich wünschen, daß ihre Mutter sie auch mal *meine Rose* nennt oder *Liebes* oder *Schatz*, sie würde sich wünschen, im Winter warm zu schlafen, sie würde sich wünschen, daß ihr Vater nicht mit ihrer Mutter streitet. Sie weiß nicht, worüber sich ihre Eltern streiten, sie merkt nur, daß sie gestritten haben, weil ihr Vater dann tagelang kein Wort mehr mit ihrer Mutter redet. Wie in den beiden Wochen, nachdem Gül die Nase gebrochen hatte.

Am nächsten Morgen fragt Timur Gül beim Frühstück:
– Möchtest du mitkommen? Ich habe Geschäfte zu erledigen auf dem Dorf. Du kannst ein wenig mit deinen alten Freunden spielen, und ich hole noch etwas ab.

Er zwinkert ihr zu.
– Und dann reiten wir gemeinsam heim.
– Sie muß noch –, fängt ihre Mutter an, doch Timur unterbricht sie:
– Sie muß heute gar nichts.

So sitzt Gül etwas später auf dem Esel, ihr Vater reitet auf dem Pferd, und lange vor der Mittagshitze kommen sie im Dorf an. Gül ist ganz aufgeregt, sie ist so lange nicht mehr hiergewesen, aber es scheint sich nichts verändert zu haben. Sie springt ab und läuft in die Straße, in der sie früher gewohnt haben, und ihr Vater ruft ihr hinterher:
– Ich hole dich am Nachmittag am Dorfplatz ab, in Ornung?

Als ihre Freundinnen Gül erkennen, ist die Freude groß, doch schon bald sagt eins der Mädchen:

– Du redest ja wie ein Kekskind.

Gül verstummt sofort. Kekskinder, das sind die Kinder der Reichen aus der Stadt, das sind Kinder, die kein trockenes Brot essen, das sind Kinder, die verweichlicht sind, die zerbröckeln, wie ein Keks, den man in Milch tunkt.

Zehn Minuten lang kommt kein weiteres Wort über Güls Lippen, beim Seilspringen muß sie den Mund nicht aufmachen.

Als sie das nächste Mal etwas sagt, redet sie so ähnlich wie alle anderen. Zuerst kommen ihr die Worte aus ihrem eigenen Mund fremd vor, aber sehr bald hat sie sich daran gewöhnt. Und wenn ihr doch ein Kekskindwort rausrutscht, scheint es niemand zu bemerken.

– Ist Recep noch da? fragt sie Kezban, eine ihrer früheren Freundinnen, die sie besonders gern mochte. Kezban ist ein dickliches Mädchen, das zwei, drei Jahre älter ist. Sie kichert.

– Willst du mit den Jungen spielen? fragt sie.

Das haben wir doch immer getan, hätte Gül gern geantwortet, aber Kezbans Tonfall bringt sie dazu, den Kopf zu schütteln.

– Er ist bei seiner Tante, sagt Kezban nun, er wird wahrscheinlich erst nach dem Sommer zurückkommen. Seine Tante brauchte jemanden, der die Kühe hütet.

Gül nickt und fragt sich, ob Recep sich wohl wie ihr Vater mit den Kühen anfreundet.

Mittags nimmt Kezban Gül mit zu sich heim zum Essen, und den Nachmittag über spielen sie in den Feldern.

Erst als es schon kühler wird, merkt Gül, daß sie die Zeit vergessen hat. Wie an dem Tag, als sie auf dem Felsen saß und sich die Hände gefärbt hat, wie an dem Tag, an dem ihr Vater das Wasser heimgebracht hat. Wie immer, wenn sie glücklich ist. Hoffentlich wartet ihr Vater nicht schon. Doch als Gül und Kezban etwas später atemlos auf dem Dorfplatz ankommen, ist vom Schmied noch nichts zu sehen.

Es dämmert bereits, als Timur schließlich kommt. Er geht zu

Fuß und hält die Zügel seines Pferdes in der Hand. Die Zügel des Esels hat er am Sattel des Pferdes festgemacht. Die Doppeltasche aus Kelimstoff, die man den Eseln überwirft, ist prall gefüllt. Gül verabschiedet sich, und ihr Vater hebt sie auf den Rücken des Esels. Erst als sie am Rand des Dorfes sind, sagt er:

– Hast du es auch schon gehört? Tufan ist tot. Ich konnte ein paar Geschäfte machen. Sein Herz hat einfach aufgehört zu schlagen, vor einer Woche. Er war zerfressen, ich sags dir, er war zerfressen vor Geldgier.

In den folgenden Jahren wird der Schmied jemandem, den er verfluchen will, nicht die Pest an den Hals wünschen, Krebs, Tod, Gebrechen oder Armut, er wird sagen:

– Möge der Herr dir Geldgier geben.

Timur sieht in den Himmel und stellt fest:

– Wir schaffen es nicht mehr, vor Einbruch der Nacht heimzukommen. In der Dunkelheit ist es zu gefährlich, zu reiten, es ist besser, wir bleiben hier.

Möglicherweise erinnert er sich daran, wie er früher mit seiner Frau auf Friedhöfen übernachtet hat.

– Kennst du Tante Filiz noch, die, von der wir immer Tarhana gekauft haben?

Gül schüttelt den Kopf, was ihr Vater, der vorneweg geht, nicht sehen kann. Aber er scheint auch keine Antwort erwartet zu haben.

Schon bald sind sie an Tante Filiz' Haus am Rande des Dorfes. Filiz ist eine dicke, fröhliche Frau, die Gül herzlich an ihren Busen drückt. Gül mag ihren schweren Geruch nach Schweiß und Erde und noch etwas, das ihr fremd ist.

Zum Abendessen, das sie, ohne viel zu sprechen, im Schein der Lampe einnehmen, gibt es weiße Bohnen, Weizengrütze und Dorfbrot. Gül ist erstaunt, daß hier die gleiche Druckluftlampe steht wie die, die sie zu Hause haben, eine, die heller strahlt als die normalen Petroleumlampen und die sonst niemand hat.

– Ich werde dir eine Matratze aufs Dach legen, sagt Filiz zu Timur, und die Kleine kann bei mir im Bett schlafen.

Timur nickt. Natürlich kann er nicht mit einer Witwe unter dem gleichen Flachdach übernachten.

Kurz nachdem sich Gül ins Bett gelegt hat, kommt auch Filiz, legt einen Arm um sie und wünscht ihr gute Nacht. Gül kann ihren warmen Atem in ihrem Nacken spüren, die Weichheit ihrer Brust an ihrem Rücken fühlen. Sie ist müde und erschöpft und glücklich. Es war ein schöner Tag, sie saß auf dem Esel und war mit ihrem Vater unterwegs, sie hat nur zehn Minuten gebraucht, bis der Kekskindakzent verschwunden war, sie hat mit Kezban in den Feldern gespielt, in diesen endlosen Feldern, sie hat Bohnen gegessen und hartes Dorfbrot, sie kann Tante Filiz' Duft einatmen, und kurz darauf ist sie auch schon eingeschlafen. Als sie nachts aufwacht, ist Tante Filiz nicht da. Sie dreht sich um und schläft weiter.

Auf dem Heimweg am nächsten Tag sagt Timur mit einem behaglichen Seufzer:

– Da werden wir in der Stadt gute Geschäfte machen.

Gül freut sich, ihren Vater so zufrieden zu sehen.

Schon bald wird jemand anders Tufans Stelle einnehmen. Die Zeiten haben sich geändert, es ist mehr Geld ins Dorf gekommen, die Ansprüche der Bauern sind gestiegen, und sie möchten nicht mehr lange auf einen Zwischenhändler warten, und so werden sie bald an Tufans Neffen verkaufen statt an den Schmied.

Es kommt den Kindern immer vor wie ein Festtag, wenn sie alle zusammen ins Dampfbad gehen, Gül, Melike, Sibel, Nalan, ihre Mutter, ihre Großmutter, Tante Hülya und die eine oder andere Nachbarin mitsamt ihren Kindern. In diesem Winter nehmen sie auch den kleinen Emin mit. Morgens packen sie einen großen Korb mit Brot, Käse, Oliven, Börek, Seife, Waschlappen, Bürsten und frischer Wäsche.

– Warum könnt ihr Frauen euch im Hamam nicht einfach waschen wie alle anderen auch? fragt Timur.

– Wenn wir gehen, dann richtig, antwortet Arzu. Was sollen wir in zwei Stunden schon fertig sein?

Sie gehen am frühen Morgen und bleiben bis zum späten Nachmittag, die Erwachsenen sitzen ab und zu im Vorraum, der nicht ganz so heiß ist, oder ruhen sich in der Eingangshalle aus, essen etwas, klönen, lachen, tratschen, stecken zu zweit oder dritt die Köpfe zusammen und tuscheln. Wenn Gül oder sonst jemand in ihre Nähe kommt, verstummen sie oft ganz plötzlich.

Es ist jedesmal eine Freude, die Kinder rennen nackt herum und bespritzen sich gegenseitig mit kaltem Wasser, lösen die Seife auf oder flitschen sie über den Fußboden, kreischen, lachen und hören zu, wie es von der gewölbten Decke zurückschallt. Manchmal betrachtet Gül die Brüste der Frauen oder den ausladenden Hintern ihrer Tante und das unwahrscheinlich buschige Dreieck aus Haaren, das ihre Großmutter zwischen den Beinen hat.

Am Anfang war sie auch davon fasziniert, ihren Bruder nackt zu sehen. Daran hat sie sich längst gewöhnt, weil sie ihn oft wickeln muß. Häufig muß sie auch die Windeln waschen, doch das macht ihr kaum etwas aus. Sie mag den kleinen Mann mit den blauen Augen und den winzigen Händen. Sie nimmt ihn gern auf den Arm, versucht ihn zu beruhigen, wenn er weint, sie schaukelt ihn auf den Füßen in den Schlaf und denkt dabei an Onkel Yücel, über den nie geredet wird.

Sie mag Emin, aber manchmal wird sie auch eifersüchtig, wenn sie sieht, wie sich ihr Vater um ihn kümmert. Ihr Vater, der sogar aufgehört hat zu rauchen, weil der Herr ihm einen Sohn geschenkt hat.

Alle wissen, daß Zelihas Augen immer schlechter werden. Gül fällt auf, wie ihre Mutter sie manchmal führt, wie ihre Großmutter die Seife nicht findet, die direkt vor ihr liegt, und sie weiß, daß ihre Großmutter sie manchmal dann erst erkennt, wenn sie den Mund aufmacht.

Als sie gerade in der Nähe ihrer Großmutter spielen, sagt Sibel, die zwar im Sommer viel getrockneten Traubensaft gegessen, aber nicht zugenommen hat:

– Sie kann uns gar nicht mehr auseinanderhalten.

Genau in dem Moment kippt Melike ihr eine Schüssel kaltes Wasser über den Kopf. Sibel schreit nur ganz kurz auf, dann hält sie den Mund und tut einfach so, als sei nichts geschehen. Das macht sie in letzter Zeit oft, damit Melike sie nicht weiter ärgert. Gül kommt auf eine Idee, von der sie später sagen wird, daß der Teufel sie ihr eingegeben hat, anders kann sie es sich nicht erklären. Sie hört die dunkle Stimme ihrer Großmutter, die Stimme, die behauptet hat, Gül hätte den getrockneten Traubensaft geklaut.

Gül füllt eine der Schüsseln mit kaltem Wasser und schleicht sich von hinten an ihre Großmutter an, die allein am Rand des marmornen kreisförmigen Liegeplatzes in der Mitte des Bades sitzt. Gül klettert auf den Marmorstein, unter dem sich der Heizkessel befindet, und kippt dann ihrer Oma von hinten die Schüssel mit dem kalten Wasser über den Kopf. Im Weglaufen hört sie das Geschrei.

Durch den Lärm aufmerksam geworden, stehen die Frauen bald alle um Zeliha herum. Gül sitzt völlig unschuldig an einem der Wasserbecken und plätschert ein wenig darin herum. Aber ihr Herz klopft schnell, und sie glaubt, alle könnten ihr ansehen, daß sie es gewesen ist. Wie konnte sie sich das trauen?

– Wer war das? will Zeliha wissen. Wer von euch ungezogenen Gören hat mich mit kaltem Wasser übergossen? Ruft die verdammten Kinder.

Alle Kinder müssen zusammenkommen und sich vor der alten Frau aufstellen. Gül kann nur auf den Boden schauen, aber das scheint niemandem aufzufallen. Sie stehen da in einer Reihe, Gül ganz links, daneben Sibel, neben ihr Melike, rechts die kleine Nalan und neben ihr noch die beiden Töchter einer Nachbarin.

– Wer hat sie mit Wasser übergossen? fragt Arzu, und niemand antwortet.

– Melike, sagt Arzu nach einer Pause, und es klingt nicht wie eine Frage.

– Ich war es nicht.

– Komm her, befielt ihre Mutter, und Melike tritt vor.

– Du warst es, nicht wahr? sagt ihre Großmutter.
– Nein, sagt Melike, ich war es nicht.
– Lüg nicht, sagt ihre Mutter, wer lügt, der wird von Gott bestraft.
– Wenn du lügst, trifft dich der Blitz, sagt Zeliha.

Melike steht jetzt einen halben Schritt vor ihrer Großmutter, die immer noch auf dem Marmorstein sitzt. Ihr Badeschurz ist verrutscht und läßt eine schwere, hängende Brust sehen. Ehe Melike, die mit guten Gewissen dort steht, reagieren kann, streifen die Finger ihrer Großmutter ihre Wange. Sie hat Glück, daß Zeliha so schlecht sieht, sonst hätte sie eine Ohrfeige bekommen, die laut von den Wänden widergehallt wäre. Melike tritt einen Schritt zurück. Weglaufen hat hier keinen Sinn, wo soll sie schon hin.

– Ich wars, sagt Gül, ich habs getan.

Melike entspannt sich sichtlich. Sie entspannt sich und sieht nicht die Hand ihrer Mutter. Jetzt hallt es von den Wänden.

– Siehst du, sagt ihre Mutter, nimm dir ein Beispiel an deiner Schwester. Sie ist bereit, sich für dich zu opfern.

– Ich wars wirklich, sagt Gül, und ihre Stimme überschlägt sich.

Auch die zweite Ohrfeige sitzt. Melike dreht sich um und läuft in die Vorhalle. Ihre Mutter will hinterher, aber Gül hält sie am Arm fest und sagt:

– Ich wars, ich wars wirklich, ich schwöre bei Gott.

– Sündige nicht, indem du falschen Eid leistest, sagt ihre Großmutter, und ihre Mutter schüttelt die Hand ab und läuft Melike hinterher. Die ist mittlerweile in der Eingangshalle, direkt bei der Tür.

– Wenn du näher kommst, laufe ich raus, ruft sie ihrer Mutter zu.

Arzu verlangsamt ihren Schritt.

– Es ist kalt draußen, es liegt Schnee. Du wirst dir den Tod holen.

– Ich laufe raus, sagt Melike, wenn du näher kommst, laufe ich raus.

Arzu bleibt stehen.

– Ich werde deinem Vater heute abend erzählen, was du getan hast.

– Ich war es nicht, sagt Melike und muß gleichzeitig lachen.

– Du lügst, sagt ihre Mutter, du lügst.

– Nein, lacht Melike.

Sie weiß, daß niemand ihr glauben wird, wenn sie so lacht, aber dieses Lachen, von dem sie nicht weiß, wo es herkommt, ist stärker als sie. Sie kann es nicht unterdrücken.

Ihre Mutter geht noch einen Schritt auf sie zu, Melike macht die Tür auf. Die Luft ist eisig, sofort bekommt sie eine Gänsehaut, ihre Nackenmuskeln spannen sich, und sie beißt die Zähne aufeinander. Wenn ihre Mutter noch einen einzigen Schritt tut, wird sie rauslaufen.

– Du kannst heute abend etwas erleben, sagt ihre Mutter und wendet sich ab. Sobald Arzu ihr den Rücken gekehrt hat, laufen Melike die Tränen herunter.

Als sie wieder zu Hause sind, betet Gül zu Gott. Vergib mir, daß ich meine Oma mit kaltem Wasser übergossen habe. Der Teufel hat mir diese Idee in den Kopf gesetzt.

Wenn Melike bockig ist oder etwas ausgeheckt hat oder sehr albern ist, sagt Timur immer:

– Der Teufel hat dir wohl in die Nase gefurzt.

Und genauso kommt Gül sich jetzt vor, als hätte der Teufel ihr in die Nase gefurzt und sie hätte sich an dem Geruch erfreut.

– Wo ist Melike? fragt Timur beim Abendessen. Hat sie wieder etwas ausgefressen?

Arzu erzählt, was passiert ist. Gül sieht ihren Vater an, während er zuhört. Sie wird nicht sagen, daß sie es war. Das würde nur dazu führen, daß er noch netter zu ihr ist und noch wütender auf Melike. Aber vielleicht ist er auch gar nicht wütend. Ganz kurz huscht ein Lächeln über sein Gesicht, als Arzu sagt:

– Und dann hat sie das kalte Wasser über deine arme, alte Mutter gegossen.

Kurz, ganz kurz nur, sieht Timur aus wie ein kleiner Junge, der jemandem einen gelungenen Streich gespielt hat. Dann fährt er sich mit Daumen und Zeigefinger über seinen Schnurrbart, eine Geste, die Gül fremd vorkommt.

– ... hat sie sich selber angezogen und ist gegangen. Wir hatten sie noch gar nicht richtig gewaschen. Wegen ihr müssen wir nächste Woche noch mal ins Hamam, sie ist nicht sauber geworden.

Wieder streicht der Schmied sich über seinen Schnurrbart, wobei die Hand seinen Mund verdeckt.

– Die soll mir mal heimkommen, sagt er.

Melike kommt durch den Stall in den Garten, und Gül schleust sie ins Zimmer, bevor sie jemand sehen kann.

– Warst du bei Sezen? fragt Gül und deutet mit dem Kopf auf das Silberpapier in Melikes Hand.

– Ja, sagt Melike.

– Entschuldigung, sagt Gül.

– Immer bin ich schuld, sagt Melike, und ihr steigen schon wieder Tränen der Wut in die Augen.

Gül nickt, ja, es ist ungerecht, sie nimmt ihre Schwester in den Arm.

– Vater wird dich nicht schlagen.

– Das ist mir egal.

– Ich weiß, sagt Gül, und auch ihr kullern leise die Tränen herunter. Bald liegen sie sich in den Armen und weinen gemeinsam, bis Gül sich zusammenreißt und aufhört.

Einige Tage später soll Gül auf Emin achtgeben, während Arzu weg ist.

– Es wird nicht lange dauern, sagt sie, doch Gül weiß, daß sie meist länger fortbleibt, als sie vorgehabt hat.

Kurz nachdem Arzu gegangen ist, fängt Emin an zu weinen. Er liegt satt und frisch gewickelt auf dem Diwan, er müßte eigentlich schlafen, doch er schreit aus Leibeskräften und weint.

Gül nimmt ihn auf den Arm, läuft mit ihm durch das Haus,

tätschelt seinen Rücken, doch Emin brüllt, daß die Adern unter der Haut durchschimmern. Wenn er schreit, wird sein Gesicht zunächst rosa, dann rot und schließlich violett. Erst wenn er Luft holen muß, bekommt er einen Stich ins Gelbliche, doch schon mit dem ersten Ton aus seinem Mund schillert er wieder rosafarben.

– Ist schon gut, mein Kleiner, murmelt Gül, ist gut, mein Schatz, kein Grund zu weinen.

Sie gibt ihm Küsse auf den Flaum auf seinem Kopf, doch Emin ist nicht zu beruhigen. Nach über einer Viertelstunde weiß Gül nicht mehr, was sie noch tun soll. Den Schnuller spuckt er aus, wenn sie ihn auf den Füßen schaukelt, schreit er noch mehr, essen mag er nicht, trinken auch nicht.

Eine kurze Weile wird er still, Gül atmet durch, aber die Stille währt nur zwei Minuten, ihr Bruder scheint nur neue Kräfte gesammelt zu haben. Jetzt wird sein Kopf noch dunkler.

Gül bekommt Angst. Was soll sie tun? Zu der Freundin ihrer Mutter mit dem Bruder auf dem Arm? Damit die Mutter dann sagt, daß sie nicht mal auf ein kleines Kind aufpassen kann? Gül bekommt Angst.

Angst, eine alte Bekannte, die sie besuchen kommt. Gefühle sind wie unsichtbare Menschen. Sie kommen, sie gehen, sie können ganz nah sein, oder man kann sie wie aus der Ferne sehen, undeutlich und unscharf. Manche sind schön, so schön, daß es weh tut, wenn sie direkt vor einem stehen, vor anderen erschrickt man wie vor dem nasenlosen Abdul, aber alle haben sie ein eigenes Leben. Man bekommt sie nicht dazu, zu tun, was man will. Und außer einem selbst weiß niemand, wann sie da sind. Man spürt sie, wie man Menschen spürt. Manche weich und warm und manche kalt und klumpig wie die Angst. Kalt und klumpig und gezackt wie ein Blitz und größer und dunkler als der Schatten ihres Vaters in der Abendsonne.

Immer wieder kommt die Angst in Güls Leben und flüstert etwas, das Gül nicht richtig verstehen kann. Ich nehme es mit, scheint sie zu sagen, ich nehme es mit. Meistens geht sie mit leeren Händen. Doch Gül weiß, daß die Angst ihre Drohung wahr machen kann.

Gül wird heiß, da ist ein Schweißfilm auf ihrer Stirn, als sie anfängt, Emin auszuziehen. Sie muß ihn ausziehen, splitternackt, sie muß sehen, ob sich irgendwo eine Sicherheitsnadel in seine Haut gebohrt hat, vielleicht eine der Nadeln, mit denen man die Windeln befestigt.

Schnell, schnell, vielleicht kann sie ihren Bruder noch retten.

Sie muß sich beeilen, doch gleichzeitig muß sie vorsichtig sein, damit die Nadel sich nicht noch tiefer ins Fleisch bohrt. Sie zieht ihm den Pulli über den Kopf, dann zieht sie vorsichtig das Unterhemd aus, sieht sich seine kleine Brust an, seinen Bauch, seinen Rücken, doch da ist nichts. Emin weint, weint und schreit und strampelt mit den Füßen, daß Gül Schwierigkeiten hat, ihm die Hose auszuziehen.

Beim Wickeln bekommt er ein Tuch um, das mit einer Sicherheitsnadel befestigt wird. Darüber wird ein Gummihöschen gezogen, das ganz stramme Bündchen hat, damit nichts heraussickert und ihm die Beine herunterläuft.

Jetzt kann Gül sehen, daß das Bündchen am rechten Bein verrutscht ist. Ihre Mutter muß sich vorhin sehr beeilt haben. Der Gummizug, der eigentlich das Bein umschließen soll, verläuft vom Schritt bis hoch zur Hüfte. Gül zieht die Gummihose aus, öffnet die Sicherheitsnadel und wickelt das Tuch auf. Sie sieht den kleinen Penis und den Hodensack ihres Bruders, denen der Gummibund das Blut abgeschnürt haben muß. Sie sind dunkler als sein Kopf beim Schreien. Dunkler als die Ränder unter den Augen ihrer Mutter, bevor sie starb. Einen kurzen Moment hört Emin auf zu weinen.

Gül starrt auf das violette Anhängsel, sie weiß nicht, was sie jetzt tun soll. Emin fängt wieder an zu weinen, strampelt und schreit, aber es hört sich jetzt nicht mehr so angestrengt an. Was soll sie tun? Sie kann ihren Blick nicht abwenden. Es sieht gefährlich aus. Kann man daran sterben? Oder wird er jetzt doch noch ein Mädchen?

– Es wird alles gut, es ist vorbei, flüstert sie und sieht zu, wie Penis und Hodensack langsam ihre dunkle Farbe verlieren. Oder bildet sie sich das nur ein? Nein. Nein, nein, sie nehmen langsam wieder Hautfarbe an. Langsam, aber es scheint zu helfen, daß sie mit angehaltenem Atem dorthin starrt. Als sie schließlich ausatmet, laufen ihr die Tränen hinunter.

Viele Jahre lang wird sie diese Geschichte niemandem erzählen. Ihre Mutter hätte geschimpft und abgestritten, daß sie beim Wickeln etwas falsch gemacht hat. Wieso hätte sie es ihrem Vater erzählen sollen und wieso ihren Schwestern? Viel später erst, wenn sie eigene Kinder hat, wird sie erzählen, was an diesem Tag passiert ist, und sie wird hinzufügen:

– Das ist es, was einen Menschen einsam macht, nicht teilen zu können.

Der Schnee des Winters ist schon geschmolzen, als ihr Vater Gül eines Tages zum Krämer schickt, um noch Zigaretten zu kaufen für den Besuch, den sie am Abend erwarten. In diesem Winter hat sich Gül das Trödeln angewöhnt. Sie trödelt nicht, wenn sie zur Schule muß, oder morgens beim Frühstück, auch nicht beim Spülen, Wäschewaschen, Windelnwechseln. Sie trödelt, wenn man sie irgendwohin schickt. Sie schaut in der Gegend herum, sieht den anderen beim Spielen zu, wünscht sich, daß es Sommer wäre und sie im Garten des Sommerhauses sitzen könnte, allein, im Schatten eines Baumes. Sie genießt die Zeit, die sie für sich hat. Wenn Arzu das mitbekommt, sagt sie:

– Du träumst. Du träumst, und dann mußt du dich hinterher beeilen und vergißt die Hälfte. Sieh dir Sibel an, die macht immer alles sofort, und dann erst setzt sie sich hin und malt ihre Bilder. Mein Gott, immer nur Bilder, dieses Mädchen hat nichts anderes im Kopf.

Auch in der Schule träumt Gül oft vor sich hin, schaut aus dem Fenster oder betrachtet den abgeblätterten Lack am Rahmen. Als sie auf dem Weg zum Krämer trödelt, sieht sie neben einem halbrunden Stein etwas Farbiges. Sie geht näher und erkennt, daß es ein Geldschein ist. Zweieinhalb Lira. Wenn sie ihrem Vater die Beine kratzt, bekommt sie zehn Kuruş, für die man sich Süßigkeiten kaufen kann oder eine kleine Tüte Sonnenblumenkerne.

Gül nimmt den Schein, steckt ihn sich in die Tasche, kauft beim Krämer für 40 Kuruş eine Packung Zigaretten und geht heim. Sie gibt ihrem Vater die Zigaretten und die 60 Kuruş Wechselgeld und holt dann die zweieinhalb Lira hervor, hält sie ihm hin und sagt:
– Das habe ich gefunden.
Ihr Vater sieht sie einen Moment prüfend an.
– Wo hast du das her?
Als hätte sie es nicht gerade gesagt.
– Ich habe es auf der Straße gefunden.
– Zweieinhalb Lira auf der Straße?
Gül ist ein wenig verwirrt und nickt eingeschüchtert.
– War der Krämer im Laden, als du reinkamst?
– Ja, sagt Gül, und sie versteht, worauf ihr Vater hinauswill.
– Ich habe es gefunden. Wirklich. Ich schwöre bei Gott.
– Wo?
– Auf der Straße. Vorne, beim Haus des Schreiners, neben einem Stein.
– Bist du dir sicher, daß du es gefunden hast?
– Ich kann dir den Stein zeigen.
Aus irgendeinem Grund scheint das den Schmied zu überzeugen. Er weiß, daß sie sich keinen Stein neben dem Haus des Schreiners ausdenken kann. Das würde eher Melike ähnlich sehen. Er steckt die zweieinhalb Lira ein, gib ihr dafür fünfundzwanzig Kuruş und sagt:
– Gewinn und Verlust sind Brüder. Sie treffen sich immer wieder. Sinnlos, einem von beiden hinterherzulaufen. Wenn du morgen etwas verlierst, dann darfst du nicht traurig sein.

Manchmal hat Timur in der Schmiede tagelang nichts zu tun, trinkt Tee und spielt Karten mit seinem Gehilfen. Mit den Dorfbewohnern macht er keine Geschäfte mehr, seit Tufans Neffe den Handel organisiert. Mittlerweile hat es sich herumgesprochen, daß der Schmied nicht mehr so wohlhabend ist wie früher. Da kann weder das Radio drüber hinwegtäuschen noch die Druckluftlampe. Timur macht es nicht viel aus, weniger Geld zu haben, das einzige, was er wirklich vermißt, sind die Ausflüge in die große Stadt. Doch er hofft auf den nächsten Herbst, die nächste Apfelernte. Vielleicht wird dann genug übrigbleiben, um ein paar Tage wegzufahren.

Früher, wenn er in den Vergnügungslokalen Männer sah, die um die vierzig waren, hatte er immer gedacht: Was wollen die denn hier, die alten Säcke. Diese Vergnügen sind doch für uns. Vor allem bei reichen Männern hatte er das gedacht, Männer mit eingefallenen Schultern, Männer mit lichtem Haar und erdenschwerem Bauch. Er hatte sich oft gefragt, was sie überhaupt noch wollten auf der Welt. Hatten sie nicht schon lange genug gelebt?

Damals war er zwanzig gewesen, und vierzig, vierzig, das hieß, daß sie doppelt so lange gelebt hatten wie er. Das sollte doch genug sein. Und jetzt ging der Schmied auf die vierzig zu und konnte sich vorstellen, sechzig zu werden. Noch zwanzig Jahre? Wieso nicht.

Es stört ihn also kaum, daß er weniger Geld hatte. Es stört seine Frau. Und es stört seine fast blinde Mutter, die immer sagt:

– Du mußt immer noch lernen, das Geld nicht zu verläppern, du darfst es nicht mit vollen Händen ausgeben, du mußt lernen, Fäuste zu machen, das Geld festzuhalten.

Doch dazu hat er keine Lust. Lieber erzählt er lachend, wie im Winter eine Frau in seine Werkstatt gekommen ist, sich den Schnee vom langen Mantel geklopft und kein Wort des Grußes gesprochen hat. Eigentlich kommen keine Frauen in seine Werkstatt, das hier ist ein Platz für Männer. Mit Leuten, die er nicht kennt, fängt der Schmied oft ein Gespräch über Fußball an und horcht die Männer aus. Die Beşiktaş-Fans

bekommen ihre Bestellungen eher als die Galatasaray- und Fenerbahçe-Anhänger. Doch diese Frau fragt er:
– Bitte?
– Mein Mann und ich waren in Ankara, sagt die Frau.
– Ja?
– Wir haben in einem Hotel geschlafen. Das hatte keinen Ofen. Da war so ein Eisending an der Wand, das hat den ganzen Raum geheizt.
– Und?
– Könntest du uns nicht auch so ein Ding schmieden, damit wir nicht immer Kohlen schleppen müssen?
– Heizung, sagte er lachend, Schwester, das war eine Heizung. Die ist innen hohl, und da läuft warmes Wasser durch. Das warme Wasser kommt aus einem Ofen. Einem Ofen, den man heizen muß.
– Ach so, sagt die Frau.
Woher soll sie das wissen? Einmal in ihrem Leben hat sie ein Eisending an der Wand gesehen, das den Raum heizt. Sie dreht sich um und geht ohne ein Wort des Abschieds.
– Wie gerne hätte ich mal ne Heizung gemacht, schließt der Schmied jedesmal seine kurze Erzählung.

In diesem Jahr ziehen sie schon Ende April ins Sommerhaus. Die Tage sind warm und sonnig, in den Mittagspausen spielen viele Kinder auf den Straßen, nur wenige wollen heim, um etwas zu essen oder sich auszuruhen. Melike geht manchmal mit Sezen mit, Sibel setzt sich in eine Ecke der Schmiede und zeichnet ihren Vater bei der Arbeit, nachdem sie ihre Aufgaben gemacht hat. Sie weiß, daß sie sich abends nicht konzentrieren kann. Melike und Gül sitzen nach dem Abendessen vor ihren Heften, die Druckluftlampe gibt nicht genug Licht, sie können ihre eigene Schrift kaum lesen, Nalan singt die Lieder aus dem Radio mit, Emin quengelt, oder ihre Mutter läßt sie noch den Abwasch machen. Manchmal malt Sibel in den Mittagspausen Bilder für andere Mädchen, die nicht gut zeichnen können, aber im Kunstunterricht etwas vorzeigen müssen. Die ersten beiden Male hat die Lehrerin den Betrug bemerkt, doch nun malt Sibel die Bilder immer so, daß die Lehrerin nicht erkennt, von wem sie sind.

Es ist Güls letztes Jahr, dann wird die Volksschule beendet sein, doch nicht mal an einem entlegenen Ufer ihres Verstandes taucht die Frage auf: Und danach?

Was sie weiß, ist, daß sie Paßfotos braucht für ihr Abschlußzeugnis. Also geht sie mittags zu ihrem Vater in den Laden. Sie würde ihm ja die Waden kratzen, aber sie weiß, daß der Fotograf viel mehr kostet, außerdem hat ihr Vater heute viel zu tun. Sie stellt sich still in die Tür. Kurz dreht der Vater ihr den Kopf zu.

– Was willst du? fragt er.

Sie steht nicht in der Tür, weil sie ihm zuschauen möchte.

– Bald gibt es Abschlußzeugnisse, sagt Gül, da brauchen wir Fotos. Kannst du mir Geld für Paßfotos geben?

– Ja, sagt ihr Vater, gleich.

Eine Minute später ist er wieder in seine Arbeit versunken. Gül rührt sich nicht vom Fleck. Sie wartet. Fünf Minuten, sechs, sieben, zehn, eine Viertelstunde.

Er will mir das Geld nicht geben, denkt sie, dreht sich leise um und geht. Ohne zu wissen, wohin sie will. Kurz darauf ist sie auf der Hauptstraße der Kleinstadt. Woher soll sie jetzt das Geld bekommen? Vielleicht kann sie Melike fragen, ob sie es von Sezen borgen kann. Aber wie soll sie es dann zurückzahlen? Tante Hülya und ihre Großmutter kann sie auch nicht bitten. Sie wird kein Abschlußzeugnis bekommen, weil sie keine Fotos hat. Billige Plastikschuhe hat sie an den Füßen, Plastikschuhe und Gefängnissocken. Sie hat keine Strickjacke wie viele der anderen Mädchen, und sie bekommt nicht mal Geld für Fotos. Gül würgt ihre Tränen die Kehle hinunter, als sie hinter sich schnelle Schritte hört.

– Stop.

Gül dreht sich um. Schwer atmend bleibt ihr Vater vor ihr stehen.

– Du bist ein Esel, schimpft er, du bist ein Esel, du solltest eigentlich mal eine ordentliche Tracht Prügel kriegen, dann würdest du vielleicht zu Verstand kommen. Herrgott, Melike hätte sich das Geld in der Zeit zehnmal von mir geholt. Du mußt lernen, den Mund aufzumachen.

– Hab ich doch, murmelt Gül.

Ihr Vater ist aufgebracht, sein Atem beruhigt sich nicht, die Leute drehen sich um nach der lauten Stimme und sehen dann diskret weg.

– Natürlich bekommst du das Geld, du Dummkopf. Du mußt den Mund aufmachen, verstehst du? Sonst wirst du immer zu kurz kommen und dich dann ärgern.

Er kramt einen Fünfliraschein aus seiner Tasche und hält ihn Gül hin. Sie schüttelt den Kopf.

– Nimm das Geld.

– Ich brauch keine Fotos.

– Nimm, sagt ihr Vater und will ihr das Geld zustecken.

Gül weicht einen Schritt zurück. Und schüttelt wieder den Kopf. Die Tränen, die eben noch hinter ihren Augen saßen und die sie die Kehle runtergewürgt hatte, sind verschwunden.

– Mein Mädchen, jetzt mach keinen Unfug.

Gül starrt auf den Boden. Ihr Vater kommt den Schritt auf sie zu und sagt:

– Wenn du jetzt nicht dieses Geld nimmst, kriegst du eine mit dem Handrücken, daß dir Hören und Sehen vergeht.

Nun schaut sie hoch, sieht ihn an. In seinen Augen glaubt sie sehen zu können, daß er sie nicht schlagen wird. Sie nimmt das Geld. Der Schmied legt ihr eine Hand auf die Haare, doch Gül zieht ihren Kopf weg, und ihr Vater wendet sich ab. Gül würde jetzt gern einfach fortlaufen, doch sie traut sich nicht. Sie sieht zu, wie ihr Vater wieder Richtung Werkstatt geht. Sie kann nicht weinen, sie kann nicht aufstöhnen, sie kann nicht gehen, sie steht einfach da. Da ist soviel, Trotz, Selbstmitleid, Wut, Angst, Liebe, sie kann nicht alles auf einmal fühlen.

Am liebsten möchte Gül mit einer Schleife im Haar fotografiert werden wie alle anderen Mädchen. Es wird ihr erstes

Foto sein, auf dem nur sie drauf ist, sonst niemand, und sie möchte, daß es perfekt wird, daß die Schleife blütenweiß ist und genau sitzt. Also wäscht Gül die Schleife, aber ihre Mutter gibt ihr keine Wäschestärke, die ist nur für Festtage und Hochzeiten, nicht für Paßfotos für das Abschlußzeugnis. Also benutzt Gül Zuckerwasser, wie ihre Mutter es ihr rät, und ihre Schleife ist nach dem Trocknen tatsächlich steif, aber an den Stellen, wo der Zucker durch das heiße Plätteisen leicht karamelisiert ist, sind braune Ränder. Gül wäscht die Schleife noch mal, und auch wenn sie viel vorsichtiger ist als beim ersten Mal und das Plätteisen nicht so heiß, sind immer noch braune Ränder zu erkennen.

– Geh, stell dich nicht so an, sagt ihre Mutter, das sieht man auf dem Foto sowieso nicht.

Sie hat zwar recht, aber Gül glaubt ihr nicht, und nachdem die Schleife noch fünfmal gewaschen, gestärkt und geplättet wurde, fällt sie fast von alleine auseinander. Nachdem Gül den ganzen Abend vor Wut geheult hat, fragt sie am nächsten Tag in der Schule ihre Banknachbarin, die fast jeden Tag eine gestärkte Schleife im Haar hat, ob sie sich in der Mittagspause die Schleife leihen darf, um sich damit fotografieren zu lassen. Es kostet sie einige Überwindung, doch ihr fällt keine andere Möglichkeit ein.

So trägt Gül auf den Fotos für das Abschlußzeugnis Nebehats Schleife im Haar. Jahrzehnte später wird sie jedes Mal, wenn sie dieses Foto sieht, daran denken, daß die Schleife in ihrem Haar nicht ihre eigene war, und sie wird ihr immer wie ein Fremdkörper vorkommen auf dem Bild. Als müsse jeder sofort merken, daß die Schleife nur geliehen ist.

Die Fotos werden nie auf dem Zeugnis oder in den Karteikarten der Schule zu sehen sein. Gül versagt bei den Abschlußprüfungen und bleibt in ihrem letzten Schuljahr sitzen.

Ihre Eltern machen keine große Sache daraus, daß sie sitzenbleibt. Sie ist ein Mädchen, sie kann lesen und schreiben, viele können nicht mal das. Der Schmied kann nur die arabische

Schrift lesen und hat selber keinen Abschluß, Arzu ist Analphabetin.

Gül ärgert sich, daß sie durchgefallen ist, aber sie hat einfach nicht genug lernen können, weil sie nicht genug Zeit hatte. Sie weiß, daß sie nie so gut sein wird in der Schule wie Melike oder Sibel, aber wenn sie etwas mehr gelernt hätte, dann wären die Fotos auf das Abschlußzeugnis geklebt worden. So verschwinden sie in der Truhe ihrer Mutter. Der einzige, der wirklich betroffen zu sein scheint, ist Onkel Abdurahman.

Abdurahman hat auch dieses Jahr wieder ein junges Mädchen aus dem Dorf bei sich, Yasemin. Sie ist ungefähr in Güls Alter, ein dunkelhäutiges, kräftiges Mädchen mit buschigen Augenbrauen, in bunten Kleidern, wie Zigeuner sie tragen. Sie ist ein wenig vorlaut, redet mit ihrem derben Dialekt dazwischen, wenn Erwachsene sich unterhalten, und manchmal entfahren ihr Flüche, die man sonst nur aus Männermündern hört. Abdurahman will ihr die schlechten Manieren abgewöhnen. Sie wird eine junge Dame sein, wenn sie in ihr Dorf zurückkehrt, sagt er.

Und Gül will er begreiflich machen, daß es wichtig ist, einen Abschluß zu haben.

– Mein Vater hat nicht genug Geld, uns alle auf die Mittelschule zu schicken, sagt Gül.

– Wenn du jetzt nicht auf die Mittelschule kannst, gehst du eben später, sagt Abdurahman, wenn du mal Geld hast. Du bist ein kluges Mädchen, du kannst das schaffen. Möchtest du wieder einmal die Woche zum Lernen kommen?

– Vielleicht, sagt Gül, weil sie sich nicht traut, nein zu sagen.

Sie mag Onkel Abdurahman, er ist immer freundlich zu ihr, nennt sie meine Kleine, nimmt sich Zeit für sie und streicht ihr manchmal durch die Haare. Es kommt vor, daß Gül sich wünscht, sie wäre eins von den Mädchen aus dem Dorf, die den Sommer bei ihm verbringen. Sie würde ihm den Haushalt besorgen und kochen und abwaschen, das kann gar nicht so viel sein für einen alleinstehenden Mann.

Yasemin kommt in das Zimmer, in dem sich Abdurahman und Gül gerade unterhalten haben. Sie sieht Gül einen Augenblick lang an. Yasemin hat große dunkle Augen und scheint nie zu blinzeln. Sie fragt Onkel Abdurahman:
– Ist das die Tochter des Schmieds?
Ganz so, als könnte Gül sie nicht hören.
– Ja, sagt Abdurahman, das ist Gül. Gül, das ist Yasemin.
Gül mag den Dialekt, und sie ist fasziniert davon, wie selbstsicher Yasemin dort steht, wie wenig schüchtern sie zu sein scheint.
– Kennst du Beştaş? fragt Yasemin Gül nun, und ohne eine Antwort abzuwarten, sagt sie: Laß uns spielen. Aber du mußt dir eigene Spielsteine suchen, meine darfst du nicht anfassen, fügt sie hinzu, als Onkel Abdurahman außer Hörweite ist.
Also sucht Gül sich fünf passende Steine. Nach den Regeln des Spiels muß der Verlierer am Ende seine Hände hinhalten und bekommt eine bestimmte Anzahl Schläge. Yasemin schlägt mit unverhohlener Begeisterung auf Güls Handrücken.
– So spielt ihr also in der Stadt, sagt sie und lacht.
Gül versucht sich nicht anmerken zu lassen, wie weh es ihr tut. Manchmal verliert sie absichtlich gegen Sibel, um ihr eine Freude zu machen, aber Sibel schlägt lange nicht so hart zu. Gegen Melike gewinnt sie nie, niemand gewinnt gegen Melike, bei keinem Spiel, außer beim Verstecken. Im Laufe des Sommers werden sich Melike und Yasemin einige Duelle beim Beştaş liefern. Sie werden beide schummeln und mogeln und sich streiten, aber am Ende wird fast immer Melike mit großer Freude Yasemin auf die Handrücken klatschen. Gül wird stolz auf ihre Schwester sein, und gleichzeitig wird Yasemin, die keine Miene verzieht, ihr leid tun.
– Warum spielst du eigentlich dauernd mit ihr, wenn du sowieso nur verlierst? fragt Melike. Das macht doch keinen Spaß.
Gül zuckt die Schultern.

– Ich verstehe das auch nicht, sagt Sibel. Ich spiele einfach nicht mit Yasemin.

Gül kann nicht erklären, was es ist. Sie kann nicht erklären, daß jeder etwas hat, worin er besonders gut ist, Melike im Sport, Sibel beim Malen, Nalan beim Singen, und bei Emin weiß man es noch nicht. Sie kann Schmerzen ertragen. Und oft glaubt sie, daß es jeder können muß, da es ihr ja nicht schwerfällt.

Gül und Yasemin freunden sich in diesem Sommer an. Anfangs bewundert Gül Yasemins Mut und Eigenwilligkeit. Wenn die anderen versuchen, sie wegen ihres Dialekts zu hänseln, stößt sie einfach nur ein paar Flüche aus, schimpft sie Kekskinder und lacht. Und sie genießt die Bewunderung, die Gül ihr entgegenbringt.

Doch im Laufe des Sommers ändert sich ihr Verhältnis. Yasemin wird leiser, vorsichtiger, zurückhaltender, Abdurahmans Bemühungen, aus ihr eine kleine Dame zu machen, scheinen zu fruchten. Und je stiller Yasemin wird, desto näher scheinen Gül und sie sich zu kommen. Als sich schon die Zeit der Apfelernte nähert, legt Yasemin eines Tages ihren Kopf in Güls Schoß. Es ist das erste Mal, daß Yasemin ihren Stolz vergißt und Nähe sucht.

– Ich bin froh, wenn ich bald wieder im Dorf bin, sagt Yasemin.

– Hast du Heimweh?

– Ja. ... Heimweh.

Nach einer Pause fragt Yasemin:

– Hat Onkel Abdurahman dir viele Sachen beigebracht?

– Ja, sagt Gül, er hat mir Unterricht gegeben, er war ja früher Lehrer.

– Ich will heim, am liebsten noch heute, sagt Yasemin.

Nachdem sie nun den ganzen Sommer über fast jeden Tag zusammen verbracht haben, kränkt es Gül, daß Yasemin so schnell wie möglich zurück ins Dorf möchte. Einige Tage vor Schulanfang ist sie plötzlich verschwunden, ohne daß sie sich von Gül verabschiedet hätte.

Am letzten Ferientag packen Melike und Sibel abends ihre Schulsachen, und Gül sieht ihnen zu. Sie sieht ihre Mutter und dann ihren Vater an. Keiner sagt etwas.

Auch am nächsten Morgen, als Sibel und Melike schon das Haus verlassen haben, sieht sie nur den Kindern nach, die in größeren und kleineren Gruppen Richtung Stadt gehen. Sie hört, wie ihre Mutter mit dem Abwasch beginnt. Laut schlägt Gül die Haustür zu und schlurft in die Küche.

Es wird nicht darüber gesprochen, daß Gül einfach daheim bleibt. Sie hilft ihrer Mutter, trödelt im Garten herum und ist erstaunt, wie still und leblos alles ist, wenn die anderen alle in der Schule sind. Sie ist es gewohnt, allein im Garten zu sitzen, doch auf einmal fühlt sie sich nicht mehr nur allein, sondern einsam.

Eine Woche, nahezu eine Woche, vergeht so, es ist Freitag, die Männer sind mittags beim Freitagsgebet in der Moschee gewesen, gegen Abend klopft es an der Tür des Schmieds, und Melike öffnet. Als Gül Onkel Abdurahman in der Tür erkennt, läuft sie schnell weg. Sie läuft, ohne nachzudenken, geradewegs ins Zimmer, in das Onkel Abdurahman gleich gebeten werden wird. Wohin?

Gül macht die Tür des Wandschranks auf, sie paßt gerade so hinein. Wenn sie die Knie ganz an die Brust zieht, das Kinn auf die Knie senkt, kann sie mit Mühe die Tür von innen geschlossen halten. Ihre Mutter hat gesehen, daß sie sich versteckt hat, aber ehe sie fragen kann, was das soll, steht schon Abdurahman im Zimmer und grüßt.

– Ist Timur da? fragt er.

– Ja, sagt Arzu, Melike, ruf deinen Vater mal aus dem Stall.

Im Schrank kann Gül hören, wie Onkel Abdurahman im Zimmer herumgeht. Sie hat Angst, daß er sie entdecken wird, doch da erkennt sie schon die schweren Schritte ihres Vaters. Timur und Abdurahman begrüßen sich, Arzu geht Tee aufsetzen, Melike, Sibel und Nalan kommen ins Zimmer. Sie mögen den Mann mit dem Vollbart, der ihnen oft Süßigkeiten schenkt. Heute scheint er keine dabeizuhaben.

– Ich habe gehört, deine Tochter geht nicht mehr zur Schule, wendet er sich an den Schmied, ohne sich mit Höflichkeiten aufzuhalten. Er ist alt, ihm verzeiht man diese Direktheit.

Abdurahman spricht sehr laut, als wisse er, daß Gül in der Nähe ist und zuhört. Vielleicht nickt der Schmied, Gül hört nur, wie Onkel Abdurahman nach einer Pause fortfährt:

– Es ist noch nicht zu spät, wir können sie immer noch zur Schule schicken. Die kleine Sibel hier hat es ja auch geschafft, dabei hatte sie die ersten sechs Wochen verpaßt. Und sieh, sie ist in den meisten Fächern Klassenbeste. Und Gül ist auch ein kluges Mädchen, es ist keine Schande, daß sie bei den Abschlußprüfungen durchgefallen ist. Dieses Jahr wird sie bestimmt ein gutes Abschlußzeugnis bekommen. So etwas ist wichtig heutzutage. Die Zeiten ändern sich, bald werden alle die Mittelschule und sogar die Oberschule besuchen. Es wird immer mehr junge Menschen geben, die etwas lernen wollen, studieren. Die Zeiten ändern sich, Schmied, die Welt dreht sich, und wir werden sie unseren Kindern überlassen. Und dafür sollten die Kinder gut ausgebildet sein. Schmied, sagt er noch mal, aber Gül kommt es so vor, als würde er sie meinen.

– Ja, sagt Timur, die Welt dreht sich, in der Stadt soll schon bald jeder Elektrizität haben, die Welt dreht sich, und man rechnet hin und her und versucht etwas auf die Seite zu legen, aber am Ende hat man nichts, das Wert hätte.

– Schmied, ich rede über deine Tochter.

– Ja, sagt er, ja, wir haben ihr nicht verboten, in die Schule zu gehen.

– Sie braucht sich nicht zu schämen, daß sie sitzengeblieben ist. Gül sollte die Schule auf jeden Fall zu Ende bringen.

Wo ist sie überhaupt? Warum stellt er diese Frage nicht? Gül tut der Arm weh, mit dem sie die Tür zuhält. Sie hört die kleine Melodie von Löffel und Glas, als die Männer den Zucker in ihren Tee rühren.

Abdurahman trinkt in aller Ruhe seinen Tee aus, unterhält sich mit dem Schmied über dies und das, vergißt aber nicht, immer wieder mal einzuflechten, daß Gül die Schule zu Ende machen sollte.

Schließlich holt er aus seiner Tasche vier kleine Schokoladentafeln, die in Silberpapier eingewickelt sind, gibt jedem Mädchen eine, und die letzte gibt er Sibel und sagt: Das ist für deine Schwester.

Güls Knie schmerzen, ihr Arm ist taub, ihr Rücken tut weh, sie horcht auf die sich entfernenden Schritte. Doch bevor sie weiß, ob sie schon hervorkommen kann, sagt ihr Vater:

– Jetzt komm raus da, Gül.

Sie haben nichts gesagt, denkt Gül, als sie die Tür des Wandschranks losläßt. Weder ihr Vater noch ihre Mutter. Ein Wort, ein Wort hätte genügt, und sie hätte vor Onkel Abdurahman gestanden und versprochen, ab Montag wieder in die Schule zu gehen. Sie wollen also nicht, daß sie die Schule beendet. Sie wird zu Hause bleiben.

Als sie schließlich Ende September wieder ins Stadthaus ziehen, findet Gül es sehr langweilig, zu Hause zu sein. Jetzt kann sie nicht mehr im Garten sitzen, unter Aprikosenbäumen oder am Brunnen. Jetzt steht sie morgens mit allen anderen auf, hilft ihrer Mutter, das Frühstück zu machen, verabschiedet ihre Schwestern, spült ab, hilft bei der Zubereitung des Mittagessens. Wenn alles erledigt ist, spielt sie mit Nalan und Emin, manchmal geht ihre Mutter weg, zu einer Nachbarin oder Freundin, und läßt Gül mit ihren Geschwistern allein zu Hause.

Es ist langweilig, aber Gül ist nicht unzufrieden. Unzufrieden scheint eher ihre Mutter zu sein, die öfter gereizt ist und Gül wegen Kleinigkeiten anfährt. Vielleicht sind es ihr zu viele Kinder, die ihr dauernd um die Füße herumwuseln, vielleicht hat es auch andere Gründe. Auf jeden Fall sagt sie eines Abends zu ihrem Mann:

– Sie sollte nicht untätig zu Hause sitzen und sich an Müßiggang gewöhnen. Sie sollte ihre Zeit besser nutzen. Wir könnten sie zur Schneiderin schicken, damit sie etwas lernt.

Eine Woche später nimmt Timur Gül morgens mit zur Schneiderin. Esra ist etwa zehn Jahre älter als Gül und hat zu Hause ein Arbeitszimmer. Es kommen sehr viele Kundinnen zu ihr, lassen sich Kleider nähen, Pumphosen, Blusen. Esra näht Brautkleider und Unterwäsche, und sie kürzt oder weitet auch die Hosen der Männer, wenn die Frauen sie vorbeibringen. Männerkleidung ist eigentlich nicht ihr Gebiet. Wie sollte eine anständige Frau auch Maß nehmen bei einem erwachsenen Mann, sie müßte ihn ja überall anfassen.

Wild verstreut liegen im Arbeitsraum Stoffreste umher, Schnittmuster, noch nicht beendete Kleidungsstücke, Rollen mit Nähgarn, Nadelkissen, Maßbänder, Stoffkreide, Sicherheitsnadeln, Scheren.

– Hallo, sagt Esra, du bist also Gül.

Gül nickt schüchtern.

– Hab keine Angst, sagt Esra, ich werde wie eine Schwester für dich sein, wir werden gut miteinander zurechtkommen.

– Ich werde dann mal, sagt Timur, der seltsam steif wirkt in Gegenwart dieser jungen Frau. Er setzt seine Mütze auf und ist weg.

Esra setzt sich wieder an die fußbetriebene Nähmaschine, denkt aber noch nicht daran, zu arbeiten.

– Du wirst also meine kleine Gehilfin werden, sagt sie zu Gül.

Sie hat ein rundes Gesicht mit einigen Sommersprossen und sehr vollen, aber blassen Lippen. Ihre braungrünen Augen wirken auf den ersten Blick fast schon stechend. Gül findet Esra wunderschön.

– Komm, sagt Esra, steht auf und hält Gül ihre Hand hin, komm, ich werde dir erst mal Candan vorstellen.

Zusammen gehen sie ins Nebenzimmer, wo auf einer kleinen Matratze ein etwa zweijähriges Mädchen liegt und schläft.

– Sie ist krank, sagt Esra, mein armes Lamm ist krank geworden. Aber jetzt hat sie ja dich als Abla, die sich ein wenig um sie kümmern kann, nicht wahr?

Gül lächelt zum ersten Mal, und Esra sagt:

– Und jetzt zeige ich dir alles andere.

Innerhalb von drei Tagen herrscht in dem Nähzimmer eine neue Ordnung, die Stoffe liegen in akkuraten Stapeln, die unbenutzten Maßbänder sind aufgerollt, die Rollen mit Nähgarn sind in einer alten Blechkiste, ebenso farblich geordnet wie die Stecknadeln auf den Nadelkissen. Gül macht es Freude, für alles einen Platz zu finden und nie lange suchen zu müssen, wenn Esra etwas braucht.

Es ist ein bißchen, als würde sie zur Schule gehen. Bald nach ihren Schwestern verläßt Gül das Haus, mittags kommt sie heim, ißt, spielt ein wenig und geht dann wieder zu Esra. Manchmal trödelt sie unterwegs, guckt sich Steine an, unter denen Geld liegen könnte, oder schaut den etwas reicheren Frauen hinterher, die gerade auf dem Weg zur Hauptstraße sind, um einzukaufen oder in der Konditorei Torte zu essen. Torte, Melike hat bei Sezen schon mal welche gegessen, aber Gül kennt nur den Namen. Torte, das ist der Inbegriff von Luxus, etwas, das Frauen essen, die im Winter Pelze tragen. Gül schaut den Damen hinterher, den kunstvoll aufgetürmten Frisuren und den Schuhen mit den Absätzen, sie schaut diesen Frauen hinterher, die Brigitte Bardot, Elizabeth Taylor und Marilyn Monroe im Kino gesehen haben, sich aber in diesem Land nicht so freizügig geben können. Und sie bemerkt, wie die jungen Männer, die Brillantine im Haar haben, ebenfalls diesen Frauen hinterhersehen, während sie so tun, als würden sie lässig an der Straßenecke stehen und Zigaretten rauchen. Die jungen Männer, die schon Schnurrbärte haben, manche eher dünne, flaumige wie ihr Onkel Fuat, aber manche buschige, schwarze Schnauzer. Die jungen Männer, denen die marmorierten Plastikkämme aus den Hintertaschen schauen und in deren Blicken verstohlen das Begehren aufblitzt.

Wenn Gül mal etwas später kommt, verliert Esra kein Wort darüber. Das ist schöner als in der Schule, wo sie immer pünktlich sein mußte. Während Esra Gül das Nähen beibringt, spart sie nicht mit Lob und wird nie ungeduldig, wenn etwas nicht sofort klappt. Abends sitzt Gül nun oft im Schein der Druckluftlampe mit der riesigen, angerosteten Schere ihrer Mutter da und schneidet alte Zeitungen so zurecht, daß sie wie die Schnittmuster aussehen, die bei Esra Abla herumlagen und nun fein säuberlich in Pappschachteln verpackt sind. Esra Abla, sagt Gül zu ihr, große Schwester Esra. Sie sagt das, weil Esra das möchte, denn wenn jemand sie Tante Esra nennt, kommt sie sich so alt vor. Endlich hat Gül auch jemanden, zu dem sie Abla sagen kann wie ihre Geschwister zu ihr.

Obwohl man nicht oft Leute sehen kann, die Zeitung lesen, sind Zeitungen doch allgegenwärtig. Der Krämer schlägt seine Waren in Zeitungspapier ein und der Metzger, Timur benutzt es manchmal, um morgens das Schmiedefeuer anzufachen. Arzu legt die Schränke damit aus. Wenn Gül etwas aus dem Schrank holt, bleibt sie gelegentlich an ein oder zwei Worten hängen. Mord. Totschlag. Unglückliche Liebe. Blutrache. Unschuldige Kinder. Und dann versinkt Gül in diesen Zeitungsartikeln, rückt die Gläser vorsichtig hin und her, hebt die Teller an, kriecht fast in den Schrank hinein, wenn der Text auf dem Kopf steht und sie ihren Kopf wenigstens schräg halten muß, damit sie die ungewohnt wirkenden Buchstaben zu Wörtern zusammenfügen kann.

Wenn dann ihre Mutter ruft, schreckt sie mittlerweile nicht mehr auf und stößt sich den Kopf an. Einige Male ist ihr das passiert, doch seit einiger Zeit merkt sie sich die Stelle, an der sie aufgehört hat, und liest später weiter.

Sibel schneidet die weißen Ränder der Zeitungen ab und zeichnet auf diesen dünnen Streifen mit einem ganz spitzen Bleistift Tiere im Miniaturformat, und ihre Mutter schimpft, sie würde sich die Augen verderben. Doch es ist nie genug Papier für sie da, und auch mit ihren wenigen Buntstiften muß sie sparsam umgehen, bis Onkel Abdurahman mitbekommt, wie talentiert sie ist. Seitdem kauft er ihr Stifte und Papier, damit sie nicht mehr beide Seiten eines Blattes bemalt.

Und so hat Gül die Zeitungen wieder für sich und sitzt nun abends mit der Schere in der Hand da, und manchmal vergeht eine halbe Stunde, bevor sie den ersten Schnitt tut. Ihre Schulbücher waren lange nicht so spannend.

– Schneid, wenn du schneiden willst, sagt ihre Mutter dann oft, was liest du Zeitung, als seiest du ein erwachsener Mann?

Gül sieht außer Onkel Abdurahman kaum jemanden, der in der Öffentlichkeit Zeitung liest, und sie hat wahrhaftig noch nie eine Frau gesehen, die das tut. Wenn ihre Mutter sie so ermahnt, fängt Gül langsam an zu schneiden, das Geräusch der Schere reicht aus, damit ihre Mutter woanders hinsieht, und Gül versucht weiterzulesen, während sie am Rand der Texte entlangschneidet. Sie liest Artikel über Brudermord, Familienehre, über Babys mit zwei Köpfen und die verderbten Kinder der Reichen. Die Leitartikel und die Beiträge über Wirtschaft, Politik und Fußball und die Kolumnen zerschneidet sie ungelesen.

Als Gül zum ersten Mal an der Nähmaschine sitzt und versucht, gleichzeitig zwei Stoffstücke unter der Nadel durchzuziehen, kommt sie kaum an das Pedal, das sie gleichmäßig treten muß, damit die Maschine rund läuft. Noch schwerer fällt es ihr, die Bewegungen ihrer Füße und Hände zu koordinieren. Sie braucht lange, um es zu lernen, länger als jemand anders an ihrer Stelle wohl gebraucht hätte. Es wird Monate dauern, bis sie der Maschine dieselben gleichmäßig schnurrenden Geräusche entlockt wie Esra. Doch sie wird noch oft an diesen ersten Tag denken. Sie wird sich an ihn erinnern, wenn sie Jahre später in Deutschland an einer elektrischen Nähmaschine sitzt und im Akkord Büstenhalter näht. Vierhundert bis vierhundertfünfzig Stück am Tag, während ihre Kolleginnen selten mehr als dreihundertfünfzig schaffen.

Es wird ein wenig dauern, bis sie Esras Maschine beherrscht, doch das Nähen wird ihr Freude bereiten. Und einen sanften Nachklang dieser Freude wird sie auch dann noch empfinden, wenn sie mit siebzig anderen Frauen in einem Raum sitzt und sich Toilettenpapier in die Ohren steckt, damit der Lärm erträglich wird.

Ich habe keine Angst vor Arbeit, wird sie später immer sagen. Ich habe gelernt, daß ich jeden Berg Arbeit auf meine Schultern laden kann, ohne darunter zusammenzubrechen. Aber sie wird nicht erzählen, wie beleidigt sie sein kann, wenn niemand diese Arbeit zu würdigen weiß.

Im Moment hilft sie nicht nur ihrer Mutter bei der Hausarbeit, lernt nähen und paßt auf Nalan und Emin auf, sondern auch auf Esras Tochter Candan.

Candan ist ganz vernarrt in Gül, und Gül kauft ihr manchmal von dem Geld, das sie von ihrem Vater für das Wadenkratzen bekommt, Sesamkringel oder Süßigkeiten. Sie hofft, daß Nalan und Emin das nie erfahren. Sie liebt ihre Geschwister, ja, aber Candan liebt sie auf eine andere Art. So wie man nur Menschen lieben kann, die einem nicht so nahe sind.

Noch immer sind die paar Kuruş, die ihr Vater ihr für das Wadenkratzen gibt, das einzige Geld, das sie erhält. Für die Arbeit bei der Schneiderin wird sie nicht bezahlt. Sie erlernt als Lohn einen Beruf.

Ebenso ergeht es ihrem Onkel Fuat, der bei einem Friseur arbeitet und mal einen eigenen Laden haben möchte. Von so etwas kann Gül nicht träumen, aber vielleicht heiratet sie einen Mann, der ihr eine Nähmaschine kauft.

Eines Samstags, nachdem sie Staub gewischt hat, Windeln gewaschen, den Abwasch erledigt, sagt Gül zu ihrer Mutter:

– Ich gehe zu Esra Abla.

– Aber heute ist Samstag.

– Ich vermisse Candan so, ich spiele nur kurz mit ihr, dann komme ich sofort wieder.

– Oh, mein Gott, sagt ihre Mutter, als gäbe es nicht genug andere Kinder zum Spielen.

Doch sie läßt Gül gehen, an diesem Samstag und auch an den folgenden. Jedesmal, wenn sie sich sehen, läuft Candan Gül in die Arme, und manchmal stellt Gül sich vor, es wäre ihre eigene Tochter. Aber wo wäre dann der Mann dazu?

Eigentlich will sie keinen Mann, sie will nur eine Tochter. Gül ist gut gelaunt, wenn sie mit Candan gespielt hat, sie fühlt sich wohl und glaubt, es hätte nur mit Esra Ablas Tochter zu tun. Nicht damit, daß sie nicht zu Hause ist, daß niemand ihr etwas aufträgt, daß sie nicht schwer tragen muß und nicht Streit schlichten.

Melike und Nalan tun sich eines Tages zusammen, um Sibel zu ärgern. Sie machen ihr alles nach, laufen hinter ihr her, imitieren jede ihrer Bewegungen, und als Sibel sich in die Ecke setzt, um zu malen, was immer ihr Weg ist, allem zu entkommen, sind Nalan und Melike kurz ratlos, bis Melike anfängt, *Picasso, Picasso, Mona Lisa* zu sagen, Nalan stimmt mit ein, und sie wiederholen diese Worte so lange, bis Sibel die Tränen kommen.

– Laßt sie doch, bitte. Wenn ihr Gott liebt, dann laßt sie doch in Ruhe, sagt Gül.

Wie ihre Mutter und die Nachbarinnen es immer sagen: Wenn du Gott liebst, wirst du mir das nicht antun. Wenn du das jetzt machst, dann sollst du bei meiner Leichenwache sitzen. Iß doch noch einen Happen, aus Liebe zu mir, aus Liebe zu Gott, aus Angst vor meinem Tod. Die Sprache der Erwachsenen ist voller solcher Übertreibungen, die die Kinder gern übernehmen.

Doch Gül kann die beiden nicht davon abhalten, Sibel zu ärgern, die schließlich mit tränenerstickter, dünner Stimme hervorstößt:

– Ihr seid sowieso immer gegen uns. Nur weil ihr eine andere Mutter habt.

Nalan versteht nicht, was Sibel gemeint hat, und Melike lacht sie einfach nur aus. Gül nimmt Sibel in den Arm, um sie zu trösten. Als die Tränen langsamer fließen, versucht sie ihrer achtjährigen Schwester zu erklären, auf welche Weise sie miteinander verwandt sind.

– Du hast da etwas falsch verstanden, mein Schatz. Melike, du und ich, wir haben eine andere Mutter. Du warst noch ganz klein, du warst ein Baby, als sie gestorben ist.

Sibel hört auf zu weinen. Die Tränen haben helle Spuren auf ihren Wangen hinterlassen.

– Nachdem unsere Mutter gestorben ist, hat Vater wieder geheiratet, und so haben wir eine neue Mutter bekommen, und dann kamen Nalan und Emin.

– Sie ist gar nicht unsere richtige Mutter?

– Nein, sie ist unsere Stiefmutter.

– Und woran erkennt man das?

Gül braucht einen Moment, ehe sie antwortet:

– Gar nicht.

– Und woher weißt du dann, daß sie nicht unsere richtige Mutter ist?

– Ich … Ich war schon größer, als unsere Mutter gestorben ist.

– Wie sah unsere Mutter denn aus?

– Ein bißchen wie Melike. Sie hatte nicht so eine helle Haut wie du oder ich, sie war dunkel wie Melike, und sie hatte schöne Augen.

Kaum hat sie das gesagt, muß sie an die Ringe denken, die tiefvioletten Ringe unter ihren Augen, als sie im Krankenhaus lag.

– Und ihre Haare, wie sahen ihre Haare aus?

In den nächsten Tagen sitzen Sibel und Gül viel zusammen. Gül erzählt, woran sie sich noch erinnern kann. Kleidet zum erstenmal all die Bilder in ihrem Kopf in Worte. Und Melike setzt sich schon sehr bald zu den beiden und hört zu, ohne dazwischenzureden. Gül kann sich an das Dorf erinnern, die Gewehre ihres Vaters, die Schlägerei auf dem Dorfplatz, daran, wie ihre Mutter gesagt hat *Jetzt hast du mich totgekitzelt*, an das Krankenhaus, an Tante Hülya und Onkel Yücel.

Die Bilder sind so klar und scharf in ihrem Kopf, als wäre das alles gestern erst passiert. Sie sieht, wie ihr Vater den Löffel wirft, und sie fühlt, was sie damals gefühlt hat. Sie sieht die Bilder nicht, wie sie sie damals gesehen hat, sie sieht alles wie von oben, sie sieht sich selbst dort stehen, doch sie fühlt, was sie damals gefühlt hat.

Und sie weint beim Erzählen. Auch in fünfzig Jahren noch wird sie die Bilder in aller Schärfe sehen, und sie wird die Gefühle wieder und wieder durchleben, denn es wird ihr nicht möglich sein, die Gefühle von außen zu betrachten wie die Bilder.

Es wird schon bald zu einem Ritual, daß Sibel, Melike und Gül zusammensitzen und Gül von Fatma und von früher erzählt. Es wird zu einem Ritual, das sie in den nächsten Jahren oft praktizieren. Doch Gül wird immer für sich behalten, wie Timur mal drauf und dran war, Melike vom Dach des Stalls zu werfen.

Gül spielt also an den Samstagen mit Candan und glaubt, ihre gute Laune hätte ausschließlich mit Esras Tochter zu tun. Manchmal, auf dem Nachhauseweg, wenn sie Mädchen in ihrem Alter sieht, die Seil springen oder Himmel und Hölle spielen, draußen in der Kälte, auf einem Flecken, den sie vom Schnee befreit haben, dann fragt Gül, ob sie mitspielen kann. Obwohl sie sonst eher schüchtern ist, an den Samstagen fällt es ihr leicht, zu fragen, und sie vergißt beim Spielen schnell die Zeit, das Wetter, ihre Schwestern, ihren Vater, ihre Mutter, sie vergißt auch Candan und ruiniert sich bei Himmel und Hölle die Schuhe.

Als sie wieder einmal zu spät kommt, weil sie beim Spielen auch das Mittagessen vergessen hat, sagt ihre Mutter:
– Was willst du auch jede Woche bei fremden Menschen. Du fällst ihnen sicher zur Last.

Und selbst ihr Vater sagt:
– Du solltest nicht so oft dorthin gehen. Und nächstes Mal werde ich dich abholen, damit du nicht wieder so spät kommst.

So holt der Schmied seine Tochter am nächsten Samstag von Esra ab. Er hat seine guten Schuhe an und ist rasiert, obwohl er sich am Wochenende sonst nie rasiert. In der darauffolgenden Woche haucht er sich in die Hände, als er in der Tür steht. Es ist eine Geste, die Gül noch nie bei ihrem Vater gesehen hat.

– Es ist kalt draußen, sagt der Schmied.
Esra bestätigt:
– Ja, der Herr hat uns einen harten Winter geschickt.
– Willst du nicht schon mal vorgehen? fragt Timur seine Tochter. Deine Mutter macht heute Börek, und sie kann deine Hilfe bestimmt gut gebrauchen.
– Oh, das will sie bestimmt nicht, fällt Esra ein, bevor Gül antworten kann. Sie hat sich doch gefreut, heute mit ihrem Vater nach Hause zu gehen.

Nur diese beiden Male holt ihr Vater sie ab, und Gül spielt in jenem Winter noch oft mit den fremden Mädchen Himmel und Hölle. Sehr bald findet Gül heraus, warum diese Mädchen auf der Straße spielen. Bei ihnen zu Hause ist es nicht wärmer als draußen. Als Arzu das gegen Ende des Winters erfährt, darf Gül samstags gar nicht mehr zu Esra.

– Was sollen die Leute reden, wenn du mit den armen Kindern spielst?

Das erste eigene Kleidungsstück, das Gül an der Nähmaschine näht, ist eine Unterhose aus dem Rest eines braunen mit orangefarbenen Blumen bedruckten Stoffes. Gül näht eine Unterhose für Melike, doch sie nimmt die Unterhose nicht gleich mit heim, denn sie möchte für jede ihrer Schwestern eine Unterhose nähen.

Im Frühling ist es soweit, sie hat vier Unterhosen fertig und freut sich, daß sie ihren Schwestern etwas schenken kann. Als ihre Mutter die Unterhosen sieht, eine braune mit Blumen bedruckte, eine purpurne, eine zitronengelbe und eine froschgrüne mit blauem Tropfenmuster, sagt sie:

– Geh. Wer soll das denn anziehen? Das sind ja Farben, wie Zigeuner sie tragen.

Gül, Sibel, Nalan und Melike stehen da, Sibel und Nalan mit ihren Unterhosen in der Hand, Melikes liegt auf dem Boden. Noch bevor Gül die Tränen kommen können, noch bevor irgend etwas passieren kann, sagt Melike:

– Die zieht man doch drunter. Das sieht doch sowieso keiner. Ich ziehe meine auf jeden Fall an, da kann mich niemand dran hindern.

So tragen die Schwestern im Frühling Unterhosen, die zwar leuchten, die aber niemand sehen kann.

Eines Tages kommen Melike und Sibel kichernd zu Gül und sagen:
– Oma sieht nichts mehr.
– Ihre Augen sind nicht mehr so gut, sagt Gül.
– Nein, sagt Melike, sie sieht gar nichts mehr.
– Woher willst du das wissen?
– Ich habe mich hingesetzt, so unschicklich, ich habe die Beine aufgemacht und Sibel auch, und man konnte uns unter den Rock sehen, auf die bunten Unterhosen. Und Oma hat die Unterhosen nicht gesehen, sie hat nicht mal gesehen, daß wir unschicklich saßen.

Zeliha erkennt das Geld, das sie in der Hand hält, sie kann die Scheine und Münzen aufgrund ihrer Größe auseinanderhalten. Die Menschen erkennt sie mittlerweile am Geräusch ihrer Schritte, doch sehen kann sie kaum noch. Würde ihre Tochter nicht bei ihr wohnen, hätte sie Schwierigkeiten, ihren Alltag zu regeln. Hülya erledigt alles, wofür man Augen braucht, und Zeliha verbringt ihre Zeit im Schneidersitz, den Rücken mit einem großen, harten Kissen gestützt. Ein Glas Tee in der einen Hand, eine Zigarette in der anderen, kommandiert sie die Leute herum. Fenster auf, Fenster zu, neuen Tee aufsetzen, ihr ein Glas Wasser bringen oder Feuer geben, Zigaretten kaufen beim Krämer. Irgend etwas muß Gül immer tun, wenn sie dort ist, und ihren Schwestern und ihrer Mutter ergeht es nicht anders. Zeliha scheint Vergnügen daran zu finden, möglichst vielen verschiedenen Menschen Anweisungen zu geben.

Ihren Enkeln ist sie noch unheimlicher, seitdem sie blind ist und sich so wenig bewegt. Seit sie nicht mehr sieht, ist auch ihre Stimme noch dunkler geworden, weil sie mehr raucht, wenn sie weniger zu tun hat. Gül mag ihren schweren Geruch nicht, ihren Geruch nach Rauch und altem Schweiß, nach

Teer und ein wenig nach dem abgegriffenen Geld, das sie in einem Bündel in ihrem Strumpf trägt.

Zeliha bekommt Geld von Timur, und sie läßt Hülya das eine oder andere kleine Geschäft tätigen, ein paar Walnüsse verkaufen, ein halbes Kilo getrockneten Traubensaft, selbstgemachte Marmelade, ein paar alte Kupfernäpfe. Diese Frau, die nie eine Schule besucht hat, kann gut rechnen, sie kann sich Preise und Gewinnspannen merken, sie verleiht Geld, um an den Zinsen zu verdienen, und Hülya ist erstaunt, daß ihre Mutter sich immer genau merken kann, wer ihr wieviel schuldet.

Manchmal holt Zeliha ihr Bündel hervor und zählt langsam und bedächtig das Geld, die Zigarette im Mundwinkel, den Blick geradeaus gerichtet und ein leises Lächeln um die faltigen Lippen. Die Jahre haben Furchen in ihr Gesicht gegraben, tiefe Furchen, eine senkrechte dunkle Zornesfalte knapp oberhalb ihrer Augenbrauen, zwei Striche, die sich von ihren Nasenflügeln zu den Mundwinkeln runterziehen, und auf ihren Wangen sind zahlreiche Runzeln.

Güls andere Großmutter, Berrin, Arzus Mutter, ist viel jünger und hat ein nahezu glattes, rundes Gesicht. Doch zu Berrin Oma nimmt ihre Mutter meistens nur Emin und Nalan mit. Wenn sie dort ist, fühlt Gül sich nicht ganz wohl, obwohl Berrin Oma freundlich ist und viel lacht. Es sind ihr zu viele andere Menschen dort, ihr Großvater Faruk, der oft nach Schnaps riecht, ihr Onkel Fuat, Fuats ältere Brüder Levent und Orhan, die schon verheiratet sind. Ihre Großeltern haben ein großes Haus, und Gül fühlt sich fremd unter so vielen Leuten, die sich gut kennen. Und die ihr selten besondere Beachtung schenken.

Melike hat ein Abschlußzeugnis. Auf dem Paßfoto trägt sie Sezens Schleife in ihrem Haar, eine große, geschwungene Schleife, die vor lauter Stärke so steif ist, daß sie fast abbricht, wenn man dagegenkommt. Eine besonders gute Schülerin ist Melike zwar nicht gewesen, aber sie ist nicht sitzengeblieben, und sie kann gut auswendig lernen. Ein paar Tage vor den Prüfungen hat sie alle mit ihrer Art einzulernen genervt. Sie nimmt ihr Buch und liest es im Gehen, sie muß durch das ganze Haus wandern, sie kann nicht stillsitzen dabei. Das aufgeschlagene Buch in ihren Händen, läuft sie durch die Zimmer und murmelt vor sich hin. Oder man sieht zumindest, wie sich ihre Lippen bewegen, und ständig nickt ihr Kopf in einem unregelmäßigen Takt. Ihre Methode wird sich noch ändern, aber Melike wird in der Schule nicht deswegen erfolgreich sein, weil sie Zusammenhänge begreift, sondern weil sie auswendig lernt.

Sie lernt den Stoff auf eine Weise auswendig, daß sie hinterher weiß, bei welchem Wort des Textes eine Seite aufhört. Sie macht dann jedesmal eine kleine Bewegung mit dem Kopf, legt ihn von rechts nach links, blättert im Geiste um.

Genauso wie bei Gül nicht darüber geredet wurde, daß sie mit der Schule aufhört, ist es jetzt klar, daß Melike nach den Ferien die Mittelschule besuchen wird.

Während sie im Sommerhaus sind, geht Gül nicht zu Esra, und so verstreicht ein weiterer Sommer, ein sorgloser Sommer, in dem Kirschen geklaut werden, Beştaş gespielt wird, Verstecken, Fangen und gegen Abend, wenn es kühler wird, Völkerball. Völkerball ist ein Spiel der Älteren, doch mittlerweile darf Gül mitspielen, wenn sie die ganze Breite der unbefestigten Straße als Spielfeld benutzen. Und Melike darf auch mitspielen, aber nur, weil sie so gut ist und alle sich darum reißen, die quirlige Kleine in der Mannschaft zu haben.

Wenn Melikes Mannschaft verliert, ist sie eingeschnappt und gibt den anderen die Schuld. Sie ist eine schlechte Verliererin, die schnell Streit anfängt, weil ihre Energien irgendwohin müssen, ihr Ärger und ihre Enttäuschung, ihr unbefriedigter Ehrgeiz.

In der Dämmerung hockt man dann meist auf den Treppenstufen vor den Häusern und lauscht dem Radio, dem Klang des Lautsprechers auf dem Dach des Schmieds. Nebenbei unterhält man sich, die Frauen stricken oder häkeln, die Männer sitzen manchmal im Garten, die traurigen Lieder aus dem Radio sind nur ein Nachhall, ein Summen in der Luft, in die sie den Rauch aus ihren Lungen blasen und den Anisgeruch ihres Atems. Mit gekreuzten Beinen sitzen sie dort, erzählen von den alten Zeiten, in denen die Menschen angeblich noch weise waren und keine Geldgier kannten. Wenn sie von den Eigenheiten der Alten und ihren Schrullen, von Kraft und Stolz, von rechtschaffenen Wegelagerern in den Bergen, von Rebellion und Heldentum erzählen, können sie die Magie fühlen, die jede Vergangenheit zu einem Märchenland werden läßt. Die Männer sitzen zusammen, und sie kennen die Texte zur Musik der alten Götter.

Es vergeht ein Sommer mit aufgeschürften Knien, mit Spucke, die ganz flockig wird vor Durst, ein Sommer, in dem Gül beim Birnenklauen erwischt wird und der Besitzer des Gartens sie laufenläßt, als er sie erkennt.

– Gül, du bist es, sagt der Alte, lauf, lauf den anderen hinterher, und hier, hier hast du eine Birne. Und richte deinem Vater einen Gruß aus.

Emin kann laufen, er kann rennen, Purzelbäume schlagen, und er versucht sogar schon auf Bäume zu klettern. Nur Sprechen scheint ihm nicht zu liegen, am Ende des Sommers ist er anderthalb, aber er gibt nur Laute von sich, wenn er weint. Nalan hingegen redet den ganzen Tag, und wenn sie nicht redet, dann singt sie. Sie singt die Lieder, die sie aus dem Radio kennt, und ihr Gesang ist so schön, daß sich die älteren Mädchen aus der Nachbarschaft oft versammeln und ihr eine Süßigkeit oder einen Kaugummi versprechen, wenn sie ihnen etwas vorträgt.

Seit Gül, Melike und Sibel ab und an zusammensitzen, wird Gül nicht mehr jedes Mal traurig, wenn sie von früher erzählt. Dafür fühlt Timur den glasigen Glanz seiner Augen, sobald er sieht, wie seine Töchter beisammensitzen.

– Dank sei dem Herrn, Dank sei dem Herrn, daß ich das sehen darf, Dank sei ihm, auch wenn er Fatma so früh die ewige Ruhe geschenkt hat. Fatma, wie schön sie war, wie ein Stück vom Mond.

Obwohl er sich häufig an sie erinnert, muß er zugeben, daß die Momente, in denen er ihrer gedenkt, in den letzten Jahren seltener geworden sind. Doch falls ein Engel des Allmächtigen käme und fragte: Timur, Schmied Timur, möchtest du Arzu hergeben, um Fatma wiederzubekommen? Er würde ja sagen. Und würde der Engel des Allmächtigen fragen: Timur, bist du glücklich, lobst du den Herrn, bist du dankbar für dieses Leben mit seinen Freuden und Sorgen und Nöten, er würde wieder mit der gleichen Ehrlichkeit ja sagen.

Gelobt sei der Vater im Himmel, er hat fünf gesunde Kinder, er hat eine Frau, die Kraft ist noch lange nicht aus seinen Armen gewichen und nicht aus seinem Rücken. Immer noch ist er der Mann, mit dem sich niemand gern anlegt, weil er seine Fäuste zu gebrauchen versteht, und immer noch ist der hellhäutige Mann mit den blauen Augen jemand, den man betrügt, weil er gutgläubig ist und nicht weiß, wie man mit diesen kräftigen Händen das Geld zusammenhalten kann. Er gibt zwar nicht mehr jedem, der sich etwas leihen möchte, aber fast jedem, der sein Herz erweichen kann. Und das ist nicht härter als frisch gebackenes Brot.

So gehen die Sonnentage dahin, Gül wäscht die Wäsche, fegt das Haus, kümmert sich um Nalan und Emin, sie gehen ins Hamam, auch im Sommer, immer noch spricht Onkel Abdurahman manchmal davon, daß Gül die Schule hätte schaffen können. Gül denkt oft an Candan, doch die beiden sehen sich in den achtzehn Wochen, die die Familie des Schmieds im Sommerhaus verbringt, gerade viermal. Als sie sich zufällig im Hamam treffen, fällt Gül auf, daß ihre Mutter Esra nur kurz grüßt und dann völlig ignoriert. Gül würde Esra Abla gern den Rücken einseifen, doch ohne sich den Grund erklären zu können, spürt sie, daß das ihrer Mutter nicht gefallen würde. Sie spielt nur mit Candan, läßt sich von ihr mit kaltem Wasser bespritzen, daß sie kieksen muß, und freut sich, wenn die Kleine lacht.

Es ist ein leichter Sommer für Gül, ein sorgloser, auch wenn sie das noch nicht weiß. An die Mühen hat sie sich gewöhnt, und die Freuden kann sie genießen. Es ist ein langer, heißer Sommer, und Ende August drohen die Äste der Apfelbäume unter der Last der Früchte abzubrechen. Timur stützt die schwersten Äste mit gegabelten Stöcken, deren Enden in die Erde gerammt werden. Zwar hat er sich nicht zeitig genug darum gekümmert, Erntearbeiter anzuwerben, doch die Bäume tragen so ungewöhnlich viele Äpfel, daß die Tagelöhner zur Erntezeit von selber an die Tür des Schmieds klopfen.

Als es schließlich soweit ist, packen alle mit an, Arzu, Gül, Melike, Sibel, Tante Hülya und vier Tagelöhner. Fünf Tage brauchen sie, bis alles abgeerntet ist. Und da sie die ersten sind, die ihre Äpfel verkaufen, erzielen sie einen guten Preis. Nachdem Timur die Arbeiter ausbezahlt hat, bleibt noch reichlich Geld übrig, sehr viel mehr als in den vergangenen Jahren. Abends sitzt Timur erschöpft da, ein Kissen im Rücken, die Beine weit von sich gestreckt, und er würde gern eine Zigarette rauchen, um diese Schwere aus seinem Körper zu vertreiben. Er fragt sich, wieviel Tage er sich ausruhen soll, bevor er nach Istanbul fährt.

Gül will ihm die Waden kratzen, doch er ist so abgeschlagen, daß nicht mal seine Beine jucken. Gül bleibt noch ein wenig bei ihm, auch sie ist müde.

– Papa? sagt Gül.
– Ja, mein Schatz.
– Kannst du mich auch ausbezahlen?
– Wie?
– Wie die Arbeiter.
– Wie die Arbeiter? Du bist meine Tochter, du bist kein Arbeiter. Du bist der Glanz meiner Augen, du bist doch kein Tagelöhner.

Gül könnte so viel erwidern, aber sie geht nur enttäuscht in das Zimmer, in dem sie mit ihren Schwestern schläft, sie will heute früher ins Bett. Als sie sich schon hingelegt hat, kommt

ihre Mutter ins Zimmer und setzt sich an das Kopfende ihrer Matratze.
– Müde? fragt sie.
– Ja, sagt Gül.
– Morgen wirst du dich wie neugeboren fühlen, so fest wirst du schlafen. ... Gül, ich möchte dich um einen Gefallen bitten.

Ihre Mutter nennt sie nie beim Vornamen, außer wenn sie sie ruft.
– Dein Vater hört auf dich. Er kann dir keinen Wunsch abschlagen. Ich hätte so gerne einen Pelzmantel für den Winter. Wie die Frau des Generals. Der Winter wird bestimmt hart nach so einem Sommer. Könntest du ihn fragen?
– Ja, sagt Gül.
– So einen schönen Mantel, wie Neslihan ihn hat. Soll ich dir noch eine Milch bringen, ich habe sie gerade frisch gemolken.

Gül schüttelt den Kopf, obwohl sie gern Milch trinken würde, die noch warm ist vom Euter der Kuh.

Ich habe sie großgezogen, mag Arzu denken, ich habe sie gekleidet und genährt, ich habe mich sieben Tage in der Woche um sie und ihre Schwestern gekümmert, ich habe alles getan, um es ihrem Vater recht zu machen, aber keinen Tag habe ich ihm seine Frau ersetzen können. Dabei habe ich ihm einen Sohn geschenkt und nicht sie. Ich habe die Kinder behandelt wie meine eigenen Töchter, so gut ich es konnte, ich bin nur dreizehn Jahre älter als Gül, ich habe mein Bestes getan. Nie habe ich mich dem Mann verweigert, aber habe ich jemals bekommen, was ich wollte?

Es dauert sehr lange, bis Gül einschläft, sie würde sich gern den Stoff kaufen, den sie in der Stadt gesehen hat, einen dunkelblauen Stoff, der wie Samt schimmert. Aus dem möchte sie sich ein Kleid nähen. Ein richtiges schickes Kleid, nur für sich. So wie Özlem eins hat. Oder die Töchter der Frauen, die Torte essen. Sie hätte gerne ein nachtblaues Kleid und eine Schleife in ihrem Haar, eine Schleife gestärkt mit Wäschestärke. Die

Schuhe dazu mit den kleinen, silbernen Schnallen wird sie sich nicht kaufen können. Doch das Kleid könnte sie selber nähen. Wenn sie das Geld für den Stoff hätte. Sie hat gearbeitet wie alle anderen.

Ich frage ihn nicht, denkt sie, ich frage ihn nicht nach einem Pelzmantel für Mutter. Ich sage ihr einfach, ich hätte es getan. Wenn sie selbst nachfragt, kauft er ihr den Mantel sowieso nicht. Warum sollte sie einen Pelzmantel bekommen, wenn ich nicht mal Geld für Stoff bekomme?

Doch wenn sie ihren Vater nicht fragt, müßte sie lügen. So wie Özlem damals, wie Özlem und ihre Großmutter. Und sie kann nicht lügen. Ihr wird dann immer heiß, und sie glaubt, alle könnten sehen, wie sie schwitzt.

Aber es wäre ja keine richtige Lüge. Weil es nur gerecht wäre. Es wäre gerecht, wenn sie beide nichts bekämen.

Laß die anderen ruhig, wir machen so etwas nicht. Das waren die Worte ihrer Mutter. Wir lügen und betrügen nicht. Wir sind ehrlich, auch wenn uns dadurch ein Nachteil entsteht. Uns bleibt immer noch die Rechtschaffenheit. Aber Gül hätte dieses Mal lieber ein Kleid.

Fünf Wochen später sind sie wieder im Stadthaus, Arzu hat einen schwarzen Pelzmantel, der ihr bis über die Knie reicht, und der Schmied ist nicht in Istanbul gewesen.

– Geh, wofür braucht sie denn einen Pelzmantel, hat Timur gesagt, und Gül hat geantwortet:

– Aber sie wünscht ihn sich so sehr. Sie würde sich bestimmt sehr freuen.

Arzu hat sich gefreut, sie hat Gül versprochen, mit ihr Torte essen zu gehen. Sobald es kalt wird. Gül war noch nie Torte essen, und sie würde sich ja auch freuen. Wenn sie etwas hätte, das sie zum Torteessen anziehen kann.

Jeden Tag betrachtet sie nun die Stoffreste bei Esra und überlegt, wie man aus den Resten ein Kleid nähen könnte. Esra, die ihren suchenden Blick bemerkt, fragt:

– Was würdest du dir denn gerne nähen?

– Nichts, sagt Gül, ich gucke nur, was so übrig ist.
– Ein Kleid vielleicht? rät Esra.
Einen Augenblick lang fühlt Gül sich ertappt, doch es dauert nur diesen Moment, bis sie antwortet:
– Nein, nein, kein Kleid.
Mehr als eine Woche später räumt Gül gerade die Nähstube auf, während Candan bei ihrer Mutter quengelt, daß sie raus möchte. Esra hat viel zu tun, doch sie scheint dem Wunsch ihrer Tochter nachzugeben und fragt Gül:
– Sollen wir einkaufen gehen?
– Geh du nur, sagt Gül. Ich räume noch weiter auf.
– Laß uns zusammen gehen. Komm, meine Süße, zieh dich an.
Gül weiß nicht genau, was sie davon halten soll. Esra hat sie noch nie mitgenommen, wenn sie Einkäufe macht.
Esra geht ein kleines Stück vor, Gül hat Candan auf dem Arm, die ihren Kopf an Güls Schulter gebettet hat. Die Sonne scheint, der Himmel ist klar, doch es ist kalt, das Laub ist schon von den Straßen geweht, und Gül fragt sich, ob ihr Vater Nalan wohl auch allein lassen würde, wenn er sie zum Laubfegen mitgenommen hätte.
– Laß Candan alleine gehen, sagt Esra zum zweiten Mal.
Und obwohl es Gül anstrengt, die Kleine so lange zu tragen, läßt sie sie nicht hinunter.
Als Gül den Jungen erkennt, der ihnen entgegenkommt, bleibt sie stehen. Auch er bleibt stehen, drei, vier Schritte trennen sie. Gül bemerkt den dichten Flaum auf seiner Oberlippe. Einen Moment lang hat sie Angst, sie hat Angst, sie könnte in seine blauen Augen hineinfallen. Ihr Herz schlägt sehr schnell, doch sie kann sich nicht bewegen.
– Hallo, sagt Recep, aber Gül kann nicht antworten.
Was macht er hier in der Stadt? Wie lange hat sie ihn nicht mehr gesehen? Warum kann sie sich nicht freuen und einfach mit ihm sprechen? Und warum senkt sie jetzt ihren Blick?
– Gül, hört sie Esra rufen, die stehengeblieben ist und sich umgedreht hat.

Ohne Recep noch mal ins Gesicht zu sehen, geht Gül an ihm vorbei, sie läuft nicht, sie geht, so schnell sie kann, mit Candan im Arm. Sie merkt, wie Recep ihr nachblickt. Vielleicht lächelt er.

Erst als sie um die nächste Ecke gebogen sind, fragt Esra:
– Kennst du ihn?

Gül antwortet nicht.

– Gül, sagt Esra und bleibt stehen, du bist jetzt schon eine junge Frau. Es schickt sich nicht, auf der Straße Männer anzugucken. Ich werde es niemandem erzählen, aber weißt du, was dein Vater macht, wenn er hört, daß du mitten auf der Hauptstraße Blicke mit einem jungen Mann tauschst? Weißt du, was die Leute dann sagen?

– Ja, sagt Gül, ich weiß.

Den Rest des Weges sprechen sie kein Wort mehr. Gül kann nicht denken, sie fühlt nur, daß sie einen Fehler gemacht hat. Es ist, als hätte sie eine falsche Entscheidung getroffen, die eine Leere hinterlassen hat. Als wäre ein unsichtbarer Mensch, der immer bei ihr war, jetzt fort.

Esra verlangsamt ihren Schritt und bleibt schließlich unschlüssig vor dem Stoffladen stehen. Sie kennt das Verlangen im Blick des Schmieds, doch wahrscheinlich ist sie überrascht, eine ähnliche Sehnsucht in Güls Augen wiederzuentdecken. Möglicherweise gerät Gül in Schwierigkeiten, wenn sie zudem noch ein schickes Kleid hat. Sie sagt:
– Ich habe das Geld zu Hause vergessen.
– Wir können doch anschreiben lassen.
– Ja, könnten wir ... Aber ... Nein, nein, heute nicht.

Gül schaut an Esra vorbei in den Laden. Der Stoffhändler ist von seinem Stuhl aufgestanden und kommt an die Tür.
– Bitteschön, wie kann ich den drei Damen helfen?

Vielleicht bildet Gül es sich nur ein, aber sie kann den nachtblauen Stoff im Regal funkeln sehen. Er scheint sie zu rufen.

– Was ist, Esra, möchtest du nicht eintreten? fragt der Stoffhändler.

– Nein. Nein, danke, Onkel Serdar, heute nicht.
– Wartet kurz hier.
Der Mann geht in den Laden und kommt mit zwei Walnüssen zurück. Eine reicht er Candan und eine Gül. Die beiden bedanken sich. Auf dem Rückweg nimmt Gül Candan an die Hand und geht wieder ein Stück hinter Esra. Recep begegnen sie nicht.

Den Rest des Tages ist Gül auffällig still, und Esra lächelt manchmal vor sich hin, und manchmal schüttelt sie mitten in der Arbeit den Kopf. Gül weiß, daß es nicht richtig war, stehenzubleiben, aber sie hat sich gefreut, Recep wiederzusehen. Am liebsten hätte sie ihn umarmt. Wie er sich verändert hat. Seine Haare sind nicht mehr kurzgeschoren, und wenn auch keine Brillantine drin war, in seiner Hosentasche hatte er bestimmt einen marmorierten Kamm. Das abgewetzte Jackett, in dem er gefroren haben muß, ist ihm etwas zu klein. Aber er ist ja auch groß, fast schon so groß wie ihr Vater. Seine Augenbrauen sind dichter geworden, die Nase ist ausgeprägter, und seine Augen scheinen noch heller zu funkeln als früher.

Er hat nicht ausgesehen wie jemand vom Dorf, der Kühe hütet, er hat keine Pumphose angehabt und keine Plastikschuhe, er trug eine Anzughose, und einfach alles an ihm hat nach Stadt ausgesehen. War er etwa schon länger hier? Würde sie ihn wiedersehen? Und was sollte sie dann sagen? Sie konnte nicht wieder sprachlos dastehen und nicht mal seinen Gruß erwidern. Irgend etwas mußte sie dann sagen. Aber was?

Esra hat recht. Sie kann nicht auf der Straße mit jungen Männern reden. Dafür ist sie schon zu alt. Also ist es besser, wenn sie ihn nicht mehr trifft. Sie wünscht sich, daß es nur ein Zufall war. Und sie wünscht sich, daß sie sich wieder begegnen. Sie wird nicht mit ihm sprechen, sie wird auch nicht stehenbleiben, sie wird einfach die Augen niederschlagen und weitergehen.

Zu gern würde sie ihn noch mal wiedersehen. Nur sehen,

nur einen Augenblick, das würde schon reichen. Heute war es so kurz, heute war es nur wie ein Traum.

Die nächsten Tage hält sie die Augen auf, morgens, wenn sie zu Esra geht, mittags, auf dem Heimweg, dann auf dem Weg zurück zu Esra und schließlich ein letztes Mal, wenn sie in der Dämmerung wieder nach Hause läuft.

Sie trödelt nicht mehr, sie macht auch keine kleinen Umwege. Sie hat Angst davor, Recep wiederzusehen. Sie hat Angst, weil sie nicht weiß, was sie dann tun soll, und sie hat Angst, daß es jemand beobachtet und ihrem Vater erzählt.

Die Tage vergehen, werden zu Wochen, und irgendwann bekommt Gül kein Herzklopfen mehr, wenn sie von weitem jemanden sieht, der entfernte Ähnlichkeit mit Recep hat. Jeden Morgen scheint es noch ein bißchen kälter zu werden, und als es nachts zehn Grad unter null ist, denkt Gül fast gar nicht mehr an Recep. Weder auf dem Weg zu Esra, noch auf dem Weg heim, noch abends im geheizten Zimmer, wo Melike erzählt, wie Sezen fast jeden Morgen Kastanien für sie beide kauft, damit sie sich auf dem Weg in die Schule die Hände wärmen können. Sie ziehen die Ärmel ihrer Jacken ganz lang und umklammern damit die Kastanien, um sich die Handflächen nicht zu verbrennen. Auch wenn Sezens Eltern genug Geld haben, es gibt keine kleinen Handschuhe zu kaufen, und wer will schon als einziger mit selbstgestrickten Handschuhen auf die Straße gehen. Handschuhe sind etwas, das man bekommt, wenn man erwachsen wird.

Auch Recep hat keine Handschuhe an, als Gül ihn eines Morgens wiedertrifft. Plötzlich ist er da, er muß gerade um die Ecke gebogen sein, und nun steht er vor ihr. Gül schaut ihn an, ohne Herzklopfen, ohne das geringste Anzeichen von Erregung, sie ist völlig starr. Recep streckt ihr etwas verlegen seine Hand hin. Zuerst sieht Gül nur seine blassen Finger, den dunklen Rand unter den Nägeln, die Risse und Furchen. Dann erst bemerkt sie den Briefumschlag, den Recep zwischen Zeige- und Mittelfinger hält. Noch immer kann sie sich nicht bewegen.

– Nimm, sagt Recep, und Gül streckt zögernd ihre Hand aus. Sobald sie den Brief genommen hat, dreht Recep sich um und läuft weg.

Jetzt erst kann sie sich wieder bewegen und schaut sich um, ob jemand sie gesehen hat. Als sie sich hastig den Brief unter das Unterhemd steckt, spürt sie die Kälte des Papiers, das sich schnell erwärmt.

Möglicherweise ist Recep ihr vorher schon mal gefolgt? Dieser Gedanke läßt ihr Herz schneller schlagen, ihr wird warm. Wärmer als Melike von den Kastanien je werden könnte. Langsam, ganz langsam, setzt sie einen Fuß vor den anderen. Sie könnte fliegen, wenn da nur die Freude wäre. Doch da ist noch die Angst, da sind Verwirrung und Staunen, da ist Aufregung, und da sind Fragen, schwerer als der große Hammer in der Schmiede. Ist das das Gefühl, über das sie manchmal im Radio singen? Das Gefühl, das die Menschen dazu bringt, betrübte Zeilen zu schreiben. *Ich habe deine Tränen in meiner Tasche gesammelt und sie alle einzeln nachgeweint. Der Tod ist Gottes Befehl, wenn nur die Trennung nicht wäre. Du bist fort, aber ich stehe noch, ich bin nicht umgefallen. Seit er weg ist, schmeckt nicht mal die Luft, die ich atme.* Wie kann sie es verstecken, dieses Gefühl, und wie diesen Brief?

Gül bewegt sich den ganzen Vormittag über sehr vorsichtig, damit das Knistern unter ihrem Pullover sie nicht verrät. Sie traut sich nicht, mit dem Brief auf das kalte Plumpsklo zu gehen, sie traut sich einfach nicht. Esra hat ihr gesagt, daß sie nicht mit jungen Männern auf der Straße reden darf. Was wird sie erst tun, wenn sie erfährt, daß Gül sogar einen Brief entgegengenommen hat?

Gül kommt nicht auf die Idee, daß sie einfach Magenschmerzen vortäuschen und früher gehen könnte, früher gehen und sich ein ruhiges Plätzchen suchen. Gül wartet, bis Esra sie heimschickt, aber warten ist nicht ganz das richtige Wort. Sie hält es aus, sie hält die Zeit einfach aus.

Die ersten Schritte, nachdem sie Esras Haus verlassen hat,

geht sie noch ganz normal, doch schließlich rennt sie, sie rennt, ohne ein einziges Mal anzuhalten, bis zu dem Bach am Rande der Stadt, kurz bevor die Sommerhäuser anfangen. Dort geht sie außer Atem in die Hocke, das Papier ist schon klamm von ihrem kalten Schweiß. Mit zitternden Händen zieht sie den Brief hervor. Die eisige Luft hat ihr beim Laufen die Tränen in die Augen getrieben. Vorsichtig reißt sie den Umschlag auf, und als sie das mit Bleistift beschriebene Blatt sieht, verschwimmen die Buchstaben vor ihren Augen. Auch als sie die Tränen fortgewischt hat, kann sie nicht lesen. Ihr Blick fliegt über die Zeilen, kann sich nirgendwo festhalten, sich an keinem Wort verankern. Es ist, als wäre Sprache kein Fluß, sondern ein Strudel, aus dem nur einzelne Wörter aufblitzen: du, dich, gesehen, sehr, Sehnsucht, Schönheit, früher, immer.

Gül findet keine Ruhe, die Wörter zu verbinden, und je länger sie keine Ruhe findet, desto größer wird ihre Angst, entdeckt zu werden. Und was, wenn jemand den Brief findet? Wo könnte sie ihn verstecken? Nirgendwo. Und lesen kann sie ihn auch nicht, ihre Hände zittern immer mehr, ihre Angst wächst, dann knackst ein Ast. Sie hört Schritte.

Hastig zerknüllt sie den Brief und wirft ihn ins Wasser. Der Bach trägt die Worte fort.

Als sie sich vorsichtig umdreht, sieht sie zwei kleine Jungen, die aus Zeitungspapier gefaltete Boote in den Händen halten. Gleich werden die Boote dem Brief folgen.

Am nächsten Tag liegt Gül mit Fieber im Bett, und wieder kommt die Decke auf sie herab, und in ihren Fieberträumen sieht sie Blutegel und die Zeitungen, mit denen ihre Mutter die Schränke auslegt. Sie werden zu Briefen, die Zeitungen werden alle zu Briefen, die an sie geschrieben sind, und sie ist völlig verzweifelt, weil sie weiß, daß sie entdeckt werden wird.

Fast eine Woche schreckt Gül immer wieder schreiend aus diesen Fieberphantasien hoch. Manchmal sieht sie ihren Vater an einer Biegung des Baches stehen, und er fischt den Brief zwischen zwei Steinen hervor, so wie sie seine Uhr im Bachbett gefunden hat.

– Gül, ist dieser Brief für dich? fragt er, und Gül schüttelt den Kopf, so schnell sie kann, doch ihr Mund sagt einfach:
– Ja, ja, Recep hat ihn mir geschrieben.

Timur geht gern ins Kino, in türkische oder ausländische Filme, in die Doppelvorstellungen, ein Liebes- und ein Abenteuerfilm, ein Drama und ein Western, es ist ihm fast egal, was läuft. Es ist ein Vergnügen, aber nicht so eins, wie nach Istanbul zu fahren, zu trinken, den Sängerinnen zu lauschen und den Fußballern zuzujubeln. Der Schmied mag es, bewegungslos im angenehmen Dunkel des Kinosaals zu sitzen, die Filmmusik und die Stimmen der Schauspieler in sich aufzunehmen. Dabei kann er den Tag vergessen. Die Sorgen, die Arbeit, seine juckenden Waden, seine verstorbene Frau, die Fehler seines Gehilfen, die Hitze des Schmiedefeuers, seine Lieblingskuh, alles verschwindet, und er wird wohlig müde. Meistens nickt er dann ein. Er genießt das Gefühl, sich dieser Schwere hinzugeben. Es ist nicht so, als würde man im Bett in den Schlaf hinübergleiten, der Schlaf im Kino ist viel süßer.

Wenn er anfängt zu schnarchen, was regelmäßig vorkommt, oder wenn sein Kopf auf seine Schulter fällt, schreckt er hoch. Damit sein Schnarchen die anderen Besucher nicht stört, steht er auf und geht ein wenig spazieren. Die Straßen sind leer um diese Zeit, und Timur setzt seine Mütze auf, steckt die Hände in die Hosentaschen und schlendert durch die Dunkelheit, genießt die Stille und die Sterne. Schließlich kehrt er zurück, doch schon nach kurzer Zeit nickt er meistens erneut ein und steht auf, um noch einen kleinen Spaziergang zu machen. Timur geht gern ins Kino, aber nicht wegen der Filme. Selbst die, die er ganz sieht, hat er am nächsten Tag meist schon wieder vergessen.

Im Gegensatz zu seinen Töchtern, die manche Filme, solange sie leben, erinnern werden. Es ist wie Radio, nur mit Bildern, hat er Gül und Melike erklärt, als er sie das erste Mal mitgenommen hat. Doch das Kino hat Güls Phantasie übertroffen. Radio mit Bildern, aber daß es dunkel werden würde wie in einem Stall, hat ihr Vater nicht erzählt. Auch nicht, daß man Menschen dabei zusah, wie sie sich gegenseitig anschrien, wie jemand allein in einem Zimmer saß und weinte, und daß man dabei war und doch nichts tun konnte. Ihr Vater hat ihr auch nicht gesagt, daß er einschlafen würde und dann rausgehen, um sie mit ihrer Schwester allein in dem großen Saal zurückzulassen. Gül hat den Arm um Melike gelegt, nicht um sie zu beschützen, sondern um zu spüren, daß da noch jemand ist, ganz nah bei ihr.

Sie hat später an das lachende Gesicht denken müssen, das Gesicht einer älteren Frau, die irgend etwas ausgeheckt hatte, etwas, das Gül nicht begriffen hat. Das Lachen war ein böses Lachen gewesen, ein Lachen, das einem Angst machen sollte. Aber nicht wochenlang.

Melike schien sich weniger zu fürchten, auch wenn sie bei ihrem ersten Besuch dankbar dafür gewesen war, daß Gül ihren Arm um sie gelegt hatte.

Melike mag Filme, sie sind ihr eine andere Welt, in der sie leben kann. Später wird sie damit anfangen, die Filme, die sie gesehen hat, in eine Kladde zu schreiben, ein Filmtagebuch zu führen. Hier und da wird sie vielleicht etwas verändern, einen reichen Mann noch reicher machen oder einem der Bösen einen Akt von Selbstlosigkeit andichten, einer Frau eine weitere Tochter schenken oder einem Mädchen ein Spielzeug wegnehmen. Aber sie wird drei Jahre lang alle Filme aufschreiben, die sie sieht, und davon träumen, eines Tages auch in Istanbul zu sein, in Rom oder New York. Eines Tages will auch sie in einer großen Stadt wohnen, reich sein und solche Frisuren tragen wie die Frauen in den Filmen. Ihr Filmbuch ist ein Tagebuch wie jedes andere auch. Es soll das Leben festhalten, weil man sich nach etwas sehnt.

Sibel hat nach den ersten Kinobesuchen Alpträume, doch sie begleitet ihre Schwestern trotzdem weiter, und bald schon fängt sie an, aus dem Gedächtnis Filmszenen nachzuzeichnen. Bereitwillig und stolz gibt sie diese Zeichnungen Melike, die sie ihrem Buch beilegt.

Die Schwestern gewöhnen sich schnell daran, mit ihrem Vater regelmäßig ins Kino zu gehen. Selbst wenn sie im Sommerhaus sind und es ein ausgiebiger Spaziergang dorthin ist, läßt Timur sich nie bitten. Arzu geht selten mit, ihr behagt es nicht, so lange stillzusitzen, außerdem behauptet sie, nach dem Kino immer schlecht zu schlafen.

Es gibt mehr als einen Film, in dem Kinder im Alter von zwölf, vierzehn Jahren herausfinden, daß ihre Eltern nicht ihre richtigen Eltern sind. Die Adoptiveltern sind reich, während die echten Eltern arm sind, doch die Kinder wollen zurück. In einem Film erfährt ein Dienstmädchen, daß der Herr des Hauses in Wirklichkeit ihr Vater ist. In einem anderen findet ein Junge im Schrank seines Vaters einen Brief an seine Stiefmutter. Geliebte, heißt es da, Geliebte, mach dir keine Sorgen wegen des Jungen, wenn wir meine Frau erst mal los sind, schicken wir ihn einfach auf ein Internat, dann steht unserem Glück nichts mehr im Weg.

Das alles bleibt Gül im Gedächtnis, aber nichts beeindruckt sie so sehr wie die Szene, wo ein junger Mann am Sterbebett seiner Mutter sitzt und sie ihn um ein Glas Wasser bittet. Als der Mann zurückkommt, ist sie tot. Gül ist vierzehn, und sie weiß, daß die Frau ihren Sohn rausgeschickt hat, weil sie wußte, daß der Tod schon da ist, weil sie allein sein wollte mit ihm. Ich würde mein Kind nicht fortschicken, denkt Gül.

Einige Tage vor Neujahr sitzen Gül und Melike mit ihrem Vater im Kino, das beheizt wird, indem man in einem eigens dafür gemachten Ofen Sägespäne zum Glimmen bringt, Kohlen oder Holz wären zu teuer. Die drei sitzen im beheizten Kino und sehen Spartakus. Gül wird sich ihr Leben lang an die Sequenz erinnern, wo die Römer die Sklaven gefangen haben und nun wissen wollen, wer von ihnen Spartakus ist. Sie drohen, jeden umzubringen, wenn sie ihren Anführer nicht preisgeben. Kirk Douglas steht auf und sagt: Ich bin Spartakus. Nachdem er sich zu erkennen gegeben hat, steht einer nach dem anderen auf und behauptet ebenfalls: Ich bin Spartakus. Die Römer sind verwirrt.

Als der Film zu Ende ist, sitzt Timur nicht neben seinen Töchtern.

– Er wartet sicherlich draußen auf uns, sagt Melike, und die Schwestern gehen zum Ausgang. Im Gedränge verlieren sie sich aus den Augen, und auf einmal steht Recep neben Gül. Als wäre er aus dem Nichts aufgetaucht. Gül sieht ihn an, kurz, ganz kurz nur haben sie Augenkontakt, dann blickt Gül hastig weg. Ihr Herz rast, sie versucht, sich schneller in Richtung Ausgang zu schieben.

– Der Brief? fragt Recep flüsternd. Sie kann seinen Atem an ihrem Ohr spüren. Und sie antwortet nicht. Sie kann nicht. Sie kann nicht reden, sie kann nicht flüstern, sie kann nicht denken, sie kann nicht mal wirklich gehen, die Menge hilft ihr auf dem Weg hinaus. Gül spürt, wie ihr etwas in die Hand gedrückt wird, und sie läßt es geschehen. Kurz darauf ist sie draußen, es ist bitterkalt, sie wagt nicht, den Kopf zu drehen, aber sie spürt, daß Recep nicht mehr neben ihr ist. Sie schließt ihre Hand fest um das klein zusammengefaltete Papier. Diesen Brief wird sie lesen, sie wird einen Weg finden, bald schon, schon bald. Dieses Mal wird sie sich trauen.

Es ist sehr leicht, ihren Vater zwischen all den Menschen auszumachen, denn er überragt alle anderen. Melike ist bereits bei ihm, und als Gül die beiden erreicht, hört sie Receps Stimme.

– Onkel Timur, Onkel Timur, schönen guten Abend. Wie geht es Ihnen?

– Gut, mein Sohn, dem Herrn seis gedankt, und wie geht es dir?

– Danke der Nachfrage, mir geht es auch gut.

Recep vermeidet es, Gül oder Melike anzusehen, er schaut mit einem Lächeln zum Schmied, der nur einen halben Kopf größer ist als er. Eine pomadisierte Strähne fällt ihm in die Stirn.

– Kennen wir uns, mein Sohn? fragt Timur.

– Ja, Onkel Timur, ich bin aus dem Dorf, Sie waren oft bei uns, haben meiner Mutter Sachen abgekauft. Meine Mutter ... Leyla ...

Timur sieht ihn genauer an, doch er scheint sich nicht zu erinnern.

– Recep, sagt Recep nun, Recep, dessen Vater in Istanbul verschwunden ist.

– Ach, ja, sagt Timur, sag, Recep, wie geht es deiner Mutter?

Gül beugt sich hinunter, um ihre Schuhe zuzubinden.

– Gut, sagt Recep, gut, danke der Nachfrage..

Es entsteht eine Pause. Timur fragt:

– Nun, junger Mann, zu welchem Verein hältst du denn?

– Zu Beşiktaş, sagt Recep, weil sie die besten sind.

– So ist es gut, grinst der Schmied.

– Ich will Sie nicht länger aufhalten, sagt Recep. Meine Freunde warten.

Er macht eine Handbewegung in eine Richtung, wo niemand steht, verabschiedet sich höflich und geht. Gül sieht keinen Kamm aus seiner Hosentasche ragen. Der kleine Brief steckt jetzt in ihrem Gefängnisstrumpf.

Als sie zu Hause sind, holt sie ihn auf dem Klo heraus. Ihre Hände zittern, als sie die Taschenlampe vorsichtig auf den Boden legt und das Papier herauszieht. Es ist nicht weiß, wie sie erwartet hat, es ist bunt bedruckt. Und als sie es entfaltet, erkennt sie, daß es dieses Mal kein Brief ist. Es ist ein Lotterielos für die große Neujahrsziehung. Recep hat ihr ein Los geschenkt. Warum hat er das getan? Und warum freut sie sich so darüber? Sie sieht sich die Losnummer an, als wäre eine Botschaft darin versteckt. 430 512 389. Es ist ein Los, das kann sie verstecken und aufbewahren, als Erinnerung. Da kann doch nichts passieren. Gül kann nicht lächeln, dafür ist sie zu nervös, dafür schlägt ihr Herz immer noch zu schnell, dafür ist ihr Atem immer noch zu kurz. Sie faltet das Los zusammen und steckt es zurück in den Strumpf.

Recep würde bestimmt als einer der ersten aufstehen und laut rufen: Ich bin Spartakus.

Zu Silvester sitzen wie schon oft viele Menschen beim Schmied zusammen. Alle loben Arzu für ihre gefüllten Weinblätter, mit denen Gül den ganzen Nachmittag beschäftigt war, für ihr Börek, dessen Teig Gül vormittags geknetet hat und dessen Spinat sie gewaschen hat, in eiskaltem Wasser, bis sie ihre Hände nicht mehr spürte, sie loben sie für ihr Gebäck, und als Gül nicht im Zimmer ist, hört sie, wie ihre Mutter sagt:

– Gül hat mir geholfen. Sie ist jetzt eine junge Frau, und sie kann nicht nur gut kochen, sie ist sorgfältig, geschickt und geschwind.

Sorgfältig, geschickt und geschwind, sorgfältig, geschickt und geschwind, murmelt Gül vor sich hin, als sie neuen Tee aufsetzt. Es ist voll im Haus, Hülya und Zeliha sind da, ihr Onkel Fuat, ihr Onkel Orhan mit seiner Frau und seinem Kind, Nachbarn mit ihrer Familie, der Gehilfe des Schmieds, der sonst niemanden hat und nun still und schüchtern in der Ecke sitzt und sich nicht meldet, als er beim Bingo gewinnt. Gül sieht, daß seine Zahlen gezogen werden, als sie ihm Tee serviert, doch er blickt leer auf die abgegriffene Bingokarte vor ihm und blinzelt, weil der Rauch seiner Zigarette ihm in die Augen geraten ist.

Jedes Jahr wird zu Silvester Bingo gespielt, jeder Erwachsene bekommt eine Karte, und Melike darf diesmal die Zahlen aus einem kleinen Säckchen ziehen und laut ausrufen. Die Kinder sitzen bei ihren Eltern oder Lieblingstanten oder -onkeln, und Gül schenkt Tee ein. Gleich, wenn das Spiel beendet ist, werden sich die Männer und Frauen trennen, die Männer werden im großen Zimmer sitzen und die Frauen in dem der Mädchen, in das Timur in diesem Winter einen Ofen gesetzt hat. So einen, wie sie ihn im Kino haben, hat er geschmiedet, weil Sägespäne fast nichts kosten. Und geärgert hat er sich, weil er nicht schon früher darauf gekommen ist.

Erst gegen elf werden Männer und Frauen sich gemeinsam um das Radio setzen, aus dem Lieder erklingen und gute

Wünsche für das neue Jahr und Sketche und schließlich die Ergebnisse der Neujahrsziehung. Gespannt sitzen die, die ein Achtel-, Viertel- oder gar ein halbes Los haben, dort und halten die Luft an und wünschen sich, als reiche Menschen ins neue Jahr zu gehen.

Auch Timur kauft jedes Silvester ein Achtellos und ein Viertellos, die Arzu beide vor sich hinlegt, wobei sie etwas murmelt, um schließlich die Luft anzuhalten, wenn der Sprecher laut und deutlich eine Ziffer nach der anderen nennt, zuerst den dritten Preis: Vier, drei, null, fünf, eins, zwei, drei, acht und als letztes, als letztes, meine Damen und Herren, als letzte Ziffer für das Gewinnlos haben wir die ... Neun. Herzlichen Glückwunsch dem glücklichen Gewinner. Und bevor wir nun zum zweiten Preis kommen ...

Gül kennt die Nummer ihres Viertelloses auswendig, aber sie hat nicht damit gerechnet, daß es ein Gewinnlos sein könnte. Und genauso wie vorhin der Gehilfe läßt sie sich nichts anmerken. Der Sprecher wiederholt noch mal die Zahlen, während jemand einen Fluch murmelt. Vielleicht werden Güls Augen glasig, vielleicht nur von dem Rauch im Raum.

Niemand kann sehen, wie aufgeregt sie ist, wie ihr Herz wieder schlägt, und als sie mit einem Tablett mit leeren Teegläsern in die Küche geht, hört niemand, wie die Löffel gegen das Glas klirren, die Unterteller auf dem Tablett klappern, und niemand sieht, daß Güls Gang eine gewisse Ähnlichkeit mit Tante Hülyas Gang hat. Alle hoffen auf den zweiten Preis oder gar den Hauptgewinn. Doch vorher wird, um die Spannung zu steigern, noch ein Lied gespielt.

Güls Beine scheinen sich zu verheddern, ihre Hände zittern. Als sie in der Küche das Tablett abgesetzt hat und Tee nachfüllen will, entgleitet ihr der Kessel, und das kochende Wasser ergießt sich auf ihren Fuß.

Gül schreit, sie schreit in ein Lied hinein, in dem der Sänger die Taschen der Liebe besingt, in denen noch Platz ist für soviel Schmerz. Arzu kommt sofort in die Küche gelaufen,

Hülya und eine Nachbarin unmittelbar hinter ihr. Gül steht da und schreit immer noch. Ihre Mutter ruft: Aus, zieh den Strumpf aus.

Gül kann nicht reagieren, sie hört auf zu schreien, aber sie kann sich nicht bewegen. Ihre Mutter stellt sich hinter sie, faßt sie unter den Achseln und verschränkt die Hände vor Güls Brust. Die Nachbarin kniet sich nieder und zieht Gül den Strumpf aus. Gül hat Glück gehabt, es ist nicht mehr sehr viel Wasser im Kessel gewesen. Sie setzen Gül, die angefangen hat zu weinen, auf einen Schemel und stecken ihren Fuß in eine Schüssel mit kaltem Wasser.

– Du warst wohl ein bißchen ungeschickt, sagt Arzu, und Gül weint noch mehr. Nur weiß sie jetzt nicht mehr, ob vor Freude oder vor Schmerz. Oder Verwirrung. Der dritte Preis, sie hat ein Viertellos, das ist so viel Geld, daß sie es sich nicht vorstellen kann. Was könnte man damit kaufen? Kleider für ihre Schwestern und Schuhe, daß jeder zwei Paar hätte, die Schokolade, die Melike so gern ißt, Bleistifte für Sibel, Papier und Buntstifte und sogar Wasserfarben, Spielzeug für Emin, einen Kreisel vielleicht, ein Musikinstrument für Nalan. Und den nachtblauen Stoff, sie könnte den nachtblauen Stoff kaufen, sich ein Kleid nähen, und sie könnte sich eine Strickjacke kaufen. Sie könnte ihrem Vater etwas geben und ihrer Mutter und Tante Hülya, und es würde immer noch etwas übrigbleiben.

– Ich habe gewonnen, murmelt sie zwischen ihren Tränen hindurch, doch niemand scheint es zu hören. Sie bringen Gül ins Bett, und Tante Hülya schmiert Honig auf ihren Fuß.

– Das lindert den Schmerz, erklärt sie. Es ist nicht so schlimm, du hast keine Blasen bekommen, bald wird es gar nicht mehr weh tun. Du hast Glück gehabt.

Sie streicht Gül die Haare aus dem Gesicht und lächelt sie an. Auch Gül lächelt. Glück gehabt.

– Mein braves, großes Mädchen, was für eine Art, ins neue Jahr zu gehen.

Gül hört das leise Knistern von Papier in ihrem Kopfkissen.

Oder bildet sie sich das nur ein? Sie hat das Los ganz klein gefaltet und in ihr Kissen eingenäht. Und seitdem denkt sie täglich daran, was passiert, wenn jemand dieses Los findet. Doch wer sollte es schon finden? Ihre Mutter macht nie ihre Betten. Möglicherweise könnte Melike dieses Knistern hören und sofort ahnen, daß Gül etwas versteckt hat. Beim Spielen weiß Gül immer die besten Verstecke, doch wenn es ernst wird, bekommt sie Angst.

Viel später, als alle schon schlafen, weint Gül leise in ihr Kissen. Sie kann dieses Los unmöglich jemandem zeigen. Wer würde ihr schon glauben, wenn sie erzählt, daß sie es auf der Straße gefunden oder sich selber zusammengespart hat. Und die Wahrheit? Wer würde ihr die Wahrheit abnehmen? Niemand. Niemand würde ihr glauben, daß Recep ihr das Los geschenkt hat. Warum hat er es ihr geschenkt? Wofür? Wo haben sie sich getroffen? Seit wann trifft sie sich mit ihm? Warum redet sie mit ihm?

Was soll sie jetzt tun, was soll sie jetzt mit diesem verfluchten Gewinnlos machen? Warum muß Recep ihr auch so etwas schenken? Kann sie es nicht einfach ihrem Vater in die Hosentasche tun? Und wenn sie dabei erwischt wird? Nie könnte sie erklären, wie es dazu gekommen ist. Und wenn sie es doch tut, würde er sich doch nur wundern, wenn er es findet. Sich wundern und es wegwerfen. Woher sollte er denn wissen, daß dieses Los den dritten Preis bei der großen Neujahrsziehung bekommen hat.

Drei Tage später, sie humpelt nur noch ganz leicht, geht das Los denselben Weg, den der Brief gegangen ist. Es schwimmt vom Bach ins Meer, das Gül noch nie gesehen hat, es endet im Salzwasser.

– Gül, die Nachbarin braucht noch jemanden, um ihre Holztruhe ins andere Zimmer zu tragen, läufst du rüber und hilfst ihr?

Als Gül bei der Nachbarin ankommt, ist da noch ein Ehepaar mit seinem Sohn. Gül hat die drei noch nie vorher gesehen. Die hätten doch auch helfen können, denkt sie und trägt zusammen mit der Nachbarin die Truhe hinüber.

Erst als dasselbe Ehepaar abends zu Besuch zu ihnen kommt und der Sohn wieder dabei ist, geht Gül ein Licht auf. Sie sieht sich den jungen Mann noch mal an. Dunkle Augen, pechschwarze, kurze Haare und ein Gesicht, als könnte er niemandem etwas zuleide tun. Er sieht so unschuldig aus, nicht rein, sondern unschuldig. Gül serviert dem Besuch mit gesenktem Kopf Tee und verschwindet dann schnell aus dem Zimmer. Als die drei gegangen sind, kommt Timur zu Gül und sagt:

– Du weißt, warum sie da waren?
– Ja.
– Und?
– Ich weiß es nicht.
– Gefällt er dir?
– Ich weiß es nicht.
– Es ist eine sehr reiche Familie. Es würde dir gutgehen dort. Sein Vater ist Juwelier, man sagt, er sei ein guter Junge, keine schlechten Angewohnheiten.
– Ich ...
– Denk bis morgen in Ruhe darüber nach. Bis übermorgen. Bis nächste Woche. Mein Mädchen.

Möglicherweise bildet Gül es sich nur ein, aber die Augen ihres Vaters scheinen feucht zu werden.

Reich, denkt Gül, als sie im Bett liegt, reich, und wir sind nicht reich. Ich würde mich bestimmt klein fühlen dort. Das sind andere Menschen, die sind nicht so wie wir.

Am nächsten Morgen, als ihr Vater seine Suppe löffelt, sieht Gül ihn an, bis er innehält und sie anschaut. Gül schüttelt den Kopf, ihr Vater nickt, steckt sich noch eine Ecke Brot in den Mund und nuschelt etwas. Gül glaubt die Worte *sowieso zu früh* zu verstehen. Sie will noch nicht von zu Hause weg, doch sie weiß, daß sie in dem Alter ist, in dem ihre Mutter damals geheiratet hat.

Einige Wochen später sind die drei Schwestern einmal allein zu Hause, was nicht besonders häufig vorkommt, und wie fast immer rennen sie sofort zur Holztruhe ihrer Mutter. Ihrer richtigen Mutter. Nahezu jede Frau hat so eine Truhe, die sie in die Ehe mitbringt und in der sie ihre Aussteuer aufbewahrt, die schönen Kleider und Schuhe, die selbstgehäkelte Spitze, das Brautkleid, die Kopftücher.

Sibel, Melike und Gül ziehen die Kleider ihrer Mutter an, schlüpfen in die Schuhe, die ihnen zu groß sind, stolzieren im Haus damit herum und bewundern sich gegenseitig. Wenn sie genug davon haben, bestaunen sie den weichen Stoff der Taschentücher, den feinen Spitzenrand, in dem winzige Perlen eingearbeitet sind, sie atmen das Naphthalin ein, und Gül erzählt, wie ihre Mutter früher im Schein der Gaslampe gehäkelt hat.

Später öffnen sie manchmal auch die Truhe ihrer Stiefmutter und ziehen deren Kleider ebenfalls an. Und immer ist es Güls Aufgabe, am Ende alles wieder ordentlich zu falten und so in die Truhe zu legen, daß niemand etwas merkt.

In der Truhe ist nicht nur die Brautausstattung, hier werden auch noch andere Kostbarkeiten aufbewahrt. Wie der Plastikball, den Timur mal aus Istanbul mitgebracht hat, ein kleiner bunt gestreifter Ball, den Arzu den Kindern immer nur stundenweise gibt.

– In Ordnung, sagt sie, nachdem sie lange genug gebettelt haben. Nehmt den Ball, und wenn der Muezzin zum Nachmittagsgebet ruft, bringt ihr ihn wieder her.

Sobald sie mit dem Ball auf die Straße gehen, wollen alle mit den Töchtern des Schmieds spielen, denn außer ihnen hat niemand einen Plastikball. Die Jungen spielen Fußball mit zusammengeknüllten Lumpen, die sie mit einem Strick umwickeln.

Wenn die Mädchen den Ball heimlich aus der Truhe nehmen, gehen sie damit nicht raus, sondern spielen lieber drinnen. Es könnte ja sein, daß jemand sie verpetzt.

An diesem Tag sitzen sie, nachdem sie Ball gespielt haben,

schwitzend auf dem Diwan und trinken Wasser aus einem großen Blechbecher.

– Sie wollten dich als Braut, oder? fragt Melike.
– Ja, sagt Gül.
– Heiratest du jetzt? fragt Sibel.
– Nein, sagt Gül, nein, ich heirate noch nicht.
– Du bleibst noch bei uns?
– Ja. Und selbst wenn ich heirate, bleibe ich in der Nähe, meine Schöne, wir werden uns immer sehen können.
– Ich möchte nicht hierbleiben, sagt Melike.
– Was möchtest du denn? fragt Gül.
– Ich möchte weg, nach Istanbul oder nach Ankara. Da heißt es bestimmt nicht dauernd: Wir werden zum Gespött der Leute. Ich will in die Stadt und schöne Kleider tragen und Nylonstrümpfe, ich will Volleyball spielen, ohne daß mir jemand sagt, daß junge Frauen das nicht dürfen. Ich will Strom haben und fließendes Wasser. Was soll ich in so einem Kaff hier, das nicht größer ist als der Hintern der dicken Ayşe?
– Ssst, sprich nicht so, sagt Gül, Gott sieht und hört alles.
– Ist mir egal, sagt Melike. Ist doch wirklich nur ein Kaff. Ich mache die Mittelschule zu Ende, und dann gehe ich auf die staatliche Oberschule, wo sie Lehrer ausbilden.
– Wenn du darfst, sagt Gül.
– Wieso sollte ich nicht dürfen. Dann kann ich Geld verdienen.

Gül sieht zu Boden und deutet ein Nicken an.

– Dann kann ich auch Lehrerin werden, oder? fragt Sibel. Sie könnte Kunst unterrichten.
– Ja, sicher, antwortet Gül. Du kannst auch Lehrerin werden. Aber komm erst mal auf die Mittelschule.
– Das schaffe ich.

Gül zweifelt keinen Moment daran, daß Sibel es schaffen wird. Bei Melike ist sie sich nicht ganz so sicher, die könnte bei der Aufnahmeprüfung der Oberschule durchfallen. Vielleicht sollte ich heiraten, denkt sie.

Es ist noch nicht richtig Frühling, doch es ist schon warm, es mögen die ersten Märztage sein, da wird Gül ins Sommerhaus geschickt.

– Sag Esra Bescheid, daß du zwei Tage nicht kommen wirst, nimm dir den Besen und ein Staubtuch, und mach das Sommerhaus mal blitzeblank, sagt Arzu. Wir werden dieses Jahr früher umziehen. Die ersten sind schon dort.

Was sie die ersten nennt, sind nicht sonderlich viele Menschen, in ihrer Straße gerade mal zwei, und Gül findet es beängstigend, so allein zu sein. Drei Häuser weiter ist eine sehr kleine, alte Frau, die früh verwitwet ist. Die Jungen ärgern sie oft, indem sie sie Zwergin rufen. Und ganz am anderen Ende der Straße erledigt eine junge Frau, Handan, ebenfalls gerade ihren Frühlingsputz.

Es ist das erste Mal, daß Gül beim Reinemachen ganz allein ist, und sie fürchtet sich. Sie versucht so wenig Geräusche wie möglich zu verursachen, weil sie sich so sicherer fühlt. Wenn sie laut ist, hat sie das Gefühl, sie würde etwas Wichtiges überhören, wobei sie nicht mal sagen könnte, was das sein sollte. Was soll ein Einbrecher schon aus einem leeren Sommerhaus mitnehmen. Was ein Mann möglicherweise will, wenn er eine junge Frau allein vorfindet, das weiß sie. Aber es sind ja Menschen in der Nähe, sie könnte brüllen, was ihre Lungen hergeben. Könnte sie das wirklich, nachdem sie so lange nicht mal gewagt hat, laut zu atmen?

– Herbei, hört sie ein lautes Rufen, herbei, schnell, lauft herbei, Hilfe.

Da schreit jemand aus Leibeskräften, aber gleichzeitig scheint die Stimme zu zittern, so wie Güls Stimme, wenn sie ihr selbst fremd vorkommt. Gül läßt den Besen fallen und läuft los.

Als sie das Haus der alten Nachbarin betritt, sieht sie, wie Handan auf dem Boden kniet, die Hände erhoben hat und eine Totenklage anstimmt. Gül hat davon gehört, daß Menschen bei Todesnachrichten in Zungen singen, doch sie hat es selber noch nie miterlebt. Sie hat auch noch nie eine Tote gesehen.

Die alte Nachbarin scheint auf der Seife ausgerutscht und gestürzt zu sein. Mit offenen Augen liegt sie auf dem Rücken.

Handans Stimme verklingt langsam. Nach einer kurzen Pause sagt sie zu Gül, die unbeweglich neben ihr steht und auf den Körper der alten Frau starrt:

– Sie ist tot. Der Herr schenke ihrer Seele Frieden.

– Amen, sagt Gül.

Dann stimmt Handan erneut eine Totenklage an. Gül steht daneben und weiß nicht, was sie tun soll. Sie kann ihre Augen nicht von dem leeren Blick der Frau abwenden.

Als Handans Stimme leiser wird und schließlich verstummt, weiß Gül nicht, wieviel Zeit vergangen ist. Als nächstes hört sie das Quietschen der Tür und dreht sich um.

Im Türrahmen steht eine sehr alte Frau, die eine Straße weiter wohnt und die Gül schon immer seltsam gefunden hat. Sie ist eine resolute Person, die trotz ihres gebeugten Rückens robust wirkt, eine, die ihre Stimme auch in Männergesellschaft erhebt und vor der alle Respekt haben, Respekt gepaart mit Angst. Muazzez, so heißt sie, aber alle nennen sie nur ehrfürchtig Muazzez Hanım. Muazzez Hanım hat so viele Falten in ihrem braungebrannten Gesicht, daß man sich gar nicht mehr traut, richtig hinzusehen. Die Augen sind etwas getrübt, im Mund hat sie noch einige Zähne, aber die Lippen scheinen verschwunden zu sein, und der Rest ihres Gesichtes wirkt auf Gül wie ein Durcheinander, eine Unordnung, bei der sie nicht durchblickt. Außerdem redet Muazzez Hanım oft mit sich selbst und bewegt beim Sprechen ihr Kinn hin und her, ihre Augenbrauen zucken auf und ab, ihr rechtes Lid flattert, und manchmal ist ihr Mund nur noch ein kreisrundes, dunkles Loch.

– Der Herr schenke ihr Ruhe, sie hat es schwer gehabt, sagt Muazzez Hanım und wendet sich dann an Handan:

– Find zwei Taschentücher, meine Schöne.

Handan läuft los, und Gül steht mit Muazzez Hanım im Zimmer und weiß immer noch nicht, was sie tun soll.

– Jaja, mein Mädchen, sagt Muazzez Hanım, ohne ihr das

Gesicht zuzuwenden. So geht es, einen Moment lebst du noch, im nächsten bist du tot. So ist das Leben. Null mal null und übrig bleibt null. Keiner weiß die Stunde, wann der Todesengel ihn besuchen kommt. Die arme Frau, sie hat es nicht leicht gehabt im Leben, drei Kinder ganz alleine großgezogen. Und dann stirbt sie, bevor sie den Hausputz fertig hat, in ihren alten Kleidern und schafft es nicht mal mehr, die Augen zu schließen. Ja, mein Mädchen, sieh nur hin. Eines Tages wirst auch du tot sein.

Als Handan mit zwei Taschentüchern hereinkommt, ist Gül froh, daß sie nicht mehr mit Muazzez Hanım allein sein muß. Die alte Frau nimmt Handan die Taschentücher ab und sagt kopfschüttelnd:

– Drei Kinder, und nur eines wohnt in der Nähe. Geh, hol ihren Sohn aus der Stadt. Und trink vorher ein Glas Wasser, du bist ganz blaß. Und du auch, mein Mädchen, sagt sie zu Gül. Trink auch ein Glas Wasser. Und hab keine Angst.

Muazzez kniet sich stöhnend neben die Tote, faltete ein Taschentuch diagonal, legt die Mitte unter das Kinn der Toten und bindet die Enden über ihrem Kopf fest. Dann schließt sie der Frau die Augen und breitet das andere Taschentuch über ihr Gesicht.

– Was ist? fragt sie Gül, die sich immer noch nicht bewegt hat. Was ist, willst du kein Wasser trinken? Geh. Handan ist fast schon zurück aus der Stadt.

Gül geht an den Pumpbrunnen in der Küche und trinkt Wasser aus der hohlen Hand.

– Ich bin draußen, hört sie Muazzez Hanım sagen, und jetzt muß sie allein durch das Zimmer, in dem die Tote liegt. Zuerst will sie ganz schnell durchlaufen, als würde sie durch einen Stall gehen müssen, doch dann bleibt sie bei der Toten stehen.

Ihre Kinder sind schon erwachsen.

Das ist nur ein kurzer Gedanke.

Sie sieht gar nicht tot aus, sondern als würde sie schlafen.

Ein anderer kurzer Gedanke.

Der Tod ist unsichtbar wie die Gefühle.

Noch einer.

Hat Mutter auch ein Tuch über das Gesicht bekommen? Damit man die Ränder unter ihren Augen nicht sieht?

Gül geht langsam hinaus, wo Muazzez Hanım auf den Stufen vor der Tür sitzt und raucht.

– Nicht einfach, nicht einfach, sagt Muazzez Hanım und stößt etwas Rauch aus. Drei Kinder, drei Kinder. Wer bist du, Kleine?

– Die Tochter des Schmieds Timur.

– Ja. Ja, die Frau deines Vaters hat es auch nicht leicht. Fünf Kinder und drei davon nicht mal ihre eigenen. Zudem noch eine Schwiegermutter, die jeden über den Tisch zieht, obwohl sie nichts mehr sehen kann. Ne, ne, man hat es nicht leicht in diesem Leben, mein Kind.

Sie tritt ihre Zigarette aus und spuckt auf den Boden.

Gül weiß nicht, wie es geschieht, aber die Nachricht verbreitet sich schnell, und schon bald stehen fast zehn Frauen vor dem Haus, erzählen Geschichten über die Tote und wünschen ihrer Seele Frieden. Während eine der Frauen gerade darüber lästert, daß Cem, der Sohn der Verstorbenen, sie höchstens mal an den Wochenenden besucht hat, wirbelt das einzige Taxi der Stadt den Staub der Straße auf.

Alle verstummen. Handan scheint geweint zu haben, doch Cems Gesicht ist wie versteinert. Ohne die geringste Regung zu zeigen, geht er ins Haus, vorbei an Muazzez Hanım, die sich kaum zur Seite bewegt, um Platz zu machen, aber einige unverständliche Worte murmelt.

Als er nach fünf Minuten wieder herauskommt, sind Cems Augen gerötet, doch man sieht keine Tränenspuren auf seinen Wangen.

– Was sollen wir tun? fragt er mit kraftloser Stimme.

– Du mußt sie in die Stadt bringen, sagt Handan. Hier kann sie nicht bleiben.

– Nein, das geht nicht, mischt sich eine der Frauen ein, man kann keine Toten am Friedhof vorbeitragen.

– Das stimmt, bestätigt eine andere Frau. Sie ist tot, sie kann nicht den Friedhof passieren.

– Aber wo soll sie denn hin? Dann müßte sie ja hier liegenbleiben. Die Ratten werden sie nachts anfressen.

– Und wo soll sie gewaschen werden? ertönt eine weitere Stimme.

– Aber es geht nicht, nicht am Friedhof vorbei, das hat es noch nie gegeben, das geht einfach nicht.

Cem blickt einfach nur zu Boden, auf Muazzez Hanıms Kippe, aus jedem Mund kommt eine Stimme. Der Taxifahrer wartet in seinem Taxi und raucht eine Zigarette. Schnatternde Frauen, mag er denken, reden soviel, daß nicht mal eine Linse in ihrem Mund naß werden würde.

– Dann steht es in ihrem Buch eben so geschrieben, sagt Muazzez Hanım, und alle verstummen, als die alte Frau die Stimme erhebt. Dann ist es eben ihr Schicksal, daß ihr letzter Weg am Friedhof vorbeiführt und nicht zum Friedhof hin. Tragt sie ins Auto ... Autos, gab es früher Autos? murmelt sie noch, stützt sich auf ihren Stock, steht auf und wendet sich an Cem:

– Drei Kinder hat sie großgezogen, weißt du, was das heißt? Weißt du, was diese Frau für euch getan hat? Sie hat nicht gegessen, damit ihr nicht hungert, sie hat nicht getrunken, damit es euch nicht dürstet, sie hätte ihr Leben gegeben für ihre Kinder. Und ihr? Ihr habt euch nicht einmal umgedreht und Mutter zu ihr gesagt. Ihr habt euch nicht umgeblickt, nachdem sie euch auf den Weg gebracht hat. Ihr Unseligen habt sie nicht geehrt und nicht geschätzt. Der Barmherzige möge niemandem solche Kinder wie euch schenken. Verflucht sollt ihr sein. Der Herr soll euch auch Kinder geben, die sich nicht um euch kümmern, wenn ihr alt und gebrechlich werdet. Was hatte die arme Frau hier alleine zu tun? Nicht einmal, nicht ein einziges Mal habt ihr euch umgedreht und sie wie eine Mutter betrachtet. Unseliges Pack, du und deine Geschwister.

Muazzez Hanım spuckt aus, humpelt die Stufen hinunter, stützt sich auf ihren Stock und geht mit gebeugtem Rücken die Straße hinab. In Cems Gesicht ist nicht die geringste Veränderung zu erkennen. Es sieht immer noch aus wie eine Maske, die jemand mit steifen Fingern aus weißem Kerzenwachs geformt hat.

– Seine Mutter ist gerade gestorben, flüstert Handan schließlich, und Gül sieht Muazzez Hanım hinterher. Schwere Worte. Was weiß diese Frau, daß sie so redet?

Der Taxifahrer und eine der jungen Frauen legen die Leiche auf den Rücksitz. Jemand drückt Cem ein Glas Wasser in die Hand, er führt das Glas zum Mund und schluckt. Gül glaubt erkennen zu können, wie sich der Adamsapfel nur mühsam hoch und runter bewegt. Willenlos läßt Cem sich das leere Glas aus der Hand nehmen, Handan hält ihm die Beifahrertür auf, und er steigt ein. Zurück bleiben ein paar Frauen, eine Staubwolke, die sich bald legt, und Gül, die sich fragt, ob sie auch allein sterben wird.

– Der Herr möge mich nicht lange liegen lassen, sagt ihre blinde Großmutter immer. Wenn es soweit ist, möchte ich höchstens zwei Tage im Bett liegen und am dritten dahinscheiden. Der Herr gebe mir einen schnellen Tod, betet sie.

Aber was ist, wenn schnell auch einsam bedeutet. Was ist, wenn man nicht mal jemanden hat, den man Wasser holen schicken kann? Herr, laß mich nicht allein sterben, betet Gül. Auf einmal möchte sie weinen, aber nicht vor all diesen fremden Frauen. Sie geht zurück ins Sommerhaus, und während die Tränen laufen, putzt sie die Fenster, sie weint und arbeitet, und sie weiß nicht, womit sie zuerst fertig sein wird.

Ihr Vater kommt am frühen Abend, um sie abzuholen. Als er erfährt, was passiert ist, sagt er:

– Laß uns auf dem Heimweg gemeinsam auf den Friedhof gehen.

Und so gehen Timur und Gül in der Abenddämmerung an Fatmas Grab. Allein traut sich Gül nicht auf den Friedhof, und ihr Vater nimmt sie selten mit.

– Weißt du, sagt er, deine Mutter und ich, wir haben früher

auf Friedhöfen übernachtet, wenn wir unterwegs waren. Wegelagerer haben auch Angst, nachts auf Friedhöfe zu gehen, und wir lagen immer nebeneinander und haben uns die Sterne angesehen. Deine Mutter war schön wie ein Stück vom Mond. Und eines Nachts hat sie einfach *Gül* gesagt. Ich wußte nicht, was los ist, und sie hat gesagt, sie sei schwanger, und unsere Tochter werde Gül heißen. Die Sterne sind vor meinen Augen verschwommen.

– Ja, Fatma, fügt er nach einer Pause hinzu, was haben wir für Tage gehabt in den alten Zeiten.

Ich hätte hingehen sollen, denkt Gül, ich hätte damals im Krankenhaus an ihr Bett gehen sollen, wie Melike es getan hat. Ich hätte nicht auf die Älteren hören sollen. Immer höre ich auf die Älteren, und Melike tut, was sie will. Sie hat unserer Mutter noch einen letzten Kuß gegeben, ich nicht.

– Siehst du, Gül, sagt ihr Vater nun, siehst du, mein Mädchen, für die Vergangenheit gibt es keine Lösung. Was geschehen ist, ist geschehen, wir können die Toten nicht zurückholen.

Gül denkt daran, was ihre Großmutter sagt, wenn sie eine besonders scharfe Peperoni erwischt hat:

– Die ist so scharf, daß ein Toter wach werden würde, wenn man ihn mit dieser Peperoni am Hintern kitzelt.

Aber nein, man kann die Toten nicht zurückholen, man kann ihnen nur ein Tuch um das Kinn binden.

– Das macht man, damit der Mund nicht offensteht, wenn die Leiche steif wird, erklärt Timur seiner Tochter. Das werdet ihr bei mir auch machen. Das ist der Weg, den wir alle gehen.

Gül sagt nichts. Der Schmied wird noch über vierzig Jahre leben, und wenn er stirbt, wird Gül nicht an seinem Bett sitzen wie seine anderen Kinder, sie wird in Deutschland sein, in einem Krankenhaus, nach einer Augenoperation, und Timurs letztes Wort wird *Gül* sein.

Als Vater und Tochter heimkommen, ist Güls Großvater, der Kutscher Faruk, mit seinem Sohn Fuat da.

– Wo seid ihr nur geblieben? schimpft Arzu und schickt Gül gleich in die Küche, Kaffee kochen für den Besuch. Kurz darauf kommt sie nach und sagt:
– Was ist passiert? Die alte Hatice ist gestorben? Warst du dabei? Muazzez Hanım hat ihren Sohn verflucht? Erzähl.

Gül erzählt, während ihre Mutter nervös in der Küche auf und ab geht. Als der Kaffee fertig ist, sagt sie, obwohl Gül noch bei ihrer Erzählung ist:
– Jetzt geh rein, und servier den Kaffee.

Gül merkt, wie Onkel Fuat sie unverwandt ansieht, doch sie blickt fast nur zu Boden. Trotzdem ist sie überrascht, als ihr Vater spätabends noch mal mit ihr auf den Hof gehen möchte.
– Glaubst du, Onkel Fuat könnte ein Mann für dich sein?

Deshalb der Kaffee, deshalb war ihr Großvater dabei, deshalb hat Fuat sie so angestarrt, deshalb konnte ihre Mutter ihre Neugier bezähmen. Jetzt erst versteht sie.
– Nein, sagt sie. Nein, ich glaube nicht.
– Warum? hört sie die Stimme ihrer Mutter, die an der Schwelle der Hintertür steht und gelauscht haben muß.

Die Leute reden über ihn, er hat schlechte Angewohnheiten, sagen sie, er raucht, trinkt, spielt.
– Warum denn nicht? fragt ihre Mutter nochmals. Er ist doch ein gutaussehender, junger Mann, und einen Beruf hat er auch, er ist imstande, eine Familie zu ernähren.

Ja, Onkel Fuat sieht tatsächlich gut aus. Und er kann wahrscheinlich wirklich eine Familie ernähren. Aber die Leute sagen auch, er sei mit Engin befreundet, der im Gefängnis Socken gemacht hat.
– Was hast du gegen ihn? fragt ihre Mutter.
– Er tritt immer hinten auf seine Schuhe, sagt Gül.
– Was? fragt ihr Vater.
– Er tritt immer hinten auf seine Schuhe, ich mag keine Männer, die hinten auf ihre Schuhe treten.
– In Ordnung, sagt ihr Vater bedächtig, wie du möchtest.
– Aber, setzt ihre Mutter an, doch Timur unterbricht sie:

– Wie sie will.

In dieser Nacht träumt Gül, sie würde im Bett liegen und sich nicht bewegen können. Die Decke senkt sich auf sie herab, und plötzlich ist da Fuat mit seinem Clark-Gable-Schnurrbart, an den Füßen hat er Gefängnissocken, und in der Brusttasche seines kurzärmeligen Hemdes stecken ein marmorierter Kamm, eine Friseurschere und ein Rasiermesser.

– So steht es im Buch geschrieben, hört Gül Muazzez Hanıms Stimme. Dann ist es eben ihr Schicksal.

Gül schreckt aus dem Schlaf, trinkt einen Schluck Wasser und wälzt sich bis zum Morgengrauen im Bett herum. Sie muß an die offenen Augen der toten Frau denken. Wenn die Decke sich wirklich auf sie herabsenkte, würde sie die Augen öffnen oder sie lieber geschlossen halten? Würde sie auf dem Rücken liegenbleiben, oder würde sie sich auf den Bauch drehen? Auf den Bauch, entscheidet sie zuerst, aber dann könnte sie nicht sehen, wie die Decke sie erdrückt. Sie kann sich nicht entscheiden, und schließlich schläft sie doch noch mal ein, auf der Seite liegend, die Beine bis zur Brust angezogen.

Es kommt ein Sommer, in dem Gül zuweilen vor Hitze nicht schlafen kann. Vielleicht ist es nicht die Hitze, vielleicht ist es dieser Geschmack im Mund nach schwarzen Daunen und etwas Metallischem. Vielleicht ist es nicht der Geschmack von Daunen oder von Blut oder von einer alten Münze, vielleicht ist es ein Geruch wie von bröckelndem, schlecht gewordenem Schafskäse. Es kommt ein Sommer, in dem Gül manchmal morgens aufwacht und glaubt, heute würde alles auseinanderfallen.

Gül liebt den Sommer, die Zeit, in der sie so viel frei hat, in der sie mit den anderen in den großen Gärten herumstreifen kann. Die Zeit, in der ihr Vater sie manchmal mitnimmt, wenn er Insektenschutzmittel auf die Bäume sprüht mit einer Maschine, die er sich auf den Rücken schnallt. Gül muß dann abseits stehen und trägt die große Dose mit dem Schutzmittel.

Die Zeit, in der man nicht frieren muß, in der die Wäsche schneller trocknet, die Zeit, in der abends manchmal die ganze Straße Radio hört. Gül mag den Sommer, doch dieses Jahr kommt er ihr vor wie eine Zeit der Auflösung.

Melike und Sibel spielen oft mit Yıldız, während Gül sich nicht so gut versteht mit dem Mädchen, das Onkel Abdurahman diesen Sommer im Haushalt hilft. Möglicherweise liegt es daran, daß Yıldız elf oder zwölf Jahre alt ist, während Gül bald fünfzehn wird. Mittlerweile sagen fast alle Kinder auf der Straße Gül Abla zu ihr, sie ist eine junge Frau, und alle paar Wochen hält ein anderer Mann um ihre Hand an. Würden die Männer jemanden zu Gül schicken, so wie Timur seinerzeit seine Schwester zu Fatma geschickt hat, würden sie erzählt bekommen, daß Gül tatsächlich schon knospende Brüste hat.

Und sie hat, anders als ihre Mutter in ihrem Alter, bereits zweimal ihre Tage bekommen. Beim erstenmal ist sie bei Esra, als sie auf das Klo geht und das Blut sieht. Leise schleicht sie ins Nähzimmer und sagt:

– Esra Abla, ich bin krank, ich muß nach Hause.

Und Esra sieht Gül aufmerksam an, zieht die Augenbrauen zusammen und fragt:

– Blutest du?

Gül sieht zu Boden.

– Weißt du nicht, was das ist?

Gül gibt keine Antwort.

– Das wirst du von nun an öfter haben, du bist jetzt eine Frau geworden, du bist nicht krank.

Und sie erklärt Gül, daß alle Frauen Tücher benutzen, um das Blut aufzufangen. Gül fragt sich, warum sie dann noch nie die Tücher ihrer Mutter gesehen hat.

Von diesem Tag an wäscht Gül ihre Tücher heimlich, wie ihre Mutter es wohl auch tut, und verliert kein Wort darüber.

Es ist bekannt, daß sie fleißig ist, tüchtig, und außerdem kann sie nähen. Daß ihre Nase schief zusammengewachsen ist, interessiert niemanden. Die Männer sind nicht auf Schönheit aus, eine Frau muß kochen können und einen Haushalt führen.

In der Öffentlichkeit spricht Gül nicht viel, was ihr als vornehme Zurückhaltung ausgelegt wird, als eine Form der Reife. Sie weiß nicht, warum die meisten das Offensichtliche nicht sehen: Sie ist schüchtern.

Fünf junge Männer kommen im Laufe des Sommers mit ihren Eltern, doch Gül möchte noch nicht von zu Hause weg. Es fällt ihr nicht schwer, bei jedem einen Vorwand zu finden, warum er ihr nicht gefällt. Doch in Wirklichkeit haben sie alle denselben Makel: Sie sind Fremde.

Güls Vater lächelt jedesmal, wenn sie einen ablehnt, er setzt sie nicht unter Druck, wie andere Väter das tun.

– Ich werde dir einen schmieden müssen, sagt er eines Tages. Du hast an allen etwas auszusetzen.

Doch er sagt es mit einem gutmütigen Lächeln und unterdrücktem Stolz.

Timur hat eine Tür für Abdurahmans Sommerhaus geschmiedet, eine Tür mit Schnörkeln und Verzierungen, die beweist, daß er sein Handwerk versteht und nicht nur ein besserer Hufschmied ist.

– Wer hat die Tür gemacht? fragt der Glaser, als er kommt, um auszumessen, wie groß die Scheibe sein muß.

– Wieso fragst du? will Abdurahman wissen.

– Bei manchen Türen muß man aufpassen, sagt der Glaser, da setzt man das Glas ein, und es hat noch ein wenig Spiel an irgendwelchen versteckten Stellen. Wenn dir die Tür mal heftig zuknallt, bricht die Scheibe einfach weg, und dann ist das Geschrei groß, und immer ist der Glaser schuld. Dabei kommt es auf die Türen an. Wer hat diese hier gemacht?

– Der Schmied Timur.

– Dann wird es keine Probleme geben, sagt der Glaser und steckt seinen Zollstock und seinen Bleistift wieder ein.

Als er fast schon wieder in der Stadt ist, fällt dem Glaser ein, daß er den Zettel mit den Maßen im Haus vergessen hat. Eine halbe Stunde später steht er an Tür des ehemaligen Lehrers und hört von drinnen ein Schreien, das sehr abrupt aufhört, als er klopft. Er klopft nochmals und lauscht. Nichts zu hören. Er greift durch das Loch in der Tür, in das die Scheibe eingesetzt werden soll, und öffnet sie von innen.

– Herr Lehrer, ruft er und hört einen kurzen Schrei, der sofort wieder erstickt wird. Es hört sich nach einer Mädchenstimme an, und sie kommt aus dem Zimmer zu seiner Rechten. Ohne lange zu überlegen, macht der Glaser die Tür auf. Abdurahman hat eine Hand auf Yıldız' Mund gepreßt, mit der anderen versucht er, sich die Hosen hochzuziehen.

Solche Neuigkeiten verbreiten sich schnell, und Arzu weiß es, wie fast immer, als eine der ersten.

– Was ist passiert? fragt Gül, die die Aufregung bemerkt, aber nicht weiß, was ihre Mutter gerade mit Tante Hülya getuschelt hat.

– Onkel Abdurahman hat unanständige Dinge mit Yıldız gemacht, sagt Tante Hülya.

– Das ist nichts für Kinder, sagt ihre Mutter. Geh und kümmere dich um deinen Kram.

Dann wendet sich Arzu wieder an ihre Schwägerin:

– Er hat beim heiligen Buch geschworen, daß es das erste Mal war ... Du bist ja immer noch hier, sagt sie zu Gül, die sich abwendet und in den Garten geht, zu dem Aprikosenbaum, unter dem sie diesen Sommer oft sitzt.

Onkel Abdurahman ist immer gut zu ihr gewesen. Sie sieht seinen dichten grauen Bart vor sich, hört seine warme Stimme, denkt an all die Süßigkeiten.

Manchmal ist es leichter, gewisse Dinge nicht zu wissen. Manchmal ist es einfacher, einen Menschen nicht wirklich zu kennen.

Yıldız wird zurück ins Dorf zu ihren Eltern gebracht werden. Daß sie noch Jungfrau ist, wird den Vater aus zwei Gründen erleichtern. Erstens sinken ihre Heiratschancen nicht, zweitens zwingt es ihn nicht zum Handeln. Was hätte er tun sollen, einen angesehenen Lehrer erschießen?

Abdurahman wird einen Sommer lang jeden Abend eine

Flasche Rakı trinken, kaum aus dem Haus gehen, und im Herbst wird er verschwinden, angeblich nach Istanbul. Nach dem anfänglichen Klatsch und Tratsch werden die meisten Menschen über dieses Geschehnis schweigen.

Manchmal ist es besser, nicht zu wissen, aber Gül wird auch nie erfahren, ob es wirklich das erste Mal war. Wem kann man trauen.

Vom Frühling bis zum Spätsommer kommt mehrere Male das große Wasser, wie man sagt, und nie ist es Gül eingefallen, zu fragen, woher es denn genau kommt. Es wird aus Quellen in der Hochebene zu den Gärten bei den Sommerhäusern geleitet. Man bewässert die Apfelbäume, das Gemüse, die Beete, man läßt die Erde satt werden und leitet dann das Wasser durch Gräben weiter in den nächsten Garten. Oder man leitet es durch ein Loch in der Mauer, das eigens dafür ausgespart wurde, über die Straße zu den gegenüberliegenden Gärten. Es werden einige Säcke mit Sand aufgestapelt, und schon steht die Straße in ihrer gesamten Breite nahezu knietief unter Wasser. Die Kinder spielen darin, kühlen sich ab, lassen Papierboote untergehen, spritzen sich gegenseitig naß.

Gül weiß weder, woher das Wasser kommt, noch, wie der erste davon erfährt und was wohl der letzte damit macht, wenn zuviel übrig ist, oder wie er reagiert, wenn er leer ausgeht. Sie weiß, daß das große Wasser für alle Kinder ein großes Abenteuer ist.

Dieses Mal kommt das große Wasser einige Tage nachdem die alte Frau gestorben ist. Wenn er nicht auf eine gute Ernte angewiesen wäre, könnte Timur das Wasser ungenutzt vorbeifließen lassen, doch so stehen er und Gül am nächsten Abend mit Sandsäcken, Spaten und Lumpen zum Abdichten im Garten und warten. Während sie zusammen in der Dunkelheit sitzen, würde der Schmied am liebsten eine Zigarette rauchen. Dieses Verlangen hat ihn immer noch nicht verlassen. Gül ist aufgeregt, sie steht auf und rupft etwas Unkraut aus.

– Spar dir deine Kräfte, sagt ihr Vater.

Es ist das erste Mal, daß sie ihm hilft, das Wasser umzuleiten. In der Regel geht ihm ein Nachbar zur Hand, doch die meisten Nachbarn sind noch nicht ins Sommerhaus gezogen. Gül scheint Timur mittlerweile kräftig genug, und eigentlich sollte sogar Melike diese Aufgabe übernehmen.

– Ich habe morgens Schule, hat sie gesagt, und Timur hat die Ausrede gelten lassen.

Als das Wasser da ist, gibt Timur Gül Anweisungen, und Gül mag es, dem Lichtkegel der Taschenlampe zu folgen, das Rauschen des Wassers und die Stimme ihres Vaters zu hören. *Bring mir noch einen Kanister hierher. Hol den Sandsack. Gib mir die kleine Schaufel. Dichte hier ab. Leuchte hierher.*

Die Sonne geht bereits auf, als sie das Wasser schließlich in den Garten des Nachbarn lenken. Gül hat gar nicht gemerkt, wie die Zeit vergangen ist. Doch jetzt, da alles erledigt ist, fühlt sie sich mit einem Mal erschöpft. Sie ist nicht müde, sie kann sich nicht vorstellen, sich jetzt ins Bett zu legen, doch sie fühlt sich entkräftet. Ihr Vater steckt ihr wortlos drei Zweieinhalb-Lirascheine zu.

Sie sind zu Fuß gekommen und gehen zu Fuß heim, die Krämer haben nicht auf, selbst die Bäcker nicht, und vor den Schultoren spielen keine Kinder. Es ist still in der Stadt, vollkommen still, bis auf ihre Schritte auf dem staubigen Boden. Als hätte sich die Stille der Nacht in den Morgen hinübergerettet. Gül kommt es vor wie im Kino, wenn der Ton ausfällt, aber dort entsteht schnell ein Gemurmel, das immer lauter wird. Sie hören einen Esel in einem Stall schreien, Timur holt seine Taschenuhr heraus und schaut darauf.

– Vielleicht geht sie falsch, sagt er, aber er scheint es selber nicht zu glauben.

Schnell, schnell, bedeutet Arzu ihnen mit einer Handbewegung, als sie in ihre Straße einbiegen. Sie steht bereits in der Tür, ihr Gesicht vor Angst oder Aufregung verzerrt.

– Hinein, hinein, sagt sie mit gedämpfter Stimmte, als Gül und Timur nur noch zehn Schritte entfernt sind.

Ihr Vater hat seinen Schritt nicht beschleunigt, und Gül geht neben ihm her.

– Schnell, ruft Arzu jetzt, bevor sie euch sehen.

– Wer? fragt Timur, als er sich die Schuhe vor der Tür auszieht.

– Laß die Schuhe an, komnt herein, sagt Arzu aufgeregt.

– Was ist, Frau?

– Ausgehverbot, sagt Arzu, sie haben ein Ausgehverbot verhängt.

Sie schließt die Tür hinter den beiden. Die Schuhe stehen draußen.

– Wer?

– Die Soldaten. Niemand darf auf die Straße.

Melike kommt angelaufen:

– Ist das nicht toll? Die Schule fällt heute aus. Und morgen wahrscheinlich auch.

– Hau ab, herrscht ihr Vater sie an.

– Ein Putsch? fragt er, und seine Frau nickt.

Mit düsterer Miene setzt sich der Schmied vor das Radio. So wird man ihn in den nächsten Tagen oft sehen, am Radio sitzend, die Stirn in Falten gelegt, hin und wieder den Kopf schüttelnd.

– Was ist mit der Demokratie, wird er vor sich hin murmeln.

Oder auch:

– Ehrlose Zuhälter.

Er hat sich immer mehr für Fußball als für Politik interessiert, doch er hat jahrelang die Demokratische Partei gewählt, und jetzt hat das Militär die Macht an sich gerissen, mit der Begründung, daß die Demokratie in Gefahr wäre. Der Ministerpräsident Menderes wird der Alleinherrschaft und der Korruption beschuldigt, doch der Schmied ist überzeugt, daß alle Macht vom Volke ausgehen sollte, von Männern wie ihm. Obwohl der Putsch keine Auswirkungen auf den Alltag haben wird, wird der Schmied erst besänftigt sein, wenn ein Jahr später nach einer Volksabstimmung eine neue Verfassung verabschiedet wird.

Gül folgt ihrer Schwester ins Zimmer.

– Was ist passiert?

– Ich weiß es nicht. Aber ich muß nicht zur Schule. Mama sagt, die Soldaten bestimmen jetzt alles.

Gül nickt, als würde sie verstehen.

– Du willst doch nach der Mittelschule auf die Oberschule, oder?

– Ja, weißt du doch.

– Aber du magst die Schule nicht.

– Nicht besonders, aber das ist doch egal. Ich will einen Abschluß, ohne Abschluß hat man es schwer. Ich will hier weg.

Wieder nickt Gül. Sie weiß, daß Melike recht hat. Ohne Abschluß bleiben einem nicht viele Möglichkeiten.

Einige Tage später wird das Ausgehverbot aufgehoben, Melike geht lustlos, Sibel voller Vorfreude in die Schule. Timur öffnet die Schmiede wieder, und Gül kauft sich mit dem Geld, das ihr Vater ihr gegeben hat, den nachtblauen Stoff. Sie näht sich ein Kleid, das sie den ganzen Sommer über nicht tragen wird, das sie aber, wenn sie allein ist, immer wieder hervorholt, anprobiert und bewundert.

Am Ende des Sommers kommt ihre Großmutter Berrin eines Abends vorbei und bringt wieder Onkel Fuat mit. Und hinterher sagt Timur zu seiner Tochter:

– Ich brauche dich nicht zu fragen, oder?

– Ich will.

– Was?

– Verheiratet mich mit ihm.

– Du mußt nicht. Sie können noch hundertmal kommen, und du kannst hundertmal nein sagen.

– Vielleicht ist es mein Schicksal.

– Er ist bestimmt kein schlechter Mann. Er hat eine Arbeit, er kann dich ernähren, er ist tüchtig. Naja, er tritt hinten auf seine Schuhe.

Es entsteht eine Pause.

– Willst du wirklich? fragt der Schmied.
– Ja.
– Wirklich?
– Ja.
Als Gül am nächsten Morgen aufwacht, will sie immer noch. Möglicherweise ist es ihr vorherbestimmt. Deshalb ist Fuat zweimal gekommen. Und was soll sie auch daheim. Sie verdient kein Geld. Auch wenn es im Winter für eine Suppe jeden Morgen reicht, es ist nicht genug Geld da, um so viele Kinder durchzubringen. Melike will auf die Oberschule. Und Gül wäre nicht weit weg von zu Hause. Fuat ist kein Fremder, er gehört ja zur Familie. Früher oder später wird sie ja doch heiraten. Was sollte sie auch sonst tun. Früher oder später heiraten alle. Oder sie vertrocknen zu Hause und werden schief angesehen. Schicksal. Sie hat aus irgendeinem Grund ja gesagt, gestern abend hat sie aus irgendeinem Grund ja gesagt. Und es hat sich richtig angefühlt. Oder etwa nicht?

Nachdem die Äpfel geerntet sind, wird ein kleines Verlobungsfest gefeiert. Arzu muß sich nun keine Sorgen mehr über das Gerede der Leute machen, wenn Gül in der Öffentlichkeit in Begleitung eines jungen Mannes mit Brillantine im Haar, glattrasiertem Gesicht und marmoriertem Kamm in der Hosentasche gesehen wird. Gül ist jetzt selbst eine der jungen Frauen, denen sie oft mit einer leisen Sehnsucht hinterhergeschaut hat.
Mit Fuat die Hauptstraße entlangzuspazieren ist aufregend, aber nicht spannend. Gül ist nervös, sie freut sich über den Mann an ihrer Seite, aber sie weiß nicht, was sie reden soll. Sie weiß ja auch nicht, worüber die anderen Verlobten reden. Fuat erzählt von seinen Freunden, von den Kunden im Friseurladen, er erzählt auch, wenn er beim Kartenspiel Geld gewonnen hat. Gül hört ihm aufmerksam zu und nickt.
Das schönste an der Verlobung ist für Gül, daß sie jetzt noch öfter ins Kino gehen kann, mit Fuat, der nicht bei fast

jedem Film einschläft. Im Kino muß man sich nicht unterhalten, und hinterher bringt Fuat Gül heim, und auf dem Weg können sie über Filme reden, über Humphrey Bogart, Cary Grant, Cüneyt Arkın, Belgin Doruk, Bette Davis, Ava Gardner, Fatma Girik, Elizabeth Taylor, Ayhan Işık, Filiz Akın, Ediz Hun, Türkan Şoray, Gina Lollobrigida, Kirk Douglas, Erol Taş.

Wenn er zwischen den Doppelvorstellungen Freunde im Saal erblickt, sagt Fuat:

– Ich gehe mal kurz Hallo sagen.

Dann steht er da mit seinen Freunden, raucht, lacht, und wenn er nicht zu weit weg steht, richtet Gül sich auf und schaut, ob er nicht hinten auf seine Schuhe tritt. Was er manchmal tut, wenn sie aus dem Kino hinausgehen, aber nie, wenn sie hineingehen, dann ist er stets ordentlich angezogen. Sie weiß nicht, worüber Fuat mit seinen Freunden redet. Sie nimmt an, daß es die gleichen Themen sind, über die die Männer bei ihrem Vater in der Werkstatt sprechen. Fußball und Politik. Und obwohl sie schon als kleines Mädchen immer zuhören konnte, wie die Kunden und Freunde des Schmieds sich in der Werkstatt unterhielten, weiß sie fast nichts über Fußballspieler oder Menderes oder Kennedy. Es hat sie nie interessiert.

Wenn Gül und Fuat im Dunkeln nebeneinandersitzen, berühren sich manchmal ihre Schultern. Das ist alles. Manchmal riecht Fuat nach Alkohol und redet dann in den Pausen lauter und lacht mehr. Auch fährt er sich dann öfter durch die Haare.

Doch er riecht nicht oft nach Alkohol, nicht in diesem Herbst, in dem Gül sehr viele Filme sieht. Filme über junge Liebe, über Liebe, die alle Grenzen überschreitet, über Menschen, die sich selbst verleugnen, wenn ihr Geliebter einen Vorteil davon hat, über Menschen, deren Leben mit einem großen Schmerz angefangen hat und die nun irgendwo ein Licht sehen. Oder es sich erhoffen. Über Menschen, die einfach versuchen zu überleben, oder über Menschen, die bereit sind, alles zu ertragen, damit sie nur jemand liebt. Über Frauen, die gerettet werden aus einem Sumpf von Drogen und Prostitution oder erlöst werden von unerträglicher Arbeit und Bürde, über Männer, die gerettet werden aus einem Sumpf von Drogen, Alkohol und Zuhälterei oder aus dem Gefängnis, in dem sie unschuldig sitzen. Oder nur, weil sie den Mord an ihrem Vater gerächt haben. Gerettet werden alle. Alle Guten.

Je mehr fremde Träume sie sieht, desto mehr sehnt sie sich in andere Welten. Sie fängt an, Fotoromane zu lesen, die jeden zweiten Samstag herauskommen. Ärzte, die sich in Krankenschwestern verlieben, junge Männer aus der Oberschicht, deren Lotterleben plötzlich aufhört, weil die Liebe einschlägt wie ein Blitz, Schwestern, die in denselben Mann verliebt sind, dessen verschollener Bruder auf wundersame Weise auftaucht. Doch es gibt auch Geschichten, die blutig enden, in denen Mütter ihre sterbenden Töchter in den Armen halten, Männer ihrer Vergangenheit nicht entfliehen können, Geschichten, in denen das Böse Opfer verlangt, fünfzehn Jahre im Gefängnis, ein Vater im Rollstuhl oder eine Mutter ohne Augenlicht. Geschichten wie die alten Lieder, wo alles immer in Bitterkeit endet, weil es nichts gibt auf der Welt, das etwas wert wäre, wo Liebe nie erwidert wird und man trotzdem weitermacht, Geschichten wie der anatolische Blues.

Meistens kauft Timur seiner Tochter den Fotoroman, manchmal aber auch Fuat. Melike darf die Romane erst haben, wenn Gül schon durch ist. Später, wenn Gül sie noch mal liest, sind Fettflecken auf dem billigen rauhen Papier oder Eselsohren darin, manchmal fehlen sogar Seiten. Als Sibel beginnt, ihre ersten kleinen Geschichten zu zeichnen, sind es Abwandlungen von Fotoromanhandlungen oder Sequenzen von Kinofilmen, die sie geringfügig ändert und für etwas Eigenes hält. Anders als ihre Bilder zeigt sie diese kurzen Geschichten niemandem, sondern versteckt sie immer sorgfältig zwischen ihren Schulsachen.

Im Spätherbst steht Gül mit ihrer Mutter im Laden, um den Stoff für das Brautkleid auszusuchen, das sie sich selber nähen wird. Der Stoff, der Gül am besten gefällt, ist teuer. Ihre Mutter lächelt gequält und gibt ihr mit den Augen zu verstehen, daß sie sich einen anderen aussuchen soll. Aber lieber hat Gül einen Stoff, der ihr gefällt, als eine lange Schleppe. Als sie dem Verkäufer sagt, wieviel Meter sie möchte, blickt dieser sie fragend an:

– Ist das nicht, fängt er an, doch Gül unterbricht ihn:
– ... genau die richtige Länge, sagt sie.

Der seidig glänzende mattweiße Stoff wird vom Ballen geschnitten, und Arzu holt wie unter Schmerzen das Geld hervor, aber das einzige, was sie später auf dem Heimweg sagt, ist:

– Was werden die Leute sagen, wenn deine Schleppe nur so kurz ist?

Gül näht, sie näht mit Sorgfalt, mit Konzentration. Immer wieder fragt sie Esra:

– Es wird doch gut, oder?

Und eines Tages, nachdem sie die Frage bestimmt schon zehnmal gestellt hat, sagt sie völlig unvermittelt:

– Esra Abla, was muß ich tun? Und sie flüstert leise hinterher: In der Hochzeitsnacht?

Esra zögert.

– Hat deine Mutter dir nichts erzählt?

Gül errötet.

– Du brauchst keine Angst zu haben. Versuch dich zu entspannen, zieh dich aus, und versuch dich einfach zu entspannen. Überlaß es Fuat. Es tut nicht weh. Vielleicht ein ganz kleines bißchen am Anfang, aber eigentlich ist es schön ... Sehr schön.

Gül ist noch röter geworden, sie schwitzt. Sehr schön also, Esra sagt, es sei sehr schön. Sie braucht keine Angst zu haben.

Gül näht sich ein perfekt anliegendes, tailliertes Hochzeitskleid, das sie wieder und wieder anprobiert. Sie dreht sich vor dem Spiegel und betrachtet, was sie in stundenlanger Arbeit aus dem Stoff gemacht hat. Es sind friedliche, selbstvergessene Stunden, in denen Gül an der leise surrenden Maschine sitzt, den Fuß auf dem Pedal, die Augenbrauen leicht zusammengezogen, den Blick fokussiert. Nichts kann sie stören, ihre Gedanken sind ganz auf die Arbeit gerichtet, sie träumt nicht davon, wie ihre Hochzeit wird, sie merkt auch nicht, wie die Kälte wieder in die Häuser kriecht, durch die Türritzen und Fensterläden. Die Kälte nimmt langsam alles wieder in ihren Besitz, und der einzige Ort, an den sie sich nicht hintraut, ist die Nähe der Öfen. Doch ansonsten ist sie überall und scheint mit perlweißen Zähnen zu grinsen: Wartet nur ab, dieses Jahr werde ich euch besonders zu schaffen machen.

Das Kleid ist lange vor dem Hochzeitstermin fertig. Draußen ist es kalt, bitter kalt, zuerst fällt Schnee, daß man knietief darin versinkt, und dann friert der Bach zu. Melike, Sibel und Nalan, die jetzt schon in die zweite Klasse geht, bekommen vierzehn Tage schulfrei. Doch dieses Mal kann Melike es nicht lange genießen, es gibt viel zu tun, den Nachbarn und Verwandten wird Bescheid gesagt, Musiker werden bestellt, auch die Schwestern müssen etwas Schönes zum Anziehen haben, sonst werden sie zum Gespött der Leute. Arzu meint, sie bräuchte unbedingt neue Schuhe, Timurs guter Anzug soll in die Reinigung, beim Kaufmann müssen Bestellungen gemacht werden. Melike wird in der Kälte hierhin und dorthin gescheucht, zumindest kommt es ihr so vor, und sie wünscht sich fast, es wäre wieder Schule. Sie will weg hier, sie will weg, aber nicht auf die gleiche Art wie ihre große Schwester.

Am Morgen des dritten Dezember schlägt Gül die Augen auf, und ihr erster Gedanke ist: Das ist das letzte Mal, daß ich hier aufwache. Sie sieht von ihrem Bett aus Nalan, Melike und Sibel an. Sie wird sie zurücklassen, sie wird Sibel und Melike nicht mehr beschützen können. Nie wieder wird sie morgens beim Aufwachen diesen beißenden Uringeruch in der Nase haben, nie wieder wird sie Sibel morgens nötigen, wenigstens die Hälfte ihres Frühstückseis zu essen, damit sie kräftiger wird. Nie wieder wird sie mit ihnen den Ball aus der Truhe ihrer Mutter holen und damit in der Wohnung spielen. Aber bestimmt werden sie noch manchmal zusammensitzen, und sie wird von ihrer leiblichen Mutter erzählen. Gül bleibt ja in der Nähe, und sie wird oft heimkommen. Es wird ein Magen weniger zu füllen sein, und Melike wird auf die Oberschule gehen können.

Gül starrt an die Decke, und die Tränen laufen ihr leise die Augenwinkel hinunter. Niemand sieht es, und später, wenn es jemand sehen könnte, wird sie nicht mehr weinen. Wieso sollte sie auch. Sie heiratet. Es ist der Tag, auf den sie sich in den Fotoromanen immer freuen, der Tag, von dem ab alles gut wird. Doch in den Fotoromanen kommen nie Halbwaisen vor.

Gül wird nicht weit weg wohnen, und alles wird gut werden. Allmächtiger, gewähre mir Geleit, betet sie. Dein Wille geschehe, doch schütze mich bitte vor Gefahren.

Den Rest des Tages sind Leute um sie herum. Zuerst wird Gül in das Haus einer Nachbarin gebracht, wo sie jemand frisiert. Nicht nur ihre glatten Haare werden mit der heißen Brennschere aufgedreht, sondern auch die ihrer Schwestern, sogar ihre Mutter und Tante Hülya haben sich entschieden, heute abend keine Kopftücher zu tragen. Nur Zeliha schert sich nicht darum, wie sie aussehen wird.

Da nicht genug Brennscheren vorhanden sind, werden die Stiele der kleinen Kupfergefäße, in denen man normalerweise Kaffee kocht, in die Kohlen geschoben. Melike ist zu ungeduldig, und schon bald riecht es nach verbrannten Haaren, aber Melike gibt keinen Ton von sich, man sieht sie nur, die Tränen der Wut.

Alles, was die Tradition erfordert, wird getan. Als die Braut zu Hause abgeholt werden soll, stellt Melike sich vor die Tür des Brautzimmers und versperrt den Weg. Erst nach einem Trinkgeld gibt sie die Tür frei. Der Schmied bindet Gül eine rote Schärpe um die Hüften als Zeichen dafür, daß er seine Tochter als Jungfrau aus dem Haus gibt.

Jahre später wird Gül bei der offiziellen Eröffnung einer Schnellstraße dabeisein, und in dem Augenblick, als der Bürgermeister das rote Band durchschneidet und verkündet, daß diese fünfundzwanzig Kilometer Asphalt ein großer Schritt in die Zukunft sind, wird Gül sich an ihre Hochzeit erinnern.

Als Gül in das Haus des Bräutigams geführt wird, reicht man dem Paar Brot und Honig, damit es ihnen an nichts mangeln möge und sie einander das Leben mit süßen Worten verschönern.

Der Tag geht schnell herum, die ganze Zeit sind Menschen um sie, die Gül etwas mit auf den Weg geben wollen oder ihr prophezeien, in welcher Weise sich ihr Leben ändern wird. Doch Gül kann sich nicht konzentrieren, ihr wird ganz schwindelig von all den Worten und Geräuschen.

Abends im Festsaal gibt es laute Musik, einen Trommler und einen Mann, der die Zurna bläst, Kinder tollen umher, Mädchen in Nalans Alter führen ihre Bauchtanzkünste noch ganz ohne Hemmungen vor und ahnen wahrscheinlich nicht mal, daß es sich für sie sehr bald nicht mehr schicken wird, die Hüften in der Öffentlichkeit so zu bewegen. Gül entdeckt irgendwann erstaunt ihre Lehrerin, diejenige, die ihnen die Geschichte mit dem Mann, dem Wald und dem Löwen vorgelesen hat, sie sieht den Siebmacher, der sie zu dem falschen Schmied gebracht hat, und Cem, den Sohn der toten Hatice.

Fuat ist ein sehr schmucker Bräutigam, in seinen dunkelblauen Schuhen kann man sich spiegeln, und sein ebenfalls dunkelblauer Anzug wirft, wenn Fuat sitzt, nur fünf, sechs steife Falten, und wenn er steht, dann steht auch der Anzug, als hätte er ein Eigenleben und wäre stolz, auf dieser Feier seinen Träger präsentieren zu dürfen. Fuat hat sich heute dreimal hintereinander rasiert, und aus seinen schwarzglänzenden Haaren hat sich nur eine kleine Strähne gelöst, die nun sanft seine Augenbraue streichelt.

Das Brautpaar sitzt an einem mit Blumen dekorierten Tisch, nimmt Glückwünsche entgegen und hört sich die wohlgemeinten Ratschläge und Kommentare an. Gül sind zwei Kissen auf die Sitzfläche ihres Stuhles gelegt worden, eins, damit sie bequem sitzt, und eins, damit sie nicht so klein wirkt. Ihre Füße berühren den Boden nicht, aber es ist ein alter Brauch, daß das Paar versucht, sich gegenseitig auf die Füße zu treten, während der Standesbeamte im Festsaal die Trauung vollzieht. Wer seinen Fuß oben hat, der wird auch die Hosen anhaben, sagt man, und oft genug lassen die Frauen ihren Fuß einfach unter dem des Bräutigams, um ihm das Gefühl der Überlegenheit zu geben. In einem Haushalt ohne eine tüchtige Frau weiß niemand, wo es langgehen soll. Oder wie es auch heißt: Ein Mann kann immer nur so gut sein wie seine Frau.

Fuat hält seinen rechten Fuß über Güls linkem, aber als die Worte *und hiermit erkläre ich euch zu Mann und Frau* gesprochen werden, zieht sie ihn einfach nur ein Stückchen beiseite, so daß sich ihre Füße nicht mehr berühren. Wäre es still, könnte man hören, wie Fuats Ledersohle auf der Suche nach Güls Fuß auf den Boden tappt.

In all dem Durcheinander bemerkt Gül eine junge, hellhäutige Frau mit vollen Wangen, auf denen die Tränen runterkullern. Sie hat diese hübsche Frau noch nie vorher gesehen, eine Frau in einem nachtblauen Kleid, das aus demselben Stoff zu sein scheint wie ihres.

Warum ihr Vater weint, weiß Gül. Seine älteste Tochter verläßt das Haus, sie wird nie mehr nur sein kleines Mädchen sein, jetzt ist sie in der Hand dieser Fremden, sie wird fort sein. Nicht so weit wie Fatma, aber auch sie wird ihm genommen.

Das Brautpaar nimmt die Geschenke entgegen, Fuat die Geldscheine, die ihm zugesteckt werden, Gül die Armreife, beide die Haushaltsgeräte und Handtücher. Sie bekommen sogar ein elektrisches Bügeleisen. Gül hat noch nie in ihrem Leben ein elektrisches Bügeleisen auch nur angefaßt, sie kennt sie bloß aus den Filmen und Fotoromanen.

Melike tanzt lachend, sie scheint ihre versengte Haarsträhne vergessen zu haben, Sibel sitzt still in der Ecke, Nalan und Emin laufen mit einer Traube anderer Kinder herum, Arzu strahlt über das ganze Gesicht und sieht ohne ihr Kopftuch viel jünger aus. Ihre langen, schwarzen Haare glänzen im Licht, und Gül ist sich sicher, daß da keine Brillantine drin ist. Ihre Mutter hat schöne Haare, Gül beneidet sie. Ihre eigenen sind von Natur aus dünn und glanzlos, doch wie die Friseurin sie heute frisiert hat, gefällt ihr. Gül hofft, daß ihre Frisur und ihr Kleid ein wenig von ihrer schiefen Nase ablenken. Sie findet sich nicht hübsch, und manchmal betrachtet sie auch Melike mit einem leisen Neid, weil die ihrer Mutter ähnlich sieht, weil über sie auch jemand sagen könnte, sie sei schön wie ein Stück vom Mond.

Timur redet bald mit diesem, bald mit jenem Gast und könnte in seinem weißen Hemd und der schwarzen Hose und Weste dem Bräutigam fast Konkurrenz machen. Doch seine Glatze läßt ihn älter wirken, als er ist. Mit Fatma sind auch mein Massel und meine Haare gegangen, sagt er oft und wird diese Worte bis an sein Lebensende wiederholen. Doch sobald Timur an diesem Abend einige Sekunden allein dasteht, sieht er seine Tochter an, und seine Augen werden feucht.

– Als würden sie einen Teil meiner Lunge rausreißen, murmelt er vor sich hin, oder: Kann sich das Herz auch an diesen Schmerz gewöhnen?

Die Frau mit dem nachtblauen Kleid und den vollen Wangen blickt immer wieder zu Gül, und auch ihre Augen füllen sich immer wieder mit Tränen. Das entgeht Gül nicht, doch sie kann es sich nicht erklären. Aufmerksam beobachtet sie diese Frau und ihren Vater und ihre Schwestern und ihre alte Lehrerin, damit sie nicht darüber nachdenken muß, wie sie sich fühlt, damit sie nicht merkt, wie heftig ihr Herz schlägt und daß sich ihre Kehle anfühlt, als würde sie nicht laut sprechen können. Gül kommt sich sehr klein vor bei diesem großen Fest.

– Na, du kleine Ausreißerin, sagt plötzlich jemand, und

Gül dreht den Kopf. Der Siebmacher scheint kaum gealtert zu sein, seit er sie auf seinen Schultern durch die ganze Stadt getragen hat.
– Guten Abend, sagt Gül.
– Die Tochter des Schmieds heiratet also, sagt der Siebmacher, ihr seid ja auch vier Schwestern mittlerweile, aber wenigstens habt ihr noch einen kleinen Bruder, nicht wahr?
Er beugt sich zu Gül runter und nähert seinen Mund ihrem Ohr, Gül kann den Anisschnaps in seinem Atem riechen.
– Viel Glück wünsche ich euch. Und wenn du verlorengehen solltest, dann kannst du gerne wieder zu mir kommen.
Er lacht, als er sich aufrichtet.
– Danke, sagt Gül etwas verwirrt.
Eine Kapelle spielt auf, und als das Brautpaar tanzt, legt Gül ihren Kopf an Fuats Schulter. Vielleicht weil sie glaubt, daß das von ihr erwartet wird, vielleicht weil sie ein wenig müde ist, vielleicht weil sie so ihr Gesicht verstecken kann. Sie atmet seinen Geruch ein, er riecht gut, ihr zukünftiger Mann. Nein, nicht mehr ihr Zukünftiger, sondern der Mann an ihrer Seite. Sie gehören jetzt zusammen. Er wird dasein, er wird immer für sie dasein. Bis auf ... So weit kann sie gerade nicht denken, es ist zu anstrengend. Sie braucht den Gedanken nicht mal zu verdrängen, er verschwindet von allein.
Nach der Feier werden sie mit einem Auto zum Haus ihrer Schwiegereltern gefahren, wo sie in einem Zimmer im ersten Stock wohnen werden. Vor der Haustür warten schon Fuats Brüder und Freunde, die ihm, bevor er hineingeht, fest auf den Rücken klopfen, um ihm Kraft zu geben für die Hochzeitsnacht. Lachend trägt Fuat Gül über die Türschwelle, er trägt sie bis ins Zimmer hoch.
Dort legt er sie auf das Bett, das Güls Vater geschmiedet hat, und zieht sich die Krawatte, das Jackett und das Hemd aus. Gül liegt bewegungslos da und sieht Fuats dicht behaarte Brust aus den Augenwinkeln. Unter den lockigen schwarzen Haaren ist die Haut kaum zu erkennen. Als Fuat das Licht löscht, beginnt Gül sich langsam auszuziehen. Sie weiß nicht,

ob sie aufgeregt ist, der ganze Tag war zuviel für sie, es ist ein wenig so, als wäre sie selbst gar nicht dabeigewesen, alles ist an ihr vorbeigerauscht.

Als sie kurz darauf die Augen schließt, kann sie Fuats Brusthaare spüren, die sich rauh anfühlen. Rauh und wie ein Schutzpanzer, der verhindert, daß sie bis zu ihm vordringt. Ein Schutzpanzer, den sie jetzt auch gern hätte.

Am nächsten Morgen ist ein wenig Blut auf dem Laken, und Gül hofft, daß es nur das erste Mal weh tut. Abends wird ihre Hoffnung enttäuscht. Esra hat sie angelogen.

Vierzig Tage, vierzig Tage wohnt sie mit Fuat zusammen in diesem Zimmer im ersten Stock. Vierzig Tage zusammen mit Fuat in dem Haus, von dem sie später sagen wird: Es hat mir Glück gebracht. Alle meine Gebete, die ich in diesem Haus an den Herrn gerichtet habe, sind erhört worden.

Das Zimmer nebenan gehört Güls Schwager Orhan, seiner Frau und ihren beiden kleinen Söhnen. Unten haben die Schwiegereltern, Faruk und Berrin, ein Zimmer, und Levent, der älteste der Brüder, bewohnt mit seiner Frau und ihren beiden Töchtern ein weiteres. Nur das große Wohnzimmer und das Schlafzimmer der Schwiegereltern haben einen Ofen.

Es gibt viel zu tun in so einem großen Haushalt, doch Gül gewöhnt sich schnell daran. Die ersten Tage erledigt sie still, aber zuverlässig, was ihr aufgetragen wird, sehr bald jedoch übernimmt sie alle möglichen Aufgaben, geht jedem zur Hand, und ihre anfängliche Scheu verliert sich, weil sie sieht, daß sie sich nützlich machen kann.

Wenn Fuat und seine Brüder abends von der Arbeit kommen, wird gegessen, und bald danach verschwindet Fuat in ihrem Zimmer. Gül räumt ab, spült und fragt Berrin, die sie bisher immer nur Großmutter genannt hat:

– Mutter, gibt es noch etwas zu tun?

Wenn die Antwort nein ist, fragt sie, ob sie gehen darf. Wenn ihre Schwiegermutter nickt, steigt sie die Treppe hoch ins Zimmer. Aber nicht ohne vorher im Flur ihre Hand in Fuats Manteltasche zu stecken.

Fuat darf nicht in Gegenwart seines Vaters rauchen, weil es eine Respektlosigkeit ist, sich im Beisein der Älteren einem Genuß hinzugeben. Man darf sich auch nicht auf dem Diwan lümmeln oder auch nur auf dem Stuhl die Beine übereinanderschlagen.

Also versteckt Fuat die Zigaretten im Mantel, und häufig ist da auch eine kleine Flasche Rakı, die Fuats Hose ausbeulen würde, während Gül sie auf dem Weg nach oben unter ihrem weiten Kleid verbergen kann. Fuat liegt meistens rücklings auf der Matratze, und wenn im Zimmer noch Zigaretten waren, raucht er. Ansonsten hat er oft die Hände unter dem Kopf verschränkt und die Augen geschlossen. Wenn Gül die Tür aufmacht, richtet er sich träge auf.

Gül reicht ihm die Zigaretten. Wenn es Rakı gibt, gießt sie ihm zwei Gläser ein. Eins nur mit Wasser, aus ihrer schönen gläsernen Karaffe, eins halb und halb, halb Wasser, halb Rakı. Manche Männer nehmen gern einen Schluck Wasser, nachdem sie von dem Anisschnaps getrunken haben. Einen Schluck, der dann so süß schmeckt wie Kaffee mit viel Zucker.

– Heiß muß Kaffee sein, sagt Fuat oft, heiß wie ihre Blicke und süß wie ihre Küsse am ersten Tag und schwarz wie ihre Mutter, als sie erfuhr, was geschah.

Doch er ist kein Kaffeetrinker, und er könnte auch auf die Zigaretten verzichten, bildet er sich ein, aber der Schnaps, den genießt er sehr, der muß einfach sein.

– Stell die Karaffe auf das Fensterbrett, schlägt Fuat vor, dann ist das Wasser kälter.

Dafür ist Gül die Karaffe aus ihrer Aussteuer zu schön und zu wertvoll. Also stellt sie vor dem Abendessen eine Kupferschüssel voll Wasser auf das Fensterbrett, und oft muß sie später die Eisschicht aufklopfen, um das Wasser in die Karaffe gießen zu können. Sie hätte nie gedacht, daß sie so etwas mal gern tun würde.

– Rauch doch eine mit, sagt Fuat fast jeden Abend, aber Gül lehnt immer ab. Ihr Vater raucht nicht mehr, ihre Mutter hat nie geraucht, es soll eine schlechte Angewohnheit sein, sagen sie, warum sollte sie dann damit anfangen. Fuat trinkt nahezu fünfmal die Woche und bietet Gül jedesmal auch etwas an, und sie würde trinken, um ihm Gesellschaft zu leisten, aber sie hat schon oft Betrunkene gesehen und fürchtet sich vor diesem Zustand, bei dem man offensichtlich die Kontrolle verliert.

Und doch wird sie oft trunken an diesen Abenden. Jetzt fällt es ihr nicht mehr so schwer, zu reden, wie in den Zeiten, als sie die Hauptstraße entlangspazierten. Sie erzählt von ihren Schwestern, sie erzählt die Geschichte mit dem Siebmacher, sie erzählt, wie die Kinder sie früher gehänselt haben, weil sie einen Dorfdialekt hatte, sie erzählt, welche Farbe die Ringe unter den Augen ihrer Mutter hatten, bevor sie starb. Und Fuat sitzt auf einem Kissen, ein weiteres Kissen im Rücken, ein zarter Rauchschleier vor seinem Gesicht, und er hört zu. Er hört zu und nickt und sagt *aha* und *oh* oder *das hätte mir nicht gefallen*, oder er schüttelt den Kopf und sagt: Man solls nicht glauben.

Gül ist oft trunken von den Worten, trunken von dem seltsamen Summen, das sie in ihrem Kopf hinterlassen, vom Klang, von Rhythmus, trunken davon, wie weit ihre Worte tragen, auch wenn ihre Stimme nie laut wird. Nur ihren Schwestern hat sie bisher so viel erzählt.

Die Worte zögern auch den Zeitpunkt hinaus, an dem das Licht gelöscht wird. An manchen Abenden redet Gül sehr lange, doch Fuat ist nie zu müde, um im Dunkeln noch zu ihr zu kommen.

Nach wenigen Tagen hat Timur sich angewöhnt, seine Tochter morgens vor der Arbeit zu besuchen. Es ist nur ein kleiner Umweg für ihn, manchmal bleibt er auf einen Tee, manchmal fragt er nur kurz, wie es geht, sagt allen Hallo und verschwindet wieder. Er erzählt, daß Emin einen Milchzahn verloren hat oder Melike die Schule geschwänzt, Gül erzählt, daß sie sich mit ihrer Schwiegermutter gut versteht und sich langsam einlebt. Sie erzählt nicht von ihrer Trunkenheit, weil sie keine Worte dafür hat, was die Worte manchmal mit ihr machen. Jeden Morgen verbringen Vater und Tochter wenigstens ein paar Minuten miteinander, an manchen Tagen ist es eine halbe Stunde.

An ihrem siebten Tag als Ehefrau trifft Gül auf der Straße auf die Frau mit dem runden Gesicht und den vollen Wangen, die auf der Hochzeit geweint hat. Sie mag vielleicht zehn Jahre älter sein als Gül.

– Na, mein Mädchen, wie gehts? spricht die Frau Gül an.
– Danke der Nachfrage. Und selber?
– Dem Herrn seis gedankt. Aber wie geht es dir?

Gül weiß nicht, was sie antworten soll. Die Frau hat ein sehr freundliches Gesicht, nur die Augen wirken wieder etwas traurig.

– Wie geht es dir? fragt sie nun noch mal. Man sagt, neue Besen würden gut kehren, fügt sie hinzu.

Sie lächelt ein wenig, als hätte sie etwas Lustiges gesagt.

– Dem Allmächtigen seis gedankt, es geht mir gut.
– Ich heiße Suzan, sagt die Frau. Wir sind jetzt Nachbarn, ich wohne in dem kleinen Haus nebenan.

Sie deutet in die Richtung.

– Gül, sagt sie nun, wenn du irgend etwas brauchst, egal, was es ist, meine Tür steht dir immer offen. Sei nicht schüchtern ... Es ist schwer, so jung zu heiraten und dann bei fremden Leuten zu sein. Ich weiß, wovon ich rede. Als ich dich so gesehen habe auf der Hochzeit, ist mir meine eigene wieder eingefallen. Du armes, kleines Ding, sie haben dir Kissen untergeschoben und deine Füße haben den Boden nicht berührt. Aber so ist das, glaub mir, niemand beachtet deine Tränen, du wirst einfach so verheiratet, wenn du noch ein Kind bist. Ich war vierzehn. Wie alt bist du?

– Fünfzehn.
– Ja, so dreht sich die Welt. Jetzt bin ich fünfundzwanzig

und habe selber drei Kinder, aber frag nicht, was mir alles passiert ist. Ach, meine arme Kleine, sagt sie und streichelt Gül über den Kopf.

Es ist das erste richtige Lächeln, das Gül in Suzans Gesicht sieht. Ein warmes, kraftvolles Lächeln, eins, das auf die Hindernisse zurückblickt, die man gemeistert hat, eins, das man den Steinen im Weg zu verdanken hat, Steinen, die man fast schon vergessen hat, ein Lächeln, das Gül noch oft sehen wird.

– Du kannst immer zu mir kommen, sagt Suzan noch mal, und Gül murmelt: Danke.

Steht ihr etwas bevor, von dem sie noch nichts ahnt? Gül fragt sich, wer wohl Suzans Mann ist. Es müßte doch ein glücklicher Mann sein, mit so einer Frau an seiner Seite. Sie ist eine Schönheit, ihre Kleider sind sauber, ihre Fenster sind geputzt, und das nachtblaue Kleid hat sie sich bestimmt selbst genäht.

Nach und nach lernt Gül auch Suzans Kinder kennen, einen Jungen von etwa zehn Jahren und zwei Mädchen, sieben und acht Jahre alt, aber sie sieht keinen Mann. Ihre Schwiegermutter möchte sie nicht fragen.

Immer wieder plauschen Gül und Suzan auf der Straße miteinander, ein wenig Klatsch, ein wenig über das Wetter, über Levent und Fuat, und nach zwei Wochen traut Gül sich zu fragen:

– Wo ist denn der Vater deiner Kinder, Suzan Abla?
– Er sitzt, sagt sie und sieht Gül dabei in die Augen.

Gül scheut sich, nachzuhaken, Suzan verliert kein weiteres Wort darüber.

Nachdem sie vier Wochen verheiratet sind und kein einziges Mal im Kino waren, fängt Fuat an, ab und zu mit seinen Freuden auszugehen. Er hat gern Gesellschaft beim Trinken, sie singen Lieder, wenn der Schnaps sie mutig und laut gemacht hat, und Fuat kann reden mit seinen Freunden, während er seiner Frau meistens nur zuhört. Er kann mit ihnen über Fußball reden, über Mopeds, die der eine oder andere hat, über Autos, die sie alle gern hätten, über das Bordell, das es angeblich auf halbem Weg nach Ankara geben soll. Wenn er heimkommt, gegen ein oder zwei Uhr, rüttelt er Gül an der Schulter und flüstert mit seinem Schnapsatem ihren Namen, während er an ihrem Nachthemd nestelt.

Vierzig Tage, vierzig Tage verbringt das junge Paar gemeinsam, vierzig Nächte schlafen sie in dem Bett, das Timur geschmiedet hat, vierzig Tage, in denen es ein morgendliches Ritual wird, daß der Schmied seine Tochter besucht, vierzig Tage, in denen sich Gül langsam mit Suzan anfreundet, vierzig Tage, in denen sie oft genug abends mit Fuat im Zimmer sitzt und mehr redet als vorher in einer ganzen Woche. Vierzig Tage, in denen sie kocht, spült, wäscht, abräumt, Staub wischt, einkauft. Sie ist die Jüngste im Haus und hat die wenigsten Rechte und die meisten Pflichten, sie steht morgens als erste auf und macht Frühstück, holt Holz aus dem Keller, kümmert sich um ihre Neffen und Nichten.

Nach vierzig Tagen stehen fast zwanzig Menschen am Bahnhof und verabschieden Fuat, der seinen Wehrdienst in einer Provinz im Osten antreten muß.

– Möge der Herr euch wieder vereinen, sagt Suzan, als Gül vom Bahnhof zurückkommt.

– Danke, sagt Gül.

– Siehst du, sagt Suzan, jetzt haben wir beide einen Mann in der Ferne. Deiner ist beim Militär, meiner im Knast. Es ist kein Krieg, deiner kommt nach vierundzwanzig Monaten wieder, und bei meinem weiß es nur der liebe Gott, ob und wann er kommt.

– Wieso ... Wieso sitzt er eigentlich, Suzan Abla?

– Wegelagerei. Angeblich Wegelagerei.

– Wie also?

– Ach, frag nicht, Liebes. Murat stammt aus einem Dorf bei Erzincan. Dort hat der Dorfvorsteher bei einem Streit seinen Vater getötet. Murat wollte seinen Vater rächen, aber der Dorfvorsteher hatte seine Hunde überall, seine Gehilfen und

Speichellecker. Als herauskam, daß er seinen Vater rächen wollte, mußte Murat fliehen, in die Berge. Dort war er ein Wegelagerer. Ach, Wegelagerer, er war ein Kind, das Wegelagerer gespielt hat, er war fünfzehn Jahre alt. Nach einem Jahr hat er diesem Leben abgeschworen und ist hierhergezogen, er hat Pferde gekauft und verkauft, von Pferden versteht er was, er hat sein Geld im Schweiße seines Angesichts verdient, er hat Schafe gezüchtet, sich Land gekauft, und mein Vater hat mich mit ihm verheiratet, weil er so ein fleißiger Mann war, weil er sich nie beklagt hat und immer auf die Kraft seiner Arme vertraut. Und vor allem weil er selber auch aus Erzincan stammt. Und vor fünf Monaten hat ein Dorftrottel, schon wieder so ein Vorsteher oder was er ist, Murat verpfiffen. Der Mann fühlte sich übers Ohr gehauen bei einem Geschäft, und er wußte von Murats Vergangenheit. Sie hatten nicht mal Beweise, der Vorsteher wird schon seine Leute gehabt haben. Verflucht soll er sein, er möge blind, taub und heimatlos enden, dafür, daß er mir meinen Mann weggenommen hat.

Gül sieht Suzan an, Suzans Blick ist fest und hart.

– Auf dieser Welt kann jederzeit alles passieren, sagt sie und schüttelt den Kopf. Nun ist er weg, und nur der Herr weiß, wann er wiederkommt. Wenn mein alter Vater nicht wäre, müßten wir betteln. Die Kinder brauchen einen Vater, oder? Man kann doch ohne Vater keine Kinder großziehen. Es sei denn, man lebt wie ihr. Der Herr bewahre, aber wenn einer deiner Schwager sterben sollte oder in die Fremde müßte, dann wären immer noch genug Männer im Haus, und sollte einer deiner Schwägerinnen etwas zustoßen, müßte der Mann nicht noch mal heiraten, damit seine Kinder versorgt sind, jeder kümmert sich um jeden. Aber wir, wir sind ja nicht von hier, und meine Geschwister sind alle nach Istanbul gezogen, um dort Arbeit zu finden, wir haben niemanden ... Ach, was rede ich da, meine Gute, du hast es ja auch nicht leicht, nicht wahr? Wir haben es alle nicht leicht.

– Es geht mir gut, sagt Gül, und sie glaubt es selber. Gerade, als Suzan gesagt hat, daß die Kinder einen Vater brauchen, mußte sie an Recep denken. An Recep, den sie nie wiedersehen wird.

Jetzt sitzt Gül abends manchmal mit ihren Schwägerinnen oder ihrer Mutter beisammen, doch oft genug ist sie in ihrem Zimmer und liest im Schein der Petroleumlampe Bücher. Bücher, die sie sich aus der Bücherei geliehen hat, oder Bücher, die es billig zu kaufen gab. Sie liest nun alles, was sie in die Finger kriegen kann. Es erinnert sie ein wenig an den Sommer, in dem Onkel Abdurahman ihr das Buch gegeben hat, das sie nur schwer verstanden, aber schließlich gern gelesen hat. Sooft Gül an Onkel Abdurahman denkt, weiß sie nicht, ob sie sich ekeln soll, fürchten oder Mitleid haben.

Anders als in den Fotoromanen aus dem Herbst ihrer Verlobung, erstreckt sich in den Büchern, die Gül liest, die Handlung oft über mehrere Jahre. Die Menschen verändern sich, verstricken sich in etwas, nur weil sie irgendwo mal einen winzigen Fehler gemacht haben, den sie zu verbergen versuchen. In den Büchern steht, wie junge Frauen sich fühlen können, da steht etwas über Schande und Leid, über Gerede und Klatsch, über Aufrichtigkeit und Mut.

Doch nirgends steht, wie es sein kann, im Haus der Schwiegereltern als Dienstmagd zu hausen, weil der Ehemann beim Militär ist. Denn so kommt Gül sich vor, als es langsam Frühling wird. Wie eine Dienstmagd. Dauernd heißt es, Gül, tue dies, Gül, tue das. Gül, die Windeln müssen gewaschen werden, Erkan muß aufs Klo gebracht werden, Gül, die Kleine schreit, schau doch mal schnell, Gül, hol Holz aus dem Keller, Gül, geh schnell noch mal Kartoffeln kaufen, Gül, Gül, Gül.

Sie murrt nicht. Wie könnte sie auch. Von ihr wird Respekt erwartet. Aber wenn sie alles gut und schnell erledigt, lobt sie auch hier niemand. Es ist wie zu Hause, nur daß sie in diesem größeren Haushalt noch mehr tun muß. Und je mehr sie schafft, desto mehr wird ihr aufgebürdet.

Ist hier alles Arbeit und Mühe und Trennung? Nein, es gibt

die Briefe, die Fuat und sie sich schreiben. Gül schreibt, wie sie mit den Kindern spielt, wie sie an manchen Abenden mit ihren Schwägerinnen regelrechte Lachanfälle bekommt, wie sie zusammen ins Kino gehen, wie Fuats Mutter sich nie den zweiten Film einer Doppelvorstellung ansieht, sondern vorher heimgeht. Sie schreibt, daß ihr Vater jeden Morgen vorbeischaut, sie schreibt, daß sie ihre Mutter und ihre Schwestern besucht, und sie schreibt sogar, daß sie manchmal traurig ist, wenn sie sieht, daß das Leben dort ohne sie weitergeht. Sibel sorgt für Ordnung, obwohl Melike nun die Älteste ist. Doch dafür macht Melike öfter den Mund auf, sagt, was ihr nicht paßt, sagt, wenn sie glaubt, Sibel würde zuviel zugemutet werden, sagt: Nein, sie kann am Samstag nicht waschen, sie muß noch für die Schule lernen. Sie möchte genau wie ich auf ein Internat.

Das ist es, was Melike sich in den Kopf gesetzt hat. Sie möchte an den Aufnahmeprüfungen für das Internat teilnehmen. Diese Internate sind eine staatliche Einrichtung, damit Kinder, deren Eltern nicht genug Geld haben, die Oberschule besuchen können, wo sie zu Lehrern ausgebildet werden.

Gül schreibt auch, daß sie sich mit Suzan angefreundet hat, und manchmal läßt sie sogar durchblicken, daß ihr die Arbeiten im Haus zuviel werden. Und sie schreibt in den Schlußzeilen immer, daß sie sich nach ihm sehnt, weil sie glaubt, daß sich das so gehört.

Fuat schreibt von seinen neuen Freunden, alles prima Kerle aus den unterschiedlichsten Ecken des Landes, manche gute Kartenspieler, manche gute Saufkumpane. Er schreibt von der täglichen Routine, den Strapazen, den Märschen und den unmöglichen Stiefeln, von denen man sogar auf dem Fußrücken Blasen bekommt. Manchmal schreibt er Passagen voller Bilder und Vergleiche, voller Rosenblätter und Bergseen, Briefe, in denen sich Hemden entzünden von der Glut des Herzens. Natürlich schreibt er diese Stellen irgendwo ab, oder jemand anders schreibt sie für ihn. Aber macht das einen Unterschied, wenn er die Worte der anderen gebrauchen muß, um seine eigenen Gefühle auszudrücken? Macht es einen Unterschied, daß Gül manchmal zwei, drei Briefe schreibt, bevor sie einen von Fuat erhält?

Und macht es einen Unterschied, daß sie ihren ersten Streit per Post haben?

Gül betrachtet eines Abends im Wohnzimmer ein Foto von Fuat und seinen Freunden. Einige hat sie mittlerweile kennengelernt, doch an den Namen des einen kann sie sich nicht mehr erinnern. Sie geht zum Kutscher Faruk und sagt:

– Vater, sieh mal, da ist Fuat, das ist Yılmaz, das da ist Rıfat, das ist Can, aber wie heißt der da noch mal?

– Das ist Selami, aber der andere hier, den du Yılmaz genannt hast, das ist Savaş.

– Das ist Yılmaz, sagt Gül trotzig.

– Das ist Savaş, der Sohn des Schusters, der geht hier ein und aus, seit er fünf ist.

– Das ist Yılmaz, ich weiß es genau.

Gül ist sich sicher, und anders als zu Hause reagiert sie bei ihren Schwiegereltern eher trotzig. Hier muß sie keine Rücksicht nehmen auf ihre Schwestern, hier ist sie nicht um den Frieden im Haus bemüht. Sie fühlt sich zwar immer noch fremd, aber sie fühlt sich auch freier.

Als Faruk und Gül sich nicht einigen können, steckt Gül das Foto kurzentschlossen mit dem nächsten Brief in den Umschlag und schreibt dazu: Der dritte von links, ist das Yılmaz oder Savaş? Sie will ihrem Schwiegervater beweisen, daß sie recht hat. Weiter denkt sie nicht.

Fuat zerreißt den Brief, er zerreißt auch das Foto. Am liebsten würde er sofort nach Hause fahren und seiner Frau mal richtig Bescheid stoßen. Ja, er heißt Yılmaz, ja, er sieht gut aus, und nein, er ist nicht verheiratet, aber was geht Gül das an. Warum interessiert sie sich so sehr für diesen Mann, daß sie ihm das Foto schickt? Die kann was erleben, wenn er heimkommt.

Es dauert vier Briefe per Eilpost, zwei hin und zwei zurück, bis Fuat ein wenig besänftigt ist. Gül versteht, daß es unbedacht war, aber sie fühlt sich ebenso geschmeichelt wie gekränkt. Nie würde sie nach anderen Männern schauen. Die anderen mögen so etwas tun, aber sie nicht. Sie weiß, was sich gehört. Was glaubt Fuat eigentlich, sie ist eine ehrbare Frau. Eine, die es sich aber nicht nehmen läßt, ihren Schwiegervater darüber aufzuklären, daß sie recht hatte und daß es Yılmaz war auf dem Foto.

– Sie benutzen dich, sagt Suzan, sie benutzen dich, als wärst du eine Magd. Kein Mensch kann dich zwingen, ihre Kinder auf das Klo zu bringen. Du mußt dich widersetzen, Gül, meine Liebste, diese Menschen schauen nicht auf deine Tränen, du mußt dir einen Platz erkämpfen, es reicht nicht, wenn du eingeschnappt bist und dann trotzdem tust, was sie wollen. Es ist schwer, und du bist noch so jung, ich weiß, wie das ist. Die ersten drei Jahre haben Murats Mutter und Schwester bei uns gelebt, das war nicht einfach für mich. Meine Schwiegermutter ist dann verstorben, und die Schwester hat geheiratet. Da war sie zwanzig. So ist das, so dreht sich die Welt. Wer niemanden hat, der muß sehen, wo er bleibt. Gül, du mußt etwas tun.

Es ist ein kühler Abend mit einem Hauch von Frühling, als Suzan das zu Gül sagt. Ein Abend, an dem man eine Ahnung davon bekommt, wie weich die Luft sein wird, ein Abend, der den Duft von Erde und Grün mitbringt, ein Abend, über den Gül sich eigentlich freuen würde. Endlich ist der Winter vorbei, endlich können sich die Muskeln und das Gesicht entspannen, sobald auch der letzte Rest Kälte aus den Knochen gewichen ist.

Doch am nächsten Morgen sitzt Gül im Hof vor dem riesigen Kupferbecken, wäscht Windeln und weint ins Waschwasser, als ihr Vater vorbeikommt. Gül wischt sich die Tränen fort und zieht die Nase hoch und setzt ein Lächeln auf.

– Was ist passiert?
– Nichts.
– Wie, nichts? Warum … Am frühen Morgen.
– Ich habe mich mit Mutter gestritten.

– Das ist doch normal. Man muß sich mit seiner Schwiegermutter streiten … Weswegen?

– Ich wollte die Wäsche erst heute abend waschen, und sie hat gesagt, ich müßte es jetzt tun. Jetzt wollte ich aber lieber … Ich hätte es ja getan. Nur eben später, aber sie hat mich angeschrien, und verflucht hat sie mich. Mögest du deinen Mann nicht wiedersehen, hat sie gesagt.

– Das hat sie nicht so gemeint, sagt Timur. Es ist normal, verstehst du? Schwiegermutter und Schwiegertochter verstehen sich selten gut. Du weißt doch, ich habe deine Mutter ins Zimmer gezogen und habe dann auf die Kissen geschlagen, damit deine Oma denkt, ich würde sie verprügeln.

– Ich weiß, sagt Gül und zieht wieder die Nase hoch, ich weiß, aber …

– Mach dir nichts draus, mein Mädchen.

Er geht in die Hocke, Gül wäscht weiter, sie schweigen eine Weile gemeinsam, bis der Schmied aufsteht und *Bis morgen* sagt, ihr auf die Schulter klopft und dann Richtung Stall geht.

– Ich rede noch ein paar Takte mit den Kühen des Kutschers, sagt er.

Wenn Gül auf dem Hof ist wie heute morgen, geht er, nachdem sie geredet haben, normalerweise noch mal ins Haus, um zu grüßen.

– Vater, sagt Gül, und der Schmied bleibt stehen und dreht den Kopf. Gül sieht die Tränen in seinen Augen und sagt nichts mehr. Sie weint nicht, bis ihr Vater außer Sichtweite ist.

Gül arbeitet weniger, als die Bäume knospen. Sie erledigt nicht mehr alles, was ihr aufgetragen wird, manches verschleppt sie oder tut so, als habe sie etwas überhört oder wieder vergessen. Suzan hat recht, warum soll sie dauernd ihre Nichten und Neffen auf das Klo bringen. Sie trödelt bei der Arbeit, so daß sie sagen kann: Jaja, wenn ich hiermit fertig bin, erledige ich auch das. Sie arbeitet weniger, aber genauso gewissenhaft wie vorher, was sie macht, macht sie richtig. Es widerstrebt ihr, zu schludern.

Das einzige, was sie zu jener Zeit sehr gern tut, ist Bügeln. Nachdem sie ihr Bügeleisen an eine der beiden Steckdosen im Haus angeschlossen hat, kommt es ihr vor, als würde es von allein über den Stoff gleiten. Man muß nicht mehr das Eisen auf dem Ofen erhitzen, warten, bis es die richtige Temperatur hat, fester aufdrücken, wenn es langsam erkaltet, und man braucht sich nicht über die Flecken zu ärgern, die der Ruß hinterläßt, weil er fast immer einen Weg auf die Kleidung findet.

Im Erdgeschoß hängt in jedem Zimmer eine nackte Glühbirne von der Decke, aber im ersten Stock gibt es keinen Strom, dort benutzen sie immer noch die alten Petroleumlampen. Auch im Stadthaus des Schmieds gibt es mittlerweile Elektrizität, doch es wird noch über fünfzehn Jahre dauern, bis die Sommerhäuser Strom bekommen.

Was mache ich nur, wenn im Sommer auch so viel gebügelt werden muß, fragt Gül sich. Doch sie weiß, daß sie auch diese Arbeit erledigen kann, sie hat bisher immer alles geschafft.

Obwohl Gül manchmal mit ihren Schwägerinnen lacht, obwohl sie sich mit Suzan angefreundet hat, obwohl die Bücher ihr abends Gesellschaft leisten, obwohl sie Briefe schreibt, obwohl sie selten allein ist, fühlt Gül sich einsam. Sie ist fremd hier.

– So geht das nicht weiter, sagt Suzan.
– Wieso? fragt Gül. Ich arbeite doch schon weniger.
– Ja, aber dein Herz ist nicht in Frieden. Du siehst unruhig aus. Bist du glücklich?
Gül antwortet nicht.
– Was machst du überhaupt hier?
Als Gül wieder nicht antwortet, wiederholt Suzan ihre Frage.
– Was meinst du, Suzan Abla?
– Es gibt viel Arbeit, aber die mußt du doch nicht erledigen, oder?
– Wer denn?
– Schau mal, mein Herz, warum bist du hier? Wegen deines

Mannes. Und wo ist dein Mann? Beim Militär. Er ist nicht da. Was also machst du hier? Deine Mutter ist doch eine Tochter dieses Hauses, nicht wahr? Warum kommt nicht deine Mutter hierher, und du gehst eine Zeitlang wieder heim? Dann kann jeder seinem eigenen Vater ein wenig zur Hand gehen.

Zwei Nächte lang denkt Gül darüber nach. Am zweiten Morgen fragt sie ihren Vater, was er davon hält. Timur sieht nachdenklich auf den Boden.

– Wir werden sehen, sagt er.

Er erwähnt das Thema eine Woche lang nicht mehr, und Gül fragt nicht nach. Nach einer Woche kommt Melike um die Mittagszeit vorbei, sie, die sonst nie vorbeikommt. Sie möchte mit Gül auf ihr Zimmer.

– Schön hast du es, sagt Melike.

Gül zuckt mit den Schultern, sie weiß nicht, was ihre Schwester will.

– Warum willst du hier weg? Ich wünschte, ich hätte ein Zimmer ganz für mich allein.

– Sie laden mir Arbeit auf, als sei ich ein Packesel.

– Das macht dir doch nichts aus, oder? Du hast schon immer viel gearbeitet.

– Doch, es macht mir etwas aus.

– Vater will Mutter hierherschicken, und du sollst dafür heimkommen.

– Kann sein.

– Aber sie will nicht. Papa und sie streiten sich fast jeden Abend. Du reißt die Familie auseinander.

– Was?

– Du reißt die Familie auseinander. Du willst uns die Mutter wegnehmen.

– Bist du verrückt geworden? entfährt es Gül.

Stille.

– Überleg es dir gut. Mutter möchte nicht hierher.

– Weil sie weiß, daß man hier viel arbeiten muß, und weil sie faul ist.

– Du weißt nicht, wie es zu Hause ist, sagt Melike.

Melike sagt noch einiges, aber Gül hört nicht mehr hin, sie kann nicht hinhören, die Gedanken in ihrem Kopf sind zu laut. Welche Mutter nehme ich dir weg? Ist sie dir wirklich lieber als ich? Hat sie dich je wie eine Mutter behandelt? Habe ich nicht immer alles für dich getan? Habe ich nicht versucht, dir eine Mutter zu sein, so gut ich eben konnte? Ich war halt auch nur ein Kind. Hast du ein einziges Mal ein Lob aus dem Mund dieser Frau gehört, die du Mutter nennst? Sie lobt auch ihre eigenen Kinder nicht, ich weiß ... Trotzdem. Was reiße ich auseinander? Was ist in dich gefahren? Bist du übergeschnappt?

Aber was soll sie machen. Es ist ihre Schwester. Sie schluckt, sie schluckt all diese Gedanken und Worte, wie ein Ertrinkender Wasser schluckt. Aber sie ertrinkt nicht, es wird ihr nur eng um die Brust, und sie möchte, daß es schon Nacht ist, damit sie allein sein kann.

Früher hat Gül versucht, den Frieden im Haus zu wahren, und jetzt muß ich es tun, hat Melike wohl gedacht und ist zu Gül gegangen. Was hätte sie sonst tun sollen? Ihr ist es ja nicht so wichtig, aber Sibel leidet unter dem allabendlichen Streit, sie sitzt einfach nur in der Ecke und starrt vor sich hin, während die lauten Stimmen durch die dicken Wände dringen, sie zeichnet nicht mal mehr.

Zwei weitere Nächte liegt Gül wach und bewegt die Worte in ihrem Inneren. Verschiebt sie, ordnet sie neu, verwirft sie, aber sie kommen immer wieder zurück. Melike hat unrecht, flüstert es in ihr, aber am liebsten würde es schreien. Nach diesen zwei Nächten sagt ihr Vater morgens zu ihr:

– Nächste Woche ziehen wir ins Sommerhaus, alles ist vorbereitet, deine Mutter wird dann den Sommer hier verbringen, und du wirst zu uns kommen. Ich habe schon mit deinen Schwiegereltern geredet.

– Vielen Dank, sagt Gül, vielen Dank, du wirst es nicht bereuen.

– Natürlich werde ich es nicht bereuen. Komm mittags

doch noch mal in die Schmiede, ich werde Bescheid sagen, daß ich dich dort brauche.

Als Gül mittags in die Werkstatt kommt, tritt ihr sofort der Schweiß auf die Stirn, so heiß ist es.

– Kratzt du mir die Waden? fragt Timur, und später murmelt er nur noch: Wie ich das vermißt habe.

– Gott zum Gruß.

Ein Bauer betritt den Laden, Gül hört auf, ihrem Vater die Waden zu kratzen, und der Schmied erhebt sich:

– Gott zum Gruß, was kann ich für dich tun?

– Einen Spaten brauch ich, sagt der Bauer, und ich halte auch zu Beşiktaş, nur damit das klar ist. Was ist das an deinen Beinen, wenn ich fragen darf?

– Ausschlag, sagt Timur, juckender Ausschlag, der nicht weggeht.

– Darf ich mal sehen? Timur zieht seine Hosenbeine hoch, während der Mann in die Hocke geht.

– Das hatte ich auch mal, sagt er, steht auf, lächelt, nimmt seine Mütze ab und kratzt sich am Kopf.

– Hattest?

– Ja, hatte.

– Wie hast du es wegbekommen?

– Ich habe es so einem alten Weib bei uns auf dem Dorf gezeigt, die wußte ein Rezept.

– Was für eins?

– Bis wann kannst du mir den Spaten machen?

– Komm in einer Stunde wieder. Und wehe, ich finde heraus, daß du kein Beşiktaş-Anhänger bist.

– Kuhpisse, sagt der Bauer, du mußt dir deine Waden sieben Abende hintereinander mit Kuhpisse einreiben, dann geht es weg.

– Du willst mich zum Narren halten.

– Ich schwöre beim Allmächtigen. Bei mir hat es geklappt.

– Wenn du dir einen Spaß erlaubst, wenn du mich verarschst oder wenn ich herausbekomme, daß du zu Galatasaray oder so hältst, dann werde ich dich finden, und gnade dir Gott.

– Ich komme in einer Stunde wieder, sagt der Bauer.
– Bist du des Wahnsinns? fragt Arzu ihn an diesem Abend, doch Timur brummelt nur:
– Sei still, davon verstehst du nichts.
– Und damit willst du ins Bett?
– Sieben Tage werde ich so ins Bett gehen, Frau, ob es dir paßt oder nicht.

Schon am zweiten Tag juckt es nicht mehr, und nach zwei Wochen sind die Rötungen und Schuppen fast ganz verschwunden. Übrig bleiben Narben und ein Mann, der zufrieden seufzt und sagt:
– Da hätte ich selber drauf kommen können, daß Kuhpisse besser ist als jede Salbe.

Es wird für sehr lange Zeit der letzte Sommer, den die Schwestern gemeinsam verbringen. Die drei werden in diesen Wochen sehr häufig auf der Holztruhe ihrer Mutter sitzen. Oft werden sie Nalan erlauben, sich zu ihnen zu gesellen. Die wenigen Male, die sie es ihr nicht erlauben, werden sie es genießen, da Nalan nun niemanden hat, zu dem sie petzen gehen kann. Weil er noch so klein ist, wird Emin den Sommer bei seiner Mutter verbringen, und manchmal wird auch Nalan im Haus ihrer Großeltern im Zimmer ihrer ältesten Schwester übernachten.

Doch die ersten drei Tage redet Melike demonstrativ kein einziges Wort mit Gül. Zweimal versucht Gül, etwas zu sagen, doch Melike dreht sich um und geht hinaus.

Am vierten Tag will Gül gerade in die Küche, als sie Sibel und Melike drinnen reden hört. Sie bleibt vor der Tür stehen und lauscht.
– Wir sind Schwestern. Du kannst sie nicht so behandeln. Wir müssen zusammenhalten. Wir müssen zusammenhalten, weil wir keine Mutter mehr haben. Wen haben wir denn außer uns?
– Sie hätte das nicht tun dürfen, sagt Melike, aber sie klingt nicht mehr wirklich überzeugt.
– Sie hat nichts getan. Vater hat es gemacht.

– Sie ist jetzt verheiratet. Sie gehört nicht mehr zu uns. Sie hat uns verlassen.

– Sei lieb zu ihr, Melike Abla, bitte, sei lieb zu ihr, ja? Tu es für mich. Mich liebst du doch noch, oder?

– Ja, natürlich.

– Dann tu es für mich. Tu es aus Liebe zu Gott.

– Ich wollte, daß hier Frieden ist. Ging es dir gut, als sie jeden Abend gestritten haben, ging es dir da gut? Mutter wird wiederkommen und ihren Ärger an uns auslassen. Und Gül wird beim Kutscher sitzen. Die ist fein raus. Und ich kriege immer den Ärger ab, egal, was passiert. Du siehst doch, wie oft Mutter mich schlägt. Und das nur, weil ich den Mund aufmache und nicht still vor mich hin schmolle wie Gül oder wie du.

– Wir werden vielleicht nie wieder so zusammenkommen. Sie ist unsere Schwester, wir gehören doch zusammen. Und das bißchen Ärger ...

– Mal sehen, sagt Melike.

Ganz leise geht Gül hinaus in den Garten, legt sich ins hohe Gras und weint.

Später an diesem Tag drückt Melike Gül ein Buch in die Hand:

– Hör mich ab. Seite neunundvierzig.

Und sie fängt an, den Text des Biologiebuches auswendig aufzusagen. Mitten im Satz legt sie kurz den Kopf auf die linke Seite, genau an der Stelle, an der Gül umblättern muß.

– Gut, lobt Gül sie, und Melike lächelt kurz gegen ihren Willen.

Nach einigen Tagen ist es so, als hätten sie nie anders gelebt. Sie brauchen jetzt nicht mehr zu warten, bis ihre Mutter aus dem Haus ist, wenn sie die Truhe öffnen und die Kleider anziehen wollen. Sie nehmen sich oft den Ball und spielen damit. Meistens im Haus, doch manchmal nehmen sie ihn mit nach draußen. Aber nie mehr als eine Stunde. Jahrelang durften sie den Ball nie länger als eine Stunde mit nach draußen nehmen, und vielleicht haben sie nun Angst, der Ball würde platzen oder irgendwie kaputtgehen, wenn er zu lange draußen ist, auf der staubigen, steinigen Straße, in der grellen Sonne.

Alle paar Tage kommt ihre Mutter vorbei, um nach dem Rechten zu sehen, doch Gül räumt auf, sie kocht, Sibel spült ab, und sogar Melike packt manchmal mit an, hilft, die Wäsche aufzuhängen. Nahezu jedesmal, wenn Gül das Waschwasser aus dem Kupferbecken kippt, muß sie daran denken, daß sie schon Wäsche gewaschen hat, bevor sie stark genug war, den Zuber zu leeren.

Die Tage vergehen, es sind Sommerferien, es gibt nicht viel zu tun. Es bereitet Gül Freude, sich alles selbst einteilen zu können, es gefällt ihr, daß da niemand ist, sie zu gängeln, sie tut alles freiwillig, und sie tut es gern. Es kommt ihr vor, als würde sie weniger arbeiten als zu der Zeit vor ihrer Hochzeit, weniger als zu der Zeit, als ihre Mutter noch die Aufgaben verteilte. Und sie weiß, daß sie diese Freiheit wahrscheinlich sehr lange nicht mehr haben wird.

Melike lernt für die Prüfungen, die schon bald anstehen. Um sich abzulenken und zu belohnen, spielt sie Volleyball. Sibel läuft durch die Gärten, vielleicht klaut sie Kirschen oder spielt mit Lehm, abends zeichnet sie meistens im Schein der Druckluftlampe, und Gül sieht ihr zu, wie sie vor Konzentration die Lippen aufeinanderpreßt und die Stirn in Falten legt. Einige Male besucht Gül Esra, aber nur, um mit Candan zu spielen. Sie ist versucht, Esra auf ihre Lüge anzusprechen. Doch sie traut sich nicht. Vielleicht hat sie ja nur gelogen, um mich nicht zu ängstigen, denkt sie, doch sie kann es ihr nicht verzeihen.

– Nichts, sagt sie immer, es ist nichts, wenn Esra sie fragt, was sie denn hat.

Manchmal schleicht Gül sich auf einen Tee zu Suzan, immer darauf bedacht, daß ihre Schwiegereltern und ihre Mutter sie nicht sehen. Ab und zu geht sie auch ihre Schwiegereltern besuchen. Dann ist sie tatsächlich eine Art Gast, niemand bittet sie um etwas. Doch sie weiß, daß sich das ändern wird, sobald sie wieder dort wohnt.

Als Arzu eines Tages zu Hause ist, ruft sie erzürnt die Schwestern zusammen:
– Ihr habt mit dem Ball aus der Truhe gespielt, stellt sie fest.
– Nein, haben wir nicht, sagt Melike sofort. Warum sollten wir mit dem Ball spielen?
Gül ist ihr dankbar dafür, daß sie lügt, und hofft, daß sie damit durchkommen werden.
– Sei still, fährt Arzu Melike an. Siehst du die Flecken an der Wand dort? Woher stammen die bitte? Habt ihr euch von jemand anderem einen Ball ausgeliehen? Da ist ein Fleck von einem Ball an der Wand.
Sie schreit jetzt.
– Eine undankbare Brut seid ihr. Kaum dreht man euch den Rücken, schon stöbert ihr in meiner Truhe. Wer hat euch das erlaubt? Aber das war das letzte Mal, das verspreche ich euch. Ihr ungezogenen Blagen, möget ihr Krebs bekommen, alle drei.
Wenn sie so rot im Gesicht ist, sagt sie manchmal das mit dem Krebs, und keine der drei Schwestern weiß, was das ist.
Nachdem sie es erfahren hat, wird Gül denken, daß eine Mutter möglicherweise anders fluchen würde. Ach, hätte ich euch nie geboren, würde sie sagen, aber sie würde nicht ihren Kindern den Tod an den Hals wünschen.
Am Abend dieses Tages hören Sibel, Melike und Gül, wie ihre Eltern sich streiten. Die lauten Stimmen dringen durch die dicken Wände, aber sie können nicht verstehen, was da geschrien wird. Gül ist ganz still. Und hofft, daß Melike auch still bleibt.

Nach dem Frühstück bedeutet der Schmied seiner Ältesten, mit ihm in den Garten zu gehen. Seine Frau hat diese Nacht hier verbracht.
– Sie wollte nicht wieder zurück, sagt er. Sie behauptet, ihr könntet euch nicht benehmen. Ich werde ein Schloß an die Truhe machen. Aber du mußt mir versprechen, daß nichts

mehr passieren wird. Ist das klar? Sonst kommt sie hierher, und du mußt wieder zurück.
– Ja, aber ...
– Aber?
– Versprochen, es wird nichts mehr passieren, sagt Gül, obwohl sie weiß, daß sie nicht für Melike sprechen kann.

Noch am selben Tag wird ein Schloß an Arzus Truhe angebracht, die andere bleibt weiterhin unverschlossen. Und Gül überlegt, daß mehr Goldschmuck darin geblieben wäre, wenn diese Truhe nach dem Tod ihrer Mutter auch ein Schloß gehabt hätte. Sie haben nur einen Ball genommen und ihn wieder zurückgetan, aber ihre Großmutter hat damals die Armreife aus der Truhe eingesteckt. Gesehen hat Gül das nicht, aber sie ist sich sicher. Wohin sollen die Armreife sonst verschwunden sein.

In diesem Sommer spielen sie nicht mehr mit dem Ball, aber schon im nächsten Jahr wird Melike einen Weg gefunden haben, um an diesen wertvollen Plastikball zu kommen. Möglicherweise nur, um sich zu beweisen, daß sie sich nichts verbieten läßt.

– Und wie ist es, verheiratet zu sein, fragt Melike eine Woche später, während sie sich im Kleid ihrer Mutter vor dem Spiegel bewundert.
– Es ist schön, sagt Gül ziemlich beiläufig.
– Sibel, gib mir mal die Schuhe, sagt Melike und fragt dann: Wie ist Onkel Fuat denn so?

Sibel und sie nennen ihn immer noch Onkel Fuat, und daran wird sich nie etwas ändern.

– Wie soll er sein?
– Schlägt er dich?
Melike zieht die Schuhe an. Lange waren sie ihr zu groß, aber jetzt passen sie fast schon. Zufrieden lächelnd, dreht sie sich noch mal vor dem Spiegel mit den blinden Flecken.
– Nein, wieso sollte er mich schlagen?
– Bist du verliebt?
– Ich glaube schon.

– Wieso kommt er dich nicht besuchen?

– Weil man beim Militär im ersten Jahr nicht so leicht Urlaub bekommt und weil der Weg so weit ist. Er wird im Herbst kommen.

– Im Herbst werde ich nicht mehr hier sein.

– So Gott will.

– Im Herbst werde ich auf dem Internat sein. Und nur am Wochenende heimkommen.

Sibel hat sich auch ein Kleid angezogen. Gül hockt neben der Truhe und fährt mit der Hand über die gehäkelten Spitzendecken.

– Ich möchte auch auf das Internat, sagt Sibel.

– Du kannst nächstes Jahr nachkommen. Du schaffst das schon, du bist ja gut in der Schule, sagt Melike.

– Du doch auch, sagt Sibel.

Gül zieht sich ebenfalls ein Kleid an, es sind genau drei Kleider in der Truhe, dazu zwei Paar Schuhe und zwei Strickjacken, zwei Decken aus Schafwolle und das Hochzeitskleid. Das haben sie früher immer als erstes angezogen, der Reihe nach, doch in diesem Sommer findet das Hochzeitskleid keine Beachtung mehr.

Alle drei drängeln sich nun vor dem Spiegel, alle drei in Kleidern, die ihnen zu groß sind, nur Gül ist nahe daran, ihres auszufüllen. Davon hätte ich gerne ein Foto gehabt, wird Gül später sagen, wenn sie sich an diesen Tag zurückerinnert. Wir drei in den Kleidern unserer Mutter vor dem großen Spiegel im Flur des Sommerhauses. Wir drei, wir müssen glücklich gewesen sein.

Melike besteht die Aufnahmeprüfungen für die staatliche Oberschule und zieht ins Internat, in eine Stadt, die fast zwei Zugstunden entfernt ist. Wenn sie nach Hause kommt, ist sie immer sehr reizbar und streitet sich fast täglich mit ihrer Mutter. Doch Sibel erzählt sie begeistert von ihren neuen Freundinnen, vom Schlafsaal, von dem Essen, dem einzigen, was ihr nicht gefällt, und von den Lehrern. Sibel hört aufmerksam zu. Wäre Melike nicht auf dem Internat, würde sie die Prüfungen vielleicht nicht bestehen wollen, aus Angst, sich in einer fremden Umgebung nicht zurechtzufinden.

In ihrem ersten Jahr im Internat fängt Melike an zu rauchen.

– Probier auch mal, sagt sie zu Sibel und läßt sie ziehen.

Sibel muß husten, ihr wird schwindelig, und sie hockt sich hin, in der engen Gasse, in der sie gerade stehen.

– Vater würde dich umbringen, sagt sie, als der Hustenanfall abgeklungen ist.

– Untersteh dich, ein Wort zu sagen. Dann verrate ich, daß du auch geraucht hast.

– Ich habe doch nur einmal gezogen.

– Das kannst du dann Papa erzählen.

So rauchen die Schwestern in Zukunft öfter gemeinsam, doch schon bald kommt Melike nicht mehr jedes Wochenende, weil die Zugfahrt so teuer ist, wie sie sagt, und das bißchen Geld, was der Vater ihr gibt, gerade mal für Schokolade und Zigaretten reicht. Das sagt sie nicht.

Manchmal kommt Melike völlig übermüdet heim, weil sie im Schlafsaal wenig Schlaf gefunden hat. Das hat nichts damit zu tun, daß sie, nachdem das Licht gelöscht wurde, noch reden und heimlich rauchen würde. Zwar gibt es vier, fünf Mädchen, die sich nachts ganz hinten im Saal treffen, rauchen, flüstern und ihr Lachen mit fest aufeinandergepreßten Lippen unterdrücken, um nicht erwischt zu werden, doch Melike gehört nicht zu dieser Gruppe.

Tagsüber kann sie nicht lernen, da ist es ihr zu laut, sie kann sich nicht konzentrieren und läßt sich schnell ablenken. Im Schlafsaal darf nach zehn kein Licht mehr gemacht werden, also steht Melike vor den Klassenarbeiten nachts auf, nimmt sich ihre Decke und ihr Buch und geht damit auf die Toilette. Dort sitzt sie dann in ihre Decke gehüllt im Vorraum und lernt Texte auswendig, Texte aus dem Chemiebuch, dem Geschichtsbuch, dem Physikbuch, dem Türkischbuch. Sie lernt die Texte, wie sie es seit langem tut, und noch als erwachsene

Frau werden ihr auf öffentlichen Toiletten Bruchstücke von diesen Texten einfallen, und sie wird immer noch wissen, an welcher Stelle im Satz man weiterblättern muß.

Auf den Toiletten ist es kalt, und Melike beeilt sich immer, weil sie wieder in den warmen Schlafsaal will. Doch manchmal sitzt sie da, bis ihre Finger so steif sind, daß sie kaum mehr umblättern kann.

Wenn Melike heimkommt, passiert es mehr als einmal, daß sie eine alte Bluse oder einen alten, zerknitterten Pullover aus ihrer Tasche zieht, vielleicht hat der Pullover schon ein Loch am Ellenbogen, vielleicht fehlen der Bluse zwei Knöpfe, und sie sagt zu Sibel:
– Möchtest du das hier? und sie hält das Kleidungsstück hoch.
– Ja, sagt Sibel immer, gerne.
Und sie nimmt die Sachen, näht Knöpfe an, flickt, stopft oder zieht einen neuen Gummizug ein, und sonntags, wenn Melike ihre Tasche wieder packt, sieht sie ihre alten Sachen, die nun wie neu aussehen, und sagt:
– Das ist ja noch besser in Schuß, als ich dachte. Ich nehms noch mal mit, du kannst es nächstes Mal behalten.
– Aber du hast sie mir ... du hast sie mir doch geschenkt.
– Jaja, sie gehören dir, ich will sie nur noch mal mitnehmen.
Oft genug sieht Sibel die Kleidungsstücke erst dann wieder, wenn sie wirklich nicht mehr zu retten sind. Und trotzdem bessert sie die Sachen ihrer Schwester immer wieder aus, weil sie diese Geschenke einfach nicht ablehnen kann. Doch manchmal versteckt Sibel ein Stück einfach, nachdem sie es ausgebessert hat, und zieht es erst an, wenn Melike weg ist.
Was Ordnung und Sorgfalt angeht, kommt Sibel ein wenig nach Gül. Sie macht das Frühstück, spielt mit Nalan und Emin, wäscht am Wochenende, und nie hört jemand sie klagen. Was Gül kann, kann sie auch. Und weil sie jetzt weniger

Zeit hat, schätzt sie die Stunden, in denen sie ungestört malen kann, um so mehr.

Eines Tages bringt Timur ihr Wasserfarben mit, und als Arzu das sieht, sagt sie:

– Was soll das Kind denn damit? Sie ist doch keine Malerin, oder was. Seit wann haben wir für so etwas Geld?

Doch außer Sibel gibt es nur drei Kinder in der Klasse, die Wasserfarben haben, und als eine Nachbarin Arzu fragt, ob es denn stimmt, daß Sibel jetzt Wasserfarben mit in die Schule nimmt, antwortet sie stolz:

– Ja, die hat ihr Vater ihr gekauft. Sie kann so schön malen, da kann man sich ruhig mal etwas Besonderes leisten.

Als Gül wieder im Haus ihrer Schwiegereltern ist, dauert es keine Woche, bis sie sich mit ihrer Schwiegermutter in die Haare kriegt, weil sie beim Waschen angeblich einen Socken verbummelt hat, einen guten Wollsocken und keinen aus dem Gefängnis. Gül ist sich sicher, daß der Socken vorher schon gefehlt hat, und sagt das auch, aber ihre Schwiegermutter brüllt sie an, daß ohne sie alles besser gelaufen sei.

Was nicht sein kann, da ist eine dicke Staubschicht auf dem Radio gewesen, das die Schwiegereltern besitzen, wie mittlerweile viele andere auch. Die Gläser im Schrank waren fleckig, im Wandschrank herrschte Unordnung, der Läufer war offensichtlich den ganzen Sommer nicht ausgeklopft worden, und im Keller hat Gül eine Unterhose gefunden, die bestimmt nicht dorthin gehörte.

Doch trotz des Streites ist es für Gül nun besser im Elternhaus ihres Mannes, bei der Wäsche und beim Abwasch hilft die eine ihrer Schwägerinnen, die andere leiht sich regelmäßig das Bügeleisen aus, überhaupt scheint es, als würden sie ihr weniger Arbeit aufladen. Nicht einmal mehr Berrin ruft ungeduldig Güls Namen quer über die Straße, wenn Gül in einen Schwatz mit Suzan vertieft ist.

– Siehst du, sagt Suzan, es war doch gut, daß deine Mutter hier war. Da haben sie mal gemerkt, was sie an dir haben. Ich habe mich immer gut mit ihr verstanden. Du magst sie manchmal hassen, aber sie kann nichts dafür, daß sie euch nicht geboren hat. Sie ist eine ehrliche Frau, manchmal ist sie ein wenig auf den Schein aus, aber ich habe nie eine schlechte Seite von ihr zu spüren bekommen.

Sie schaut Gül in die Augen, und Gül sagt einfach nichts, nimmt sich aber vor, die nächsten Tage weniger mit Suzan zu reden.

Fuat kommt erst, als es nachts schon zu frieren beginnt. Vorher wurde ihm kein Urlaub genehmigt. Du bist doch gerade erst gekommen, haben sie ihm gesagt, hast du etwa schon Heimweh? Und er hat geantwortet, daß er frisch verheiratet ist und seine Frau zu Hause auf ihn wartet. Da haben alle gelacht.

In den zehn Monaten, in denen er nicht zu Hause gewesen ist, hat er einen kleinen Bauch bekommen, und mit dem ungewohnten Kurzhaarschnitt sehen seine Wangen noch voller aus. Drei Wochen hat er Urlaub, und allein vier Tage davon vergehen in Bussen und Zügen.

Gül hat sich auf ihn gefreut, auf die Tage, die er daheim sein wird. Sie wird sich weniger fremd fühlen, wenn alle sehen können, warum sie in diesem Haus lebt. Aber gleichzeitig hat sie auch Angst, daß es nicht bei dem Streit per Post bleiben wird, auch wenn die Sache mit Yılmaz jetzt einige Monate her ist.

Fuat kommt abends an, es wird im Kreis der Familie gegessen und geredet bis spät in die Nacht. Bis zu dem Moment, wo sie allein sind, schenkt Fuat Gül keine besondere Beachtung. Und dann, als sie in ihrem Zimmer sind, ist Gül froh, daß er ihr nicht mehr gram ist, aber sie wünscht sich trotzdem wieder, sie hätte einen Panzer.

Am nächsten Morgen, gleich nach dem Frühstück, geht Fuat aus dem Haus. Er will sich mit seinen Freunden treffen, die meisten sind älter als er und haben ihren Wehrdienst schon hinter sich. Einige sind nun arbeitslos und verbringen ihre Tage mit Müßiggang. Er möchte erzählen, von den Jeeps, die man beim Militär fährt, davon, daß sie dort im Osten keine Freudenhäuser haben, er möchte wieder mit seinen Freunden im Teehaus zusammensitzen, Karten oder Backgammon spielen, rauchen und Zukunftspläne schmieden.

– Bald wird es in Istanbul gar keine Kutschen mehr geben, prophezeit Fuat, aber mein Vater wird in zehn Jahren noch Arbeit haben. Wir leben hier weitab von allen modernen Sachen, aber ich sage euch, eines Tages werde ich genug Geld haben, um mir auch einen Cadillac leisten zu können.

– Ich auch, sagt Rıfat, ich werde mir sogar den längsten Schlitten kaufen, wo gibt.

– Mit Chromscheinwerfern und Ledersitzen, fügt Yılmaz hinzu, wir wollen unser Leben doch nicht auf dem Rücken eines Esels verbringen.

– Ja, genau, sagt Fuat, und dann läßt du die Hand aus dem Fenster baumeln, eine Zigarette im Mund, die du in vollen Zügen genießt, so läßt sich das Leben ertragen.

– Nein, sagt Can, du brauchst eine Asphaltstraße, geschmeidig wie Sahne, und dann trittst du das Gaspedal durch, daß du glaubst, du hättest Flügel und würdest gleich abheben. So muß man ein Auto fahren.

Und schließlich setzen sie sich wieder zu dritt auf Cans Moped und fahren an den Bach, um ein, zwei Gläschen zu trinken und sich die Zeit mit Gesprächen über Fußball, dreckigen Witzen, Zukunftsträumen und zotigen Liedern zu vertreiben.

Abends ist Fuat mit Gül auf ihrem Zimmer, und Gül genießt wieder die Worte, die ihr aus dem Mund kommen, es reicht ihr, nur dazusitzen, zu reden und Fuats immer gleiche Kommentare zu hören: *Man solls nicht glauben* und *Ich verstehe* und *So siehts aus*. Doch nach fünf Tagen beginnt er, auch nach dem Abendessen auszugehen.

Eines Morgens, Dampf kommt aus den Mündern, sagt Suzan zu Gül:

– Du siehst müde aus. Da ist wohl nicht viel Schlaf in deinen Nächten?

Gül blickt stumm zu Boden, Suzan lacht.
- Das steht mir auch bevor, falls Murat mal entlassen wird.
- Ach, käme er nur bald frei, sagt Gül.
- Sie haben ihn nach Istanbul verlegt. Gott allein weiß, warum, und Briefe bekomme ich auch keine mehr.

Fuat kommt erst um ein, zwei Uhr heim. Meistens wird Gül wach, weil er seine Bewegungen nicht mehr koordinieren kann und von Wand zu Wand und gegen den Schrank wankt und schwankt. Gül stellt sich schlafend, doch oft weckt er sie noch, nur manchmal fällt er einfach neben ihr ins Bett und fängt alsbald an zu schnarchen.

Nach einundzwanzig Tagen bringen sie ihn zum Bahnhof, seine Mutter kann die Tränen nicht zurückhalten, auch Gül weint, einerseits, weil sie jetzt wieder allein sein und niemand ihr zuhören wird, wie Fuat es zumindest die ersten Abende getan hat, andererseits, weil es von ihr erwartet wird. Arzu bleibt nicht hinter den beiden zurück und klagt lauthals, daß ihr Bruder wieder in die Fremde muß. Auch Güls Großmutter Zeliha ist dabei, und ohne zu wissen, ob ihr jemand zuhört, sagt sie:
- Was sollen die Tränen, ich denke, der Junge hat zugenommen? Er läßt es sich dort gutgehen, jeden Tag essen sie Kebab und Baklava, deswegen muß man doch nicht weinen.

Suzan schüttelt den Kopf und sieht die alte Frau mißbilligend an. Auf dem Nachhauseweg legt sie einen Arm um Gül.
- Es dauert nicht mehr lange. Die Hälfte habt ihr doch schon geschafft.
- Dreihundertvierundfünfzig Tage, sagt Gül, die sich vorstellt, daß sich ihr Leben ändern wird, wenn ihr Mann wieder daheim ist.
- Ach, was sind schon dreihundertfünfzig Tage? rundet Suzan ab. Habe ich dir die Geschichte von Murats Kamerad erzählt? Man könnte ein Buch über diesen Mann schreiben. Mesut, er war verliebt in diese Frau aus seinem Dorf, der Ärmste, verliebt wie Mecnun in Leyla, wie Romeo in Julia, er hatte sich

verliebt, als würde er von einem Felsen erschlagen werden, und ihr Vater versprach, sie ihm zu geben, wenn er seinen Wehrdienst geleistet hätte. Schweren Herzens ging Mesut zum Militär. Dort kam ihm dann zu Ohren, daß sie drauf und dran war, einen anderen zu heiraten. Also haute er ab, reiste in sein Dorf, um dort festzustellen, daß nichts dran war an dem Gerücht. Als er zurückkam, brummten sie ihm noch zwei zusätzliche Monate auf, weil er sich unerlaubt von der Truppe entfernt hatte. Fast ein halbes Jahr hielt er es aus, doch die Sehnsucht fraß ihn auf und spuckte ihn aus, jeden Morgen spuckte die Sehnsucht ihn wieder aus, und jeden Tag wurde er kleiner, und jede Nacht wurde die Sehnsucht größer. Er konnte sich nicht mehr wehren, er mußte sie sehen. Also reiste er drei Tage in sein Dorf, sah sie ein paar Stunden in der Scheune und reiste wieder ab. Dieses Mal bekam er vier zusätzliche Monate aufgebrummt. Und wieder hörte er, daß sie einen anderen heiraten wollte. Er brauchte Gewißheit, und der Brief ging unterwegs verloren oder was, auf jeden Fall riß er wieder aus … Du verstehst. Dreieinhalb Jahre war er schon beim Militär, als Murat ihn kennenlernte. Und hatte noch hundertzwanzig Tage vor sich.

Als Suzan nicht weiterredet, fragt Gül:
– Und?
– Was soll ich dir sagen? Das hier ist kein Märchen, wer kann schon vier Jahre warten? Sie hätte es vielleicht sogar gekonnt, wer weiß? Ihr Vater gab sie einem anderen, einem, der mehr bei Verstand war als Mesut, wie er sagte. Ja, so dreht sich die Welt, meine Liebe, niemand achtet auf deine Tränen.

An den kalten Morgenden, wenn er vor der Arbeit seine Tochter besucht, an Sonntagabenden, in den Pausen zwischen zwei Vorstellungen im Kino, wenn Sibel in ihrer Mittagspause in die Schmiede kommt, zu vielen Gelegenheiten greift der Schmied in diesem Winter in seine Westentasche und holte einen fleckigen Umschlag hervor. Diese Angewohnheit wird er beibehalten, all die Jahre, in denen Melike auf die Oberschule geht, und auch später, wenn sie studiert.

– Lies doch mal vor, sagt er, setzt sich, stützt seine Ellenbogen auf die Knie, senkt den Kopf und hört aufmerksam zu.

Manchmal formt er mit den Lippen die Worte, weil er den Brief fast auswendig kann. Manchmal hat er Tränen in den Augen, wenn er am Ende den Kopf wieder hebt.

– Ach, Gül, komm, lies mir doch bitte noch mal den Brief deiner Schwester vor.

– Ach, Sibel, ich habe schon vergessen, was Melike geschrieben hatte, kannst du es mir noch mal vorlesen?

An diesen Wintermorgenden, an denen ihr Vater zum fünfzehnten Mal den gleichen Brief herausholt und zum fünfzehnten Mal mit der gleichen Andacht lauscht, wünscht Gül sich, daß sie wenigstens die Grundschule beendet hätte, sie wünscht sich, ein Abschlußzeugnis zu haben.

Damals wußte sie zu wenig vom Leben. Jetzt, wo sie Bücher liest und ihr Vater meistens zu ihr kommt, um sich die Briefe vorlesen zu lassen, jetzt, wo Melike weg ist und wahrscheinlich bald schon Lehrerin sein wird, jetzt möchte sie, daß ihr diese Türen nicht verschlossen bleiben. Sie möchte ein Zeugnis.

Einige Wochen nachdem sie Fuat zum Bahnhof gebracht haben, ist Zuckerfest, das Ende der Fastenzeit. Von morgens bis abends kommen Verwandte und Freunde zu kurzen Besuchen in das Haus von Güls Schwiegereltern. An solchen Tagen will man seinen Gästen etwas Besonderes bieten, und beim Kutscher Faruk gibt es Schokolade und ein Gläschen Likör. Jedes Mal, wenn Gäste kommen, gießt Gül Likör ein und geht mit einem Tablett voller Gläser in der einen Hand und einer Kristallschale mit in Stanniolpapier eingewickelten Schokoladenkugeln in der anderen Hand ins Wohnzimmer. Männer vor Frauen, Alte vor Jungen, und wer ablehnt, wird noch mal aufgefordert, sich zu bedienen. Und noch mal. Und noch mal von der Schwiegermutter. Die Schokolade nehmen die meisten. Wenn sie sie nicht essen, lassen sie die Kugel in der Tasche verschwinden. Doch den Likör lehnen viele ab.

Für die meisten wird es ein langer Tag mit vielen Besuchen werden. Nur die Alten wie Güls Schwiegereltern können am ersten Tag des Zuckerfestes zu Hause sitzen bleiben und warten, daß man ihnen mit Besuchen Respekt zollt.

Berrin hat reichlich Schokolade und drei Flaschen Sauerkirschlikör gekauft. Sie möchte nicht wissen, was die Leute reden würden, wenn die Gäste am Vormittag etwas anderes bekämen als die Gäste am Nachmittag. Es gibt nur sechs Likörgläser, und Gül will die abgelehnten Gläser nicht offen herumstehen lassen, bis die nächsten Gäste kommen. Es könnten Ameisen hineinkrabbeln oder Flusen reinfallen. Bis zur Mittagszeit kippt sie den Inhalt der Gläser vorsichtig in die Flasche zurück, aber schließlich wird ihr das zu mühselig, und es sind noch zwei volle Flaschen da. Also trinkt sie die Gläser einfach aus und spült sie dann. So muß sie auch nicht immer wieder die klebrigen Fäden abwischen, die außen an der Flasche herunterlaufen, weil beim Zurückgießen immer etwas danebengeht.

Der Likör ist süß, doch nicht so süß wie die Schokolade, also geht Gül bald dazu über, nach jedem Gläschen auch noch ein Stück Schokolade zu essen. Berrin sitzt im Wohnzimmer und redet mit den Gästen, sie weiß nicht, was Gül in der Küche macht. Solange ihre Schwiegertochter bei jedem neuen Besuch mit einem Tablett und der Kristallschale herauskommt, ist alles in Ordnung.

Gül hat noch nie vorher in ihrem Leben Alkohol getrunken. Sie sieht bei Fuat und anderen, was der Alkohol mit einem machen kann, und davor hat sie Angst. Wein und Bier und Rakı, das ist Alkohol, doch das, was sie gerade trinkt, ist etwas, das man seinen Gästen sogar zum religiösen Zuckerfest anbieten kann, ein süßes Getränk mit einem betörenden Duft und von einem dunklen Rot wie Schneewittchens Lippen. Gül trinkt es ja auch nur aus Bequemlichkeit, weil sie die winzigen Gläschen nicht zurück in die Flasche kippen möchte. Und die Schokolade schmeckt mit jedem Gläschen besser, so steckt sie sich auch schon mal zwei Kugeln auf einmal in den Mund.

Nachmittags wird nicht mehr so viel Likör abgelehnt, doch bis dahin hat Gül schon acht oder neun Gläser getrunken, oder elf, wer soll so etwas schon genau zählen. Zuerst wird ihr etwas schwindelig, und gleichzeitig fühlt es sich leicht an im Kopf. Es fällt ihr nicht schwer, weiter Schokolade und Likör anzubieten, ihre Bewegungen sind noch koordiniert, als ihr schlecht wird. Die erste Minute versucht sie, dieses Gefühl zu unterdrücken, doch sie hat einen sauren Geschmack im Mund. Sie versucht ihn hinunterzuschlucken, aber in Sekundenschnelle sammelt sich wieder Speichel in ihrer Mundhöhle, Speichel, von dem sie glaubt, er müsse wie ranzige Butter riechen. Mit einem Gläschen süßem Likör versucht sie, den Geschmack runterzuspülen. Als das Getränk unten ankommt, fühlt sie geradezu, wie ihr Mageninhalt nach oben wandert.

Sie rennt los, aber schafft es nicht bis zum Klo. Im Hof übergibt sie sich an einer Wand. Ihr Magen zieht sich schmerzhaft zusammen, der warme Schwall schießt ihr durch die Kehle. Es fühlt sich an, als würde sie ihre Rippen mit auskotzen. In ihren Augen sind Tränen, und vergeblich bemüht sie sich, das rhythmische Zucken zu unterdrücken, das auch nicht aufhört, als ihr Magen schon leer ist. Eine dicke braune Flüssigkeit dampft in der Kälte. Gül sieht, wie eine ihrer Tränen hineintropft.

– Was ist passiert?

Gül bemerkt ihre Schwiegermutter erst, als diese das Wort an sie richtet.

– Du Ärmste, wie siehst du denn aus?

– Mir ist schlecht geworden.

– Geht es jetzt?

Gül nickt.

– Komm rein, wasch dich erst mal. Ich werde dir einen Minztee machen. Am besten legst du dich hin.

Nach zwei Gläsern Minztee geht es Gül etwas besser. Ihr Magen fühlt sich flau an, und ihre Glieder sind weich. Als sie versucht aufzustehen, wird ihr schnell schwindelig, und ihre

Beine wollen ihr nicht gehorchen. Also legt sie sich wieder hin und döst weg.

Sie hört das Klopfen an der Haustür, sie hört das Kommen und Gehen der Gäste, doch die Geräusche dringen nur aus unbestimmter Ferne an ihr Ohr, und manchmal scheinen die Klänge etwas Wichtiges zu symbolisieren, aber Gül kann die Bedeutungen nicht erfassen.

Als sie zu sich kommt, ist es früher Abend. Das erste Wort, das sich in ihrem Kopf formt, ist: Schokolade. Und sobald sie an Schokolade denkt, wird ihr auch schon wieder schlecht. Also verscheucht sie dieses Wort und das Bild, den ganzen Gedanken. Einige wenige Male wird sie noch Alkohol trinken in ihrem Leben, aber sie wird nie wieder Schokolade essen.

Ihre Schwiegermutter kommt ins Zimmer, als Gül gerade die Decke faltet, mit der Berrin sie zugedeckt hatte.

– Ich glaube, ich habe zu viel Schokolade gegessen, sagt Gül.

– Macht nichts, sagt Berrin. Mach dir keine Gedanken darüber. Was willst du mit der Strickjacke, wo willst du noch hin?

– Auf den Hof.

– Deine Schwester hat schon saubergemacht.

Gül wird rot.

– Oh ... Der Herr möge es ihr vergelten.

Am nächsten Morgen schafft sie es bis zum Klo. Auch am übernächsten Morgen. Tagsüber geht es ihr gut, keine Schwindelanfälle, keine Übelkeit. Nur wird sie manchmal von einer Sekunde auf die andere müde und will sich einfach nur noch hinlegen und schlafen. Dann setzt sie sich kurz hin und schließt die Augen. Oft schreckt sie erst hoch, wenn ihr der Kopf wegknickt, weil die Spannung aus ihrem Körper verschwindet. Schnell steht sie auf, ißt eine Walnuß mit etwas getrocknetem Traubensaft und arbeitet weiter.

– Es hört nicht mehr auf, erzählt sie Suzan. Ich habe Angst. Jetzt ist es fast schon eine Woche her, und mir wird immer noch schlecht, jeden Morgen, den der Herr werden läßt.

Suzan lächelt.
– Was ist? Du nimmst mich nicht ernst.
Suzan lächelt immer noch und schüttelt den Kopf.
– Suzan Abla, vielleicht bin ich krank, vielleicht habe ich Krebs oder so etwas.
– Nein, Kleines, du bist nicht krank. Du wirst schwanger sein. Wann hast du das letzte Mal deine Regel gehabt?
Gül zieht die Augenbrauen zusammen und sagt dann leise:
– Ich bin schwanger.
– Komm, laß dich umarmen.
– Möge der Herr mir ein gesundes Kind schenken.
Gül wartet noch zwei Wochen, in denen ihr nicht mehr jeden Morgen schlecht wird, dann ist sie sich sicher. Sie wird Mutter werden. Sie wird fühlen, was ihre eigene Mutter gefühlt hat. Zwei Wochen, dann erzählt sie es allen, ihre Schwiegermutter lächelt nur wissend und nimmt sie in den Arm. Sibel weiß nicht so recht, was sie mit dieser Nachricht anfangen soll, ebensowenig wie Nalan und Emin. Timur bekommt glasige Augen und sieht weg, während Arzu sagt: Aha, jetzt wirst also auch du eine richtige Frau.
Als Timur damals ihre Schwangerschaft bemerkte, war er nicht im geringsten gerührt.

Die meiste Zeit des Tages sitzt Zeliha auf einem Kissen, ein weiteres hat sie sich in den Rücken geschoben. Weiterhin verleiht sie Geld und bringt die Schulden der vielen Gläubiger nicht durcheinander. Sie redet mit den Nachbarn, die sie besuchen kommen, mit Freunden und Verwandten. Menschen, die nicht mehr weiterwissen, suchen sie auf. Frauen, deren Männer trinken und bei denen es deswegen nicht genug zu essen gibt, Frauen, die wissen, daß ihre Söhne klauen, jung verheiratete, die sich oft mit ihrem Mann streiten, Suzan kommt zu ihr, weil sie wissen will, ob Zeliha nicht jemanden kennt, der jemanden kennt, der ihrem Mann behilflich sein könnte. Es kommen Menschen, die auf ihr Alter und ihre Erfahrung vertrauen. Vor allem auf ihr Alter. Und bei den vielen

Besuchen bekommt die blinde Frau auch immer den neuesten Klatsch mit, ohne daß sie dafür auch nur aufstehen müßte. So ist sie gut unterrichtet über die Ereignisse in ihrer kleinen Stadt, und es flößt den Menschen Vertrauen ein, daß sie immer weiß, wer mit wem und warum. Warum der kleine Bülent seinem Vater nicht ähnlich sieht, warum Derviş heimlich trinkt, wo Derya ihren Schmuck versteckt hat, wieso Begüm sauer auf ihre Schwester ist und wer Boras Hund getreten hat.

Sie bewegt sich kaum von dem warmen Ofen weg und kann mittlerweile nahezu jeden am Geräusch seiner Schritte erkennen. Doch diesen Winter möchte sie noch mal mit allen zusammen in den Hamam gehen, sagt Arzu.

Vielleicht kommt es Gül nur so vor, die anderen klagen nicht, aber sie friert ständig, der Winter scheint noch kälter zu sein als der letzte. Darum freut sie sich, endlich das Mark in ihren Knochen im Hamam wieder warm zu kriegen.

– Morgen gehen wir alle ins Dampfbad, meine Mutter, Großmutter, Sibel und Nalan. Möchtest du auch kommen? fragt Gül ihre Schwiegermutter.

– Wohin wollt ihr?

– Ins Dampfbad. Meine Oma hat es sich gewünscht.

Berrin scheint zu überlegen. Gül ist gerade damit beschäftigt, Linsen zu lesen, doch würde sie aufschauen, könnte sie den Schatten auf dem Gesicht ihrer Schwiegermutter erkennen. Der Blick, der hart, fest und nachdenklich wird, die leichte Bewegung des Kinns, wie sie den Kopf auf Seite legt, als würde sie sich mit etwas abfinden.

– Deine Großmutter?

– Ja, meine Großmutter wollte, daß wir alle zusammen gehen.

– Ich werde ... Ich werde nicht mitkommen.

Berrin geht aus der Küche und murmelt unhörbar für Gül:

– Mit einer Schwangeren ins Dampfbad ... boshaftes Weib.

Gül verbringt den nächsten Tag im Hamam. Es ist fast wie in alten Zeiten, nur ist es ohne Melike friedlicher, beinahe schon langweilig. Emin wird nächstes Jahr eingeschult, er ist mittlerweile zu alt, um mit den Frauen mitzugehen.

Sibel guckt neugierig auf Güls Bauch, als sie nackt sind.
– Man kann es noch nicht sehen, sagt Gül.
– Was möchtest du denn, fragt Sibel, ein Mädchen oder einen Jungen?
– Ein Mädchen. Nein. Nein, nein. Lieber einen Jungen. Ich habe Fuat geschrieben, daß ich schwanger bin. Wenn er nächstes Mal kommt, ist das Kind vielleicht schon da.
– Und wie soll er heißen?
– Wenn es ein Junge wird … soll er Timur heißen. Er wird bestimmt mal so groß und stark wie Papa.
– Ja, sieh dir nur Emin an. Und wenn es ein Mädchen wird?
– Ceyda. Wenn es ein Mädchen wird, soll es Ceyda heißen.
– Ceyda?
– So ähnlich hieß die Frau in einem Buch, das ich mal gelesen habe. Sie kommt ins Gerede, weil alle glauben, sie sei … sie sei befleckt, weißt du? Sogar ihre Mutter glaubt es. Aber Ceyda weiß, daß sie rein ist, und grämt sich nicht.
– Ceyda. Dann werde ich Tante.
– Ja.
– Hast du Oma eben gehört?
– Was?
– Sie will schon gehen, sie hat gesagt, ihr sei es zu heiß, und sie hat gefragt, warum wir sie hierhergeschleppt haben. Und Mama hat gesagt: Aber du wolltest doch, hast du das etwa vergessen? Und sie hat geantwortet: Ich bin vielleicht blind, aber noch nicht vergeßlich.

Gül macht sich erst Jahre später einen Reim darauf.

Sie sind sehr lange im Dampfbad gewesen und wollen, bevor sie hinaus in die Kälte gehen, noch in aller Ruhe im Vorraum sitzen. Die Tür wird aufgerissen, und Hülya, die nicht mitgekommen war, stürmt herein, läuft auf ihre Mutter zu, die sie an ihren Schritten erkennt.
– Hülya?

– Ja, Mutter. Mutter, Mutter, Yücel ist tot.

Yücels Name wird in dieser Familie kaum mehr erwähnt, seit Hülya und er sich getrennt haben. Onkel Yücel, der allein in einem kleinen Haus am Rand der Stadt wohnte, schien weder zu Hülya noch zu dem Rest der Familie Kontakt zu haben. Es hat Gerüchte gegeben, daß er zu seiner verheirateten Schwester ziehen wollte, es hat Gerüchte gegeben, er hätte sich mit Männern eingelassen, die illegalen Geschäften nachgingen, es wurde gemunkelt, er würde trinken, er würde bald wieder heiraten, eine Schönheit aus Fertek, einem Dorf ganz in der Nähe. Und jetzt ist er tot.

Zeliha bleibt völlig unbewegt sitzen.

– Woher weißt du das?

– Die ganze Stadt redet davon, sagt Hülya. Er hat sich rasieren lassen, und der Friseur dachte, er wäre eingeschlafen.

Hülya fängt an zu weinen. Soweit Gül weiß, hat sie die letzten Jahre kein Wort mit diesem Mann geredet.

– Beruhig dich, mein Kind, das ist der Lauf der Welt, die einen kommen, und die anderen gehen.

– Einfach so, schluchzt Hülya und sinkt ihrer Mutter zu Füßen. Gül sieht, daß sie ein Loch in der Schuhsohle hat. Einfach so, beim Friseur entschlafen.

– Beruhig dich, sagt Zeliha. Er war es nicht wert.

– Aber er war mein Mann.

Gül faltet ihre Hände im Schoß und senkt den Blick auf ihre Finger. Der erste Tropfen fällt auf ihren rechten Daumennagel.

Sie weiß nicht, was an den Gerüchten dran ist, sie weiß nicht, warum Tante Hülya und Onkel Yücel sich getrennt haben, sie weiß nicht, was für Fehler er hatte, aber sie sieht ihn vor sich, Sibel auf seinen Füßen, sie sieht ihn vor sich, wie er mit Melike gespielt hat, wie er sich unermüdlich um seine Nichten gekümmert hat, und Gül kann sich nicht erinnern, ihn ungeduldig oder gar gereizt erlebt zu haben. Sie hat dieses freundliche Gesicht vor Augen, sie weiß noch, wie sein Schnurrbart sich angefühlt hat, und sie weiß noch, wie er gerochen hat. Nach Eau de Cologne und nach etwas, das vielleicht Rasierschaumreste waren.

Nein, sie weiß nicht, was für Fehler er hatte, aber wenn er vor seinen Schöpfer tritt, dann wird dieser sicher berücksichtigen, wie er sich um die drei Schwestern gekümmert hat.

Herr, laß ihn in Frieden ruhen, betet Gül, und sie wird dieses Gebet später noch einige Male in ihrem Bett in der Dunkelheit ihres Zimmers wiederholen. Sie wird trauern um einen Mann, den sie kaum gekannt hat, sie wird tagelang an ihn denken, und als er langsam aus ihren Gedanken verschwindet, wird ihr Bauch ein wenig gewachsen sein.

Gül steht morgens auf, macht Frühstück, manchmal spült sie, manchmal jemand anders, sie macht die Hausarbeit, strickt, geht ins Kino. Sie schreibt Briefe an Fuat, und sie liest Bücher mit religiösen Texten, sie legt Holz nach, räumt ihr Zimmer auf und häkelt Spitzendeckchen, sie ißt und schläft, von Zeit zu Zeit streitet sie sich mit ihrer Schwiegermutter. Manchmal, wenn sie abends im Bett liegt, wundert sie sich, wie kurz der Tag war, und manchmal scheinen die Tage kein Ende zu nehmen. Sie spielt mit ihren Neffen und Nichten, aber es ist nicht das gleiche, wie mit ihren Geschwistern zu spielen oder mit Candan. Sie sitzt mit Suzan zusammen, die nun schon seit Monaten keine Nachricht von ihrem Mann hat. Gül lacht und weint und gähnt und wacht nachts auf, wenn sie Hunger hat oder ihr Baby strampelt.

Der Winter geht, der Frühling kommt, Gül fühlt sich leichter, lebendiger, das Licht scheint in ihre Knochen zu dringen und nimmt ihnen das Gewicht. Das Grün schenkt ihren Augen Entzücken, mit jeder neuen Knospe scheint ihr Bauch runder zu werden, alles blüht und gedeiht, der ganze Frühling fühlt sich an wie ein Fruchtbarkeitsritual, wie ein antikes Fest, das man zu Ehren der Götter gefeiert hat, in einer Tanzhalle mit riesigen Säulen, wo die Sorgen keinen Platz hatten und jeder seine Wünsche vergessen hat.

Mit dem Sommer kommt auch Melike, und am zweiten

Abend läßt sich der Schmied all die Briefe, die sie geschrieben hat, von ihr selbst vorlesen. Oft geht Melike Gül besuchen, jetzt, nachdem sie so lange getrennt waren, kommen sie gut miteinander zurecht. Melike liebt es, ihr Ohr auf Güls Bauch zu legen und zu lauschen.

Melike spielt wieder mit dem kostbaren Ball aus der Truhe ihrer Mutter. Sie kann das Vorhängeschloß nicht öffnen, doch sie schraubt einfach die Scharniere auf der anderen Seite der Truhe ab, nimmt sich den Ball heraus, und wenn sie den Ball in die Truhe zurückgelegt hat, schraubt sie die Scharniere wieder an.

Sie spielt mit Sibel oder trifft sich mit Sezen, die auf eine Oberschule in der Stadt geht. Ihre Eltern haben Geld, sie muß kein staatliches Internat besuchen. Ganz stolz erzählt ihr Melike, daß sie nun in ihrer Schulmannschaft Volleyball spielt und mit ihrem Team an den Schulmeisterschaften teilnehmen und gewinnen wird.

Sie tritt sehr selbstsicher auf, sie weiß, was sie will, und sie hat auch immer den Mut, das laut zu sagen. Sibel findet, daß Melike in dem Jahr, das sie weg war, erwachsener geworden ist, erwachsener noch als Gül. Und sie weiß, daß sie selbst nie so mutig sein wird, allen ihren Wünschen zu folgen. Sie hat jetzt schon Angst davor, auf dasselbe Internat wie Melike zu gehen. Auch wenn sie dort nicht allein wäre, Sibel möchte nicht so weit weg von zu Hause sein, sie möchte bei ihren Eltern und bei Gül bleiben, hier in dieser Stadt. Doch sie hört fasziniert zu, als Melike von dem Schulausflug an die See erzählt. Das Blau des Meeres hat sich mit dem Blau des Himmels vermischt, das Wasser war salzig, aber nicht so salzig wie das Wasser des Salzsees, und es war wärmer als die Wasser, die im Frühjahr durch die Gärten fließen. Und ruhiger schien es auch, obwohl es Wellen gab.

Sibel würde auch gern das Meer sehen. Um es zu malen. Aber sie kann es auch aus ihrer Phantasie malen, jetzt, wo Melike es beschrieben hat. Und schon am nächsten Abend zeigt sie ihrer Schwester das Wasserfarbenbild.

– Nein, sagt Melike, nein, das Wasser ist noch dunkler, und die Wellen sind viel höher, und sie sind nicht so gekräuselt. Sie haben den gleichen Abstand zueinander, und am Strand wird das Wasser zwar weiß, aber nicht so wie Seifenschaum, das sind hellere Bläschen.

– Wasser, sagt der Schmied immer, Wasser kennen wir aus dem Becher, wir sind Anatolier.

– Wasser, sagt auch Gül, als sie schweißgebadet in den Wehen liegt, bitte gebt mir Wasser.

Es ist ein brütend heißer Tag, sie liegt in ihrem Zimmer, ihre Mutter und Schwiegermutter und eine Hebamme sind da, Güls Kopfkissen ist schon naß, sie möchte nicht schreien, sie möchte auch nicht schwitzen. Niemand hat ihr gesagt, daß es so weh tun würde, sie möchte am liebsten ganz weit weg sein, sie will, daß jemand kommt und sie von diesen Qualen erlöst. Sie spürt, wie ihre Schwiegermutter ihre Hand drückt, aber sie ahnt die beruhigenden Worte nur, sie kann sie nicht hören, da passen keine Geräusche mehr in ihren Kopf.

Zwei Tage. Zwei Tage noch hätte das Baby warten können. In zwei Tagen wird Fuat kommen. Gül schreit, das Gesicht eine Grimasse, Schweiß tropft ihr von einer Haarsträhne genau ins Ohr hinein und läßt sie erschauern. Daran kann sie sich Jahre später noch genau erinnern, an diesen Tropfen, von dem sie glaubt, er würde durch ihren Gehörgang direkt in ihr Gehirn laufen. Kurz darauf muß Ceyda gekommen sein. Vielleicht auch lange danach. Zeit existiert nicht mehr, die dehnt und streckt sich und konzentriert sich dann in einem Punkt und verschwindet irgendwie. Doch irgendwann ist es soweit. Der Herr hat ihre Gebete erhört, es ist ein gesundes Kind. Die Hände und Füße sind an den richtigen Stellen, der Schrei ist so schön wie die Gesänge der Vögel im Frühling und ihr Schlaf so weich wie die Wolle der Lämmer.

Auch Güls Schwiegereltern besitzen einen Apfelgarten, und Fuat muß bei der Ernte mithelfen. Er hat Urlaub, doch den ganzen Tag liest er Äpfel auf, und abends fällt er erschöpft ins Bett, nachdem er seine Tochter liebkost hat. Gül vermutet, daß er lieber einen Sohn gehabt hätte, aber sie ist sich nicht sicher, und sie sieht ihren Mann in den acht Tagen, in denen er da ist, nur nachts. Sein Bauch ist noch dicker geworden, jeder macht Witze darüber, wie gut es ihm beim Militär geht und wie alle dort immer nur auf der faulen Haut liegen, Zigaretten rauchen, Baklava essen und die Bordelle besuchen, wenn sie Ausgang haben. Letzteres ist eine Fopperei, die sich nur seine Freunde erlauben.

In den ersten Tagen der Apfelernte hat Fuat Muskelkater, sie liegen tatsächlich auf der faulen Haut beim Militär, essen, spielen Karten und erzählen sich die immer gleichen Geschichten von zu Hause.

Bei uns, ne, also bei uns auf dem Dorf, da ist diese alte Frau, ne, die sich mit den Seelen der Toten unterhalten kann. Oder: Im Nachbardorf, das ist wirklich passiert, das könnt ihr glauben, ich spinn jetzt kein Garn, ich weiß, es schickt sich nicht für Menschen, aber so sind wir nun mal, also die vom Nachbardorf, denen kommen die unglaublichsten Ideen. Der Herr möge sie nicht verfluchen. Da hat einer der jungen Männer eine Hündin gefickt. Ja, davon habt ihr schon mal gehört, aber die Hündin hat einen Krampf bekommen, und er konnte seinen Schwanz nicht mehr rausziehen, es ging nicht, er steckte fest. Er wußte nicht, was er tun sollte, er hat die arme Hündin geschlagen, und er hat versucht sie zu füttern, aber sie hatte einen Krampf, und er bekam sein Ding nicht mehr raus. Ja, es ist eine Sünde, ich weiß. Schließlich hat er die Hündin mit einem Stein erschlagen, und im Todeskampf hat sie sich noch mehr verkrampft, doch am Ende konnte er sein Ding endlich rausziehen. Seitdem ficken sie bei uns im Nachbardorf lieber die Hühner in den Arsch. Wirklich, es ist wahr, der Allmächtige ist mein Zeuge.

Mit solchen Geschichten haben sie sich die Zeit vertrieben, doch jetzt muß er arbeiten wie alle anderen auch. Den ganzen Tag sind sie beschäftigt, um die Mittagszeit machen sie eine kleine Brotzeit im Schatten der Bäume, und abends sind ihre Augen rot vor Müdigkeit, ihre Arme schwach, und auf den Fingerspitzen fühlen sie immer noch die glatte Haut der Äpfel.

Gül bleibt zu Hause, stillt Ceyda, kümmert sich um den Haushalt, kocht, damit ihr Mann, ihre Schwager und Schwägerinnen und Schwiegereltern nach der Arbeit etwas zu essen haben.

Als eines Abends alle vom Apfelgarten heimkommen, legt Gül das Buch weg, in dem sie gerade gelesen hat, und geht, um den Topf auf den gedeckten Tisch zu stellen. Ihr Schwager Levent sagt:

– Du solltest auch bei der Ernte helfen, anstatt dich hier um dein Vergnügen zu kümmern. Wir rackern uns den ganzen Tag ab, und du genießt den Lohn unserer Mühe. Bist du nur ein Gast in diesem Haus, oder was?

Vielleicht ist er genervt wegen etwas anderem, vielleicht ist er so erschöpft, daß er nicht mehr weiß, was er sagt, aber Gül hält die Luft an. Sie hört auf zu atmen und weiß, daß sie kein einziges Wort wird entgegnen können.

– Genug, sei still, wird Levent von seinem Vater zurechtgewiesen, als er noch mal ansetzen will, um etwas hinzuzufügen. Glaub nicht, du seist etwas Besonderes, nur weil du heute so viel gearbeitet hast. Gül trägt ihren Teil bei, und du weißt das.

Gül ist froh, daß ihr Schwiegervater etwas sagt. Aber sie ist nicht befriedigt. Herr, mach, daß ich ihm die Antwort nicht schuldig bleibe.

Jeder trägt in diesem Haus sein Scherflein bei, und Levent kann jederzeit mit seiner Frau ins Kino gehen, ohne sich fragen zu müssen, wer auf die Kinder aufpaßt. Es ist immer jemand da, jeder hilft jedem, und nun blafft ihr Schwager sie grundlos so an.

Melike fährt wieder ins Internat, aber ohne Sibel, die nicht begierig darauf ist, das Meer zu sehen. Nach einigen Versuchen hat sie es malen können, ohne es zu kennen. Sie muß nicht wissen, wie die großen Geschäfte aussehen, und was soll man mit drei Kinos nebeneinander, wenn man doch nur in eins gehen kann. Aber sie will auch auf die Oberschule, auf ein Internat, damit zu Hause noch ein Magen weniger zu füllen ist. Dabei ißt sie noch immer kaum etwas. Nicht nur in ihrer Klasse, wo sie die Jüngste ist, sondern auch unter ihren Altersgenossen fällt auf, wie klein und schmächtig Sibel ist.

Sie möchte Lehrerin werden, Lehrer werden gebraucht, und nach drei Jahren auf der Oberschule ist man schon ausgebildete Grundschullehrerin und kann sein eigenes Geld verdienen. Und Kunst unterrichten.

Möglicherweise will Sibel auch deshalb auf ein Internat, weil sie weiß, daß ihre Mutter genau das von ihr erwartet, weil sie das Gefühl hat, daß ihre Mutter sich darauf freut, mehr Platz im Haus zu haben. Sie nimmt an den Aufnahmeprüfungen für den Internatsteil der staatlichen Oberschule ihrer Stadt teil und besteht mit Leichtigkeit. Ab Herbst ist sie wochentags im Internat, und am Wochenende geht sie zwanzig Minuten zu Fuß heim. Melike schreibt Briefe, Sibel verbringt die Wochenenden zu Hause, aber Gül ist nun diejenige, die am meisten darüber Bescheid weiß, was zu Hause passiert, weil sie ihren Vater fast jeden Tag sieht. Von den drei Schwestern ist sie ihrer Familie am nächsten, obwohl sie gedacht hatte, mit der Heirat würde sie sich am weitesten entfernen.

Gül schläft mit Ceyda im Wohnzimmer, weil es dort am wärmsten ist, auf einer Matratze, das Bett ist schon längst bei einem anderen frisch vermählten Paar. Doch es wird nur noch vier Hochzeitsnächte erleben, bevor es schließlich zusammenbricht und Anlaß gibt zu hinter vorgehaltener Hand gemachten obszönen Bemerkungen über das Brautpaar. So endet die Geschichte des Bettes. Es beginnt mit Liebe, Handwerk, Schweiß und Sorgfalt und Geschick und Talent und Kraft, und schließlich bleiben nur billige Witze.

Es hätte sicher noch zwei, drei Jahrzehnte gehalten, wenn es nicht alle paar Monate auf einem Pferdewagen festgezurrt worden wäre, an Türrahmen gestoßen, vom Pickuptruck gefallen und wenn es getragen statt geschoben worden wäre. So endet die Geschichte des Bettes, abgesehen davon, daß sie nicht endet, weil das Bett heute noch immer geehrt wird mit den Worten derer, die sich daran erinnern.

Morgens ist Gül dafür verantwortlich, den Holzofen, der nachts ausgeht, wieder anzufachen. An einem Sonntag sind ihr Schwiegervater und ihre Schwager über das Wochenende in der Nachbarstadt. Es ist ein milder Morgen Ende Dezember, und erst beim Frühstück bemerkt Berrin zufällig, daß das Feuer nicht brennt.

– Was ist das? fragt sie. Ist heute dein fauler Tag? Willst du, daß wir alle frieren?

– Es ist gar nicht so kalt. Ich mache es sofort nach dem Frühstück, sagt Gül und nimmt aus Trotz noch einen Schluck von ihrem Tee. Es wird schon nicht das ganze Haus auskühlen, wenn sie den Ofen zehn Minuten später anmacht. Außerdem haben sie alle schon mal in Zimmern geschlafen, in denen es gefroren hat. Auch ihre Schwiegermutter.

– Los, los, sagt Berrin, sitz nicht so faul rum und spiel mir den Teegenießer.

Vielleicht ist sie mit dem falschen Fuß aufgestanden.

– Sofort, sagt Gül und setzt ihr Glas ab. Es ist das erste Mal in diesem Winter, daß sie frühstücken, bevor der Ofen angemacht ist. Im letzten Jahr kam das öfter vor, aber da hat immer ihre Schwiegermutter gefeuert.

– Hörst du, was ich sage?

Gül erhebt sich, geht in den Raum, in dem das Holz aufbewahrt wird. Holz und Gerätschaften, die niemand mehr braucht, alte Kutschräder, ein verrosteter Spaten, ein Faß, das wahrscheinlich leckt, und ein riesiges verbeultes Kupfertablett. Sie nennen ihn Keller, aber es sind nur drei Stufen hinunter zu diesem Raum, der keine Fenster hat und an den Stall grenzt. Die Luft dort ist im Sommer kühl, aber schwer, feucht und erdig, und im Winter scheint es im Keller noch kälter zu sein als draußen.

Gül läßt die Tür auf, damit genug Licht hereinfällt. Sie sieht ein paar Mäuse davonhuschen. Vielleicht sind es auch Ratten. Es ist ihr nicht wohl, sie ekelt sich wie früher, aber sie hat nicht mehr solche Angst, weil sie gelernt hat, daß die Tiere vor ihr flüchten. In einem Stall übernachten würde sie deswegen noch lange nicht. Wenn man ganz unschuldig schläft, dann krabbeln die Mäuse einem bestimmt über das Gesicht und beißen in die Nase oder ins Ohr.

Nah an der Wand, direkt vor dem aufgeschichteten Holzhaufen, hockt Gül sich hin. Sie beginnt ein wenig Reisig zusammenzusuchen, mit dem sie gleich das Feuer anfachen kann.

Zuerst hört sie das Geräusch. Ein gedämpftes Knacken, und danach klingt es, als würde etwas bröckeln. Kurz hält sie inne, sieht vom Boden hoch, weil sie nicht versteht, woher die Laute kommen. Ihr Blick fällt auf einen eisernen Ring, der aus der Wand ragt, wahrscheinlich hat man mal Tiere daran festgebunden. Dann spürt sie, wie der Boden unter ihr nachzugeben scheint. Einen Bruchteil einer Sekunde glaubt sie, sie würde sich das nur einbilden.

Als nächstes baumeln ihre Beine in der Leere. Hätte sie nicht reflexartig nach dem Ring gegriffen, wäre sie in das Loch gefallen, das sich im Boden aufgetan hat. Mit der rechten Hand hängt sie an diesem Ring, ihr Körper reibt an der Wand, und sonst ist da nichts. Statt des Bodens, auf dem sie gerade noch hockte, ist da ein Loch, groß wie ein Kutschrad. In ihrer ersten Panik strampelt Gül mit den Füßen und verliert einen Pantoffel. Sobald sie das merkt, wird sie ganz still und lauscht, lauscht, wann der Pantoffel aufschlagen wird. Sie hört keinen Laut.

– Hilfe, Mutter, Hilfe.

Gül lauscht wieder, sie glaubt das Klacken der Holzpantoffeln ihrer Mutter zu hören. Und außerdem das Geräusch des Besens auf dem Boden.

– Hilfe, ruft sie wieder, und in der Stille danach ist sie sicher, daß das einzige Geräusch das Schaben des Besens ist.

Rechts von ihr ist noch ein Stück fester Boden. Oder zumindest noch nicht verschwundener Boden. Sie müßte die Hände wechseln, den Ring mit der Linken halten, versuchen, die Rechte auf den Boden zu kriegen, und sich dann langsam hochziehen.

Doch sie traut sich nicht. Der Ring ist nicht besonders groß, und sie hält ihn nur mit vier Fingern fest. Ihr Unterarm schmerzt schon.

– Hilfe.

Pantoffelklackern und Besenschaben.

– Mutter, hilf mir.

Besenschaben und Pantoffelklackern.

Ceyda, denkt Gül, Ceyda.

An den Rest kann sie sich nicht erinnern. Sie kann später weder ihren Schwiegereltern, noch ihrem Vater, noch sonst jemandem begreiflich machen, wie sie es geschafft hat, aus diesem Loch herauszuklettern.

– Der Herr hat mich beschützt, kann sie nur sagen. Ich bete jeden Abend um seinen Schutz, und er hat mich erhört.

Sie weiß nur, wie sie zu ihrer Mutter gelaufen ist, die gerade den Besen wegstellte, und wie sie etwas sagen wollte, wie sich das Gesicht ihrer Mutter verändert hat und wie dann ihre Knie nachgegeben haben. Und als nächstes wird sie wach von dem Geruch des Eau de Cologne, und ihre ersten Worte sind:

– Gott sei Dank.

Sie kann vom Boden aus ihre Tochter sehen, die friedlich auf einem Kissen schläft.

– Da hast du aber Glück gehabt, sagt Berrin. Da hat es der Allmächtige gut mit dir gemeint. Du hättest auch reinfallen können.

Sie gibt Gül einen Kuß auf die Stirn.

– Ich bin reingefallen.

– Herr im Himmel.

– Ja, da hat sich dieses Loch unter mir aufgetan, und ich bin reingefallen.

Am liebsten würde sie jetzt weinen, aber sie hält die Tränen zurück.

– Wie konnte das passieren?
– Ich weiß es nicht.
– Ich lasse deinen Vater holen.

Gül nickt.

Ihre Schwiegermutter redet hastig, ihre Gesten sind fahrig, sie weiß nicht, was sie tun soll. Was sollte es jetzt noch für einen Sinn haben, Timur kommen zu lassen.

Gül fragt nicht. Und sie wird auch später nicht fragen. Sie fragt nicht, ob ihre Schwiegermutter sie denn nicht gehört hat. Abends erfahren sie aus dem Radio, daß Kennedy erschossen worden ist.

Einigen der Älteren fallen die vergessen geglaubten Gerüchte wieder ein. Unter dem Haus soll ein Schatz vergraben sein, ein Schatz aus der Zeit, in der Timurs Vater noch ein Kind war, ein Schatz aus der Zeit, in der Faruks Großvater dieses Haus kaufte. Goldmünzen, jede Menge Silber, kunstvoll gearbeiteter Schmuck aus Zeiten des Osmanischen Reiches, Jade, Smaragde, jeder, der einen Mund hat, fühlt sich berufen, etwas zu vermuten. Und jetzt, da jeder weiß, daß das Haus ein Geheimnis birgt, weiß auch jeder von der Schatzkiste, einer Truhe, die eine Großfamilie bis ans Ende ihrer Tage ernähren würde.

Viele Jahre später, nachdem Güls Schwiegereltern schon längst gestorben sind und das Haus verkauft worden ist, werden die neuen Besitzer bei der Unterkellerung auf eine Kiste mit Silberschmuck stoßen, für den der Juwelier ihnen gerade genug Geld geben wird, um zu zweit für einen Monat nach Amerika zu fliegen.

Doch im Moment ist vor allem der sagenhafte Brunnen im Gespräch, in den Gül beinahe gefallen wäre. Einige Neunmalkluge behaupten, schon immer gewußt zu haben, daß seinerzeit der Brunnen mit einer Eisenplatte abgedeckt worden war, und natürlich haben diese Neunmalklugen nicht nur von dem Brunnen gewußt, sondern auch geahnt, daß die Platte unter der feuchten, festgestampften Erde mal durchrosten würde und den Weg freigeben in einen Tod auf dem Grund eines ausgetrockneten Brunnens, den niemand zuschütten wollte, weil er so tief war.

Levent und Orhan binden eine Münze an einen Faden, die erst den Boden berührt, als die Rolle Nähgarn schon zu einem Drittel abgespult ist. Es dauert zwei Tage, bis sie den Brunnen mit Sand zugeschüttet haben.

Fuat wird bald vom Militär zurück sein, Ceyda ist gesund, Timur kommt seine Tochter fast jeden Morgen besuchen, und Gül weiß nun, daß eines Tages der Todesengel wiederkommen wird, dieses Mal, um sie mitzunehmen. Bitte nicht, bevor meine Schwestern verheiratet sind, betet sie. Bitte nicht, Herr, fleht sie, bitte nicht, bevor meine Schwestern ein eigenes Heim haben, und bitte nicht, bevor meine Tochter groß genug ist, allein ihren Weg zu gehen. Herr, schenke mir genug Zeit, damit ich für diese Menschen dasein kann.

– So langsam reicht es mir, sagt Berrin acht Wochen später zu Gül.

– Bitte? fragt Gül unschuldig.

– Gut, du bist in den Brunnen gefallen, und ich habe deine Rufe nicht gehört. Aber seitdem tust du fast nichts von dem, was ich dir sage. Du verstehst alles absichtlich falsch, oder? Wenn ich sage, schäl die Äpfel, machst du gleich Mus aus ihnen, wenn ich sage, tu noch ein wenig Pfeffer ans Essen, machst du es so scharf, daß es niemand mehr essen mag, lasse ich dich waschen, scheuerst du die Hosen am Waschbrett durch. Ich schicke dich schon nicht mehr Holz holen, weil du dann in den Wald gehen würdest, statt in den Keller. Glaubst du, ich merke das nicht? Bis jetzt habe ich dich geschont, Gül, aber das geht so nicht weiter.

Gül merkt, wie sie rot wird. Sie findet es selber nicht richtig, aber sie hat es genossen, sie hat es ausgenutzt und genossen, daß ihre Schwiegermutter offensichtlich ein schlechtes Gewissen hatte.

Fuat hat ein wenig Geld gespart und ist auf der Suche nach einem Ladenlokal, wo er sich als Friseur selbständig machen kann. Er sitzt viel mit seinen alten Freunden zusammen und unterhält sie mit Anekdoten aus den letzten zwei Jahren. Nun haben sie mittlerweile fast alle ein Moped, außer Fuat, aber ein Auto besitzt noch immer keiner. Ihr Guthaben ist nicht gewachsen, dafür aber ihre Träume, sie erzählen sich von den Häusern, die sie mal besitzen wollen, und sie stellen sich vor, wie es wäre, genug Geld zu haben, um es sich mal eine Woche in Istanbul gutgehen zu lassen, ins Stadion zu gehen, in die schicken Lokale, und wenn die Augen die Begierde entfachen, auch in die Freudenhäuser.

Gül scheint alles leichter von der Hand zu gehen, wenn sie weiß, daß ihr Mann am frühen Abend heimkommen wird. Wenn sie dann auf ihrem Zimmer sind und die Kleine tief schläft, redet sie im Flüsterton mit ihm, sie erzählt ihm ihre Versionen der Geschichten, die er schon gehört hat, sie läßt ihn wissen, wie sie sich gefühlt hat, und sie berichtet ihm auch den neuesten Klatsch aus der Nachbarschaft. Und Fuat hört bei jedem Thema auf die gleiche bedächtige Art zu, nickt oder schüttelt den Kopf oder gibt seinem Erstaunen Ausdruck, indem er *kaum faßbar* sagt. Das wiederholt er oft, er hat es sich angewöhnt und wird es jahrzehntelang beibehalten. Kaum faßbar, was die für diesen Laden haben wollen, kaum faßbar, wie der Schimmel dort die Wände hochkriecht, kaum faßbar, daß meine Mutter dich nicht gehört hat, kaum faßbar, daß der Winter zu Ende geht, kaum faßbar, daß das unser Kind ist, und für Gül ist es kaum faßbar, daß er jetzt noch mehr trinkt als früher. Er trinkt nun fast jeden Abend, und ein-, zweimal die Woche ist er volltrunken. Dann wird Fuat laut, obwohl die Kleine schläft, oder er fängt an zu singen. Beim Militär konnte er nicht oft trinken, doch da hatte er es auch nicht nötig, da mußte man sich nicht ständig um etwas kümmern, da mußte er sich keine Gedanken darüber machen, wie er Geld mit nach Hause bringen konnte, da mußte er nicht mit Ladenbesitzern verhandeln, die unverschämte Mieten verlangten. Da konnte er noch träumen, und die Autos schienen noch in Reichweite, da konnte er noch glauben, alles würde sich von selbst fügen, wenn er erst mal wieder zu Hause wäre.

Trotzdem ist es die ersten Wochen sehr schön. Das Rückgrat der Kälte ist gebrochen, sagen die Leute, Gül freut sich auf den ersten Frühling, den sie gemeinsam mit ihrem Mann und ihrer Tochter verbringen wird. Auch sie glaubt, daß sich jetzt alles von allein fügen wird.

Anfang März eröffnet Fuat seinen Laden, und mit dieser Eröffnung kommt ein Frühling, den Gül sich anders vorgestellt hat.

Glaube nicht an diesen Frühling, singt eine Frau in diesem Jahr oft im Radio, es ist ein beliebtes Lied. Glaub nicht an diesen Frühling, er ist falsch, ihm wird ein Winter folgen, glaub nicht an die Sonne, sie geht nicht wirklich auf, sie will nur hinterlassen eine Dunkelheit, die uns alle verschluckt.

Dieses Jahr scheinen die Sonnenstrahlen Güls Laune nicht heben zu können, vielleicht auch, weil sie kaum Zeit hat, sie wahrzunehmen. Es gibt viel zu tun, Ceyda fordert Aufmerksamkeit, ein Teil des Haushalts lastet auf ihren Schultern, und nun bringt Fuat auch noch jeden zweiten Tag Handtücher aus dem Laden mit, die gewaschen werden müssen. Flauschige Handtücher, fadenscheinige, weiße, braune, blaue, gelbe, fleckige, große und kleine, die Fuat mit heißem Wasser übergießt und seinen Kunden auf das Gesicht legt, damit ihre Bartstoppeln weich werden.

Ein etwa dreißigjähriger Mann, dessen Statur an Timur erinnert, der aber einen guten Kopf kleiner ist, kommt jeden Morgen in einem dreiteiligen Anzug in den Laden und läßt sich rasieren. Seine Stoppeln wären so hart, daß sie die Kragen seiner Hemden durchscheuern würden, erzählt er. Und weil er keine Lust hat, sich jeden Tag zu rasieren, und weil es billiger ist, sich jeden Morgen vor der Arbeit rasieren zu lassen, als sich dauernd neue Hemden zu kaufen, kommt er zu Fuat. Täglich ist er der erste Kunde und läßt auch ein reichliches Trinkgeld da, bevor er zu seiner Arbeit bei der Stadtverwaltung geht. Er scheint einen hohen Posten zu bekleiden, neidvoll blickt Fuat immer auf seine goldene Uhr.

Mit diesem Mann, Bülent Bey, beginnen Fuats Tage von nun an, und sie gehen weiter mit Stammkundschaft, Laufkundschaft, leeren Stunden, in denen er selber im Frisierstuhl sitzt, Zeitung liest und raucht oder gleich dem Krämer nebenan Bescheid gibt, daß er im Teehaus zu finden sei, falls Kunden kommen sollten. Das Geschäft läuft passabel, und wenn Fuat den Laden abends abgeschlossen hat, hockt er manchmal noch mit seinen Freunden zusammen, doch meistens geht er heim, wo alle gemeinsam zu Abend essen. Nach dem Essen trinkt er ein Glas oder zwei oder drei, anfangs noch auf dem Zimmer und als die Abende wärmer werden mit seinen Freunden am Bach, wo sie Karten spielen um Geld.

Er hat kein Interesse daran, ins Kino zu gehen, weder mit Gül, die ihn darum bittet, noch mit seinen Freunden. Die Filme lassen ihn seine Sorgen nicht vergessen, sie führen ihm vor Augen, was er alles nicht hat. Sie führen ihm vor Augen, daß andere Menschen sich den Whiskey mit Eis servieren lassen, während er noch nie welchen getrunken hat. Sie zeigen ihm, daß ein Mann viele Dinge schaffen kann. Aber sicherlich nicht, wenn er den ganzen Tag in einem schäbigen Friseursalon verbringt.

Gül kommt es vor, als würde sie die Handtücher mit den Rasierschaumflecken häufiger sehen als ihren Mann, den sie immer noch nicht richtig kennt. Sie weiß nicht, wofür er sich interessiert, sie weiß, daß er mit seinen Freunden über Fußball redet und wahrscheinlich auch über Politik, sie weiß, daß er gern mehr Geld hätte, aber daß er sich für Autos begeistert, wird sie erst sehr viel später herausfinden. Manchmal nimmt Gül einfach Ceyda auf den Arm und geht zu Suzan. Bald, bald wird es Sommerferien geben, Melike wird kommen, Sibel wird frei haben, und Gül wird mit ihnen zusammen im Sommerhaus sitzen, und ihre Schwestern werden Ceyda liebkosen und küssen und sich auch Kinder wünschen. So verschiebt Gül in ihren Gedanken die lichten Stunden einfach ein kleines Stück in die Zukunft, eine Zukunft, aus der sie Kraft schöpft.

An dem Abend, bevor Güls Eltern ins Sommerhaus ziehen wollen, sitzen Gül und Fuat in ihrem Zimmer. Fuat trinkt Rakı und erzählt von seinen Zukunftsplänen. Oder Träumen. Wer kann das schon genau sagen. Er möchte einen Laden besitzen, nicht mieten, sondern besitzen. Geschäftsführer möchte er sein, nicht mehr jeden Tag die Nasen fremder Männer anfassen, nur um ja keine Haare zu übersehen, die sich am Nasenflügel versteckt haben, er möchte nicht mehr jeden Markttag die fettigen Haare der Dorfbewohner scheren, die ihre Geschäfte in der Stadt mit einem Friseurbesuch verbinden und an deren Geruch man erkennen kann, daß sie seit dem Morgengrauen auf einem verlausten Esel gesessen haben. Er möchte etwas Größeres und Besseres, und er ist bereit, dafür zu arbeiten. Einen eigenen Laden und ein eigenes Haus, ein Betonhaus, keines nur aus Stein und Lehm, ein richtiges, modernes Haus, wo das Klo nicht auf dem Hof ist, ein Haus mit Elektrizität und fließendem Wasser, wie es mittlerweile der eine oder andere hat. Aber keines mit einem Waschbecken, dessen Abfluß im Hinterhof endet, sondern ein Haus, das richtig an die Kanalisation angeschlossen ist, ein Haus, in dem er mit Gül und Ceyda in Ruhe und Frieden leben kann. Vielleicht sogar ein Haus mit einer Heizung, wie sie sie in den großen Städten haben. Einer seiner Kameraden beim Wehrdienst kam aus Istanbul, und er hat erzählt, wie sie einfach die Heizung aufdrehen, und es wird warm in der Wohnung, ohne Holz oder Kohlen schleppen zu müssen, ohne Ruß, ohne Geruch, ohne aufzupassen, ob die Kinder sich nicht am Ofen verbrennen. Das Auto erwähnt er gar nicht erst, davon verstehen Frauen nichts.
– Eine saubere Sache, sagt er, eine saubere Sache. So etwas werden wir haben.

– Ja, so Gott will.

– Ich will mich nicht mehr abrackern für nichts, für ein wenig Brot und ein bißchen Butter. Einige Leute leben im Licht, und ihnen ergeht es wohl. Warum nicht auch uns, Gül, warum uns nicht auch? Sind wir denn schlechter als die? Nein, wir sind nur in anderen Verhältnissen geboren. Wenn ich die Möglichkeit hätte, würde ich ja auch richtig Geld verdienen, aber wo denn bitte?

Er nimmt noch einen Schluck.

– Immer diese löchrigen Handtücher im Laden, dieser Spiegel mit den blinden Flecken, diese Stühle, an denen die Kundschaft im Sommer klebenbleibt, das kann man besser machen. Mit Geld. Nur mit Geld. Ich möchte den schönsten Laden in der Stadt haben, einen Laden, der tipptopp glänzt, ich will, daß die Leute sich schon im Rahmen des Spiegels betrachten können. Und ich werde arbeiten, so wahr mir Gott helfe, es soll uns besser gehen. Weißt du was, ab morgen höre ich auf zu spielen, kein Glücksspiel mehr, keine Karten. Wir fangen an zu sparen. Schenk mir noch mal Wasser ein, sagt er, nachdem er sein Glas aus der Rakıflasche nachgefüllt hat.

Ceyda ist seit zwei, drei Tagen quengelig und fängt an zu schreien, sobald Gül sie auf das Bett legt. Gül steht auf und will die Karaffe nehmen, die sie im Sitzen nicht erreicht. Weil sie Ceyda auf dem rechten Arm hält, greift sie die Karaffe mit links. Sie kriegt sie nicht sofort richtig zu fassen und muß noch mal absetzen. Ungelenk schüttet sie Fuat Wasser ein, als Ceyda einen Laut von sich gibt. Für einen Moment ist Gül abgelenkt, und das Glas läuft über. Sie merkt es fast sofort, doch in ihrer Hast verschüttet sie noch mehr Wasser, etwas davon auch auf Fuats Füße, an denen er Gefängnisstrümpfe trägt.

– Kannst du nicht mal aufpassen? braust Fuat sofort auf. Du und deine wertvolle Karaffe. Und von dem Kind kannst du dich nicht eine Sekunde trennen, schreit er.

Gül weiß, daß solche plötzlichen Stimmungsumschwünge keine Seltenheit sind, wenn Fuat viel getrunken hat.

– Gib die Karaffe her, sagt er, und Gül weiß nicht, was sie tun soll. Sie zögert.

– Gib mir deine ach so kostbare Karaffe, mach schon, gib her, schreit Fuat.

Er ist aufgestanden und steht mit geröteten Augen vor ihr, die Schultern leicht zurückgenommen, die Brust hervorgestreckt.

– Gib mir diese verfickte Karaffe, zum Teufel noch mal. Kaum faßbar, wie du an ihr hängst.

Wortlos und langsam reicht Gül ihm die Karaffe. Ceyda schreit.

– Soll ich sie gegen die Wand werfen, ja, soll ich das? Diese Karaffe ist dir mehr wert als dein Mann, so ist es doch, oder? Soll ich sie aus dem Fenster werfen?

Ausholend hebt er die Karaffe in Schulterhöhe.

Mach doch, würde Gül gern sagen, dann würde er die Karaffe hinausschleudern. Das wäre nicht schlimm. Aber das wäre respektlos, er würde sich noch mehr aufregen. Willst du mich provozieren, oder was? würde er fragen. Bist du hier der Mann im Haus? Ich mache, was mir gefällt, verstehst du, was mir gefällt.

Also blickt Gül zu Boden und wartet ab. Zum Glück hat Ceyda aufgehört zu schreien. Zum Glück kommt niemand ins Zimmer, wenn er laut wird. Das gehört dazu, mögen die anderen wohl denken, das kann passieren, daß man sich am Anfang noch nicht so gut versteht. Das kommt mit den Jahren. Man kann sich nicht in das Glück junger Eheleute einmischen.

– Lerne, damit zu leben, hat Suzan Gül geraten. Du mußt ihn akzeptieren, wie er ist. Was hast du sonst für eine Wahl? Einige hören auf zu trinken, wenn sie etwas älter werden.

Wie mein Vater, denkt Gül. Es gibt legendäre Geschichten über Timur, wie er nachts an Fenstergittern gerüttelt hat, weil alle flüchteten, wenn er so betrunken war, daß er kaum mehr stehen konnte, aber noch unbedingt jemanden zum Kräftemessen brauchte. Einige Male hatten Nüchternere als er es sich getraut, sich mit ihm anzulegen. Sie hatten sich auf ihre Reaktionen verlassen, auf ihr Blickfeld, ihren Gleichgewichtssinn. Doch der Schmied hatte sie einfach umklammert, zu Boden geschmissen und dann verdroschen. Es soll Wochen gegeben haben, in denen die Schürfwunden an seinen Knöcheln nicht verheilten. Schon bald schlug sich niemand mehr mit ihm, und irgendwann, es mußte wohl ein, zwei Jahre nach der Heirat gewesen sein, hatte er fast ganz aufgehört zu trinken. Gül hat ihren Vater noch nie betrunken erlebt, sondern höchstens mit einem Glas in der Hand.

Vielleicht wird Fuat ja eines Tages auch so. Doch an diesem Abend steht er mit der erhobenen Karaffe im Zimmer und sagt:

– Sieh mich an, wenn ich mit dir rede.

Gül blickt ihm in die Augen, einfach nur geradeaus in die glasigen, rot geäderten Augen.

– Jederzeit, jederzeit kann ich diese verschissene Kanne aus dem Fenster pfeffern, verstehst du? Jederzeit.

Gül nickt, und Fuat setzt sich wieder hin, stellt die Karaffe ab und stürzt seinen Rakı hinunter. Einige Tropfen laufen ihm übers Kinn.

Am nächsten Morgen sagt Fuat kein Wort, doch er vermeidet es, Gül anzusehen. Und auch als er abends heimkommt, spricht er nicht mit ihr. Gül ist dadurch noch mehr gekränkt, aber sie ahnt den Grund für sein Verhalten. Melike kann auch nur schwer zugeben, daß sie etwas falsch gemacht hat. Aber sie ist meine Schwester, und ich liebe sie, denkt Gül. Und er ist mein Mann, ihm will ich auch nicht böse sein.

Möglicherweise ist das schlechte Gewissen die Ursache, aber Fuat spielt tatsächlich kaum mehr. Häufig beobachtet Gül, wie er Scheine in eine kleine Schachtel steckt, die er ganz hinten im Wandschrank verstaut.

Gül weiß, wie oft ihr Mann die Unterhose wechselt, sie weiß, wer seine Freunde sind, mit denen er abends ausgeht, sie weiß, wieviel er trinkt, sie weiß, daß er sie einige Male nachts nicht geweckt hat, wenn er, aufgepeitscht vom Alkohol, heimkam, sondern sich selber geholfen hat. Sie weiß, wann er sich mit seinem Vater gestritten hat, sie weiß, wie er aussieht, wenn er seinen Ärger schlucken muß, sie weiß so vieles, aber sie weiß nicht mal ungefähr, wieviel Geld in der Pappschachtel ist. Sie schaut nicht nach und fragt auch nicht. Er ist der Mann.

Zwei, höchstens drei Tage sitzen die Schwestern in diesem Sommer zusammen auf der Truhe ihrer Mutter. Und auch die Gespräche sind jetzt anders.

– Ich kann mich auf der Straße mit einem Jungen unterhalten, ohne daß gleich jemand darüber redet, sagt Melike. Keiner kennt dich, keiner sieht dich schief an. Wir haben ein Mädchen von der Schwarzmeerküste bei uns in der Klasse, bei denen muß es noch schlimmer sein als bei uns. Weißt du, was sie erzählt hat? Sie haben ein kleines Feld, wirklich klein, und es liegt am Meer irgendwo, mitten zwischen den Felsen ist ein Stück fruchtbares Land, aber man kommt nicht dorthin, nicht über die Felsen. Also hat ihr Vater immer ihre Mutter an einem Strick hinuntergelassen. Er saß oben, hat geraucht, und wenn ihre Mutter die Arbeit getan hatte, hat er sie wieder hochgezogen.

– Aber er hätte doch auch gearbeitet, sagt Sibel, nur wäre die Mutter nicht stark genug gewesen, ihn hochzuziehen.

– Egal, ich will in die Stadt.

Sibel erzählt noch von diesem Mädchen in ihrem Schlafsaal, von dem niemand weiß, wieso es im Internat ist, da es reiche Eltern hat.

– Sie hat es schwer, sie wird von niemandem beachtet. Immer versucht sie, freundlich und großzügig zu sein, sie lädt uns zum Tee ein, und viele trinken den Tee, reden aber trotzdem nicht mit ihr. Eigentlich ist sie ganz nett, aber sie ist reich. Ich glaube nicht, daß ich so reich sein möchte.

– Aber wenn du so reich wärst, dann würdest du doch auf eine andere Schule gehen, sagt Melike.

– Und du freundest dich nicht mit ihr an? fragt Gül.
Sibel schüttelt den Kopf.
– Ich würde ja, aber die anderen sehen einen dann seltsam an. Und ich habe ja auch schon eine Freundin, Nilüfer.
Gül kann sehen, wie schwer es Sibel gefallen sein muß, in ihrer Schule eine neue Freundin zu finden. Sie kann Sibel vor sich sehen, wie sie an der Wand des Korridors entlangschleicht und im Schlafsaal an einem zugigen Fensterplatz liegt.
– Ein Mädchen macht manchmal nachts ins Bett, sagt Sibel leise und sieht dabei zu Boden. Um Melike nicht ansehen zu müssen, denkt Gül.
– İzel heißt sie, İzel liegt direkt neben mir, und Sevgi hat erzählt, daß der Geruch von mir käme. Sie hat allen Mädchen erzählt, daß ich noch ins Bett mache. Nur weil ich ihr kein Bild für den Kunstunterricht gemalt habe wie für Nilüfer. Aber das mache ich nur für eine Freundin. Und Sevgi ist so ne blöde Streberin, in jedem Fach ist sie Klassenbeste, außer in Kunst, da bin ich die Beste, sie lernt immer nur alles ausw..., sie lernt den ganzen Tag. Und dann kam unser Erdkundelehrer und hat gefragt, ob ich denn nachts manchmal Probleme hätte, aufzuwachen. Und ich wußte erst nicht, was er meint. Aber als ich es verstanden habe, ist mir ganz heiß geworden, ich habe mich geschämt, obwohl ich es doch gar nicht war. Und er hat mir nicht geglaubt, weil ich so rot geworden bin, und er hat mir auch erzählt, daß Sevgi es ihm erzählt hat. Ich bin zu ihr hin und habe sie gefragt, warum sie Lügen über mich verbreitet. Habe ich doch gar nicht, hat sie gesagt, was soll ich denn gesagt haben? Du darfst den anderen nicht glauben, sie wollen mich manchmal anschwärzen, weil sie mich nicht leiden können, weil ich so gut in der Schule bin, hat sie gesagt. Und ich habe ihr gesagt, daß ich es vom Erdkundelehrer habe, daß sie behauptet hat, ich würde ins Bett pinkeln. Da war sie ganz still. Und ich hab so lange auf sie eingeredet, bis sie endlich zum Lehrer gegangen ist und gesagt hat, daß sie sich vertan hat. Stundenlang habe ich

auf sie eingeredet. Sonst gehe ich zu İzel und zwinge sie, es zuzugeben, dann stehst du noch dümmer da, habe ich ihr gesagt.

Gül schmunzelt in sich hinein. Wenn Sibel sich im Recht fühlt, gibt sie keine Ruhe.

– Ihr hat halt niemand recht gegeben, wird Gül Jahre später sagen, wenn sie über ihre Schwester spricht. Immer wenn sie sich mit Nalan gezankt hatte, hat meine Mutter Nalan recht gegeben und nicht ihr. Da ist es doch kein Wunder, daß sie immer so auf ihrem Recht beharrt.

Doch im Moment möchte Gül Sibel am liebsten beschützen, sie möchte diese Sevgi packen und sie fragen, was ihr denn einfällt. Sie möchte ihr am liebsten eine Ohrfeige verpassen. Sie möchte das tun, wozu sie für sich selber nicht in der Lage gewesen ist, als Özlem erzählt hat, sie würde getrockneten Traubensaft in der Schule verteilen.

Gül erzählt nicht viel an diesen zwei, drei Tagen auf der Truhe, sie erwähnt, daß Fuat nicht mehr spielt, sie erzählt, wie Ceyda gezahnt hat, wie sie Durchfall hatte, sie erzählt, wie sie selbst in den Brunnen gefallen ist. Doch sie behält für sich, wie schwer ihr das Leben mit Fuat fällt, auch wenn sie ihn lieben möchte. Wie laut er werden kann, wenn er getrunken hat, und wie er eingeschlafen ist, als sie gerade erzählte, wie sie sich mit seiner Mutter gestritten hat, wie sie das Gefühl nicht los wird, daß er ihr auch sonst nicht zuhört. Sie behält ihre Sorgen für sich, ihre Schwestern haben eigene, und die sind ihnen bestimmt genug. So weit weg von zu Hause, jede Nacht in einem Schlafsaal mit dreißig anderen, die Etagenbetten und die Gerüche jeder einzelnen. Und sie können nicht mal jeden Tag ihren Vater sehen. Nein, die beiden haben es schwer genug, und es schmerzt Gül schon, wenn sie auf das Kantinenessen schimpfen.

Daß sie diesen Winter den Grundschulabschluß per Fernstudium nachholen will, verschweigt Gül auch. Die Unterlagen wird sie im September bekommen, und die geringen Gebühren wird Fuat bezahlen. Sie behält es für sich, weil sie sich schämt vor ihren Schwestern, die jetzt beide auf die Oberschule gehen.

Auch in diesem Sommer sitzt man abends auf den Stufen vor dem Sommerhaus oder grillt im August im Garten Maiskolben, es wird auf der Straße gespielt, der Himmel ist so wolkenlos, daß auch die Ferien unendlich scheinen, die Jungen fangen große fliegende Käfer und binden ihnen einen Faden ans Bein, weil es erst im Herbst windig genug für Drachen sein wird, die Hitze perlt in Tropfen von ihren Gesichtern, während sie vor Übermut und Langeweile Wespen ärgern, Stöckchen in die Nester stecken oder wenigstens Steine dagegenwerfen. Die Mädchen spielen Vater, Mutter, Kind und hören Melike zu, wie sie vom Meer erzählt, in dem man sich erfrischen kann, oder sie sitzen im Schatten und erzählen sich Geschichten, die sie aufgeschnappt haben, von schweißgetränkten Laken bei der Geburt und dem Blut in der Hochzeitsnacht. Oder Jungen und Mädchen spielen in der Kühle des Abends Volleyball, nachdem Melike eine Schnur als Netz gespannt hat. Sie spielt sich ein wenig auf vor den anderen, die es nie bis in die Schulmannschaft schaffen werden, schon gar nicht als Mannschaftskapitän wie sie. Doch jeder will Melike im Team haben, daran hat sich nichts geändert.

Arzu schimpft, daß es sich nicht schickt, als junge Frau auf der Straße Ball zu spielen. Es stehen auch immer junge Männer am Spielfeldrand, die applaudieren, wenn Melike wieder einen Ball geschmettert hat. Doch Melike läßt sich von ihrer Mutter nichts sagen und würdigt auch ihre Verehrer keines Blickes.

Fast alle glauben, daß ihr das letzte Schuljahr bevorsteht, in diesem Sommer halten schon die ersten um ihre Hand an, wollen sich verloben, um dann im nächsten Jahr heiraten zu können. Kaum jemand weiß von ihren Plänen, nur ihren Schwestern hat sie davon erzählt und ihrem Vater, auf dessen Erlaubnis sie angewiesen ist. Er hat skeptisch geguckt, aber er hat nicht nein gesagt, und das ist fast schon eine Zustimmung. Melike möchte sich um ein Stipendium bewerben und in Istanbul Französisch studieren. Ich will nicht Grundschullehrerin werden, sagt sie, ich will an der Oberschule unterrichten.

Der Schmied fragt sie nur der Form halber, ob sie einen der jungen Männer haben möchte, die um ihre Hand anhalten. Er weiß, daß es ihr wichtiger ist, die Universität in Istanbul zu besuchen. Und er erinnert sich an seine eigenen Eskapaden in der Stadt und lächelt in sich hinein.

Es war sehr schön, sich dem Vergnügen hinzugeben, er hat es genossen, und nie hat es ihm leid getan um das viele Geld, doch nun war er schon seit Jahren nicht mehr in Istanbul. Ich bin nicht mehr so jung, denkt er, mir reicht es mittlerweile, hierzusein, Kinder um mich herum, die Kühe, die Arbeit und die Lieder aus dem Radio und nicht mehr aus dem Mund schöner Frauen in atemberaubenden Kleidern. Das Radio hat mir die Lieder gegeben und die Frauen genommen. Es hat ihm das Stadion genommen, in dem er ein-, zweimal im Jahr war, und hat ihm die wöchentlichen Übertragungen der Spiele gebracht.

Dieser Sommer wird ihm in Erinnerung bleiben als der Sommer, in dem die ersten um Melikes Hand anhalten und sie über einen schmächtigen Burschen witzelt:

– Was soll ich denn mit dem? Der fliegt doch durchs halbe Zimmer, wenn ich ihm eine Ohrfeige verpasse.

Und Timur lacht und weiß sofort, daß er mit seinem Gehilfen und ein, zwei Bekannten am Schmiedefeuer sitzen wird und von seiner Tochter erzählen, die sich lustig macht über so halbe Kerle. Stolz wird mitschwingen in seiner Stimme und auch Besorgnis über dieses Kind, das es schwer haben wird im Leben.

Die Worte werden weitergetragen werden ohne den Stolz, ohne die Besorgnis, aber mit der Klatschsucht der Menschen, und der junge, schmächtige Mann wird davon hören und sich einen ganzen Winter unendlich klein und einsam fühlen. Er wird Liegestütze machen, heimlich, es wird ihm peinlich sein, sich so um seinen dünnen Körper zu kümmern, doch er wird genauso heimlich stolz sein, wenn seine Brust im Laufe des Winters ein wenig an Umfang gewinnt. Für andere vielleicht kaum sichtbar, aber ihm wird es vorkommen wie ein Anfang. Später wird er eine füllige Frau aus einem Dorf in der Nähe heiraten, und in der Hochzeitsnacht und den Nächten danach wird er das Gefühl haben, daß er sie bezwingt. Sie werden Kinder bekommen, nach Deutschland ziehen, die Frau wird weiter zunehmen, und eines Tages, fünfzehn Jahre nachdem er um Melikes Hand angehalten hat, wird er mit seiner Frau in Istanbul sein, in Taksim, und er wird auf der Straße Melike sehen, die ihn nicht erkennen wird. Er wird sich klein fühlen, klein neben Melikes Mann, der fast zwei Meter groß ist, und noch viel kleiner neben seiner eigenen Frau, deren schwerfälliger Gang ihn manchmal an eine trächtige Kuh erinnert. Und weitere zehn Jahre später wird Ceyda auf einer Party seinen Sohn kennenlernen, und der wird ihr in alkoholisiertem Überschwang erzählen, daß er schlanke Frauen bevorzugt. Schlank, wird er sagen, ganz schlank, ich muß es richtig knirschen hören unter mir.

Die Worte aus Büchern finden in diesem Herbst den Weg in Güls Kopf, doch es sind nicht mehr die Worte aus Romanen, es sind jetzt die Worte aus den Schulbüchern für das Fernstudium. Die Äpfel sind geerntet, die Menschen aus Adana zurück in ihre Stadt gezogen, die Sommerhäuser verlassen, Ceyda krabbelt hierhin und dorthin, scheint aber keine Lust zu haben, gehen zu lernen. Dafür kann sie schon einige Worte, was wohl auch damit zu tun hat, daß Gül den ganzen Tag mit ihr spricht. Ihre abendlichen, ohnehin etwas einseitigen Gespräche mit Fuat werden dafür seltener. Entweder hat sie viel geredet, und er hat zugehört, oder er hatte zuviel getrunken, dann hat er geredet. Nun sitzt Gül abends häufig vor ihren Büchern und lernt, zum ersten Mal im Schein einer elektrischen Glühbirne. Fuat geht aus, hockt mit seinen Brüdern zusammen oder trinkt behaglich seinen Rakı vor dem Radio, wenn sein Vater nicht da ist. Es fällt kaum auf, daß er die Hörspiele nicht verfolgt, sondern anderen Gedanken nachhängt.

Die Aprikosen-, Apfel-, Maulbeerbäume verlieren ihre Blätter, der Wind pfeift durch die Ritzen, aber noch ohne Kälte ins Haus zu blasen, die Jungen, die mit den Käfern geübt haben, lassen nun Drachen steigen. Emin wiederholt die zweite Klasse, Arzu ist froh, daß nicht mehr so viele Menschen um sie herum sind und sie ihre Ruhe hat, Suzan bereitet sich innerlich auf einen weiteren Winter ohne ihren Mann vor, und Fuat macht Ausnahmen und spielt um kleinere Beträge. Es sind wirklich nur Ausnahmen, weiterhin mehrt sich das Geld in der Pappschachtel, soweit Gül das beurteilen kann. Wenn Fuat mal gewinnt, schütteln seine Mitspieler den Kopf und sagen:

– Da verschwindet das Geld wieder in Fuats Taschen, und wir werden es nie wiedersehen. Fuat, du kannst nicht einmal im Monat spielen, die Kohle einsacken und dann erst in vier Wochen wieder mitmachen. Geld muß fließen.

– Ja, sagt er dann, ja, es muß in meine Taschen fließen. Ihr werdet euch noch wundern.

– Was denn, was denn, fragt ihn Yılmaz, willst du dir etwa mit unserem Geld einen Cadillac kaufen?

– Ihr werdet euch noch wundern, wiederholt Fuat.

Das sagt er seinen Freunden häufig in diesem Herbst. Ihr werdet euch noch wundern.

Niemand wundert sich über den neuen Spiegel, den er für seinen Laden kauft, niemand wundert sich über den Gehilfen, einen elfjährigen Jungen, der den Laden fegt, putzt, die Spiegel poliert, die Handtücher reicht und die Seife. Ein Junge, der bis zum Frühling in der Lage sein wird, die Kunden perfekt zu rasieren, lange bevor ihm selbst der erste zarte Flaum sprießt. Ein Junge, der kein Geld mit heimbringt, der aber einen Beruf erlernen darf.

Hülya verbringt sehr viel Zeit allein, seit Yücel gestorben ist. Früher hat sie Timur besucht, sie lief in der Nachbarschaft herum, saß auf einem Schemel auf der Straße, redete mit den

Passanten. Jeder kannte ihren ungelenken Gang, und alle hatten sich längst an ihr Schielen gewöhnt. Doch seitdem Yücel tot ist, zieht sie sich zurück. Obwohl sie schon seit Jahren geschieden waren und sich so gut wie nie gesehen haben, soweit Gül weiß. Er muß ein guter Mann gewesen sein, überlegt sie manchmal, er war geduldig, und er hat Tante Hülya geheiratet, eine schielende Frau, die bei jedem Schritt ihre Hüfte vorschiebt und die nicht mal besonders gut kochen kann. Er muß ein guter Mann gewesen sein, aber ihre Großmutter erwähnt ihn nie und verzieht das Gesicht, sobald sein Name fällt.

In diesem Herbst besucht Gül häufiger ihre Großmutter, aber nur um mit ihrer Tante in der Küche zu sitzen. Es gibt Tage, da redet Hülya, ohne sich darum zu kümmern, ob Gül zuhört oder nicht, sie fängt irgendwo an, vielleicht damit, daß sie sich kaum an ihren Vater erinnern kann, dem sie doch so viel schuldig ist, und dann fährt sie fort mit einer Erinnerung daran, wie Timur sie mal auf seinem Rücken über den Bach getragen hat, weil sie Angst vor dem Wasser hatte, da muß sie noch klein gewesen sein, so klein wie die Kleine von der Nachbarin, aber schon viel größer als Ceyda, und in dem Bach, da hat sie später mal ein Geldstück verloren, vergangene Tage, sie kann sich nicht erinnern, wieviel es war, und wieviel Geld ihre Mutter verdiente, indem sie Sachen verkaufte, Schmuck, getrockneten Traubensaft, Walnüsse, was für eine geschickte Kauffrau sie doch ist, und ihr Bruder hat nie gelernt, sein Geld zusammenzuhalten.

Hülya redet nahezu ununterbrochen, springt von einem Thema zum nächsten, weil sie kaum unter Leute geht. Sie ist noch klar im Kopf, hat ein großes Redebedürfnis, aber sie wechselt jedes Mal das Thema, wenn Gül die Sprache auf Onkel Yücel bringen will.

– Ach, vergangene Tage, sagt Hülya dann, was weiß ich. Möge er in Frieden ruhen.

Und damit ist alles gesagt. Doch es ist nicht die Neugier, die Gül zu ihrer Tante treibt, und so geht sie weiter regelmäßig dorthin. Nie wird Gül erfahren, was zwischen Onkel Yücel und Tante Hülya vorgefallen ist, nie wird sie wissen, warum sie sich getrennt haben. Lange Zeit wird es sie stören. Gül wird feststellen, daß völlig fremde Menschen auf sie zukommen und ihr ihr ganzes Leben anvertrauen. Nur Tante Hülya wird ihr Geheimnis nicht teilen, zumindest nicht mit ihr.

Wenn sie in Deutschland in der Fabrik im Akkord näht, wird neben ihr eine sehr junge Türkin sitzen, die jeden Tag auf der Arbeit weint. Nach einer Woche wird diese junge Frau, fast noch ein Mädchen, zu Gül kommen, die schon Ende Zwanzig sein wird, und sie wird sagen:

– Was bist du nur für ein herzloser Mensch. Jeden Tag sitze ich neben dir und weine, und du hast nicht ein einziges Mal gefragt, was ich habe.

Gül wird schuldbewußt schweigen, doch die junge Frau wird sagen:

– Ich möchte dir alles erzählen.

Und sie wird anfangen bei ihrer Kindheit, sie wird berichten, was sie mit ihrer Freundin beim Kühehüten gemacht hat, wird erzählen von den Soldaten, von den anderen Männern, von ihrem ersten Ehemann, der dreimal so alt war wie sie, von dem zweiten, vom Schwager des zweiten, von dem Gerede, von der neuen Stadt und dem neuen Mann und dem neuen Land, und Gül wird versuchen, ihr Staunen zu verbergen, aber ihre Tränen wird sie nicht zurückhalten können, so daß sie nun weint statt der jungen Frau. Und sie wird sich daran gewöhnen, daß die Menschen ihr vertrauen, ohne daß sie je verstehen wird, warum das so ist.

Der Schmerz, vielleicht sucht man sich immer jemanden aus, der ihn auch kennt.

Nachdem sie fast einen ganzen Winter gelesen und gelernt hat, nachdem sie sich nun bereit fühlt für die Prüfungen, überkommt Gül mit den ersten warmen Sonnenstrahlen das Bedürfnis, wieder rauszugehen. Sie hat das Plakat gesehen, die *Barfüßige Gräfin* wird gezeigt, ein Film mit Ava Gardner, einer ihrer Lieblingsschauspielerinnen. Humphrey Bogart, der auch mitspielt, ist ihr völlig egal, aber möglicherweise lockt er Fuat ins Kino.

– Hast du nicht Lust, dir diesen Film anzusehen? fragt Gül.
– Nein, antwortet Fuat.
– Wir waren schon so lange nicht mehr im Kino ...
– Und wer soll auf Ceyda aufpassen?
– Deine Mutter. Die macht das bestimmt gerne.
– Und wenn Ceyda weint? Sie ist es nicht gewöhnt, daß du so lange weg bist.

– Ach, sie wird schon brav sein. Wie wärs? Ich möchte diesen Film sehen, mit Ava Gardner. Und Bogart spielt auch mit.

– Ach, Bogart, wie der schon aussieht. Ein Mann muß aussehen wie Sinatra oder wie Dean Martin, vielleicht auch Clark Gable oder Errol Flynn, das sind gutaussehende Männer. Bogart, pffft, sagt er und schiebt sich eine Zigarette zwischen die Lippen, reißt ein Streichholz an und gibt sich Feuer. Als er den Rauch ausatmet, sieht er in Güls bittendes Gesicht und sagt:

– Von mir aus. Wenn meine Mutter auf Ceyda aufpaßt.

Bogart wird wieder Whiskey trinken, er kennt das, und mittlerweile bekommt er schnell schlechte Laune, wenn er jemanden Whiskey trinken sieht. Was hat er nur verbrochen, daß er nicht mal dran riechen kann.

– Samstag abend?
– Samstag wollte ich eigentlich mit Yılmaz und Can an den Bach fahren.

An den Bach fahren heißt, daß er betrunken nach Hause kommt.

– Bitte, dieses eine Mal.

Fuat seufzt. Vielleicht trinkt er ja keinen Whiskey, vielleicht fährt er ja nur ein gottverdammtes Auto.

– Samstag, knurrt er.

An den Bach kann er nächste Woche auch noch, denkt Gül, und die Woche darauf und die folgende Woche.

Es ist Samstag abend, Gül hat sich schön gemacht, zuerst

wollte sie das nachtblaue Kleid anziehen, doch das ist ihr übertrieben vorgekommen, also hat sie ihren Lieblingsrock und eine schicke Bluse an, sie hat sich die Haare aufgedreht und kann es kaum erwarten, auszugehen. Fuats Anzug hat sie mit dem elektrischen Bügeleisen gebügelt, sein Hemd ist weiß und gestärkt, er legt wie auch schon vor der Hochzeit viel Wert auf seine Kleidung, tritt aber weiterhin hinten auf seine Schuhe. Sein Wehrdienstbauch ist dahingeschmolzen, dafür gehen ihm langsam die Haare aus, er hat größere Geheimratsecken als jeder andere in seinem Alter. Den Kamm trägt er immer noch bei sich, doch er verwendet keine Brillantine mehr, weil seine Haare dadurch noch schütterer aussehen.

Als sie auf dem Weg ins Kino sind, hakt Gül sich bei ihm ein, sie ist stolz auf ihren Mann und freut sich auf den Film.

Es ist eine Doppelvorstellung, und die *Barfüßige Gräfin* wird als zweiter Film laufen. Dean Martin hat im ersten Film die Hauptrolle, doch Fuat rutscht nur unruhig auf seinem Sitz hin und her, steckt sich eine Zigarette an der anderen an, schaut abwesend auf die Leinwand und atmet gelegentlich hörbar aus. Was der Kerl an Whiskey trinkt, während er hier völlig auf dem trockenen sitzt. Gegen Ende des Films wird er ruhiger, und als die Lichter angehen, sieht er Gül erwartungsvoll an.

– Es ist der zweite Film, sagt sie, in diesem hier hat Ava Gardner ja gar nicht mitgespielt, wir sind wegen dem anderen Film hier.

– Okay, sagt Fuat und schüttelt eine Zigarette aus der Packung. Kein Problem, dann sehen wir uns noch einen an. Warum nicht? Bist du dir sicher, daß es Ceyda gutgeht? Möglicherweise weint sie die ganze Zeit, sie ist es ja nicht gewöhnt, so lange ohne dich zu sein. Ich könnte dich auch nach Hause bringen und dann noch mal kurz nach Yılmaz und den Jungs schauen.

Sehr oft in ihrem Leben wird Gül das Gefühl haben, daß sie keine gute Mutter ist, und sie wird sich grämen deswegen. Doch heute abend ist sie entspannt, es ist Frühling, und sie will Ava Gardner sehen. Man kann das eine oder andere über ihre Schwiegermutter sagen, aber nicht, daß sie nicht mit Kindern umgehen kann. Ihrer Stiefmutter würde Gül Ceyda ungern anvertrauen, ihrer Schwiegermutter jedoch jederzeit.

Als der Film beginnt, wird Fuat wieder unruhig, raucht, ruckelt auf seinem Platz, steht auf, geht auf die Toilette, kommt wieder, schlägt die Beine übereinander, schlägt sie nach einer Minute andersherum übereinander, knackt mit seinen Fingergelenken und gähnt dann. Mittlerweile läuft der Film seit einer Viertelstunde, und Gül hat keine Sekunde lang alles um sich herum vergessen können, sie ist keine Sekunde lang in Ava Gardners Augen hineingefallen, wie sie manchmal hineinfällt in die Stimmen im Radio, keinen Moment hat sie vergessen, daß ihr Mann nicht hiersein will.

– Bist du dir sicher, daß Ceyda brav ist? flüstert er jetzt.
– Ja, sagt Gül, ich bin mir sicher, aber komm, wir gehen gucken.
– Aber ...
– Wir gehen nachsehen, sagt Gül entschieden und steht auf.

Schweigend laufen sie nebeneinander durch die Nacht. War es denn zuviel verlangt, überlegt Gül, war es zuviel verlangt, daß er einen Abend mit mir ausgeht? Wenn er mit seinen Freunden unterwegs ist, dann kommt er auch erst um ein, zwei Uhr heim. War es denn zuviel verlangt, daß er sich einen Film mit mir ansieht? Aber vielleicht hat er sich wirklich Sorgen um Ceyda gemacht? Warum vertraut er seiner eigenen Mutter nicht?

Auch Fuat macht sich Gedanken. Nur weiß Gül nicht, worüber. Sie weiß nichts vom Whiskey und wie er sich fühlt, wenn er auf dem trockenen sitzt. Es ist eine klare Nacht, unter anderen Umständen könnte man sich die Sterne ansehen. Wir kommen nicht hierher, um zu leben und zu sterben, wir kommen hierher, um die Sterne anzusehen und uns in der Weite zu verlieren.

– So früh schon zurück, begrüßt sie Berrin, die in der Küche Reis gelesen hat.

– Ja, sagt Gül, wir haben uns Sorgen um Ceyda gemacht. Da konnten wir den Film nicht zu Ende sehen. Sie hat aber brav geschlafen, nicht wahr?

– Ja, ich habe ihr ihre Milch gegeben, und seitdem schläft sie ohne einen Mucks.

– Siehst du? sagt Gül zu Fuat.

– Hätte doch sein können ..., erwidert er.

– Aber ich hätte mich doch um sie gekümmert, sagt seine Mutter. Vier Kinder habe ich großgezogen, da werde ich doch mit unserem süßen Spatz fertig werden.

– Siehst du? sagt Gül wieder, dieses Mal mit Triumph in der Stimme. Unsere Tochter ist schön brav eingeschlafen.

Fuat hat sich hingesetzt. Gül geht zum Schrank, um sich etwas getrockneten Traubensaft zu nehmen.

– Ganz brav war sie. Wir hätten den Film in aller Ruhe zu Ende gucken können. Aber du hast die Pferde scheu gemacht.

Normalerweise hat sie sich unter Kontrolle, doch gerade redet Gül sich in Fahrt. Und sie hat das dringende Bedürfnis, etwas Süßes zu essen. Obwohl sie nicht glaubt, daß ihre Worte dadurch freundlicher werden. Während sie kaut, bleibt sie mit dem Rücken zum Schrank stehen. Es macht sie wütend, daß Fuat jetzt schweigt.

– Alle vierzig Jahre mal will ich mit dir ins Kino, und du nimmst das Kind als Vorwand, um früher heimzugehen.

Der Traubensaft knirscht an ihren Zähnen. Berrin liest weiter Reis, als würde sie nichts hören.

– Du wußtest genau, daß ich den zweiten Film sehen wollte, den mit Ava Gardner.

Fuat ist jetzt aufgestanden und geht auf sie zu. Weder sein Gesicht, noch seine Körperhaltung verraten etwas. Vielleicht ist Gül auch zu sehr mit ihrem Ärger beschäftigt, um darauf zu achten. Sie dreht sich wieder zum Schrank, öffnet die Tür und nimmt sich noch ein Stück getrockneten Traubensaft, der vom Winter übriggeblieben ist. Schnelle Energie.

– Schluß, platzt es laut aus Fuat heraus.

Gül dreht sich um, die Schranktür ist noch offen, Berrin

hat aufgehört, Reis zu lesen, und sieht zu den beiden hoch, die sich jetzt gegenüberstehen.

– Was? blafft Gül zurück.

Fuats Hand trifft die Schranktür, die nur deshalb nicht gegen Güls Gesicht schlägt, weil sie sich mit einer Hand noch daran festgehalten hat.

Das Geräusch einer flachen Hand auf dem Fliegengitter und dann: Stille. Keiner der drei bewegt sich, keiner wagt als erster zu atmen. Schließlich, nach vier langen Sekunden, schnaubt Fuat verächtlich, geht aus der Küche, schlüpft in seine Schuhe, auf deren Fersen er tritt, schlägt die Haustür zu und stapft davon. Gül wartet, als gäbe es etwas zu warten. Als müßte ihre Mutter etwas sagen oder tun. Später wird Gül sich Vorwürfe machen. Ich hätte nicht in Gegenwart seiner Mutter so mit ihm reden dürfen, wird sie sich sagen, natürlich hat ihn das verletzt. Ich hätte einfach warten sollen. Es war eine Sache zwischen ihm und mir.

Aber das ist später, viel später. Jetzt steht sie da und wartet. Als könnte ein Zauberer kommen und die richtigen Worte sagen, und sie würde sich nicht mehr so versteinert fühlen wie in einem Märchen.

Die Zeit dehnt sich, Fuats Schritte sind längst verklungen, und je mehr sich die Sekunden dehnen, desto mehr Gedanken passen hinein, jagen sich und lassen Gül keine Zeit, sich zu bewegen. Er kann es also. Er ist dazu fähig. Wann wird das nächste Mal sein? Ihr Vater hat sie nie geschlagen. Aber Melike schon. Und Emin auch. Und manchmal auch Nalan. Und sie selbst hat mal einen Stein nach Melike geworfen. Aber da war sie noch klein. Ihr Vater hat seine Frauen nie geschlagen. Fuat kann es.

– Das kann passieren, sind die Worte, die erlösenden Klang in den stillen Raum bringen.

Es sind nicht die Worte, die Gül gebraucht hat, sie brauchte nur den Schall, ein Zeichen, daß sie sich wieder bewegen kann. Das kann passieren, war ebenso gut oder schlecht wie: Ich werde mit ihm reden. Oder: Du hast ihn provoziert.

– Ja, sagt Gül einfach nur, schließt die Schranktür, flüstert gute Nacht und geht ins Bett, zieht die Knie ans Kinn, verkriecht sich unter der Decke und hofft, daß Fuat diese Nacht lange ausbleibt. Lange.

Nach der Ohrfeige spricht Gül vierzehn Tage kein Wort mit Fuat. Er scheint es zu bereuen, zumindest kommt es Gül so vor, aber er bringt nur eine winzige Entschuldigung hervor. Und auch die nur beiläufig, eines Morgens, als er gerade das Haus verlassen will. Schon auf der Schwelle, dreht er sich noch mal um:
– Das wollte ich nicht.
Es weht ein kühler Wind zwischen Fuat und Gül. Als Fuat drei Wochen später nachts heimkommt und sie zum ersten Mal seit der Ohrfeige wachrüttelt, dreht sie sich demonstrativ weg, und er wartet, bis er glaubt, sie wäre eingeschlafen, dann hilft er sich selbst.
Doch der Sommer und Güls verhaltene Freude über ihr Grundschuldiplom wärmen diesen Wind. Man gewöhnt sich an alles, und als sie sich das nächste Mal streiten, dreht sich Gül schon nach zwei Wochen nachts nicht mehr weg.
Der nächste Streit fängt damit an, daß Fuat sagt:
– Savaş ist im gleichen Zug gefahren wie Melike.
– Ja, Melike ist mit dem Zug gekommen.
– Sie hat sich zusammen mit Männern in ein Abteil gesetzt.
– Und?
– Findest du das richtig, daß deine Schwester mit fremden Männern in einem Abteil sitzt?
– Wahrscheinlich waren das keine Fremden, sondern Schulfreunde.
– Aber was werden die Leute sagen?
– Welche Leute? Muß dein geschwätziger Freund es herumerzählen?
– Sie ist deine Schwester, du solltest ihr verbieten, mit Männern im Abteil zu sitzen.

– Was? Was soll schon sein, wenn sie mit Männern im Abteil sitzt?

Gül weiß, daß es wegen so etwas Gerede geben kann, aber was soll schon passiert sein?

– Du hältst zu deiner Schwester, nicht wahr, du hältst zu ihr, weil sie deine Schwester ist. Du bist egoistisch, dich interessiert nicht, was die Leute reden.

– Sie ist alt genug. Sie wird bald eine Studierte sein, da wird sie schon wissen, was gut für sie ist und was nicht.

– Ich meine ja nur. Ich wollte helfen, aber du hältst ja immer zu deinen Schwestern, egal ob Melike oder Sibel. Sie werden sagen, Melike sei ein leichtes Mädchen, eine freie Tochter, aber das ist mir egal.

– Was sollen sie getan haben im Abteil? fragt Gül. Vor all diesen fremden Menschen, die auch noch im Zug sind. Weißt du, was sie getan haben? Sie haben geraucht. Das war das Schlimmste, was sie getan haben. Meine Schwester raucht. Und wenn du willst, daß sie deswegen Ärger bekommt, dann geh hin, und erzähl es meinem Vater.

– Sie wird zum Tratsch werden, du wirst sehen.

Melike wird nicht zum Tratsch. Sie versteckt sich im Sommer zum Rauchen in der hintersten Ecke des Gartens. Meistens setzt sie sich hin, weil ihr beim Rauchen manchmal noch schwindelig wird. Ab und zu nimmt sie Gül mit und nötigt ihre Schwester, auch zu rauchen. Gül findet das amüsant, weil es eigentlich die Älteren sind, die die Jüngeren zum Rauchen verführen. Die Zigaretten hinterlassen einen dunklen, trockenen Geschmack im Mund, auch Gül wird schwindelig, und sie kann den Hustenreiz nicht unterdrücken.

– Teufelswerk, wird sie später sagen, nachdem sie sich das Rauchen angewöhnt hat, Teufelswerk, das kriegt dich glatt dazu, an der Tür deines ärgsten Feindes zu klopfen, so abhängig macht es. Jedesmal, wenn ich mir vornehme aufzuhören, rauche ich nur noch mehr und denke: So kurz vor Schluß, da kann ich noch mal. Aber es ist nie Schluß.

Über vierzig Jahre ihres Lebens wird sie rauchen, die letzten fünf Jahre nur eine oder zwei pro Tag, bevor sie auch auf die wird verzichten können. Eine Zigarette wird ihr immer wie ein Trost vorkommen, wie ein Halt. Etwas, das sie gerade nur für sich tut.

Doch in diesem Sommer raucht sie ihren Schweigeanteil immer etwas widerwillig, genauso wie Sibel, die bald nur noch pafft, weil sonst ihre Hustenanfälle gar nicht aufhören wollen.

– Still, sagt Melike, wenn jemand hustet, still, Vater wird uns hören.

Seit er selber aufgehört hat, hat der Schmied kein Verständnis mehr für Raucher. Und niemand hat dafür Verständnis, daß Jüngere in der Gegenwart von Älteren etwas genießen. Es ist fast egal, was es ist.

So sitzen die Schwestern hinten im Garten und teilen die Zigaretten, verbunden und versteckt, ganz so, als würden sie Geschichten über ihre Mutter erzählen.

Am Ende dieses Sommers ist Gül erneut schwanger. Als Fuat das erfährt, sagt er nicht: Schön. Nicht: Der Allmächtige schenke uns einen Jungen. Weder: Freut mich. Noch: Das paßt nicht. Und nicht: Der Herr segnet uns. Er sagt:

– Wir müssen uns etwas überlegen.

Und Gül denkt sofort an die Arten der Empfängnisverhütung, von denen sie gehört hat. Es soll Präservative geben, doch wenn überhaupt, gibt es die in Istanbul. Man kann aufhören, vorher, doch daran scheint Fuat nicht zu denken.

– Was heißt das? fragt sie. Was müssen wir uns überlegen?

– Immer noch berühre ich Wildfremde im Gesicht, tagaus, tagein, ich racker mich ab, ich spare, ich spiele nicht, und? Null, null mal null und übrig bleibt null.

– Wir werden satt, sagt Gül.

– Ja, sagt Fuat, dem Herrn seis gedankt. Jeder Hinz und Kunz hat bald fließendes Wasser und Strom, es gibt Autos, und ich habe noch kein Moped, es gibt Wasserklosetts, es gibt Radios und Fernseher, Menschen lassen sich Häuser bauen, und wir? Wir werden satt, ja, aber das kann doch nicht alles sein, oder? Willst du nicht schöne Kleider, willst nicht auch Nylonstrümpfe, willst du keine Waschmaschine? Wie kannst du hier sitzen und zufrieden sein? Du, du hast doch gesehen, wieviel schöner das Leben ist, wenn man Geld hat. Dein Vater war doch auch mal reich. Und wir, wir haben nie etwas gehabt. Mein Vater ist Kutscher. Als Kind bin ich hungrig ins Bett, verstehst du? Und deine Kinder, willst du sie später hungrig ins Bett schicken und auf ein staatliches Internat, weil du nicht genug Geld hast? Geld, Gül, die Welt dreht sich um Geld, Geld öffnet dir die Türen.

Gül hat sich nie vorgestellt, viel Geld zu haben, doch jetzt gerade gibt sie Fuat recht. Ja, ihren Kindern soll es mal besser gehen, sie sollen nicht auf ein staatliches Internat, sie sollen Geld bekommen, wenn sie Geld brauchen. Für ein Foto oder einen nachtblauen Stoff oder zwei Meter mehr für eine lange Schleppe am Brautkleid. Ja, sie sollen es bekommen, aber Geld löst keine Probleme. Das ist zumindest das, was Gül aus den Fotoromanen gelernt hat, wo das Unglück an den Kindern der Reichen hängt wie ein Schatten.

– Was willst du machen? fragt sie Fuat.

Fuat zieht die Lippen leicht ein, preßt sie aufeinander und sagt dann:

– Ich finde etwas.

Schweigsam ist Fuat in diesem Herbst. Nicht, daß er sonst viel geredet hätte, aber in diesem Herbst ist er schweigsam. Er geht seltener mit seinen Freunden weg, und er trinkt auch weniger. Oft sitzt er einfach nur da, und die Zigarettenkippen häufen sich vor ihm. Steck noch eine an, mag er sich sagen, steck noch eine an, null mal null, und übrig bleibt null, steck noch eine an in diesem Leben, in dem wir uns abrackern, während die Reichen sich das Essen kommen lassen, in schicken Limousinen kutschiert werden und sich keine Sorgen zu machen brauchen, ob den Menschen die Haare schnell genug nachwachsen oder am Ende ganz ausfallen. Menschen, die sich nicht kratzen müssen, weil ein Haar immer den Weg ins Hemd findet, egal, wie sehr man achtgibt, ein verdammtes Haar verirrt sich immer ins Hemd. Menschen, die sich nicht den ganzen Tag das gelbliche, fettglänzende Schmalz in den Ohren anderer ansehen müssen. Schmalz, das so dick ist, daß es bei der geringsten Berührung abbröckelt.

Fuat mag seine Arbeit nicht, soviel steht fest, aber er macht sie, weil er sie kann. Was soll er sonst tun? Gül sieht Fuats Zustand mit Besorgnis. Doch wenigstens streiten wir uns weniger, denkt sie.

Ihr Bauch scheint schneller zu wachsen als bei Ceyda, und auch ihr Appetit ist viel größer. Manchmal ist sie selber ganz erstaunt, wie lange das dauern kann, bis sie satt ist. Auch die morgendliche Übelkeit ist dieses Mal fast ganz ausgeblieben. Vielleicht wird es ja jedesmal einfacher, denkt sie. Es gibt diese Frauen, die morgens hochschwanger zur Arbeit aufs Feld gehen und abends mit einem Säugling zurückkommen. Vielleicht ist es aber auch nur deshalb so, weil die Bauern auf dem Dorf nicht genug Geld haben, um Hilfsarbeiter einzustellen.

Das Geld in der Pappschachtel mehrt sich, doch eines Tages, in diesem grauen matschigen Herbst, beobachtet Gül, wie Fuat einen Schein in den leeren Karton legt. Sie sieht ihn fragend an.

– Es ist weg, sagt Fuat leichthin.

Gül hebt die Hände, schiebt den Kopf vor und zieht die Augenbrauen hoch: Wohin?

– Das Leben ist ein Spiel. Wer nichts wagt, der gewinnt auch nichts, stellt Fuat fest.

Es scheint ihn nicht zu bedrücken.

– Wenn du mir eine Nähmaschine kaufen würdest, könnte ich auch etwas verdienen, sagt Gül.

– Wieviel würde das denn sein?

– Zehn Kuruş sind zehn Kuruş, sagt Gül. Es wäre mehr als nichts. Ich könnte Kleider nähen, Änderungen machen. Es würden genug Frauen zu mir kommen, ich weiß das.

Als Fuat eine Nähmaschine mitbringt, ist es Frühling. Güls Bauch zieht alle Blicke auf sich, manche vermuten, sie würde Zwillinge gebären, doch auch ihre Wangen sind voller geworden, und manchmal ißt sie heimlich, weil ihr mittlerweile peinlich ist, wieviel sie sich einverleiben kann. Ihre Schwiegermutter macht eine Bemerkung darüber, daß Gül wohl mühelos ein ganzes Blech Baklava essen könnte. Sie meint es als Scherz, aber Gül glaubt, wirklich dazu in der Lage zu sein. Sie kann alles essen, wenn es nur keine Schokolade ist.

Obgleich ihr Bauch ihr beim Nähen im Weg ist, sitzt Gül in diesem Frühling oft kauend an der Nähmaschine und fühlt sich wohl. Das Surren beruhigt sie, manchmal verschwinden alle Gedanken aus ihrem Kopf, manchmal überläßt sie sich den Erinnerungen, die sie überkommen. Erinnerungen an Candan und Esra, an die Stunden, in denen sie das Schneidern gelernt hat. Noch immer empfindet sie die gleiche Befriedigung wie damals, wenn sie etwas genäht hat.

Es hat sich viel verändert, denkt sie, ich habe jetzt ein eigenes Kind, einen Mann, eine Nähmaschine, ein anderes Leben. Es kommt ihr nicht unbedingt vor wie ihr eigenes, aber es hat sich verändert. Nun kann sie, nachdem sie Fuat gefragt hat, einen blendendweißen Baumwollstoff kaufen, aus dem sie Suzan eine Bluse näht. Es soll eine Überraschung sein, und Gül freut sich mehr darauf, Suzan etwas schenken zu können, als sie sich über die gebrauchte Maschine gefreut hat.

Zwei Tage nachdem sie Suzan die Bluse geschenkt hat, kommt die Nachricht, daß Murat aus dem Gefängnis entlassen wird. Gegen Mittag erhält Suzan den Brief, und bereits am Abend steht ihr Mann mit einem fast leeren Leinensäckchen vor der Tür. Er ist abgemagert, seine Wangenknochen schauen hervor, seine Schultern wirken spitz unter dem Hemd, und sogar seine fleischige Nase scheint geschrumpft zu sein.

– Ich habe Hunger, sind seine ersten Worte.

Tagelang geht er nicht aus dem Haus, liegt im Bett, schläft, ißt und raucht Zigaretten und starrt den Rauchringen hinterher, seine Augen sind leer, erloschen.

– Sie haben ihn gefoltert, sagt Suzan zu Gül, und Gül fragt zwar nicht, aber Suzan fügt hinzu: Er redet nicht darüber. An seinem rechten Daumen und Zeigefinger hat er keine Nägel mehr. Tagsüber schläft er, nachts sitzt er im Dunkeln und raucht. Was soll ich nur machen? fragt sie unter Tränen. Was soll ich nur machen, ich habe meinen Mann zurück.

Gül kommt sich schuldig vor, weil sie keine Antwort weiß. Sie würde gern helfen, so wie Suzan ihr immer geholfen hat, aber sie kann ihre Freundin nur in den Arm nehmen:

– Möge der Herr auch diesen Sorgen ein Ende bereiten. Vielleicht braucht er nur ein wenig Zeit.

– Ach, du Ärmste, sagt Suzan, du bist schwanger, dein Bauch berührt fast schon deine Nase, und ich habe dir nichts zu erzählen als Sorgen.

Sie lacht, während die Tränen kullern.

– Es wird schon werden, sagt sie, es wird schon werden, er ist ein Kämpfer. Mein Murat gibt nicht auf. Die Kinder brauchen doch einen Vater, Gül, die Kinder brauchen doch einen Vater.

– Ja, sagt Gül, sie brauchen einen Vater.

Sie hat Murat in den drei Wochen, die er zurück ist, erst ein einziges Mal auf der Straße gesehen. Doch schon bald sieht man ihn häufiger, meistens blickt er grimmig und nickt nur stumm, wenn er jemanden erkennt. Er redet mit einigen Männern im Teehaus, raucht Wasserpfeife und legt beim Backgammon einen Ehrgeiz und eine Wut an den Tag, daß bereits nach kurzer Zeit keiner mehr Lust hat, mit ihm zu spielen. Obwohl kaum Geld im Haus ist, macht er keine Anstalten, wieder zu arbeiten.

– Wie soll das enden? fragt Suzan ihn eines Abends.

– Falsch, sagt Murat, hier läuft alles falsch. Was für ein gottverfluchtes Land. Unter all diesen Menschen ist keine ehrliche Haut. Alles Lügner, Betrüger, Nepper und Schleimer, hier läuft alles falsch, dieses Land ist voller Idioten, die ein Arschloch als Hirn haben. Ich weiß nicht, wo das enden soll.

– Pscht, sagt Suzan, du bringst den Kindern neue Wörter bei.
– Wir werden verschwinden.
– Wohin?
Murat nickt nur und zieht sich die Schuhe an.
– Wohin willst du?
– Ich bin in ein paar Tagen wieder da. Ich habe die Schnauze voll.
– Wohin gehst du? Murat? Du wirst mich doch nicht allein lassen?
– Nein, sagt er, nein, ich lasse dich nicht allein. Du bist meine Frau.
Aber Suzan fühlt, daß er fortgehen wird. Und sie weiß nicht, ob sie die Kraft haben wird, das auszuhalten.

Auch Güls zweites Kind ist ein Mädchen, sie nennen es Ceren. Fuat kann seine Enttäuschung weder vor Gül noch vor seinen Eltern verbergen.
– Sie ist gesund, sie hat zwei Hände und zwei Füße, alles ist an seinem richtigen Platz, sagt Gül. Wir sollten dem Barmherzigen danken. Solange ich schwanger war, habe ich darum gebetet, daß mein Kind gesund auf die Welt kommt.
Und gleichzeitig fragt sie sich, ob Fuat in der Lage wäre, mit dem Rauchen aufzuhören wie ihr Vater, wenn Gott ihm dafür einen Sohn schenken würde. Wahrscheinlich nicht, denkt sie. Aber Fuat wird von einem Tag auf den anderen das Rauchen aufgeben, lange vor ihr, und für Gül wird es so aussehen, als fiele es ihm leicht. Nur das Trinken wird er nicht in den Griff bekommen, bis sein Magen ihn schließlich im Alter von sechzig Jahren zwingen wird, seinen Konsum erheblich einzuschränken.
Gül ist mit ihren Töchtern beschäftigt in diesem Sommer, Melike prahlt allerorten, wie es ist, in der großen Stadt zu leben und wen sie nicht alles gesehen hat, als sie am Bosporus spazierenging. Nur mit wem sie spazierengegangen ist, das erzählt sie niemandem, keiner erfährt von dem großgewachsenen, gutaussehenden, galanten Sportstudenten aus Izmir,

der mit seiner zurückhaltenden Art ihr Herz erobert hat. Mert fehlen oft die Worte, wenn sie zusammen sind und er nichts getrunken hat. Doch er ist auch ein Hitzkopf, ein Mann, der von einem Moment auf den anderen die Kontrolle verlieren kann. Als sie eines Tages in Beyoğlu spazierengehen, sind sie einem Mann im Weg, der seinen Cadillac auf dem Bürgersteig parken will und versucht, das Paar vom Gehsteig zu hupen. Tut. Tut tut. Tuuuuuut. Tuuuuuuut. Mert geht zum Wagen, reißt die Tür auf und gibt dem Mann eine schallende Ohrfeige, fast lauter als die Hupe seines Autos.

– Hier ist ein Bürgersteig, du Ochse, hier haben Fußgänger Vorrecht, du Scheißlimousinenfahrer, brüllt er.

Melike ist es peinlich, aber gleichzeitig ist sie stolz auf Mert, weil er so ist wie sie. Er läßt sich nichts gefallen.

Melike hat sich den Winter über immer wieder vorgestellt, wie sie zu dritt auf der Truhe ihrer Mutter sitzen würden und wie sie Gül und Sibel von Mert erzählen würde, von seinen lockigen Haaren, seiner Schüchternheit und von seinem Jähzorn. Daß er noch größer ist als ihr Vater, das hätte sie sich gern bis zum Schluß aufgespart. Doch sie sitzen nicht zu dritt zusammen, nicht in diesem Sommer, weil Gül zwischen Näharbeiten und ihren beiden Töchtern kaum genug Zeit findet, ins Sommerhaus zu fahren, geschweige denn in Ruhe mit ihren Schwestern zusammenzusitzen.

Sibel hat ein Problem, um das der Schmied sich kümmert. Sie hat die Schule abgeschlossen, aber weil sie erst in einigen Monaten volljährig wird, kann sie im nächsten Schuljahr noch nicht als Referendarin arbeiten.

– Das arme Kind ist früher eingeschult worden, doch jetzt ist sie wieder zu jung, sagt Arzu, sie wird ein Jahr verlieren.

Man schenkt ihr Glauben. Doch kann man Jahre verlieren oder verlegen, vergessen oder vergeuden?

– Wir lassen einfach ihr Alter heraufsetzen, sagt Timur.

Doch das ist nicht mehr so einfach wie früher, die Gesetze sind nicht mehr so lax, sie müssen vor Gericht, sie müssen

Zeugen beibringen, erst gegen Ende des Sommers sind alle Formalitäten erledigt, und der Richter fragt einen Nachbarn des Schmieds:
– Und Sie sind sich sicher, daß sie schon im März geboren wurde?
– Ja, doch, der Schnee war schon weg, und die Bäume grünten, aber nicht mal die Kirschen standen in Blüte, es muß Frühling gewesen sein, es war noch kühl. Ob es Anfang oder Mitte März war, verehrter Richter, es ist lange her, ich kann es nicht beschwören.
Der Nachbar schuldet Timur eine kleine Summe Geld, und er ist jemand, der sich aufs Reden versteht.
– Und wieso, fragt der Richter Timur, haben Sie damals angegeben, ihre Tochter sei im Oktober geboren?
– Ich wollte keine Strafe zahlen. Wir haben damals auf dem Dorf gewohnt, ich kam nicht in die Stadt, und dann wollte ich keine Strafe zahlen, weil ich es zu spät gemeldet habe.
– Sibel, wendet sich der Richter an Sibel, dann hält er inne und läßt die anderen rausschicken, Timur, den Nachbarn und den zweiten Zeugen.
– Sibel, fängt der Richter wieder an und sieht die hellhäutige, schüchterne, dünne Frau, die augenscheinlich aufgeregt ist, aufmerksam an. Du brauchst vor mir keine Angst zu haben, mein Mädchen, ich will dir nichts Böses. Möchte dein Vater irgendein krummes Ding drehen, benutzen sie dich gerade für etwas?
Sibel schüttelt den Kopf.
– Du machst das aus freien Stücken, ja? Es hat dich niemand gezwungen. Sieh, jetzt hast du die Möglichkeit, zu sagen, wenn man dich gezwungen hat. Dann werde ich einfach den Antrag ablehnen und die Glaubwürdigkeit der Zeugen anzweifeln. Die Kirschen blühten noch nicht, all das ist achtzehn Jahre her, wie soll man so etwas behalten? Also?
– Ich will das so.
– Du bist dir sicher?
– Ja.

– Gut.

Als Sibel den Gerichtssaal verläßt, ist sie auf dem Papier volljährig. Ab Herbst wird sie ein Jahr lang als Referendarin in einer Dorfschule arbeiten.

Murat verschwindet ein zweites Mal für einige Tage, ohne zu sagen, wohin. Als er wiederkommt, zeigt er allen stolz seinen Arbeitsvertrag. In drei Wochen soll es losgehen, nach Deutschland, nach Duisburg, wo er ein Jahr lang unter Tage arbeiten soll.

– Ob Deutschland oder Gefängnis, wo ist da der Unterschied für mich? fragt Suzan. Sie sieht die Hoffnung in Murats Augen, aber sie möchte nicht allein sein. Ihr ist ein Mann lieber, der den ganzen Tag kein Wort sagt, als einer, der nie da ist. Jemanden zu lieben, der nicht da ist, ist für sie schwerer zu ertragen, als nicht mehr geliebt zu werden von jemandem, den sie täglich sieht.

– In diesem Dreckland hier komme ich zu nichts, sagt Murat. Ich werde dir Geld schicken von drüben. Und ich werde uns eine Wohnung suchen, und dann wirst du mit den Kindern nachkommen. Dort haben alle Wohnungen Heizung und Strom, jeder hat ein Auto, aus den Hähnen kommt warmes Wasser, wir werden leben wie die Paschas, und niemand wird mir mehr ans Bein pinkeln, niemand von diesen ehrlosen Taugenichtsen.

– Was soll ich in einem fremden Land? fragt Suzan weinend.

– Und was soll ich hier? Hier werde ich keinen Fuß mehr auf den Boden kriegen. Ich habe die Schnauze voll. Ich gehe, und ich werde dich nachholen. Das geht, ich habe mich erkundigt.

Im Herbst kommen Briefe von Murat. Er schreibt von den sauberen Straßen, von den Straßenlaternen, von den Kinos und den bunten Lichtern in der Nacht, er schreibt von großen Kaufhäusern, von Rolltreppen und Aufzügen. Er verliert kein Wort über das Wohnheim, wo sie zu sechst in ein Zimmer gepfercht sind und er das Gefühl hat, immer noch im Gefängnis zu sitzen. Er schreibt nicht, daß er diese Sprache wahrscheinlich nie lernen wird und daß er nicht unter Tage arbeitet, sondern am Hochofen schwitzt. Er schreibt nicht, wie sie ihn auf den Straßen ansehen und daß man kaum Knoblauch findet und keinen getrockneten Traubensaft, daß die Walnüsse nicht schmecken wie zu Hause. Er schreibt auch nicht, daß er hier niemanden auf der faulen Haut liegen sieht, daß er keine Lügner und Betrüger entdecken kann, daß keinem etwas genommen wird und daß alles seine Ordnung hat und wahrscheinlich niemand unschuldig im Gefängnis sitzt.

Murat schickt Briefe, und er schickt Geld, doch er fordert Suzan noch nicht auf, nachzukommen. Und sie ist auch nicht erpicht darauf, das fremde Land erscheint ihr nicht verlockend, was soll sie mit großen Kaufhäusern und bunten Lichtern anfangen.

– Aber was soll ich machen? fragt sie. Wenn er sagt, komm her, werde ich wohl gehen müssen. Ich kann mich nicht daran gewöhnen, daß er nicht da ist. Ich habe Sehnsucht, verstehst du, Gül, ich verbrenne nachts vor Sehnsucht.

– Fuat ist auch nie da, sagt Gül. Er kommt spät in der Nacht, und morgens steht er auf und geht zur Arbeit.

So sind die Männer doch alle, möchte sie sagen. Die Zeiten, in denen sie Fuat viele Dinge erzählt hat, scheinen vorbei zu sein. Sie weiß nur aus Büchern und Filmen, daß es auch anders sein kann. Doch Gül traut sich nicht, etwas zu sagen, das wissend klingen könnte, nicht, wenn sie mit Suzan spricht, die so viel mehr Erfahrung hat als sie.

So dünn wie Sibel ist Gül nie gewesen, doch auch ein halbes Jahr nach der Geburt ist sie noch weit von ihrem früheren Gewicht entfernt. Ihr Appetit hat sie nicht verlassen, und wenn sie auch nicht mehr ständig das Gefühl hat, ein ganzes Blech Baklava essen zu können, so gönnt sie sich immer noch gerne etwas zwischen den Mahlzeiten, ein Brot mit Butter, Joghurt und Zucker, etwas eingedickten Traubensaft, ein paar

Haselnüsse, einen Apfel oder Sesamkringel. Ihr Bauch ist vorgewölbt, ihre Hüften sind voll, ihr Busen wogt beim Gehen.

– Maşallah, sagen ihre Mutter und Schwiegermutter, der Herr hat dich gesegnet, du bist eine propere Frau geworden.

Es wird noch fast zehn Jahre dauern, bis aus proper dick wird, und in vierzig Jahren wird sie es sich gut überlegen, ob sie sich auf ein Sofa setzen soll, weil sie weiß, daß ihr das Hochkommen schwerfällt. Doch im Moment ist sie eine wohlgenährte Frau, wie es die Bauchtänzerinnen in den alten Zeiten waren, bevor das Ideal der Schlankheit diese Kunst zerstörte.

Eine füllige junge Mutter, die Brüste schwer von der Milch, eine Frau, die nahezu jeden Tag an der Nähmaschine sitzt, mit Freude das Pedal tritt, den Stoff unter der Nadel durchzieht, dem Surren der gut geölten Teile zuhört und so nebenbei etwas Geld verdient, das sie ihrem Mann gibt, der es manchmal einfach einsteckt und manchmal in die Pappschachtel tut, die nie wieder voll werden wird.

Als der Mann in der Familie verwaltet Fuat das Geld, investiert es in Glücksspiel oder Alkohol. Doch er sorgt dafür, daß immer genug zu essen da ist, Kleidung und Schuhe, Seife und Rasiermesser für den Laden.

Was ihm in jungen Jahren das Glücksspiel ist, wird ihm im mittleren Alter das Lottospielen sein und im Alter, wenn er es geschafft hat, einiges auf Seite zu legen, die Börse. Nie wird er den Traum aufgeben, ohne Arbeit von einem Tag auf den anderen reich zu werden. Erst sehr spät wird sich Gül ein Mitspracherecht erstreiten. Jahrelang wird sie das Geld, das sie für Zigaretten braucht, von ihrem Haushaltsgeld abzwacken und ohne Fuats Wissen rauchen. Sie wird Sonderangebote studieren und Schnäppchen jagen, sie wird auf eine Strickjacke oder einen Wintermantel verzichten, um ihren Töchtern den einen oder anderen Wunsch zu erfüllen. Doch da es bei weitem nicht alle Wünsche sein werden, wird sie ergrimmt sein über ihren Mann, der seinen Freunden oder selbst Fremden gegenüber gern großzügig ist und sie viel häufiger einlädt, als es die Höflichkeit und der Anstand verlangen. Seinen Töchtern aber wird er nicht mal eine zweite Barbiepuppe kaufen.

Noch sitzt Gül im Haus ihrer Schwiegereltern an der Nähmaschine, es hat sich längst herumgesprochen, daß sie gut arbeitet. Wenn Esra viel zu tun hat, schickt sie ihre Kundinnen zu Gül. Und Gül hält gern einen Schwatz mit den Frauen, kocht ihnen Tee und schreibt an, falls eine nicht sofort bezahlen kann.

Die Tage vergehen schnell, Gül ist ständig beschäftigt, nachts wacht Ceren häufig weinend auf, sie ist ein viel unruhigeres Kind als Ceyda. An vielen Abenden in diesem Winter schläft Gül ein, sobald ihr Kopf das Kissen berührt, und wird wach von einem Weinen oder einem Rütteln an ihrer Schulter.

Noch immer kommt ihr Vater fast jeden Tag vor der Arbeit, und es ist genug Zeit, Neuigkeiten auszutauschen. Nachdem sie die Nachprüfung bestanden hat, macht Nalan sich dieses Jahr ganz gut in der Schule, Timur hat den Lehrer auf der Straße getroffen und mit ihm geredet. Außerdem hatte Timur seine Spritze, mit der er die Bäume mit Insektenschutzmittel besprüht, in diesem Herbst verliehen, und er hat sie noch nicht wieder. Falls er sich eine neue kaufen muß, wird er sie nicht mehr verleihen, sondern sich dafür bezahlen lassen, auch in den Gärten anderer zu sprühen, jawohl. Ceyda hat gestern, als er gerade weg war, Opa gesagt, und kalt war es letzte Nacht, nicht wahr, wir haben gefroren, und heute morgen haben Gül die Augen getränt, als sie aus dem Haus trat, so hart wehte der Wind, die Arbeit läuft gut, und gestern ist mir das Garn ausgegangen, und ich bin abends immer völlig erledigt, und lies doch noch mal den Brief deiner Schwester vor, und den von der anderen Schwester, und weißt du noch, wie ich meine Uhr verloren hatte, und weißt du noch, wie du mich mal schlagen wolltest, und kannst du mir ein paar Walnüsse mitbringen und getrocknete Aprikosen, die von dem Baum hinten an der Mauer, die schmecken am besten, und ich habe bald gar keine Haare mehr auf dem Kopf, mit Fatma haben mich auch meine Haare verlassen, aber nun sind sie ganz fort, und hast du schon gehört, und all die Worte, mit denen man versucht, zwei Leben noch mehr miteinander zu verbinden.

Gül ist so in Anspruch genommen von den Kindern, der Arbeit, dem Haushalt, daß sie den Anfang des Frühlings verpaßt. Eines Tages reißt ihr Garn, die Maschine verstummt, und zum ersten Mal in diesem Jahr nimmt Gül das Vogelgezwitscher wahr. Sie schaut auf die Akazie, die schon grünt, und ganz plötzlich ist sie erfüllt von der Freude, die sonst immer langsam wächst. Wieder wird ein Sommer angekündigt, wieder versprechen die Vögel, daß die Luft flirren wird und die Grillen zirpen werden, das große Wasser wird durch die Gärten fließen, man wird abends vor den Sommerhäusern auf den Stufen sitzen und quer über die Straße rufen, Sibel und Melike werden kommen, wieder wird sie einen Geschmack von Sorglosigkeit im Mund haben, und das Licht wird aufs neue bis ins Mark ihrer Knochen scheinen.

Gül singt nie laut, sie summt höchstens leise vor sich hin, doch an diesem Tag fühlt sie sich wenigstens so, als könnte sie laut singen. Gib freudvolle Töne von dir.

Dieser Frühling nimmt ihr Suzan. Eines Tages steht sie mit einem Brief in der Hand vor Gül, die in ihre Arbeit versunken ist.

– Möge es dir leichtfallen, sagt Suzan, und Gül schreckt hoch, ihr Fuß hört auf, sich zu bewegen, die Nähmaschine verstummt.

– Deine Mutter hat mich reingelassen, sagt Suzan.

– Was ist mir dir? fragt Gül. Du siehst so ... so ratlos aus.

– Er will uns nachholen. Murat hat schon eine Wohnung gemietet. Er kommt diesen Sommer nicht. Er hatte es versprochen.

– Freust du dich nicht?

– Was sollen wir denn dort?

– Aber alle gehen doch hin. Es wird bestimmt gut sein, du wirst sehen.

– Ach, vielleicht hast du ja recht, Kleines. Vielleicht mache ich mir zu viele Sorgen, sagt Suzan, aber sie scheint es selber nicht zu glauben.
– In sechs Wochen, wir fahren in sechs Wochen schon.
– Ich werde dir ein schönes Kleid nähen, das du dort anziehen kannst. Du wirst mir schreiben, oder?
– Ja, ich werde dir schreiben.

Gül weint erst, nachdem sie Suzan verabschiedet hat. Die Tränen tropfen auf das Kleid, das sie an diesem Tag anfängt zu nähen, sie tropfen auf ihr Abschiedsgeschenk.

Der Frühling nimmt ihr Suzan, und Gül glaubt zunächst, die Zeit würde ihr lang werden ohne ihre Freundin, doch der Sommer ist vorbei, ehe sie weiß, wie ihr geschieht. Bei der Apfelernte sitzt Güls Schwager Levent auf einem Stein und raucht und raucht noch eine, und vielleicht sieht er den jungen Mädchen, die auf die Bäume klettern, unter den Rock, doch sicherlich genießt er den Schatten des Blätterdachs und das leise Rascheln, er genießt mit dem Gesichtsausdruck des Müßiggängers, als sein Vater hinter ihm auftaucht.

– Arbeiten, Levent, mein Sohn, arbeiten sollst du. Oder willst du ein Schmarotzer sein in deinem eigenen Haus?

Levent wird rot und läßt die Zigarette fallen, die er in der hohlen Hand verborgen hat.

– Niemand wird satt von Müßiggang, mein Sohn, auf, auf.

Nachdem ihr Schwiegervater gegangen ist, kann Gül, die mitgehört hat, ihre Genugtuung nicht verbergen:

– Das sind harte Worte, nicht wahr?

Sie kann erlittene Ungerechtigkeiten und Schmerzen nicht vergessen. Weder die großen wie jene, als ihre Mutter sie geschlagen hat, weil sie glaubte, Gül hätte den Joghurt gegessen. Noch die kleinen wie Levents Worte. Und sie genießt es, wenn sie glaubt, daß die Dinge zurechtgerückt werden. Statt selber den Mund aufzumachen, leidet sie lieber im stillen. Wofür soll man schon aufstehen in einer Welt, die nichts Gutes für einen bereithält. Sie duldet, während Melike kämpft und Sibel am liebsten in ihre eigene Welt flieht.

Gül muß verstohlen lächeln, als Levent zurechtgewiesen wird, selbst der kühle Herbstwind kann ihrem Lächeln nichts anhaben, doch abends eröffnet Fuat ihr:

– Ich werde nach Deutschland gehen. Dort kann man gutes Geld verdienen.

– Bitte?

– Ich werde nach Deutschland gehen. Für ein Jahr. Dort spare ich, und wenn ich zurückkomme, mache ich hier mein eigenes Geschäft auf.

– Was denn für ein Geschäft?

– Ich weiß es noch nicht. Aber man muß Kapital haben, Geld zieht Geld an. Und wir haben nichts.

– Ich werde allein hierbleiben?

– In diesem Haus ist man doch nie allein. Und es ist nur für ein Jahr, es wird schneller vorbeigehen als meine Militärzeit.

Da hatte ich auch noch nicht zwei Kinder, denkt Gül, sieht aber zu Boden.

– Und wenn ich wieder da bin, werden wir uns keine Gedanken mehr machen müssen, ob die Kohlen und das Holz den Winter über reichen oder ob wir uns wieder etwas leihen müssen.

– Jeder geht jetzt nach Deutschland, sagt Gül.

– Ja, es ist ein gutes Land, es ist sauber, und man kann dort Geld verdienen. Die reiten nicht mehr auf dem Rücken von Eseln, das sind zivilisierte Menschen. Und unsere Freunde aus alten Zeiten.

Nachdem Fuat sich entschlossen hat, sind die Formalitäten schnell erledigt, und acht Wochen später bringen sie ihn zum Zug. Die ersten verfrühten Schneeflocken schmelzen in den Haaren, Gül weint, während sich Ceyda an ihr Bein klammert, verwirrt von den Tränen ihrer Mutter und der großen Menschenansammlung.

Es ist ein einsamer Winter für Gül. Wären da nicht ihre Töchter, würde sie noch viel mehr Stunden damit verbringen, in ihrem Zimmer an die Wand zu starren. Jetzt sind Suzan und

Fuat fort. Öfter als vorher geht Gül ihren Vater in der Schmiede besuchen. Meistens hat sie Ceren auf dem Arm, doch sie kommt nicht auf die Idee, sich vom Schmiedefeuer fernzuhalten, damit es ihrer Kleinen nicht zu heiß wird und sie keinen Schock bekommt, wenn es wieder in die Kälte geht. Und so schwitzt Ceren am Schmiedefeuer, und sobald sie draußen sind, fängt sie an zu weinen, und Gül lächelt bei dem Gedanken, daß das Kind gern in der Nähe seines Opas ist, aber Ceren wird sich den Winter über immer wieder erkälten. Herr, lasse meine Töchter gesund aufwachsen, mit Vater und Mutter, bewahre sie vor Unbill, ach Herr, dein Wille geschehe. Gib mir die Kraft, mein Schicksal zu erfüllen, betet Gül fast täglich.

Abends sitzt Gül häufig im Dunkeln, hört Ceydas leises Atmen, während Cerens Lungen oft rasseln. Manchmal ist sie kaum fähig, sich zu bewegen. Ich müßte mal auf das Klo, denkt sie, dann schweifen ihre Gedanken wieder ab, zum Traum der letzten Nacht, zu ihrer Mutter, zu Melike oder Sibel oder Fuat, zu einer Erinnerung, an den Siebmacher oder daran, wie Suzan auf der Hochzeit geweint hat, und wenn ihre Gedanken das nächstemal bei ihrem Körper ankommen, ist der Druck in ihrer Blase, den sie zwischenzeitlich ganz vergessen hatte, stärker geworden.

Fuat schreibt weniger als in seiner Militärzeit und erklärt das damit, daß er so viel arbeiten muß. Er ist in einem Ort, der Delmenhorst heißt, und weil beides mit D anfängt, stellt Gül sich immer vor, daß es in der Nähe von Duisburg liegt, wo Suzan jetzt wohnt. Von ihr erhält Gül regelmäßig Briefe.

Suzan und Murat wohnen in einem Haus mit lauter italienischen Familien, aus deren Küchen es den ganzen Tag nach Essen riecht, auch nach Olivenöl und Knoblauch, und Suzan hat angefangen, Italienisch zu lernen. Die Deutschen reden eh so wenig, da lohnt es sich nicht, wenn man ihre Sprache lernt, schreibt sie. Es gefällt ihr in Deutschland nicht, es ist kalt, kälter als zu Hause, die Menschen sind distanziert, nirgendwo wird sie angelächelt, nirgendwo fühlt sie sich willkommen, doch Murat möchte dort bleiben, für immer, wenn es geht. Er will nie wieder in die Türkei zurück, in dieses Land von Halsabschneidern, wie er sagt. Die Kinder gehen auf eine deutsche Schule, und Suzan hofft, daß sie bald soweit sind, für sie dolmetschen zu können. Doch schon zwei Jahre später wird die Familie in Neapel wohnen, und sowohl Murat als auch Suzan werden zufrieden sein mit ihrem Leben.

Gül weiß nicht so genau, was sie Suzan schreiben soll. Sie sitzt vor dem unlinierten Papier mit dem leichten Gelbstich, einen Bleistift in der Hand, und überlegt. Sie hat gekocht, gewaschen, gespült, sie hat mit ihrer Schwiegermutter geredet und Ceren die Windeln gewechselt, Ceyda ist letzte Nacht dreimal aufgewacht, obwohl sie sonst immer durchschläft, Ceren ist schon wieder krank geworden, aber nichts davon erscheint Gül interessant genug, um es aufzuschreiben. Und so sitzt sie da, mit dem Stift in der Hand, und denkt an den Film, den sie letzte Woche gesehen hat, und daran, wie leer ihr Leben ihr vorkommt. Ein Leben, in dem nichts geschieht, ein Leben in einem Zimmer in der Kälte und der Einsamkeit des Winters, ein Leben, in dem die Schreie der Kinder wie Blütenblätter wirken.

– Du hast noch mehr zugenommen, Gül, oder? fragt Zeliha, als Gül das Zimmer betritt. Gül schaut ihre Großmutter verständnislos an, als könnte die alte Frau das sehen.

– Deine Schritte klingen schwerer.

– Ja, sagt Gül etwas eingeschüchtert. Ich habe zugenommen.

Sie geht zu ihrer Großmutter, küßt ihr die Hand und führt sie an die Stirn.

– Deine Töchter hast du zu Hause gelassen?

– Ja.

– Das ist gut. Ich ertrage keine lärmenden Kinder mehr.

– Großmutter, ich wollte mich verabschieden.

– Die Wege mögen dir offenstehen, sagt die alte Frau, aber es klingt nicht so, als würde sie es meinen. Ins Land der Ungläubigen gehst du also. Heute gehen alle ins Land der Ungläubigen, als gäbe es dort etwas. Sind die etwa besser als wir?

Was wollen all die Menschen in der Fremde? Aber geh nur, mein Kind, geh nur, der Herr möge dich segnen.

Es ist der Tag vor Güls Abreise. Ein Frühling, ein Sommer, ein Herbst und ein zweiter Winter sind vergangen, seitdem Fuat in Deutschland ist. Regelmäßig hat er Geld geschickt, und im Sommer ist er fast vier Wochen dagewesen. Doch die Wochen vergingen so schnell, daß sie Gül hinterher vorkamen wie ein Traum. Ein Traum, in dem Fuat jeden Abend betrunken heimkam und sie geweckt hat. Er hat gestaunt über die Worte, die Ceyda gesprochen hat, er hat gestaunt darüber, daß Ceren schon laufen kann, doch es war genau das: Staunen. Es hat ihn nicht mit Schmerz erfüllt, wenn Gül das richtig gesehen hat, und genausowenig wird es sie mit Schmerz erfüllen, wenn sie ihre Töchter jetzt zurückläßt, hofft Gül.

Es soll nur für ein Jahr sein, ein weiteres Jahr, in dem sie zu zweit Geld verdienen wollen. Die Ersparnisse würden noch nicht reichen, hat Fuat gesagt, als er im Sommer da war. Sie werden sehr lange nicht reichen, jahrelang, und wenn er schließlich ein eigenes Haus hat bauen lassen, eins mit europäischen Toiletten, mit Wannenbad und Heizung, mitten in der Stadt, in der er aufgewachsen ist, werden sie fast vergessen haben, daß sie zurückkehren wollten in die Türkei. Längst werden sie ihre Töchter nachgeholt haben, die in Deutschland aufwachsen, dort zur Schule gehen, heiraten und Kinder kriegen werden. Sie werden ihre Rückkehr immer wieder so lange in eine unbestimmte Zukunft verschoben haben, bis sie selbst nicht mehr daran glauben, bis sie sich schließlich eingestehen, daß sie wahrscheinlich für immer in Deutschland bleiben werden, bei ihren Kindern und Enkeln.

Aber das kann niemand ahnen, als Gül bei ihrer Großmutter ist, um sich zu verabschieden. Vielleicht sehe ich sie zum letzten Mal, denkt Gül, und dieser Gedanke wird ihr noch oft kommen in den nächsten Jahren, bei verschiedenen Menschen, und es wird ihr zur Gewohnheit werden, beim Abschied zu weinen, weil dieser Gedanke sie nicht mehr verläßt.

Gül kann sich nicht verabschieden von Melike, die ihr im

Sommer von Mert erzählt hat, mit dem sie ausgeht. In dem Sommer, der vor ihnen liegt, dem Sommer, den Gül in Deutschland verbringen wird, will Melike Mert mit heimbringen, um ihn ihren Eltern vorzustellen, die noch nicht wissen, daß ihre Tochter in Istanbul mit einem Mann ausgeht. Gül hat als erste von ihm erfahren, aber sie wird ihn als letzte kennenlernen. Melike wird ihn heiraten, und sie werden zwei Kinder bekommen. Sie wird an der gleichen Schule Französisch unterrichten, an der ihr Mann Sportunterricht gibt, und sie wird glücklich sein mit diesem Leben, das sie sich selbst ausgesucht hat.

Auch von Sibel kann Gül sich nicht verabschieden, weil sie in einem Dorf im Südosten arbeitet. Sie ekele sich vor den unhygienischen Zuständen dort, hat sie geschrieben, immer wieder würde sie Herpes bekommen. In dem Sommer, in dem Melike ihren Auserwählten mitbringt, wird ein Mann um Sibels Hand anhalten, der fünfte oder sechste mittlerweile, und sie wird ja sagen und hinterher erklären, er habe ausgesehen, als sei er ihr Schicksal. Ein Mann, der Gitarre spielen und singen kann, aber nicht zufrieden ist mit seiner Arbeit in der Zementfabrik. Die Ehe wird kinderlos bleiben, und sie werden nicht viele Freunde haben, doch sie werden friedvoll und harmonisch in einem kleinen Haus am Rande der Stadt leben.

Nalan wird in Istanbul, während sie Melike besucht, schwanger werden, und der Barbesitzer, der der Vater ist, wird sie nach acht Jahren verlassen. Sie wird nie wieder heiraten und es mit Stolz sehen, daß ihre Tochter Schauspielerin wird.

Emin wird acht Jahre für die Grundschule brauchen, die regulär nur fünf dauert, und niemand wird ahnen können, daß er als einziger in der Familie reich werden wird. Er wird sein Geld an der Börse anlegen, wird in für Außenstehende schwer nachvollziehbare Import-Export-Geschäfte investieren und mit Mitte Vierzig ausgesorgt haben. Seine Gier wird ihn aber immer weiter hinter dem Geld hertreiben.

Gül stattet ihre Abschiedsbesuche ab, sie geht zu den Nachbarn, zu Tante Hülya, zu ihren Eltern, zu Esra und Candan.

Ceyda und Ceren sollen das Jahr bei ihren Großeltern verbringen, bei Faruk und Berrin, und Gül weiß, daß die beiden dort gut aufgehoben sind. Es ist das Haus, in dem sie ohnehin seit ihrer Geburt wohnen, das glückbringende Haus. Doch es zerreißt ihr das Herz, daß sie sie zurücklassen muß. Sie würde lieber bei ihren Töchtern bleiben, aber sie muß mitverdienen, damit die Familie schneller wieder zusammenkommt. Wie Suzan immer gesagt hat: Die Kinder brauchen einen Vater.

– Du brauchst nichts mitzunehmen, sagen alle, ihre Mutter, ihre Schwiegermutter, die Nachbarn. Es gibt dort alles, du kannst dir alles kaufen, und es ist viel besser als hier. Warum willst du Plunder mitschleppen?

So steht Gül dann mit einem kleinen Pappkoffer am Bahnhof, und fast alle, von denen sie sich einzeln verabschiedet hat, sind gekommen. Am Morgen war ihr Vater bei ihr, und sie haben nebeneinandergesessen, ohne ein Wort zu sprechen. Gül hat Timur nicht direkt ins Gesicht gesehen, doch sie haben so nah beieinandergesessen, daß sie riechen konnte, wie sein Atem säuerlich wurde. Dann hat er die Nase hochgezogen und gesagt:

– Nächstes Jahr, im Sommer, werden wir alle wieder zusammensein. Du wirst dasein, deine Schwestern werden dasein ...

Er hat sein Glück in die Zukunft verschoben. Doch es wird tatsächlich so sein, Jahr für Jahr, viele Jahre lang werden die Geschwister ins Sommerhaus kommen, und Timur wird sich freuen an seinen Kindern und seinen Enkeln. Dieses Ritual, diese sorglosen, gleißenden Sommer werden erst nach seinem Tod aufhören.

Keine einzige Wolke ist am Himmel, und wenn man in der Sonne steht und sich nicht bewegt, kann man schon spüren, wie der Schweiß ganz langsam aus der Haut kriecht, obwohl es erst Frühling ist. Ein Bekannter ihres Vaters, ein alter Bauer namens Yavuz, wird Gül bis Istanbul begleiten, sie ist nicht allein, ihre Aufregung hält sich noch in Grenzen. Als der Zug schließlich abfährt, laufen ihr die Tränen, Yavuz nestelt ein Taschentuch aus seiner Hose und reicht es Gül.

– Auch das geht vorbei, Kleines, weine nicht. Der Herr möge dich und die deinen wieder zusammenführen. Es ist schwer, in die Fremde zu gehen. Weißt du, meine Familie ist damals aus Griechenland hierhergezogen. Es ist ein hartes Los, aber man muß nicht weinen. Wir leben, dem Herrn seis gedankt, wir leben, wir stehen auf unseren eigenen Füßen. Lächle, Kleines, lächle, sagt der alte Mann mit seinem Dorfdialekt. Eines Tages könnte einer von uns beiden nicht mehr hiersein, um zu lächeln. Wir werden alle von diesem Ort scheiden, also lächle. Die ganze Welt ist eine Fremde, die wir irgendwann verlassen werden.

Dann lenkt er Gül ab mit Anekdoten aus seinem Leben und über ihren Vater. Er verkürzt ihr die Zeit, raucht dabei Zigaretten und nimmt bereitwillig Brot und Käse und Tomaten an, die Gül ihm im Laufe der Fahrt anbietet.

Gül war noch nie in einer großen Stadt, sie hat New York im Kino gesehen und auch Istanbul, doch den Lärm, das Chaos, das Kreischen der Züge, die vielen Menschen, das hat sie sich vorgestellt wie das Gewusel am Markttag, doch die Markttage in ihrer Heimatstadt sind ruhig, verglichen mit diesem Bahnhof in Istanbul.

Mit Yavuz' Hilfe findet sie den Zug, in den sie einsteigen muß. Der alte Mann spricht auf dem Bahnsteig eine hagere Frau an. Ihrer Kleidung nach zu urteilen kommt sie vom Dorf, sie mag Anfang Vierzig sein, hat ein kantiges Gesicht mit eingefallenen Wangen, ihre Hände sind rissig, und sie trägt Pumphosen.

– Schwester, sagt Yavuz, Schwester, fährst du auch mit diesem Zug nach Deutschland?

– Ja, Onkel.

– Kannst du ein wenig auf unser junges Mädchen hier achtgeben? Sie kennt sich nicht so aus, weißt du.

Die Frau sieht Gül in die Augen und nickt dann kurz. Nicht freundlich, aber vertrauenerweckend. So, als hätte sie alles im Griff.

– Komm, Kleines, verabschiede dich. Das wird eine lange Fahrt. Ich war schon mal dort.

Emine heißt die Frau, die Gül, nachdem Yavuz seines Weges gegangen ist, am Ärmel zerrt.

– Komm, der Zug fährt gleich. Komm schon, was guckst du so? Ist da jemand, den du kennst?

Gül nickt. Zuerst hat lediglich dieser junge, breitschultrige Mann ihre Aufmerksamkeit erregt. Nicht nur der Anzug, sondern seine gesamte Erscheinung wirken fremd, er muß ein Ausländer sein. Seltsamerweise denkt Gül bei seinem Anblick an Brillantine, obwohl seine Haare wirr vom Kopf abstehen. Er sieht aus, als wäre er der Mann, den Fuat und seine Freunde immer nachgeahmt haben, als sie noch ihre marmorierten Kämme bei sich trugen. Als der Mann sich in Bewegung setzt, bewundert Gül seinen federnden Gang und überlegt, ob er wohl Schauspieler ist.

Dann erst sieht sie Onkel Abdurahman, auf den sich der junge Mann zielstrebig zubewegt. Einen Moment lang ist sie sich nicht sicher, im nächsten würde sie ihn gern rufen, Onkel Abdurahman. Doch sie traut sich nicht, ihre Stimme zu erheben.

– Komm, wir müssen einsteigen. Mädchen, wir dürfen den Zug nicht verpassen.

Emine legt ihr den Arm um die Schulter und schiebt Gül Richtung Zugtür. Gül freut sich so, Onkel Abdurahman zu sehen, am liebsten würde sie zu ihm hinlaufen.

– Komm, Kleines, komm, du brauchst keine Angst zu haben.

Der Schaffner pfeift, und Gül verdreht den Hals, um noch einen letzten Blick auf Onkel Abdurahman zu werfen. Der junge Mann und er geben sich die Hand und küssen sich auf die Wangen. Noch ehe Gül begreifen kann, daß es wahrscheinlich das letzte Mal ist, daß sie Onkel Abdurahman sieht, sitzt sie mit Emine und vier anderen Frauen in einem Abteil und fährt einem anderen Leben entgegen.

III

Ich habe keine Angst vor dem Tod, sagt sie, glaub mir, ich habe keine Angst mehr vor dem Moment, in dem der Engel des Todes kommt, um mich zu holen. Vor ein paar Jahren noch war das anders. Da wollte ich nicht sterben, wenn ich gerade glücklich war. Bitte, Herr, laß mich dieses Glück noch auskosten, habe ich gebetet. Doch auch das tue ich jetzt nicht mehr, ich habe mich an den Gedanken gewöhnt, daß der Tod jeden Augenblick kommen kann. Ich habe keine Angst mehr, wirklich nicht. Meine Mission ist fast zu Ende, ich habe zwei Kinder großgezogen, ich habe versucht, ihnen eine gute Mutter zu sein, und sie haben beide einen Platz gefunden im Leben. Es ist niemand mehr da, der noch auf mich angewiesen ist, ich kann in Ruhe gehen.

Ich habe gelogen, aber ich habe nicht betrogen, und ich habe mich nie verkauft in diesem Leben, ich habe nie jemanden bespitzelt oder etwas geklaut. Vielleicht auch nur deshalb, weil es die Umstände nicht erfordert haben.

Bettlägerig zu werden und dahinzusiechen, davor habe ich Angst, davor habe ich große Angst. Nenn es Stolz oder falschen Stolz, ich möchte niemandem zur Last fallen, und ich möchte nicht, daß jemand darauf warten muß, daß ich endlich sterbe und ihn und mich erlöse. Nur noch davor habe ich Angst, nicht aber vor dem Tod.

Manches Mal, wenn ich unglücklich bin, wache ich morgens auf und denke: Verflucht, ich bin schon wieder aufgewacht. Hätte ich nicht ewig schlafen können?

Eines Tages dachte ich, es wäre soweit. Es hat sich so ein Schmerz auf mich gelegt, als müßte ich daran zerbrechen, auf mein Herz und auf meine Seele.

Mit letzter Kraft habe ich mich ins Bett geschleppt, ich

weiß nicht, was es war, aber es ging mir so schlecht, daß ich dachte, ich sterbe. Und da fiel mir die Linsensuppe auf dem Herd ein, und ich habe gebetet: Herr, gib mir noch die Kraft, aufzustehen und den Herd auszuschalten, Herr, gewähr mir diese Bitte, und dann komm und nimm dein Geschenk wieder an dich. Ich war bereit zu sterben, aber ich wollte nicht, daß das ganze Haus abbrennt. Ich möchte die Welt sauber verlassen, sauber und ordentlich. Aber ich hatte nicht die Kraft, ich konnte mich nicht erheben. Dann muß ich bewußtlos geworden sein.

Als ich wieder zu mir kam, wußte ich nicht, wieviel Zeit vergangen ist. Ich konnte aufstehen, aber auf dem Weg in die Küche mußte ich mich an den Wänden abstützen. Die Suppe köchelte noch auf dem Herd.

Ich habe keine Angst mehr. Aber wenn ich einen Wunsch frei hätte, würde ich gerne im Herbst sterben. Ich mag den Frühling, und ich mag den Sommer, ich mag das Licht, das dich streichelt, wie die Wellen den Strand streicheln, aber den Winter habe ich noch nie gemocht. Den kann ich auch unter der Erde verbringen. Im Herbst, wenn ich einen Wunsch frei hätte, würde ich gerne im Herbst sterben. Oder am Ende des Sommers.

Danke:

A. H.

Seher Özdoğan, Tufan Özdoğan, Gülten Ertekin, Vedat Ertekin, Nermin Turan, Nesrin Demirhan, Svenja Wasser, Markus Martinovic, Zoran Drvenkar, Tolga Özdoğan, Lutz Freise, Tim Wasser, Filiz Doğan, Solvig Frey, Christian Goeschel, José F. A. Oliver, Angela Drescher, Marcel Vega.

»Man muß sich die Kunden des Aufbau-Verlages als glückliche Menschen vorstellen.«

SÜDDEUTSCHE ZEITUNG

Das Kundenmagazin der Aufbau Verlagsgruppe erhalten Sie kostenlos in Ihrer Buchhandlung und als Download unter www.aufbauverlagsgruppe.de. Abonnieren Sie auch online unseren kostenlosen Newsletter.

aufbau
VERLAGSGRUPPE

Selim Özdogan:
»Ein ernstzunehmender Chronist seiner Generation« SÜDDEUTSCHE ZEITUNG

Es ist so einsam im Sattel, seit das Pferd tot ist
Mitten im Sommer hat Alex eine jener apathischen Phasen, gegen die nur eines hilft: wegfahren! Schneller, als er glaubt, verliebt er sich – und plötzlich ist es da, das Gefühl, unbesiegbar und unsterblich zu sein.
»Eine vergnügliche bis sentimentale Reise in jene frühen Tage, da nichts lief und alles möglich war.«
HAMBURGER MORGENPOST
Roman. 159 Seiten. AtV 2058

Nirgendwo&Hormone
Phillip wollte nochmal mit Maria schlafen, um der alten Zeiten und der Gefühle willen, und nun ist ihr Mann hinter ihm her. Gemeinsam mit einem Freund flieht er durch die Wüste.
»Diese Geschichte ist die atemloseste, die ich seit Philippe Djians ›Blau wie die Hölle‹ gelesen habe.«
JENS-UWE SOMMERSCHUH
Roman. 229 Seiten. AtV 1969

Mehr
Aus einem entspannten Sommer kommt ein junger Mann zurück nach Deutschland und stellt fest, daß er fast pleite ist. Ein Freund will ihn als Dialogschreiber für Serien unterbringen, doch er lehnt ab. Er ist stolz auf sein kompromißloses Leben, aber er ertappt sich dabei, Zugeständnisse zu machen. Was ist mit ihm passiert, daß er seine Ansprüche an sich selbst aufgegeben hat?
*Roman. 244 Seiten. AtV 1721.
Auch als Hörbuch: Traumland. Gelesen vom Autor. 1 CD. DAV 122*

Ein gutes Leben ist die beste Rache
In 33+1 Stories – manche von Zigarettenlänge, manche so kurz wie das Aufflammen eines Feuerzeugs – erzählt Selim Özdogan vom guten und weniger guten Leben, von Rache, kosmischem Gelächter, Liebe und den paar Mal, auf die es ankommt.
»Ein wilder Mix der Emotionen.«
FRÄNKISCHE LANDESZEITUNG
Stories. 160 Seiten. AtV 1479

Trinkgeld vom Schicksal
»Es ist ein besonderes Talent, zu merken, wann man glücklich ist. Zu merken, wann man glücklich war, kann jeder.« Selim Özdogans Geschichten rufen die träumerische, gelassene Atmosphäre einer Nacht am Lagerfeuer hervor: Man hört zu, ist melancholisch, albern, nachdenklich, entspannt. »Zufällige Begegnungen und alltägliche Gegenstände macht Selim Özdogan zu etwas Außergewöhnlichem.«
BRIGITTE
Geschichten. 222 Seiten. AtV 1917

*Mehr unter
www.aufbau-verlagsgruppe.de
oder bei Ihrem Buchhändler*

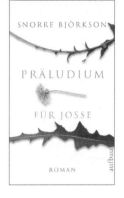

Snorre Björkson
Präludium für Josse
Roman
262 Seiten. Gebunden
ISBN 3-351-03085-1

Ein Sommer voller Glück und Poesie

Holtes liebt Josse, und sie liebt Johann Sebastian Bach. Das erste Mal begegnen sich die beiden im Posaunenchor auf einem Friedhof im November. Nichts scheint verheißungsvoller als der bevorstehende Sommer, denn Josse hat das Abitur in der Tasche und genießt ihre freien Tage. Um ihr Herz zu gewinnen, macht Holtes einen verwegenen Vorschlag und entführt Josse auf eine Reise: Die Bach-Biographie im Gepäck unternehmen die beiden eine Wanderung auf den Spuren des Komponisten. Sie erleben einen Sommer der Liebe zwischen duftenden Wiesen und Getreidefeldern und verbringen romantische Nächte unter freiem Himmel. Irgendwann aber erreichen sie Lübeck, das Ziel der Reise, mit dem sich ihre gemeinsame Zeit dem Ende nähert. Ein warmer, tiefgründiger und zu Herzen gehender Roman über Musik, große Gefühle und den Zauber des Augenblicks, geschrieben in einer meisterhaft komponierten Sprache.

Mehr Informationen erhalten Sie unter
www.aufbau-verlag.de oder in Ihrer Buchhandlung

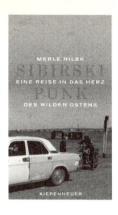

Merle Hilbk
Sibirski Punk
Eine Reise in das Herz des wilden Ostens
Mit Fotografien von Wolfgang Müller
255 Seiten. Gebunden
ISBN 3-378-01081-9

Eine Reise in den wahren Osten

Wo Bednarz, Ruge und Co. die Melancholie des Baikalsees beschworen, sucht die junge Journalistin Merle Hilbk die Begegnung mit ungewöhnlichen und faszinierenden Menschen. Sehnsuchtsvolle Balladen und russischer Rock 'n' Roll bilden den Soundtrack zu diesem transkontinentalen Trip, der von Hamburg über Nowosibirsk bis hinter den Baikalsee, 20000 Kilometer durch Steppen, Gebirge und Taiga, führt. Merle Hilbk läßt uns an den witzigen, bizarren, mitunter auch sentimentalen Erlebnissen dieser Reise teilhaben.

»Merle Hilbk riskierte Kopf, Kragen und Vorurteile – und erzählt spannend vom wilden Osten.« DER SPIEGEL

Mehr Informationen erhalten Sie unter
www.aufbauverlagsgruppe.de oder in Ihrer Buchhandlung

»Ein Autor, den Sie unbedingt entdecken sollten.«

Elke Heidenreich

Richard Wagner, geb. 1952 in Rumänien, veröffentlichte Lyrik und Prosa. Nach Arbeits- und Publikationsverbot verließ er 1987 Rumänien und lebt nun als freier Schriftsteller in Berlin. Er gewann zahlreiche Preise und Stipendien.

Ausreiseantrag. Begrüßungsgeld
Rumänien 1986. Stirner lebt in der Fremde, die seine Heimat ist, er spricht die Sprache einer Minderheit, er ist Außenseiter unter Landsleuten. Er stellt einen »Ausreiseantrag«. »Begrüßungsgeld« empfängt er nach der Ankunft im Durchgangslager. »Sätze wie Nägel, die ins Fleisch treiben, ins eigene.« Frankfurter Rundschau
Erzählungen. 199 Seiten. AtV 1815-0

Miss Bukarest
Ein Roman über die rumänische Vergangenheit und die deutsche Gegenwart, erzählt von drei Protagonisten mit verschiedenen Motiven: politischen, poetischen und kriminalistischen. Der Tod einer faszinierenden Frau ruft ihren ehemaligen Liebhaber als Detektiv auf den Plan. Ein unbestechliches Buch, das sprachliche Brillanz, Gedankenschärfe und Aufrichtigkeit vereint. Wagner erhielt dafür 2000 den »Neuen deutschen Literaturpreis«.
Roman. 190 Seiten. AtV 1951-3

Habseligkeiten
Traumhafte Landschaften, Verrat und Liebe, Gestern und Heute. Generation für Generation geraten die Mitglieder einer Handwerkerfamilie aus dem rumänischen Banat in den Strudel der großen Geschichte. Mit »Habseligkeiten« hat Richard Wagner ein bedeutendes Familienepos von großer Wärme und Klugheit geschaffen. »Ein Heimatroman der besten Sorte.« Berliner Zeitung
Roman. 281 Seiten. AtV 2245-X

Der leere Himmel
Eine Reise in das Innere des Balkans
Zigeunermusik und Gulags, Klöster und Mafiosi, Milosevic und Lenau, das prächtige Sternenzelt der Orthodoxie, der leere Himmel über dem Jetzt. ndl-Preisträger Richard Wagner porträtiert ein fernes, nahes Land, das er wie kein Zweiter kennt: profund und sehr persönlich. »Der Balkan hat viel mit uns zu tun. Mehr, als wir denken, und mehr, als wir zu denken bereit sind.«
Gebunden. 334 Seiten
ISBN 3-351-02548-3

Mehr unter www.aufbau-verlag.de oder bei Ihrem Buchhändler.

Yasmina Khadra:
»Ich schreibe gegen die Dummheit.«

Yasmina Khadra ist das Pseudonym des 1955 geborenen algerischen Autors Mohammed Moulessehoul. Bis 2000 war er hoher Offizier der algerischen Armee, seit 2001 lebt er mit seiner Familie im Exil in Frankreich.

Wovon die Wölfe träumen
In der Kasbah von Algier träumt ein Junge davon, Filmschauspieler zu werden. Aber der Traum zerschlägt sich. Zwei Jahre später liegt derselbe junge Mann, inzwischen ein Killer der Bewaffneten Islamischen Gruppe, unter einem nächtlichen Sternenhimmel und fragt sich, »wovon die Wölfe träumen, tief in ihrer Höhle, wenn ihre Zunge noch im frischen Blut ihrer Beute schwelgt.«
»Großartige Literatur und erschütternde Zeitgeschichte.«
ELKE HEIDENREICH
Roman. Aus dem Französ. von Regina Keil-Sagawe. 336 Seiten. AtV 1978

Die Schwalben von Kabul
Ende der neunziger Jahre, im Kabul der Taliban: Kein Lachen, keine Liebe, kein Leben scheint mehr möglich. Und doch keimt für einen Moment Hoffnung auf, als sich in dieser unmenschlich gewordenen Welt die Schicksale zweier ungleicher Paare kreuzen.

»Gehen Sie in einen Buchladen, sehen Sie sich die Bücher von Yasmina Khadra an, und fangen Sie an, sie zu lesen.« ELKE HEIDENREICH
Roman. Aus dem Französischen von Regina Keil-Sagawe. 158 Seiten. AtV 2087

Die Lämmer des Herrn
Ein algerisches Dorf Anfang der neunziger Jahre. Drei Freunde, der Polizist Allal, der Lehrer Kada, der arbeitslose Jafer, lieben dasselbe Mädchen. Als Sarah sich für Allal entscheidet, geht der junge Kada aus Trauer und Enttäuschung zu den Mudjaheddin nach Afghanistan. Als glühender Fundamentalist kehrt er zurück, beseelt von dem Gedanken an Rache.
Roman. Aus dem Französischen von Regina Keil-Sagawe. 213 Seiten. AtV 1187

Mehr unter
www.aufbau-verlagsgruppe.de
oder bei Ihrem Buchhändler

Junge Literatur:
Mehr Herz als Kopf

TANJA DÜCKERS
Spielzone
Sie sind rastlos, verspielt, frech, leben nach ihrer Moral und fürchten nichts mehr als Langeweile: junge Leute in Berlin, Szenegänger zwischen Eventhunting, Hipness, Überdruß und insgeheim der Hoffnung auf etwas so Altmodisches wie Liebe. »Ein Roman voller merkwürdiger Geschichten und durchgeknallter Gestalten.«
DER TAGESSPIEGEL
Roman. 207 Seiten. AtV 1694-8

ANNETT GRÖSCHNER
Moskauer Eis
Voller Erzählfreude hat Annett Gröschner ihre biographischen Erfahrungen als Mitglied einer Familie von manischen Gefrierforschern und Kühlanlagenkonstrukteuren zu Metaphern für das Leben in deutschen Landen vor und nach 1989 verdichtet.
»Ein wunderbares Debüt.« FOCUS
»Ein unbedingt lesenswertes, witziges Schelmenstück par excellence, leicht wie ein Softeis.« ZEITPUNKT
»Ein von Witz sprühender Roman«
NEUE ZÜRCHER ZEITUNG
Roman. 288 Seiten. AtV 1828-2

SELIM ÖZDOGAN
Mehr
Er ist jung, entspannt und verliebt, aber leider pleite. Als ein Freund ihn als Dialogschreiber für Serien unterbringen will, lehnt er ab: keine Kompromisse. Irgendwann jedoch ertappt auch er sich dabei, Zugeständnisse zu machen. Was ist mit ihm passiert, daß er seine Ansprüche an sich selbst aufgegeben hat? »Eine Studie über das Scheitern und die grenzenlose Lust (ehrlich und aufrichtig) zu leben.«
JUNGE WELT
Roman. 244 Seiten. AtV 1721-9

TANJA DÜCKERS
Café Brazil
Die Geschichten um ganz normale Nervtöter, leichtsinnige Kinder oder verwirrte Großmütter steuern stets auf verblüffende Wendungen zu. »Feinsinnig, bösartig, kühl und lustvoll, bisweilen erotisch, spiegeln Dückers' Erzählungen ... den Erfahrungshorizont einer Generation, die hinter einer vordergründigen Erlebniswelt ihre Geschichte entdeckt.« HANNOVERSCHE ALLGEMEINE
Erzählungen. 203 Seiten. AtV 1359-0

Mehr unter
www.aufbau-verlagsgruppe.de
oder bei Ihrem Buchhändler

aufbau taschenbuch
AUFBAU VERLAGSGRUPPE

Fred Vargas
Der vierzehnte Stein
Kriminalroman
Aus dem Französischen
von Julia Schoch
479 Seiten
ISBN 3-7466-2275-1

Vargas macht süchtig

Nach sieben erfolgreichen Kriminalromanen, unter anderem ausgezeichnet mit dem Deutschen Krimipreis, nun der nächste große Wurf der Bestsellerautorin: Durch Zufall stößt Adamsberg auf einen gräßlichen Mord. In einem Dorf wird ein Mädchen mit drei blutigen roten Malen gefunden, erstochen mit einem Dreizack. Eines ähnlichen Verbrechens wurde einst sein jüngerer Bruder Raphaël verdächtigt. Doch seitdem sind 30 Jahre vergangen, der wirkliche Mörder ist längst begraben. Wer also mordet weiter mit gleicher Waffe? Für Adamsberg beginnt ein atemloser, einsamer Lauf gegen die Zeit und er wird selbst zum Gejagten.

»Ein Krimi, so atemlos wie fesselnd.« ELLE

Mehr von Fred Vargas (Auswahl):
Der vierzehnte Stein. Lesung. DAV 3-89813-515-2
Fliehe weit und schnell. AtV 2115-1
Die schöne Diva von Saint-Jacques. AtV 1510-0
Als Kriminalhörspiel. DAV 3-89813-180-7
Es geht noch ein Zug von der Gare du Nord. AtV 1512-7
Als Kriminalhörspiel DAV 3-89813-312-5

Mehr Informationen erhalten Sie unter
www.aufbau-verlag.de oder in Ihrer Buchhandlung